徐迅 散文年编

《雪原无边》《皖河散记》《鲜亮的雨》《秋山响水》

时代出版传媒股份有限公司
安徽文艺出版社

徐迅，中国作家协会会员，中国散文学会副会长，中国煤矿文化艺术联合会、中国煤矿作家协会副主席。

散文、随笔作品曾在《人民文学》《十月》《中国作家》《青年文学》《北京文学》《中华散文》《散文》《美文》等报刊发表，并被《新华文摘》《散文·海外版》《散文选刊》《读者》《青年文摘》等选载和入选《中国年度最佳散文选》《中国现当代散文 300 篇》《新世纪优秀散文选》《新时期散文经典（1978—2002）》《新中国文学精品文库》等 200 多种文集。获各种文学奖项若干。

著有小说集《某月某日寻访不遇》，散文集《半堵墙》《响水在溪——名家散文自选集》《在水底思想》，长篇传记《张恨水传》等作品 18 种。

徐迅 散文年编

秋山响水
QIU SHAN XIANG SHUI

徐迅 ◎ 著

时代出版传媒股份有限公司
安徽文艺出版社

图书在版编目（ＣＩＰ）数据

秋山响水/徐迅著. —合肥：安徽文艺出版社，2019.1
（徐迅散文年编）
ISBN 978-7-5396-6354-8

Ⅰ. ①秋… Ⅱ. ①徐… Ⅲ. ①散文集－中国－当代 Ⅳ. ①I267

中国版本图书馆CIP数据核字(2018)第095453号

出 版 人：朱寒冬
策　　划：朱寒冬　　　　　　统　筹：张妍妍
责任编辑：刘　畅　　　　　　装帧设计：褚　琦

....

出版发行：时代出版传媒股份有限公司　www.press-mart.com
　　　　　安徽文艺出版社　www.awpub.com
地　　址：合肥市翡翠路1118号　邮政编码：230071
营　销　部：(0551)63533889
印　　制：安徽新华印刷股份有限公司　(0551)65859551

....

开本：880×1230　1/32　印张：12.375　字数：290千字
版次：2019年1月第1版　2019年1月第1次印刷
定价：52.00元(精装)

....

（如发现印装质量问题，影响阅读，请与出版社联系调换）

版权所有，侵权必究

自　序

　　一直认为，将自己的文字按写作时间编辑成册是件冒险而愚蠢的事，所以在编辑时断断续续，时动时停，思想上总在不停反复。但转念一想，既然是完整的人生，谁又能抹掉自己最初那几行歪歪斜斜的脚印呢？至今我还清晰地记得，当年那个因为在县报上发表了第一篇文章，而兴奋得在田野上奔跑的少年的身影……在随笔《恍惚中的明白》里，我几乎动情地叙述了这件事。

　　重读自己这些叫作散文、随笔的文字，我还是微微有些吃惊：一是感叹自己写得如此斑斓而驳杂；二是诧异我的灵魂最初只有在一个想象的世界里才能得以安妥与舒坦，而这无疑只有靠小说创作才能实现——事情在我成长的过程中显然发生了变化。有一段时间我与现实保持的紧张关系，让我患得患失，结结巴巴。我的散文或许就是这样的产物。

　　我认为，散文文体只是人们基于对散文事实的一种认识，这种事实并不是散文的本来面目。什么样的形式符合我们真诚而有意味的思想表达，实际上是没有人为的界定和规矩的。后来许多的散文观念都是一些有趣命题。任何时候散文都在场,也没有完全的原生态。作品形成的本身就是一种过滤。人们喜欢树立标杆,所以大家就把那当成了标杆。我读散文,全然在于喜欢,当然那里面也有着我的眼光和审美。

但散文终是有一种精神的。这种精神是人们在文字中能感受到和触及的,是作者艺术灵魂与生命精神和谐完美的统一。它是艺术,更是个性,是良知和立场。它所昭示的一种直击心灵的东西,能打动人、震撼人、感染人,给人以人生的抚慰、疼痛与喜悦。散文是作者的心灵史,它是作者心灵的坦露。这种坦露应有的尺度即是艺术和人生的尺度,它的生长性应该是伴随作者一生的。它追求的自由也应该有一种高贵的自由。

好的散文一定有好的语言。这种语言应该有一种节奏感,有缓慢与迅疾的节奏之分。我比较倾向于缓慢的语言。像电影过胶片一样,语言缓慢的节奏有力地呈现生命的时间和空间,定格或者拉长。它会形成一定的、有足够分量的艺术氛围,使人感觉到扑面而来的艺术芬芳,还有一种艺术的满足感。我这样想着,实际上却没有完全做到——但在语言迷宫里,我发觉我充分地感知自己的存在,从而越来越熟悉了自己。

"我手写我心。"无论是站在故乡的屋檐下,用青涩的眼光打量故乡和故乡之外的山水草木,感受人间冷暖、世态炎凉,还是突然拉开我肉身与故乡的距离,转身与回望、沉淀与奔涌、祭奠与膜拜,每一次对故乡的习惯性的凝望,都让我感到我与故乡,与故乡父老乡亲、兄弟姐妹的亲情里深深浸透的那种人性的疼痛、隐忍和希冀,早已深刻地烙印在我逐渐成长的心灵上,成了我摆脱不了的生命胎记。

　　故乡是我散文创作的永恒母题。流转于京城、故乡与异地，我感受到自然的一切物象、人生与艺术，浅薄地书写华丽与沧桑、悲痛与欣喜……或读万卷书，行万里路，一册在手，处处河山，或简简单单着眼于生活中的点点滴滴，写物状物，论人及人，我都率性而为。尽管这能让人看出我散文写作的坚守与流变，但一下笔，我的性格还是驱使我"迅速"了起来，这是我无法改变的。

　　写作有时就这样充满宿命。

　　曹丕说："文以气为主……不可力强而致。"跟我打过麻将的人都知道，我打麻将凭的是手气。手的气息。那浑然天成的手的气息顺畅了、圆融了，我就会护住那一团气，快乐地打下去。我实在不会什么章法。但我知道那一团气是什么。

　　好的散文应该也有一团气。

　　是为序。

2018 年 6 月 26 日，北京寓所

目录 Contents

自序 / 001

跳动的火焰 / 001

村庄所剩下的 / 009

来来去去的人 / 015

平庄男人 / 020

游抚仙湖记 / 023

走森林 / 026

散文的性情——秋声散文集《赶路的月光》序 / 029

故乡深情——凌翼散文集《故乡手记》序 / 032

小说和小说之外的刘庆邦 / 036

在雨天怀想袁崇焕 / 048

在喧闹与清寂之间——荆永鸣印象 / 054

未完成的旅行 / 059

我的故乡雨雪初霁 / 063

人性的毁灭与重构——张伟小说印象 / 072

桃花红,梨花白 / 075

忙里偷闲读游记——读吴晓煜散文集《华夏与海国游记》 / 078

王满夷先生 / 082

杭州的绿 / 086

我亦潜山人——序《徽骆驼张恨水》／089

晚饭花／092

在古井镇喝贡酒／095

煤炭、煤矿文学及其他／99

说说徐坤／101

抱一壶长江水，我溯源北上——南水北调东线散记／104

文字的气节——读胡竹峰散文集《豆绿与美人霁》／113

烟雨蒙山／116

大地上的私语者——《鲜花地——甲乙散文选》序／119

赵军的画和甲乙的赋／123

青海人民的湖／127

平顺山水／131

库尔勒的秋天／135

张先生回家了／139

听画记／143

澄城的澄，合阳的合／145

文成小品／149

让阳光照进现实——答《小说林》杂志问／153

北京的地铁／163

阿尔山的云／167

万松禅院记／172

冰封的烈焰／175

把吴钩看了／181

偷将春讯泄一枝——王去非老师和他的《涂鸦集》／185

游少林寺记 / 190

黄花城的午后 / 194

祖母的村庄——王张应文集《一个人的乡音》序 / 198

好一朵美丽的雪莲花——记工笔花鸟女画家张易 / 205

为大地上的生灵吟唱——苗秀侠及长篇小说《农民的眼睛》/ 212

秋山响水 / 216

改变世界的很有限,能改变多少是多少——独立纪录片导演、
  摄影师王久良印象 / 220

砖塔胡同九十五号 / 230

人性温暖与善良的书写——读刘庆邦长篇小说《黑白男女》/ 234

躲进一座山里 / 238

食物九记 / 242

响水在溪 / 262

其华其人其文 / 265

曼掌村的轻歌曼舞 / 269

想起雪湖藕 / 272

人言猛于虎及其他 / 275

板仓春满 / 277

柴达木的诗意 / 281

镜泊湖之冬 / 293

时间之贼 / 296

水雪 / 299

张羊羊的散文 / 302

袅袅的乡音——序散文集《云水深处是吾乡》/ 306

尚义赏荷 / 309

炒板栗、烤红薯 / 312

镜子、疼痛或记忆碎片 / 316

世间唯有情难诉——读散文集《总有一条小河在心中流淌》/ 331

心存宽厚　树自芬芳——我认识的作家黄树芳 / 334

带有色彩的旅行——读散文集《一毫米的高度》/ 338

有湖的城市 / 342

问人间情为何物 / 347

秋上枫林谷 / 351

在盛泽,蚕桑之忆 / 355

转身 / 360

《徐迅散文年编》有关篇目附注 / 366

跳动的火焰

多年来,我总会在那个叫"岭头"的街上停留一下。有时是身体,有时是心——但无论怎样,我都知道有一种声音已在那条街上消失了很多年,且再也没有重新出现的迹象。有时候,当我的身体在那条街上出现,我会用双脚走进一个地方,同时还用眼睛注视一个地方。我双脚走进的地方,如今是一家菜摊与肉铺,我注视的地方却成了一块长满野草的荒丘。而这两个地方从前都是我家的铁匠铺……现在,这两个地方的喧闹或者寂静都与我无关。但我分明总看见一团火焰,一团跳动的火焰,随着时光的寂灭在扑闪、奔跑,虚无缥缈。

一团火焰在一些地方的出现不是随意而为。那种火焰的跳动起码当时就使乡亲们按捺不住、浑身燥热——我指的是打铁。那时一般过完年,父亲就开始在铁匠铺里闹出一点动静,敲打起农具——镰刀、柴刀、斧头、扒锄、条锄……等到春天来临,父亲铁匠铺里传出的叮当叮当的打铁声,就有些热火朝天的意味了。仿佛是一种催促,在这种声音里,各种铁器纷纷出现。乡亲们谁也不愿意在那样的春天,由于自己的一时疏忽而耽搁了耕种。父亲更是甩开膀子,抡起了小铁锤。为了把声音落到实处,他把小铁锤点到哪里,徒弟就把大铁锤砸向哪里,两人配合默契,俨然一对父子。后来,父亲把小铁锤点到哪里,也企图让我用心深深记住那里,免得以后锤错地方。我却没有记住,一不小心,还是粗暴地离开了他,粗暴地逃离了铁匠铺。

实际上,那一年父亲把所有种类的农具都敲打完一遍,田里的庄稼便全部收仓了。田野一片落寞。父亲却还在打铁……铁炉、风箱、铁砧与铁锤,父亲叮当叮当的打铁声,其实就这样一年到头地在响。我说父亲痴迷这种声音,父亲肯定会觉得我大逆不道。但这种声音确实是父亲最亲最近最靠得住的声音:暗红的火炉、跃动的火焰、四溅的火花、纷扬的煤烟……伴随着这种声音出现的,有一句乡间著名的歇后语:"铁匠的围裙——一身火眼。"父亲的围裙的确百孔千疮,但父亲不在乎这些。他熟悉和听惯了这种声音,这种声音也温暖地浇灌了他的少年、青年和老年。而同时,煤灰从他的头发、毛孔、鼻孔、唇间、耳朵、手指缝……渗透到了他的肌肤,并且慢慢地渗透到心肺和大脑,使他由外到内逐步完成了从庄稼人到手艺人的蜕变。

在那些年月里,父亲在许多村庄里辗转逗留。一个人盘不活一座炉,他就招了俩人。他掌着铁钳,敲着小锤,另一个打大锤,称作"二把手";再一个拉风箱,称作"打下手"。从一个村庄走到另一个村庄——打铁用的家伙就像迎娶嫁妆一样,早早地被那村庄的人或挑或扛地搬过去了。师徒们只需赤手空拳——这仿佛是父亲一生最为辉煌的时期……走村串户,上门打铁,落脚点一般都在一个大屋或一个生产队的堂轩里。他们到时,村庄里的人已架起了铁炉。没有煤炭就用木炭。尽管木炭永远都比煤炭的火劲小,但父亲总有办法让炉中的火烧得呼啦子直叫。人们从供销社买来形状切得整齐的叫作"豆腐铁"的毛铁。顺序凭阄转,要打铁的人家,生产队里早早就排好了顺序。这样,在一个村庄父亲总要住上十天半月。一块毛铁打起来是要费很大力气的,有的人家铁器置得齐全,要打上几天几夜;有的人家经济拮据,只要几件急用的生活与生产用具,就只用半天或半宿的时间。铁砧前,父亲的面前总有三个大小不同的铁锤,左手拿铁钳,紧紧钳住一块红铁,右手抄锤,三只铁锤有各自不同的用法,父亲都用得极为娴熟。比如,响锤一点,扛大铁锤的徒弟就会使劲着实一下;比如,父亲的小锤在铁砧上敲一下,徒弟就知道这是要补锤。等到父亲把手上锻造成型的铁器插进面前的水桶里,随着嗞嗞的声音,一件铁器经过淬火就完美地诞生了。

转眼之间,一把镰刀在开镰声中锋利无比,一把菜刀锃亮得照得见人影,一把铁锄也会让土地感觉到深深的疼痛,而一个拴牛鼻子的"牛鼻转"、一把不锈钢的锅铲,就像一件件小工艺品一样诞生了——一条不长的牵牛的"牛链子",尽管是一个小玩意儿,制作起来却异常烦琐,但父亲用废弃的钢筋烧打几个回合就成功了。那接头处,父亲用特殊的泥巴粘接烧打,锉削一番,光滑咪溜的,竟看不出一点衔接的痕迹,牛背在身上舒适得活蹦乱跳……父亲有了这样的手艺,主人更是尊重有加,再寒酸的人家也会千方百计地称肉打酒,盛情款待,除了一天三餐正餐招待,半上午还会用鸡蛋挂面或糯米汤圆或荷包蛋真诚地犒劳师徒三人,叫作"打尖"。在父亲打铁所走过的众多村庄里,一个叫"小河口"的地名令我充满无限的迷恋,据说父亲因为手艺出众,在那里双脚竟一直挪不出窝。

关于父亲是如何成为铁匠的,我至今也没有彻底地弄清楚。在我们乡下,乡亲们祖祖辈辈在土里刨食,面朝黄土背朝天,谁也无法弄清自己与土地的关系。很多时候,他们自己或与他们的子孙都与土地紧密相连,紧紧地纠缠,根本忘记了人还有好多其他的事情可做。热土难离,很多人走了很多年也走不太远,不是被脚下的土地绊住了,就是被面前一些不起眼的事物绊住了,而且一绊就是一辈子,一绊就是千年。铁匠、瓦匠、篾匠、裁缝、木匠……这些手艺人的出现是否就是离开土地的端倪,我说不清楚,但我知道,父亲的手艺在那个年代的四乡八村,方圆几十里都非常出名——遗憾的是,父亲与那些手艺人一样,在乡间夜晚评定工分时,好像都被视为不干正事的人。比如,他们一天交生产队里一块钱,到年底"分红"时,却只变成五毛钱,甚至只有三毛钱,只顶人家劳力的半年工分,家家都落了个"欠钱户"的帽子。比如,过年分鱼,有年我抓阄抓到了一条大青混,竟有人说:"一个欠钱户,还吃鱼!"还比如,在那个时候,乡亲们聚集在一起谈论谁的手艺好,一般只说谁会播种育秧、谁会犁田打耙、谁会拔秧脱粒的庄稼把式——乡亲们一边离不开这些手艺人,一边又向他们的劳动投去异样的眼光。乡村就是这样有着巨大的荒谬,充斥着乡村的悖论——我结婚不久,妻子的表叔,一位新四军老战士来到了我家。据说在战争年代,他在死尸堆里度过了一个夜晚,屁股还挨过敌人的刺刀。退役后,他成了邻县的一位领导。送走他后,父亲望着他的背影,说:"早知道这样,就该和他一起出去当兵的!"原来,父亲那时差点就和他一起出去了。听了父亲的一声叹息,我深深地感觉到父亲心里深藏的一种无奈和沧桑。当然,这关乎他人生的选择。

"一阉猪,二打铁,三捉黄鳝,四叉鳖。"这是我们丘陵地区流传的俗语,人们在我的面前说这话时神色奇怪,目光异样。从父亲上门打铁所受到的礼遇看,手艺人在乡村所处的地位的确属于上层。父亲离开人世后,乡亲们回忆父亲时也说经常看见父亲手里拎着一小块肉回家。在我成长的岁月里,我也知道父母每年过年都能为我置一件新衣。还有,父亲也确实在他年轻时就为他的父母早早地置办好寿材,并与小叔一起率先在村里盖起了一幢土砖瓦房……言之凿凿,事实铮铮。但很快,牛贩子到牛市当起了老板,瓦匠、篾匠、裁缝、木匠都被招进了公社的综合场,父亲所锻打的一切都成了公社的商品,他拿起了工资,俨然就是人民公社的人了。但他开始捉襟见肘,囊中羞涩。记得有回我找父亲要钱买作业本,他哆哆嗦嗦地就是抠不出一分钱。少不更事的我竟把他的铁锤拖出了铁匠铺,惹得人们哄堂大笑地看热闹……父亲实在干不下去时,有人劝他:"你摆他几天,让他涨涨工资!"他就摆了他几天。其结果是没过几天,他的徒弟就继承了他的铁炉,他却闲置在家——我对此并非耿耿于怀。师徒如父子,他的徒弟后来也没有逃脱像他一样的命运。但父亲没有了铁打,那浑身散了架的样子,让我至今想起来还十分难受——就像搁置在铁炉里的一块铁,暗红的铁块,父亲无时无刻不在受到炉火的煎熬。没有火焰的铁炉,自然无法保持自身的正直和方向,缺乏灵性和向上的力量……仿佛火焰里燃起的灰烬,带走了他的灵魂。暗红的铁块,有时更像一块巨大的伤疤,父亲自己也不忍心揭开。

父亲事实上就被一阵风刮回了土地。父亲回到自己扎根的土地,后来的日子里,他也试图把自己的双脚一寸一寸地往泥土里扎,但结果是怎么也扎不进去,仿佛他一辈子的力气和心思都留在他的铁炉里了。结果,他虽然离开了铁匠铺,但他的眼里怎么也驱赶不走一团团跳动的火焰,双手怎么也无法离开一把小小的铁锤。无论在街上还是在田里,他也总甩不掉沾在他身上的煤灰。举手间,我就看见他的双手磨出的厚厚的老茧,指甲里沾了不少细小的煤灰。久而久之,他的手指总也不能并拢在一起,张口说话,更是难免会吐出一团黑黑的煤味,让所有人轻而易举地就知道他的身份。

这样苦苦挣扎的结果是,父亲终于还是在离家不远的岭头街上讨了一块地,运来砖头和檩木,一次又一次地开起了铁匠铺。铁匠铺门脸不大,在街上当然更不是独自一家。况且由于人民公社的体制,他遇到了更大的难题——煤还是紧俏物资,县煤炭公司只供应公社综合场,给他铺上的煤票是异常地少。即便这样父亲也心满意足——他会用自己打造的精良的菜刀、锅铲之类的铁器,从煤炭管理者手里换回几张煤票,还会把别人烧过的煤渣重新捣碎,混合着放进煤里面,用水拌着铲进铁炉……然后,一脚插在铁匠铺,一脚插在田里,在田间与岭头街的路上来回走动。铁匠铺里的活计做不完,他就带回家里,夜里牵着一盏电灯,在屋前的空地上忙碌着。正是乡村的收割季节,在炎热而蚊蝇叮咬的夏夜,他锉镰刀的声音传得很远很远……伴随着枫树球的燃烧,熏驱蚊虫的气味一直弥漫在我的胸腔,使我总感觉一团灼热的火焰在心里燃烧,燃烧……随着火焰的升跌腾挪,乡村人家所有的铁器物件,在父亲的手中一应俱全,我因此目睹了父亲的手艺与体温在乡亲们的手中得以延续和得到尊重。

"一阉猪,二打铁,三扭扭(唱戏),四捏捏(医生)。"都说一方水土养一方人,竟也是三里不同风,五里不同俗。后来,我在我们县城的另一头听到这句俗语的这一种民间版本,我竟是非常吃惊——我发觉我对这种俗语已经变得敏感。我清楚这个版本一直流传的南乡那里有平原,有良田,有古老的集镇和茶馆,有牙科诊所,有治疗跌打损伤的江湖郎中,还有京腔或黄梅戏的戏剧舞台……不像我们北边的丘陵,大山绵延而来的是无边的丘陵、山冈,难得有一马平川的田畈,全然没有南边平原那般深厚的文化底蕴。有一回,我把这个俗语说与母亲听,有些不怀好意地说:"听听,怎么说,打铁还是排在第二位,看来父亲也是赚过钱的。"母亲沉吟了半晌,死死地盯了我一眼,突然说:"有一句古话,叫'世上有三苦,打铁、撑船、磨豆腐',你不知道?"

我愣住了——我是不知道。但我知道,晚年的父亲在没有人陪伴他打铁的时候,很长时间里都陷入了与土地的恩恩怨怨。无论怎么努力,他都无法摆脱一束火焰的追逐;无论怎样劳作,他从土地里都得不到足够丰盈的回馈;无论怎样虔诚,他的双脚都扎不进土地……他一生与土地纠葛,最终以泥土的形式回到了土地的怀抱。这是手艺人的宿命,也是所有人的宿命。在父亲入土的那一刻,我看见一团曾深深恩养了他的火焰,硕大的火焰。终于停止跳动,复归一片寂静。

2009 年 1 月 1 日,北京寓所

村庄所剩下的

那一年,狼在村头叼走江先生的女儿后,几乎销声匿迹。村庄里剩下的动物便是用来耕田的牛、看家护院的狗、用作菜肴的猪和鸡……有一天,我在新房的楼梯口看到一副熟悉的尖嘴脸,立即发觉它就是我家老屋里的那只老鼠的后裔,只是不知道它是鼠儿还是鼠孙。它很快从我面前溜走了。我转过身,突然发现和我一起看它的竟还有一只小花猫。小花猫懒洋洋地站在窗前,就像登上了富豪榜的富家子弟,正在不停地搔首弄姿。

猫眼盯着自己。猫好像有自恋的倾向,又懒又馋,且没有规矩。花猫、黄猫、黑猫……猫叼走了一刀肉,猫偷吃了邻家的鱼,猫在床上撒尿,我不喜欢它的这些毛病,它却像影子一样在我面前晃来晃去,很是影响情绪。在很久以前,猫是村庄里的小卫士,忠实地守护粮食,但现在它不这样,现在它喜欢白天睡觉,夜里却不把抓老鼠当成它的工作。在一些夜晚,人们听到最多的是它喵喵的怪叫,一种公猫找母猫的调情的淫声浪调。此时,人们已被自己的事情弄得心烦意乱,哪有闲心管猫的恋爱?好像老鼠也知道这一点,人没闲心管猫,猫也没闲心管鼠,鼠们就落得逍遥自在、肆无忌惮了。

　　猫叫春时,正好是老鼠偷食的时候。忍不住洞里的清冷,鼠们畏畏缩缩地溜到一个阴暗角落,就着从破墙漏进来的一丝阳光,捋捋胡子,抹抹细瘦的脸颊,看看,没什么动静,就绕过猫和人设置的陷阱,钻进装有粮食的仓库,大肆地咀嚼,吃食时不停咂嘴,旁若无人。稻谷很快就被弄成一堆堆稻壳,空稻壳——人以为自己和猫都在监视老鼠,其实,老鼠对人和猫的一些不端行为早已了如指掌。比如,它躲在柜子下面碰巧遇上某人趁黑夜给领导送礼,某人蹑手蹑脚地爬上一个年轻媳妇的床,某人把邻居家的几只鸡偷了回家——老鼠知道人的事太多,所以人们从心里厌恶它,在它进出的过道上放上夹子、下毒药……但每天辗转于洞穴与粮库之间,鼠们锲而不舍。同时由于对爱情忠贞,它们在黑暗的洞穴里完成了自己的婚礼,养育了一窝又一窝的鼠儿鼠女。人们无从知道它们是如何进行第一次约会的,但毫无疑问,这样的洞房才是真正的洞房。据说,鼠丈夫为"鼠"正派,在外从不拈花惹草,更不会进洗头房。日子在黑暗中度过,鼠们知道鼠语就是它们深夜潮湿阴冷的一种声音,对话间就冷风飕飕,雪花飘零……由于猫的懒怠和功能退化,村庄现在陪伴人的就是老鼠了。比如刚才我看到的那一副尖嘴脸的祖宗,我不知道它是什么时候悄然而逝,但显然它很早就结了婚,早就有了一家的鼠口、无法统计的鼠子鼠孙。它的子孙是怕引起人的伤感,所以没有下讣告……它在我面前急匆匆地溜走,我只当它知道自己失礼,而表现出不好意思。

谁家的牛在牛栏里嗞嗞地吃草？这是冬天，没有了青草，它就只能吃死草。从它面前堆放的铡得细碎的稻草和一盆热气腾腾的水，可以看出主人对它是呵护有加。牛从拉犁开始，好像就没有再干过别的什么事，只知道犁田，吃草也是为了更好地犁田。先前，它好像还被主人蒙住过双眼，围着石磨拉过一阵子。但那只是客串，好比相声演员偶尔客串一回电影演员。大多数的时候，它的事情还是在田地里，它驾着轭，牵着沉重的犁铧，在本来就很硬的田地上，把泥土一下一下地犁翻过来，使之疏松，方便主人按照农事的方式种上水稻或小麦。过上一段时间，它犁过的田地里就有一片绿油油的秧苗出现。那是另一种生命，是一种让生命得以延续的生命……这时候，它会哞哞地叫着，语言虽然简单，但这里面有一种亲情、友情，有一种亲近感。

事实上往往是能者多劳。比如，牛和人同时在田里干活，收工时，牛还要驮着一天的劳动成果或人用的工具。牛不能说什么。都说地上的路是人走出来的，可人只有两只脚，走起路来还空着手，脚步轻飘飘的，哪像牛——牛有四只蹄子，且身上驮着沉重的东西，走起路来就沉稳多了，一蹄子下去，就把土地夯得结结实实，踩的地方多了，也便成了路。但牛不和人争这个，牛知道人喜欢拣好听的话听，拣光彩的事做。它还不能和人比，它只是人家的长工。这长工混得最好的结果，就是主人不随便卸磨杀"牛"，至少在咀嚼它时，心里有一点点酸楚。牛的欲望不高，但有一点小脾气，比如你要把它拴在一棵树上，它烦躁的时候，就会四个蹄子狠狠掘地，把一棵树拽得东倒西歪，再不解气就啃那树皮，或者索性就把屎尿撒在树下，弄得那一块臭气熏天。

说牛是人家的长工,那狗一定就是给人家看门护院了——村庄里,很多人家都有养狗的历史,因为养狗造成了一种错觉,使人觉得是自己把狗养大的。其实,一家人围在饭桌上吃饭,没有人会为狗摆上一双筷子,放一只碗。狗只能在饭桌底下,把这一家人从老到小一条腿一条腿地嗅着,啃着从桌面上丢下的肉骨头、剩饭。有时从大人咀嚼食物的快慢轻重中,它就能分辨出这一顿饭谁将留给它吃。主人或者因为收成好而眉飞色舞,一碗饭完了又盛了一碗,怕是指望不上;主人的儿子和一个姑娘正谈恋爱,两人吃饭还在调情,恐怕也是胃口不错;只有主人家的小女儿好像满腹心事,饭吃得慢腾腾的,狗便知道今天中午的饭局,便是女儿埋单了。待人家吃完饭收拾桌子,狗一看,果然就是。

这样说,好像说狗很有心计。当然,狗的心计人所共知。狗不分昼夜地守护一个家,常在门口清点这一家进进出出的人与粮草,提防着几只鸭子和鸡走失,把整个家都装在心里。狗知道人家的户口簿上没有它,但自己早是这家的一部分,一个主人了。比如,它的弟弟待在张三家,张三扔下老婆和孩子,一拍屁股就走,它弟弟却没扔下那个家在外逍遥;比如它的姐姐在李四家,李四老得只剩下喘气的份,它的姐姐却还守候在他身边……有时候,狗心和人的情感连在一起。当某人的脸面被狗记熟,它就会把这张或圆或扁的脸的主人当作自己的亲人。当它熟悉了某扇门,尽管寒风从这扇破旧的门的门缝自由进出,那人一副蓬头垢面、衣衫褴褛的落魄相从破门洞里走出,狗都会一步不离地追随着,跟着一个被夕阳拖得孤独凄凉的身影。比如,那天主人家小女儿扔下半碗饭走时,一家人都错愕,而它却慢慢地跟在她身后,与她靠在一堆柴草边,用柔软的尾巴驱除她的忧伤和孤独……人不能认识狗,狗却能深刻地认识人,能找到人情感脆弱、心灵空虚的地方,帮人叫几声,替人壮壮胆……所有狗都比人安分守己,人向往城市,狗却不曾被城里的母狗或几根肉骨头所诱惑。它被几间称为主人家的房屋迷住,只有一个信仰,就是与主人在一座院子里生死与共,忠实地守护村庄。

听老人们说,狗本来是侍候猪的,阴差阳错而侍候了人。其实,狗要侍候猪倒是省却了很多的心思。猪只是脏一点,懒一点,但猪只有一个心眼,只知道自己从娘肚子拱出来的一刹那,它一生的命运就决定了。它知道自己过不了几个像样的冬天。所以在这之前,它该吃就吃,该睡就睡,这样的结果,使人们往往对它没一点信心,以致骂人就说"睡得像懒猪""死猪不怕开水烫""猪脑子"……猪装作听不见,猪只知道自己被人养着,所有的事情都由人包办,吃一点猪食,长几两肉,卖几张票子,人们早已从猪毛算到骨头,怪只怪自己身上每一个部位都对人有诱惑力,所以猪干脆就把乱成麻的日子放到一旁,爱理不理。在肚圆气爽的时候,去拱拱土,晒晒太阳,睡个懒觉,尽情地享受,留下一副坦然自足的面容——其实它一脸的褶皱,就是有什么悲愁凄苦,谁又能看见?狗虽能讨人喜欢,但人为了几个铜板,连眼也不眨一下,就顺手把它卖给了屠夫,让它成了人家的下酒菜……人间的事都是由人操纵,猪不愿意揭穿这个阴谋,宠辱不惊,便以迟钝的外表、沉默的方式掩盖自己。

猪不糊涂的结果,就是对前来与它争食的鸡们时常表现得宽容,很像一位绅士。在它眼里,鸡们就显得十分操心,它们不仅与它争食,还喜欢在土里刨食,好像很害怕脚下的大地有一天会腐烂、发霉,或被蛇虫们钻得千疮百孔似的,所以它们总是在烂草堆或脏土里,用爪子一点一点刨开摊平,让太阳晒一晒那地方。人们说"鸡爪心",恐怕就是说它的行径……鸡们爱管闲事,不仅在白天照管着地球,还喜欢在夜晚瞪着双眼一直守到五更。在每天的凌晨,公鸡绷紧着每根神经,用力挺直脖颈,高亢地唱响一支晨曲,它的啼叫穿越城市与乡村,给人送去一个个鲜活的黎明……或许正是它有着司晨报晓的任务,所以它很有仪式感,一出生就穿着毛茸茸的外套,显得温文尔雅与美丽大方。但这又有什么用?为了延续家族,鸡还不停地生蛋,以为鸡蛋能填满人的欲望,这似乎也没一点儿效果。人透过美丽的外表,看到的还是一只只烧鸡或一盘盘辣子鸡……

我们村里江先生的女儿在那年夏夜被狼叼走,乡亲们就知道,狼不仅会吃鸡,还喜欢吃人,于是开始疯狂地猎杀它们。他们或买一种名叫"三步倒"的毒药,或用硝、硫黄等原料,涂上白蜡,自制炸弹。那炸弹形状很像大蒜头。有一年,果然就炸死了一匹狼……

四十多年,狼已在村庄绝迹了。

2009年1月2日,北京寓所

来来去去的人

俗语,有钱没钱,回家过年——都回家了,不但我回家,在北京搞装修的芒种、在山西跑煤矿电器生意的清明、在江苏常熟做服装生意的立春都回家了……还有好多好多,年龄比我大或小的,认识的或不认识的,似乎都被过年浓浓的氛围感召着回家了。回家的目的就是过年,但过完年都得出去。只是不同的是,他们去的地方有可能是北京、天津,也有可能是广州、深圳,哪里容易赚钱,他们就奔哪里……只有我出去还只是一个地方——那地方有我的单位,我的家,我的多年不变而又确切的地址。

眼前老家的一条泥路依稀可辨,长满各种各样的野草,埋没和荒凉了人们的来路和去路。路随人走,乡亲们关心的显然不再是这个。他们只感觉一阵风在面前刮过,而这阵风在外面转悠了一年,终于折了回来,他们心里有说不出的高兴和期待。有人就早早地站在村头,细心地看着这条路上走回来的人,猜着那背着一大包行李与赤手空拳的人有什么不同;回家立马推出摩托车的人与骑自行车的人,哪一个骑得更欢;谁返家时腰包里鼓鼓囊囊的,谁正踌躇不前地在村前或村后瞎转悠,谁灰头灰脑地一躲进家里就不见出来……"棉花、稻子都亏了,指望着他赚钱,他却一分钱也没有。"这是敢于揭自己短的。更多的就不敢了。比如说:"我家那个芒种,在外面闯荡了几年,还是见人生分!"邻居家的秋分娘见人便这样数落着。乡亲们听了,想想芒种真的从小就很腼腆,就再也不好驳秋分娘的面子了。

乡亲们把眼光都投向了我,好像说你在城里折腾了个家,城里到底有什么地方让人如此着迷,让他们的孩子、父亲和母亲痴迷到了愿意背井离乡?但我说不出来。我虽然容易和他们亲近,但不该问的事我从来不问;不该知道的事,我也从不打听。这些回来的人,有的人身上披了一件厚厚的大棉袄,就是不想让人看出他贴着大棉袄的内袋里装的是什么;还有的行李箱本来就很结实而严密,但他偏偏又加上一把锁,就是为了不让别人知道他真正的行踪和秘密……他们在外面都说是在为生计而奔波,也可能还顺带感受了五花八门的诱惑。男人忙的事情,女人不懂;女人忙的事情,男人也只能糊涂。即便夫妻俩一起外出,也可能不知道彼此忙的是什么,何况父母,何况村里的左邻右舍、七大姑八大姨。一个村子,六七十户人家,几百号人,天天聚在一起,要想弄清楚每件事可真不容易,更何况现在大家散落在天南海北,五湖四海。反正我是弄不清楚,我也不想问。

但这巴掌大的村庄能藏住多少秘密?谁家猪圈里的猪由于饥饿而嗷嗷大叫,是因为没有了猪食,看来他家粮食是真的断了;谁家的老母鸡悠闲地踱出门外,几只鸭子大摇大摆地从门里出来,就因为他是村干部。人家的秘密就随着这些鸡呀鸭呀猪的,一只只、一件件地从大门里进出自如。天长日久,人家的秘密就所剩无几。但偏偏他们喜欢把秘密写在自家房子上,所以房子是最大的泄密者。村里,小寒家的土砖瓦房经过一场场风雨的侵蚀,摇摇欲坠,看来他真的无力建造一幢楼房。冬至叔由于劳累过度,长年卧床不起。无奈之下,他的两个漂亮女儿大雪和小雪都学起了理发,先是在小镇上开起了理发店,然后在县城里开起了美容院,再后来干脆就跑到外面的大都市——在哪一座城市,人们不清楚。但只见冬至叔欢天喜地地从床上爬了起来,隔三岔五地就跑到邮局取钱,不到一年,就盖起了一幢楼房。村里人明白,那两个女儿一定是赚了钱,至于赚的是什么钱,乡亲们都在背后嘀咕,有的说是傍了大款,有的说两人干了那事……如今两人一身妖娆地回家过年,乡亲们见到她俩都夸她们有孝心、有出息,背后的嚼舌根便咽到各自的肚里……

还有,说儿子见人就生分的秋分娘,说要盖一幢楼房,在村庄里吃喝了一年,就是不见楼房在村庄里出现。这回儿子回到家中没几天,她又满村子放出话来,说儿子看准了一件事,说"千好万好在家好,千难万难出门难",再也不让儿子在外打工,而是要在家里办一个养猪场……但和他一起在北京搞装修活的立秋,却在背后偷偷对人说,他在外面搞装修,总是骗西家的钱补东家的钱,房东们都在找他,说是要打断他的腿,弄得他再也不敢出去……为这事,还真有人来向我打听,但我不清楚。我是真的不清楚。

我的小学同学大寒,原来在家闷头闷脑的,走路时眼睛老盯着地上,别人总笑话他像是要寻找一件什么宝贝。如今他却把头昂得高高的,一脸扬扬得意的神情。过年买鞭炮,他家的炮仗放得最响。原来,他在北京瞅准了一笔生意,赚了一大把的钱,不仅买了房,还买了一辆车。他就是开着这辆新车回家过年的……他正月与我一起出去时,他的婶婶大娘们把家里的新鲜瓜果装了一车,从她们热情的程度上看,她们都已经把他当作城里人了。他父亲也乐滋滋的,好像田里从此缺少一棵像他那样的庄稼,一阵风刮走那棵庄稼正是他的梦想。谁也没有勇气说出自己城里的所居,大寒却能理直气壮地告诉人家我在城里的电话是010……

一个阳光明媚的早晨,邻居家的小满突然出现在我家,要我领她到我所在的城市找一份工作,说:"哪怕是给人家当上几年保姆……"紧随着这一阵风,我差一点就领走了她。最终没有领走她的原因,是她前脚走,她的父亲后脚就跟上来了。她父亲抽了一支烟,阴沉着脸,对我说:"你看芒种在外成了一个骗子,大雪和小雪虽然在外面赚了钱,却被人说得一塌糊涂。只有大寒,但像大寒这样的靠的也是运气啊!我不想田荒了,地瘦了……"小满的父亲是一个一辈子也离不开土地的人。说是有新四军那阵子,和他同穿开裆裤的同伴去参军,他没有去;说是他台湾的大哥要他去台湾,他也没有去;说是人民公社时,有人要他去公社综合场,他也没有去……结果参加了新四军的伙计当了大官,在台湾的大哥成了大富豪,去了公社综合场的人做了领导,但他仍然守在家里,总舍不得家里的一亩三分地……村庄里,也只有他家的田地里长的庄稼还有个庄稼样。

但像他这样的人毕竟是少数。过罢年,人们还是像一阵风一样要走。村口还是那条被荒草埋没的小路,村庄还是一副旧时的模样,但人都像风一样被刮走了。我知道在这一阵风里,村庄的人,来来去去的都已经无法停住脚步,他们已经熟悉了城市的钢筋水泥、高楼大厦、灯红酒绿……或许,他们比我更知道城市里的"秧歌舞"是怎么演变而来的;比我更知道城里每一个人的举手投足,与他们田间劳动的动作有什么关联;比我更知道那些当红的歌唱家与村里早年出现的经常号着嗓子的卖货郎有什么两样——怎样才能叫他们留恋故土,留守在自己的村庄呢?我只有不急不躁地看着,两只手该做什么就做什么,一双脚该去哪里就去哪里,也像一阵风。

一阵风对一阵风,我总不能说什么。

2009年1月2日,北京寓所

平庄男人

平庄男人就像一壶陈年老酒,是那种抿一口就醺,微醺的老酒。那种酒不知道窖封了多少年,但它肯定珍藏在你记忆里,珍藏在你心里,成为你的一种念想。一种到时候一定要取出来,不一定喝,却要看一看、闻一闻,独自想走神儿的念想。

都说酒是待客之物,但这"物"在平庄男人的眼里,就是一种赤诚、一种情谊、一种爱。天南海北、海阔天空,无论是熟悉还是不熟悉,只要你有机会和平庄的男人们坐在一起,那物就有了灵性,就有了生命。有了生命,酒就会燃烧,就有了燃烧的火焰……蒙古长调、草原的悠远宽旷、马头琴的嘶鸣、蓝色哈达和草原深处刮来的风,纠缠在一起,那酒喝起来就有一种相识百年、地老天荒的感觉。蓝蓝的天空有鹰飞过,他们的胸腔中可能灌满了亘古的苍凉,但他们将这苍凉点点滴滴都化在酒里,端出的却是一杯豪情。开怀畅饮,把盏言欢,使你感觉到这样的男人就是你今生的哥们儿、一世的兄长。

提一壶老酒,那就一定得豪饮。平庄男人的豪情似乎就是酒培育出的。和他们喝酒,他们拿出的一定是好酒,他们说,这叫"不差钱";酒桌上,他们一般不品头评足、家长里短,他们说:"不扯那些烂事儿。"他们一般不会理睬生命的枝枝节节、磕磕绊绊……人生的世态炎凉、人情冷暖,他们也都暂且搁置一旁,只一杯又一杯地和你碰杯,把友情、吉祥和他们的祝福挂在脸上,眉宇间洋溢的是一种快乐。他们不让你高处不胜寒,也不让你看到人生的低处,只给你足够的自信。一仰头,一杯酒,那酒喝在肚里热乎乎的,你感觉不出他们的愁绪百结,只觉得他们侠骨柔肠,淋漓酣畅……

喝多了酒,平庄的男人讲的都是些"酒"话。但这种酒话一定让你忍俊不禁,或捧腹,或喷饭,立即成了下酒的作料。比如,你在草原上纵马驰骋,不小心摔下马,他们一定用语言给你建造一个"某某名人落马处";比如,你因为喝酒而上火牙疼,他们一定会带你进医院,明明是医生诊治的,他们却说是漂亮女护士的功劳……平庄人的机智、幽默,仿佛就是酒培育出来的,他们的"酒"话,就像那一壶酒本身,总让人感觉身心温暖,韵味绵长。

早上是酒,中午是酒,晚上也是酒。当然,平庄男人喝酒后,也会请你去喝茶,常去的是和美茶社。主人是茶客,也是酒友,一壶好茶,喝着喝着,进了嘴里,不知不觉就变成了酒。平庄的男人似乎不喜欢茶的轻咽慢品,早已习惯了那种大碗酒的感觉。这种大,便也影响了平庄的女人,她们先是在茶社里静静地抿着,抿到动情处,也大碗地端酒,酒里透着的是另一种爽朗、另一种豪迈,天长日久,这种爽朗和豪迈,就酿成了平庄男人和女人的一种气质,一种大气,一种处友之道。平庄的男人和女人仿佛都记着这种大,但他们嘴上不说,只是喊着:"来,再整一个!"

酒能醉天下,却少不了"瓶装(平庄)"。想想还真是。酒是瓶装,瓶装的却不一定都是酒。瓶装的可以是油,是水,是空气,但这回我们喜欢喝的酒可真的都是"平庄"。平庄的酒让人醉,而且,那种酒一喝就柔情似水,地久天长,一醉就有一辈子的友情。

呵呵,平庄的男人。

平庄矿区的男人。

2009年8月2日晨,内蒙古赤峰市平庄镇

游抚仙湖记

流玉的溪,抚仙的湖,都是极美极好听的名字。所以一到玉溪,听说要去笔架山下的抚仙湖,便荡起了一脑子的碧波绿水——抚仙湖名也有典故,说是远古时有姓肖和姓石的两位神仙结伴神游,痴迷这万顷清波,于是搭手抚肩地看,看着看着,竟一时忘了归期,遂在湖畔陶醉化石,耸立成了两座石峰。天下湖泊叫"仙人湖""天仙湖"的怕不少,但都没有这一个"抚"字妙趣,让人心旌摇荡,如痴如醉。几天的劳顿,便随抚仙湖的出现一扫而光。

下了车,沿着湖岸走,满目都是涌动的湖水。阳光照在上面,远处湖水幽蓝,果真宛若闪闪发光的蓝宝石;近处湖水清澈见底,也如一湖晃动的碎银。深邃透明的湖水,碧绿与蔚蓝次第展开而去,浩浩渺渺——奇妙的是转过大蛤蟆石,湖面突然起了变化,大风骤起。有风就有浪,做惊涛拍岸状。一湖之水,一动一静如此分明,这在别处也是少有的。退出风浪口,悄然看湖,湖还是一望无边,望到的是影影绰绰的逶迤的青山。时节虽是冬天,听说京城里还飘起了入冬后的第四场雪,这里却温暖如春。当地人说,要是天气好,这里还可以看到"青鱼弄月"的景象。想那必定是有月的晚上,明月天上,几条浑大的青鱼簇拥水里,轻弄月影,当然美妙。蹲下身子,掬一捧湖水含在嘴里,甜甜的,滑落在指尖的水像一匹绸缎。难怪人们称这湖水是清醇的美酒,是仙人浴后的琼浆了。

　　湖山幽静,人走在岸上无法转个来回。便看湖边沟沟岔岔,这沟汊当地人叫"渔沟"。凡是渔沟处,必有水车,还有一种叫"倒须笼"的竹笼,说是到了每年立春,这湖里就有一种叫"抗浪鱼"的从深水里浮出来,成群结队、浩浩荡荡拥到岸边沙滩、礁石,寻找流动的清泉,抢水产卵。那时渔民们踩动水车,湖水从渔沟涌向泉池,鱼也会顺着渔沟游进沟中的竹笼,竹笼内有一排有着尖刺的"倒须",鱼进了竹笼就再也游不回去。渔民将鱼取走,渔沟和竹笼里只留下鱼产下的鱼卵,渔民们又轻轻地将鱼卵放回湖中。百里湖边,那时节浮起一片银光,煞是壮观。时令不对,没有见到那些叫着怪怪名字的鱼儿,只是一时兴起,便车起水车嬉闹一番。主人介绍说,那鱼名字叫得古怪,却极爱干净,只要湖水稍一浑浊,鱼们便掉头而去。决绝如此,说鱼有洁癖,怕是不对,想来还是对人有提防之心。

　　到了湖边,自然要游湖。没有那种烧柴油的游艇,只有人力脚踏的。二十几人早已按捺不住,欢呼雀跃着就上了船。同行中有"大校"之称的作家沉石自称指挥,立在船头,名编名嘴李培禹自告奋勇地掌舵。作家凸凹和一友在前,我和名小说家刘庆邦居中,用脚踩。只一会儿,船就不听使唤起来。船入湖中,湖水也变得狰狞起来,巨浪汹涌,水高船晃,船上很快就是一片惊呼。我踩了一会儿,感觉不妙,忙问培禹兄,知其死命将舵打得满满,一脸绿色。于是舍了踩踏,自个儿跑到舵边,舵已被知其不妙的帅哥评论家陈福民接在手中。于是果敢传达指令,船这才听使唤起来……原以为坐船游湖,独享抚仙湖之水韵,却被自己弄出一船的惊吓。培禹兄后来说,他一怕船覆水中,二怕滨老突发心脏病。及至上岸休息时,培禹兄依然心有余悸——滨老者,著名漫画家、魔术家,八十有四。说笑间,再来湖边,只见湖水静若处子,刚才的慌乱已恍然如梦,让人弄不清楚是湖动,还是心动了。

美丽之处也有惊险。夜宿抚仙湖的"女若别墅",越发品出湖的生动。偌大湖山,四处风景,有被称为"云南第一岛"的孤山,有尖如竹笋的玉笋峰,有状若笔架的笔架山,水下还有一座旧城。我们夜宿的地方只不过是波息湾——顾名思义就是波浪平息的地方。想起下午的游船,也惊出一身冷汗。要是在浪口,还不知道会弄出什么样的惊险呢。于是起身作文,题曰《游抚仙湖记》,给自己压惊。再静静枕着抚仙湖,随息波渐渐睡去。

2009 年 12 月 6 日,北京寓所

走森林

没想到短短几天，就静静地转了一趟镜泊湖与伊春的原始森林。时令刚交八月，但八月的阳光在白日里依然灼热。猛然走进森林，耳边喧闹的人声远去，面前也没有平常的嘈杂零乱，高大的树木和遮天蔽日的树叶，伴随着草木的清香，就像水一样漫过全身，浑身有一种说不出的轻灵和爽朗，这样走在森林里，就仿佛走进了另一个世界。

一听到镜泊湖的地下森林，我脑海里就没来由地翻腾了一阵，但怎么也想象不出那是怎样的一片林海，树木应该是在洞里，还是地上地下地疯长。及至从陡峭的林间台阶一级一级往下走，才发觉所谓地下森林，只是因为火山爆发而造成一片巨大的落差所致。森林当然还是长在地上的……红松、杉松，还有许多叫不出名字的高大的树木，一直在头顶上高高矗立着，一棵紧挨着一棵，生机勃勃，静享日月。外面是有阳光的，阳光从森林上空射来，只一抹亮，树叶完全遮蔽了日头。鸟声高远地传来，没有风，空气却在新鲜地呼吸，刚进森林时的满身臭汗，一下子就被什么吸干了,只觉全身凉飕飕的,奇妙无比。

沿着台阶慢慢地往下走,突然感觉身子仿佛被森林里的树叶托举着,在缓缓轻放。大多数的树木长得笔直,但也有摆各种姿势的,或抱成一团,或一树两干,一行人见到这种奇妙偶尔会失声惊叫。更有声音从上面或下面传来,只是这声音在森林里少了些乖戾之气,像一滴水珠从树叶上滑落,显得朴素而自然。说这里火山爆发,山脉被切成了突兀的峰峦,火山过后,树木生长,林木填满了沟壑,便成就了这样一片森林。绿叶蓊蓊郁郁,很容易让人生出幻觉,感觉这片森林就是那火山爆发的火焰,由红变绿……只是那火焰绿得有些浓烈罢了。

与镜泊湖的地下森林相比,伊春的红松就显得有些彬彬有礼了。因了游览的需要,树林间铺就了一条木头的栈道,红松身子一律高挑着,百年抑或数十年的森林在头顶上苍翠着,若隐若现的红,如梦如幻的绿,尽现韶华之美。信步走在林间栈道上,耳畔传来隐约的涛声,面前时常有小松鼠匆匆溜过,横卧石溪的古松,丛丛簇簇的菌类,零星小雨时下时停,林子里罩了一层雾气,林深处显得有些清冷,就感觉林子的不远处就是大海,仿佛有一树妖在暗处灵光一闪。我独自走了一阵,后面的人就跟了上来。大家一路走,一路一棵棵数着树——原来,这栈道旁的树都有人领养。导游说,某某大树是某大官领养的,某某大树是某大商人领养的。我这才看清,原来这些树都是挂有牌牌的。

问:有一般老百姓领养吗?

答曰:有,不在路边,在里面。

于是就信步走下栈道。果然是有,却是路人看不见的。树的领养也分级别？心一动，突然就明白了什么叫达官贵人，什么叫一介草民了……回到栈道，见路边一棵大树醒目地倒伏在地，大家都没看清这领养人的名字。导游却开起了玩笑，说："这也是一个大官，因为贪污被抓，没空顾及这树了。"惹得人们一阵唏嘘——人或有善恶，树却是有涵养的，但愿只是玩笑。

　　再在森林里走，脑海里受了那分级别领养树的影响，忽然就感觉那些树都是一些孤儿、养子，心里便不由得怪异了起来。这样，不知不觉脚步就愈加快了些。面前当然还是葱绿的林木，只是太阳出来了，阳光如蝶般照在林间，林间发绿的溪水哗哗有声，如同森林的笑。又有鸟声叫起，鸟语松香，就觉得身上有什么东西宛如松子一般噗地滴落下来。身轻心静，犹如刚刚完成了一次森林浴，顿有无限出尘之感。

2009年12月7日，北京寓所

散文的性情
——秋声散文集《赶路的月光》序

那晚酒后,朋友们仿佛都意犹未尽,说声"喝茶去",就"喝"到和美茶社去了。和美茶社与其他的茶馆茶楼似乎没什么两样,甚至还略显简陋:一溜靠墙而立的柜台上摆满了各式各样的茶叶,还有一方硕大的石雕般的石桌。石桌经过茶渍的浸磨,沾了茶的灵气,润泽如玉,油光闪亮。我们一行人将它围得水泄不通。主人不急不躁,乐呵呵地张罗着沏茶,五大三粗的汉子穿梭在逼仄的茶室里,自然显得局促而腼腆。朋友说:"喏,这就是秋声,也是性情中人!"

便这样认识了秋声。秋声生得敦敦实实,膀大腰圆,言语不多;站如铁塔般的红脸汉子,却整天在石上烹茶,把玩一壶,稍有闲暇,也是静玩山水,对花醉语。或动或静,一言一语,透露出的也多是北方男人的侠骨柔肠,难怪连名字也取了缠绵的"秋声"……都说某某是"性情中人",我想大概指那人的性格率真、豪爽,是那种嬉笑怒骂、忘形于语的人物,看来有失偏颇。真正的"性情中人",合该是率性自然,随心而为,于别人或是豪放阔朗得无障无碍,于秋声却是斯文安详得无拘无束。"茶社简陋,石台拙朴,只是尚可平静快乐地做事,无拘无束地喝茶,便是我自己的欢喜。"及至后来读到秋声的文字,我就越发加深了对他以及对"性情中人"这个词的理解。所谓"性情中人",当是一个有至兴、至真、至诚的心情的人,自然与一切的做作无关。

  依了这样的理解,看秋声和秋声的文字,想一位粗粗壮壮的汉子,把茶叶一片一叶地拨弄在紫砂壶里独自品味,或默默对花醉语,或与一群茶友在茶室里把玩茶艺,就有些忍俊不禁。然而,秋声是真实的,真实的秋声时而古典而落寞,比如在兴致正酣的酒宴上,他会离群而去,独自回到自己的茶社,泡茶听曲,参详人生大事,渐渐把名利看淡;比如在怏怏的病中,他会无端地把玩起一方石砚,思念远方的友人;比如在花开的季节,他会在清晨看花,与花独语,"犹为离人照落花",把死亡看作是人生的一种超越……当然,秋声的性情不只在茶和这些风花雪月中,还在山水、在亲人、在他心灵之中。甚至,他的心灵还很脆弱。妹妹结婚,他穿着随便,妹妹一句"哥,平时穿衣服很好看,今天故意穿成这样,是砸我场子来了吧?"就让他感觉天旋地转,病情突然加重了一般(《浮生一日》)。由此看来,秋声不仅真实,而且脆弱与善良得有些可爱。

  当秋声把他的散文集《赶路的月光》放到我的面前时,我有些感动。读他的文章,感觉他无论是在茶社酒坊中的"静",还是在山水花草间的"动",为文似乎从不刻意,他的文字可以说都是他性情的真实流露,朴实亦如他的为人。很喜欢他在《笑红尘》里说的:"……并非我不拜佛。我了悟我的心灵要时时不断地将它掸拂擦拭,不让它被尘垢污染障蔽了光明的本性,便比拜了还要让佛欢喜。我未有觉悟,未得慈心三昧,也是一样要在生命平和之中执着地追求自我完善的心态。"——散文是一种性情,自然这种性情涵盖的是一位作者对生活、对人生、对艺术的理解与表达。相信深谙"茶道"的秋声对此也是体悟颇深。

记得那晚在他的和美茶社,朋友一句"性情中人"的介绍,就使茶桌上"风云突变",茶局顷刻间换成酒席,轻抿小啜一下子变成了一场豪饮。灌了一肚子的啤酒,面前一壶好茶顿时就失去了味道——真是遗憾。私下很想对秋声说,什么时候再得机缘,静静地看你把玩一回茶道,讨一杯香茶喝,如何?

权且为序。

2010年6月20日下午,北京寓所

故乡深情
——凌翼散文集《故乡手记》序

曾写过一篇《散文散话》。我说:"……童年几乎就是故乡,故乡大都非常乡土。因此乡土无一例外地成为散文作家的宿命。"一直以来,事实上许多的"故乡"都在我们童年和少年的视野里反复呈现并被吟哦。尽管那里有着我们无邪的目光、纯真的迷恋和刻骨铭心的疼痛,但抑制不住在纸片上翻飞的,往往都成了一种怀念的炫耀。这回,猛然读到凌翼的《故乡手记》,我眼睛一亮。故乡在凌翼的笔下不再是记忆的回望,而是真切的当下,是正在进行时。虽然有些日常,有些琐碎,还有点行色匆匆,但他对故乡的匆匆一瞥却异常深情。

凌翼写这组《故乡手记》的笔法,在二十世纪二三十年代乡土作家如沈从文、师陀、吴组缃那里也许会找到影子。真的羡慕他生活奔波在喧嚣的都市,却有着这么一段小住故乡的恬静时光。我也曾有在故乡驻足日久的时间,但天天在觥筹交错、声色犬马中度过。故乡的丘陵和县城的场景,似乎远不如他的那被大山阻隔的山村那么淳朴和安详。相反,所谓与时俱进的"变化"却使我莫可名状。凌翼告诉我,他的故乡除了四季的更迭、人的催生和催老以外,似乎永远都处在那种没有变化的状态中。实际上,他那土砖瓦房的山村也开始有了楼房,有了电话和手机等现代通信工具,更有了外出打工的民工,但他们的生活一以贯之地"波澜不惊",即便他拿了手提电脑在桌上写作,舅妈、舅舅看见了也不感到新奇……故乡在变,但深居其中的乡亲们浑然不觉。他们日出而作,日落而息,身边任何事物的变化都无法改变他们内心的恬淡……面对这样的故乡,凌翼心头的感伤可想而知。

站在龙坑口,听河水的琴音,望远山峰峦跌宕。对面空阔处,是一片沙洲。另一条小溪从黄柏洞"娓娓道来"。层层梯田,被农人梳得"条分缕析"……(《观察》)

四周是绵延的群山。越过对面的楼房,东岸那方,萝卜寨一峰独秀;北槽那边,云岭雄踞双峰尖下。后面小鼓山近在眼前,它从石花尖蜿蜒而来。港口那面,层层叠叠,最高处是牛子岭。(《眺望》)

凌翼赣西的故乡是美丽的。文字也显得美丽、干净。在美丽的故乡,凌翼就像一只可爱的绿青蛙,或是一只梅花鹿,蹦蹦跳跳在故乡的山水间,时而,他会抓着一只萝卜,帮着妻子刨萝卜丝;时而,他胸挂照相机,为没照过一次相的乡亲照相;时而,他散步到某个山头,俯瞰村庄,或与老农搭讪;时而,他也会与妻子一起去赶墟……过年了,亲人们忙着杀猪、写对子、贴春联、烧年饭。

然而，与亲人一起为过年操持的凌翼终究与他们不同，他只是偶尔劳动，这里有他多年不在故乡的久违的欢欣、陌生的熟悉，有"闰土"见到"迅哥"的隔膜，还有着他一心想"写作"而优越着的小小的私心与大大的"野心"，真切地重温故乡的乡风民俗，真实地描写故乡的风土人情、一草一木，及至心灵里的隐忍与疼痛。比如，他看见父亲，说"他的脸上没有多少肌肉，一种可怕的瘦，像刀子一样刺痛我的眼睛"（《东岸》），说不上不动声色，却是掷地有声。

> 远远地看见河边新盖起一座厂房。看那规模，十有八九是造纸厂。走过去一打听，果然。
> 上游的几家造纸厂，因为排污问题被环保部门关闭了。难道这里建这种污染严重的厂，就没有人管吗？
> 妻子说："如今这世道，花钱打打黑，什么事不能摆平？"
> 她说的倒也是。可这河……
> 我在河边躅步，为这条已不纯净的河流悲叹！（《东岸》）

一个游子、一位漂泊者面对故乡的一切，此时却显得那么无奈。亦如我在故乡。乡亲们打算修一条天天要走的路，自己的集资远远不够，于是密密麻麻按了许多的红手印，写了一纸报告交给村里，也给了我一份，希望我找"上面"，重视一下。然而，泥牛入海，我却不能让他们如愿。这使我两年多来心情都很沉重，觉得欠了乡亲们一笔巨大的良心债。尤其走在那条路上，看见乡亲们至今仍肩挑背驮着沉重的担子,吃力地爬坡,总是一阵揪心。好久以来,我一直为不能为故乡做点什么而感到羞愧和耻辱,连下笔提起故乡,都感觉轻薄和伤感。凌翼说到故乡"每每念及,常常感到惭愧与汗颜"——仅这一句话,就感觉出自我的兄弟之口。

2010年6月22日晚,北京寓所

小说和小说之外的刘庆邦

静悄悄地来了,又静悄悄地走了。当然,见面时我们总少不了寒暄,走时也必定会打一声招呼:"我走了啊!""我出去一下啊!"……声音里透着亲切。然后,挎着那标志性的军用小挎包,他就轻轻地下了楼——时光荏苒,屈指数来,我和庆邦在京城的同一个屋檐下,相识与相交已有十多年了。十几年抑或几十年,他的绿色军用小挎包也新换成了褐色的小挎包,但与我们日常交往的情形基本没有变。来了,收拾好自己的房间,他就默默地坐在里面写小说,每天只写一两千字,完成自己规定的任务就收工。成天沉浸在自己创造的小说艺术世界里,他有些陶醉,也有些幸福。

当然,我们也要经常交流一些工作的。

他除了是北京市作家协会的副主席、专业作家之外,还是我们中国煤矿作协的主席,是《阳光》杂志的前任主编,现在仍然是我们杂志的特约编审。有时,为了作协和杂志的事情,我会到他的房间,坐在他的沙发上向他汇报工作;有时,在写作的间歇,他也会捧着茶杯,静静地踱到我的房间说上三言两语。这样,作协和刊物的很多事情一下子就谈好了。正儿八经开会的情形也是有的——开会总少不了讲话,看他漫不经心,但话一出口,却是深思熟虑,说得特别认真。比如,煤矿作协每四五年会评一次"乌金奖",对这个全国煤矿文学的最高奖项,领导们都很重视。启动大奖的时候,大家一起开会,我们说些评奖上琐碎的工作,他强调的则是评奖的纪律。他要求大家认真,提醒大家注意保密,尤其不要接受别人的"信封"云云,说得大家都笑。笑过之后,大家对他的郑重其事和周到细致都心生敬意……有时,我们杂志社几位编辑为一篇稿子争得面红耳赤,相持不下,我就会拿给他看。他立马放下手中的活计,不仅认真看,而且还认真地写出审稿意见。作协发展会员、培养新人、开展活动……若说煤矿作协和刊物这些年取得了一些成绩,与他这种认真的工作态度和责任心是分不开的。

说起他生活中的认真劲儿,从我们偶尔的娱乐活动中也看得出来。他好玩牌,出差在外,朋友们赶在一起,就有一些扑克的牌局;工作之余,一年里也会有三五个朋友相邀玩几场牌。他出牌慢条斯理,该出的出,该闪的闪,他从不轻狂和随意,若输了牌,最多自言自语一句:"唉,打得真臭!"开始打牌时,我总有些胡闹,一时兴起,出牌时嘻嘻哈哈,就有些玩笑的成分。他看出来了,轻言慢语地说:"打牌要认真,打牌都不认真怎么行呢?"……"敬畏文字""诚实劳动""用心写作""凭良心"这些平常的话,都是他写创作谈时用的标题。他这么写,在别人看来,也许只会当作一种老生常谈,但对于我们这些天天与他相处而了解他的人来说,却知道他是怎样的言为心声,怎样的一种自省与修炼——我这样说,或许让人以为他是一个爱"较真儿"的人,其实也不是。他是一个宽容的人,甚至显得十分宽厚。

早些年,他与我的四五位同事一起坐在一间大办公室。那里,电话铃声此起彼伏,忙忙叨叨,他却像一位入定的老僧,在自己的桌上写着小说。后来,我们俩在一间办公室,我的工作电话多,又喜欢烟不离手,屋里经常烟雾缭绕。他一进门便放下自己的小挎包,照样伏在桌上写小说,弄得我过意不去,他却泰然处之,丝毫也没有责备的意思。实在写累了,自己就从屋里踱出去,散步、晒太阳,或者找一块绿地活动一下筋骨。完成了自己的写作任务,他另一种休息的方式就是下楼去拿报纸和信件,然后翻翻报纸和杂志。再后来,我们好不容易弄了两个房间,他才有了一间真正属于自己的写作的房间。尽管颇费周折,他却没一丝厌烦,更没有一句怨言。

写作是要有一定的定力的。庆邦就是属于那种有定力的人。这不仅表现在他对工作和生活的态度上,还能从他的创作态度上看得出来。读过他小说的人都知道,文坛上那些年总有一些"时尚"的东西作祟,一阵风接一阵风,一个浪接一个浪,让人眼花缭乱。但他从不追风逐浪,总像一位持重的钓者,只钓自己的那一尾鱼;又仿佛一座智慧的岛屿,只生长自己的植物。"老老实实地写",他还把这话写进了他出版的一部小说集的序言。他说:"我尊重同行们的创新、求变和探索,但文学不能赶时尚,时尚都是肥皂泡泡,炫目得很,也易碎得很,我们永远赶不上。生活是在不断变化,不断给我们提供新鲜的感受,我们应予以关注。但变中有不变,文学也应该关注那些不变的东西……"

有一段时间读他的小说,我觉得他小说里有一种水草般的轻灵,仿佛一泓清水浅浅地流淌在青草间,洇出了一大片的美。不是那种密不透风的味道,而是一种漾着水、漾着爱的轻盈。我仿佛还看见青草上那晶莹的水珠。他的确是追求美的,小说往往呈现的是一种或明朗或阴柔的人性美,即便写悲剧,也有一种夺人心魄的酷烈之美。美可以说是他小说的基调。许多人喜欢他的小说成名作《走窑汉》,这篇小说写的是一位矿工常年在井下,而在井上的妻子被人欺辱,那矿工找人复仇的过程。这是一篇具有复仇性质的小说,故事说起来简单,他却把它写成了一个灵魂拷问和精神逼迫的人性悲剧。或许是生长在南方的缘故,我最喜欢的还是他的《曲胡》《鞋》《梅妞放羊》《春天的仪式》《响器》等等被我称为"浸润着水草性质"的小说……我甚至认为,读他的书必须在心静的时候,最好是在春天,躺在有太阳的草地上,一边牧羊或者放牛,一边静静地翻着他的作品,那时,阳光的味道和青草的味道会使人沉醉,从而憧憬和感悟人生……

记得我刚到北京工作不久,有一回接他的电话,他称我是"有南方口音的人"。熟悉了,操着浓浓的南方乡音,我喜欢冒冒失失地谈他的小说。有一回,我问他:"你的小说有些沈从文、废名、汪曾祺的味道?"他点了点头。后来我才知道,他喜欢《红楼梦》,喜欢曹雪芹,现代作家里爱读的是鲁迅和沈从文的小说。这两位文学大师的作品对他的创作都产生过影响。他曾把鲁迅小说和沈从文小说作过比较,说:"鲁迅小说重理性、重批判,风格沉郁,读起来比较坚硬,但深刻;而沈从文小说重感性、重抒情,风格忧郁,读来比较柔软,小说表现优美。"如果说,在鲁迅的小说里,他看到了非同凡响的思想之美,使他认识到了作家对社会与人生思考的重要性,那么,沈从文的小说就让他享受到超凡脱俗的情感之美和诗意之美了。沈从文的很多情感饱满、闪烁着诗意光辉的小说,更是契合他的审美趣味,他如同找到了精神导师。沈从文先生在世时,他就想去拜访,但最后还是怕打扰人家而错过了机会。而对于汪曾祺的小说,他认为汪继承了沈小说的衣钵,在新时期文学中起到了承上启下、承前启后的作用……知道他对他们都有着自己透彻的研究和独特的见解,我很为自己简单的理解感到冒昧和唐突。

很快,我就读到了他的很多另一种风格的小说。比如他的《平地风雷》,写的是"文革"时期一位老实农民因受欺侮而报仇的故事,写得也非同凡响,透过故事的本身,深深地揭示出了人性的悲哀和民族的劣根性。评论家陈思和说这篇小说写的是"在一个令人压抑的环境里,人们本能地抗衡平庸,妄想制造一些刺激性的事件宣泄心中无名的苦闷"。这一篇有别于我认为的具有"水草"性质的其他作品,它充满了阳刚之美……实际上,他有很多这样的作品。由少年到青年的农村和煤矿生活,由思索和努力而得出的对人生、对艺术的看法,使他的脚下有着挖掘不尽的乡土、煤矿和城市的深厚土壤。这三色可以说是他摆弄小说的魔方,谁都不知道他用这些魔方会"制造"出一篇什么样的小说。说他的小说是一坛陈年的老酒历久弥香吧,我想并不过分和夸张。比如,他多年前的作品《鞋》,小说那如纳鞋底的细腻的笔锋,氤氲了一种温馨的艺术光芒——一双布鞋,许多有乡村恋爱经历的人都珍藏过,其中所蕴含的女性光辉和人间真情叫人怎不珍爱和亲切?……他写了七部长篇、三十多部中篇、二百多篇短篇,这样的数量是很大的。从长篇小说《断层》《远方诗意》《平原上的歌谣》《红煤》《遍地月光》,中篇《神木》《卧底》《家属房》《哑炮》,到短篇《走窑汉》《鞋》,等等,研究过他小说的人都知道,他有着几种方式和语言的写作……人类本身的缺点和人性的真与伪、善与恶、崇高与卑微,他都写得不动声色,对社会、对人情和人性的揭露与展示更是力透纸背,自然他的小说观照的都是我们的民族之魂、国民之性……因此,读他的小说,不仅是要在阳光下的青草地上,也需要在黑夜和黎明,需要在一切需要思想的时候——在这个喧嚣与嘈杂,大众文化、精神快餐正在不断败坏我们胃口的时代,我想,读他的小说是可以帮助我们剥落一些浮躁的。不要仅仅看到文坛上"各领风骚三五天"的表演,人们最终还是需要一种沉甸甸的黄金品质的艺术和人格,而他和他的小说是会为我们提供这些的。

关于小说创作,庆邦的很多见解新鲜而独特。他有过"小说的种子"和"含心量"的说法。他认为,小说的种子有可能生长成一篇小说的根本因素,它生根、发芽、开花、结果,小说才成为一个完整的世界。我听他讲这话的那一阵子,轻言细语,仿佛心里真的装满了大把大把小说的种子……他还总结出小说的审美,说"哪里美往哪里走",提出小说创作的"实"与"虚"等等观点。他认为,存在、生活、近、文字、现实、客观、物质、肉体、具象都是实的,而相对应的理想、情感、远、味道、思想、主观、精神、灵魂、抽象就为虚……小说就是要处理好这些实和虚的关系问题。他怕没说清楚,耐心地解释说:小说就是这么一个"东西",即真真假假,虚虚实实,实中有虚,虚中有实。为此,他分析出了几个层面,说第一个层面是从实到虚,第二个层面是从虚到实,第三个层面从实又到虚。这是层层递进的三个层面,或者说这几个层面是一步一步提高的。只有把小说写虚了,才能达到艺术的要求,才能真正成为艺术品。从实到虚,就是看山不是山,看水不是水。到了第二个层面,就是看山还是山,看水还是水。第三个层面,山隔着一层雾,水带着一片云。从实到虚,是从入世到出世;从虚到实,是从出世再到入世;从实再到虚,就是超世了……这些观点类似于佛教的"悟禅",有些玄妙,但他用自己的创作体会做例证,又毫不保留地把观点讲得深入浅出,大家听了都懂,都受启发。他曾在《中国煤炭报》当过副刊部主任,又在《阳光》杂志当过主编,培养的作者成了"气候"的就不少,他当然知道作者心里最需要的是什么。他讲得慢条斯理,听众听得津津有味。因此,他的课很受欢迎,让听众觉得这是一种美好的享受。

庆邦好像还有个"距离"的说法,大意是说人与人的相交得有"距离美"。写小说是一种"审美",与人相交,他时时用的也是一种美好的眼光。他诚实为人,也以一颗善心待人,真的遇到什么不平之事,顶多连连说上两声"这不好,这不好",就算是最大的愤怒而没有了下文。当然,有些事是由不得他的。他写了"千万别讨论我",但还是被开了一次作品研讨会;他说"短篇王"是个纸糊的高帽子,但人们见了他,还要恭维他几句"短篇王"……远远地,要是隔着"距离"看庆邦,更多的让人觉得他性子像一只温和的小绵羊,不急不躁。单说常年挎在他身上的一只过时的军用挎包,就叫人浮想联翩，疑心那里面一定暗藏着一颗小说的心。"不然，有谁能像他那样持续地写出那么多出色的短篇小说来呢？"著名作家王安忆干脆这样说过。说起他与王安忆的交往有一段故事：一九八五年九月，《北京文学》发了他的短篇小说《走窑汉》，小说排在第四条位置，一点儿都不突出。但王安忆读到了，感觉很好，说"好得不得了"，立即推荐给了评论家程德培。程德培随即写了一篇题为《这活儿让他做绝了》的评论发在《文汇读书周报》上，并把小说收入了他和吴亮主编的《探索小说集》里。小说得到王安忆的赞赏，庆邦的自信心自然增加不少，惺惺相惜，从此便和王安忆有了联系，并结下了很深的友谊。

这样，他那挎包里不仅有一颗小说的心，还有一颗温暖而悲悯的"人心"了。王安忆说，只要在煤矿的地方说起他，都会有酒喝。这里的"酒"，当然不只是他的"名"，还有他的为人和为事。他开始工作在煤矿，写作和感情与煤矿都有着一种割舍不断的联系，这也是后来他还愿意继续为煤矿的文学事业工作的原因之一。就是现在，不管是熟悉的煤矿老板，还是一般的矿工，他都会把他们当作"哥们儿"，无论是好酒，还是一般的酒，他都喝得一样尽兴。有一年，河南平顶山煤矿发生了特大瓦斯爆炸，死了不少矿工，他二话没说，掏钱买了车票就去。去了也不麻烦别人，一个人悄悄地采访。回来后，他写了一篇题为《生命悲悯》的报告文学。在这篇文章里，他把自己全部的感情都投放在那些死难的矿工和矿工家属身上，对劳动与人性进行了深刻的思索。作品一经发表，就在矿工间引起很大反响，甚至成了矿工的安全教材……

庆邦更是一个著名的孝子。他的父亲死得早,兄妹几人都是母亲一手养大,到北京工作后,他常常把母亲接到身边。母亲在老家,他也会挤出时间回去陪陪她。母亲生病时,他天天守护在母亲身边侍候,直到把母亲送老归山。母亲去世后,年年清明,他都回去祭奠,有时候,还一个人住在母亲生前为她新建的那已经长满了荒草的房子里。

这里,抄录一段他写母亲的文字——

父亲死时,我们姐弟六个还小,大姐最大十三岁,最小的弟弟还不满周岁,上头还有一个年届七旬的爷爷,一家八口全靠母亲一个人养活。为了多干活,多挣工分,母亲从妇女队伍中走了出来,天天跟男劳力一块干活。母亲犁地耙地,放磙扬场,和泥脱坯,挖河盖房,凡是男劳力干的活,我们的母亲都一点不落地跟着干。在秋天的雨季,母亲要冒着雨到地里出红薯,不出红薯全村人就没吃的。出完红薯回家,母亲全身的衣服都湿透了,身上滚的全是泥巴。在大雪飘飘的冬天,妇女们都不出工了,在家里做针线活。这时母亲要和男劳力一起往麦地里抬雪。初春队里的草不够牲口吃,母亲要下到冰冷的河水里,为牲口捞水草。母亲所受的苦累和委屈,一想起来就让我这个当儿子的痛彻心扉。我对两个姐姐和弟弟妹妹说过,我一定要写写母亲。可我的小说还没写出来,苦命的母亲已于二〇〇三年三月五日去世了。母亲再也看不到我的小说了……

母亲去世后,他写过不少回忆母亲的文字,读起来叫人泪水潸然。

说起来,庆邦的小说创作起始就受到过汪曾祺、林斤澜两位小说家的赞赏。这三人的交往后来也有些意思——林老曾以"一棵树的森林"比喻汪老,后来又用这话比喻庆邦。庆邦知道了,说这样的"比喻"实在不敢当。倒是林老说他的创作"来自平民,出自平常,贵在平实"和汪老当年指点他的"你就按《走窑汉》的路子走,我看挺好"这两句话,他记在了心里。他和汪老、林老感情都很深。林老在世时喜欢喝酒,喜欢收藏漂亮的酒瓶,他会拿出自己珍藏了多年的好酒与林老一起品尝,见到值得收藏的酒瓶,也不忘带给林老。林老去世时,我和他一起去八宝山送别林老,到了林老逝世周年时,他还专门去了一趟通县(现通州区)祭奠,那天好像与林老的女儿布谷还喝了些酒……轮到自己写小说有了名望,来看望和向他讨教的人就很多,这样就少不了饭局,他也总是自己拎了酒与大家一起分享——和他在一起吃过多少回饭我记不清楚了,但与他第一次喝酒倒是印象深刻。那天,大家依了他,都喝,每人两大杯,居然没有一个醉的。庆邦的酒量究竟有多大,或许很少有人知道。但与他一起喝过酒的人都会说,他的酒风亦如他的牌品和人品,那是一点儿也不作假的。有时他那喝酒的样子,就让人觉得他像一个顽童,非常可爱。

这种可爱,我还会从他平时的一言一行中深切地感受到。比如,有时下班之前,他会给他爱人打一个电话,喊着老婆的名字,问"今天吃什么啊",或者说"今天我买了一点儿面,晚上就吃这个啊",声音温柔而亲切……我们办公室的楼下有一片小小的草坪,草坪里有一棵石榴树,还有一丛翠竹。写作的间歇,他会去那里扭扭手、甩甩腿,偶尔还会对着红红的石榴走一会儿神,说上几句话;出门在外看到美丽的湖海,他会一个人潜下水里,尽情地畅游一番。他亲近自然,爱自然的一草一木,也爱一切的动物——朋友间流传着他的一件趣事,说是有一次到山西大同一个煤矿去体验生活,他在路边碰到一头拉煤的骡子,抱着骡子的脑袋,说:"辛苦了骡子,你要跟着人受累……"竟说了半天的话。在他的眼里,这些动物虽然不会说话,但都是有灵性的。他说:"正因为它们不会说话,我们才需要用人类的语言来理解它们。"

善待一切,总这样有意无意地渗透在他的言行里。

我在前面说过,我与庆邦相识、相交和相处转眼就是十几年了。我和庆邦都属兔,他正好又大了我一轮。在这十几年里,我先喊他老师,而后又是"庆邦老师""庆邦"地乱叫,他从不介意,也慢慢习惯了。现在,我们当然少不了天天都要说上几句话——记得前不久的一天,他告诉我,他从农村出来四十年了,收麦的时候从来没有回去过,很想在收麦的季节回老家去看看麦田,感受一下久违的大平原上麦子成熟时,那遍地金黄、麦浪滚滚的华美与壮观的景象。他说,收麦的劳动激动人心,就像一场盛大而隆重的仪式,尤其是现在用联合收割机收麦。他要在成熟的麦田里待一待,看看用联合收割机收麦的全部过程,闻一闻那麦田的芬芳,享受一下大地丰收的喜悦。我听了都有些激动——读过许多写与名家们交往的文字,很为他们之间的那种友情感动。有时候,我就静静地想,我能天天与庆邦生活和工作在一起,真切地感受他生活中的点点滴滴、一言一行,这该是怎样一种值得好好珍惜的缘分!

2010 年 6 月 24 日,北京东城区和平里

在雨天怀想袁崇焕

如果不是一场雨,我想,我和袁崇焕这位历史人物是会擦肩而过的。

然而,雨在不停地下着,在这绵绵的细雨里,我用一上午的时间走遍了宁远古城。下午,雨一阵紧似一阵,越来越大,毫无停止的迹象。我透过所住酒店小木屋的玻璃窗望着外面,雨像在愤怒地宣泄着什么,挤压着大海,大海波浪汹涌,像脱缰的野马一般咆哮着、怒吼着。密密的雨幕里,我依稀看到了明清两军交战的刀光剑影,仿佛听见了两军冲杀时的鼓角铮鸣。这时,我突然想起了袁崇焕,想起明朝这位名将在辽西大地上的命运沉浮,为历史的残酷和错愕不由得吸了一口凉气。

宁远古城始建于明宣德三年(一四二八年),是扼守辽东的关外重镇。史载:自明万历末年到天启初年,努尔哈赤起兵拔占了辽东七十多座城池,明朝先后任命三任辽东经略以抵抗,三人均因种种原因兵败而获罪。身为下等文臣的袁崇焕"单骑出阅关内外",考察军情后,竟自告奋勇,说"予我军马钱谷,我一人足守此"。天启三年(一六二三年),赏识他的新任辽东巡抚孙承宗采纳他"决守宁远"的建议,"命满桂偕崇焕往",在宁远筑就了高城。这以后,孙承宗又与他"遣将分据锦州、松山、杏山、右屯及大小凌河,缮城郭居之。自是宁远且为内地,开疆复二百里"。可惜好景不长,孙承宗受宦官排挤辞官,剩下正任"宁前道"的袁崇焕在没有外援的情况下,抗命誓死不撤退,号召士卒百姓坚守宁远古城,终于挫败十余万清兵的围攻,让那位二十五岁起兵,征战无数,所向披靡,攻无不克的努尔哈赤输得一败涂地,以致在六十八岁时一命呜呼。

这就是史称"宁远大捷"的战役,是明朝对清战争取得的第一次重大胜利。

在这以前,袁崇焕只是南国的一介书生。有意思的是,他的生命几乎是伴随着努尔哈赤而成长的,如果不是努尔哈赤对明朝起兵,他被推到历史的前台,或许会是另一种命运。仿佛,努尔哈赤是袁崇焕的一个梦魇,袁崇焕是努尔哈赤的一个克星。"烟水家何在?风云影未闲。"据说,这是袁崇焕在县学读书时写的。求学时代,他身在岭南却心系辽东失地,每天都关心着国家大事。传说有一次放学回家,路过土地庙,他对土地神念念有词:"土地公,土地公,为何不去守辽东!"万历四十七年(一六一九年)考中进士后,他在家待了仅两三年,就于天启二年即天命七年(一六二二年),被朝廷委任为福建邵武知县。"讼少容调鹤,身闲即读书。"他的这两句诗既是他当时官场生活的写照,也是他不满足现状的真情流露。据夏允彝《幸存录》记载,他"为闽中县令,分校闱中,日呼一老兵习辽事者,与之谈兵,绝不阅卷"。——好像真的

秋山响水 | 049

是要什么来什么,很快,因为进京朝觐,他受到御史侯恂的举荐,被任命为兵部职方司主事,主管疆域图籍。这样就有了他"单骑出阅关内外"考察军情的那一幕,从而走上一条不归路,仿佛在劫难逃……

简单地梳理一下袁崇焕的人生轨迹,把思绪拉回到"宁远大捷"那一场战役上来——

袁崇焕把宁远城刚刚修好的那一年冬天,努尔哈赤想趁他立足未稳,一举拿下宁远城,于是率领十几万大军浩浩荡荡而来。但在离宁远二十里的地方他却突然停了下来,派出一个探子打探军情。探子回报说:"城里明军一不设防,二无守兵,只在城墙上放了许多水桶,袁崇焕带人正在城里打井呢!"水桶怎么能防城打仗?努尔哈赤笑了,决定第二天天亮前,趁明军睡觉时偷袭。那一夜,北风呼啸,滴水成冰,几个打更的明军士卒冻得钻进了哨窝棚。努尔哈赤带领大军匆匆赶到宁远城下,远远望去,宁远城墙变成了白亮亮的一大块,到跟前伸手一摸,又光溜又冰手,点起火把一看,原来是袁崇焕趁天冷,带领兵丁往城墙上泼水,使城墙外面结了半尺多厚的冰。偷袭上不了城,努尔哈赤只好把人马摆到城下,破冰硬攻。突然城上一声锣响,刹那间,城头上的火把将整个宁远城照得如同白昼,哗哗哗,一桶桶冷水泼了下来。努尔哈赤的士兵穿的是铁甲,一沾上水,人几乎冻成了冰棍,努尔哈赤自己的铁甲也冻硬了,只好退了兵……

我之所以说这个故事,是想说这是一个充满智慧的战争故事。很多人总结"宁远大捷"总归功于"红夷大炮",连袁崇焕自己后来也说是"凭坚城以用大炮"。无疑"红夷大炮"是他制胜的法宝,但像他这般运用智慧的战例也在辽东大地上到处流传。只是他把智慧用在了战争上,有人却开始把"智慧"用在他的身上,明王朝内部钩心斗角的阴云从此笼罩着他。

在宁远城里参观他的衙门时,我们恰好赶上一场演出:一个袁崇焕模样的人被一群人簇拥着,看似旌旗如潮,剑戟林立,威风八面,但"袁崇焕"有气无力地发号施令,一群人懒洋洋地应诺着。他们虽然只是在表演,但看那穿着明朝装束的蹩脚表演,我还是忍不住一阵作呕。我想,袁崇焕不是这样子的,肯定不是这样子。他们的演出尽管只是为了博人一笑,我却当真了,我仿佛感受到了明王朝没落的气息,那种气息在发霉的雨天里弥漫着……

"宁远大捷"在几年内对明清战局的稳定起到了重要作用,但也为朝廷内部的纷争造就了机会。此时,袁崇焕的命运就由不得他自己把握了,他已经被绑在了明王朝的战车上,空有一腔热血,却无力回天。在艰难的处境里,尽管他还创造了巩固关锦防线的"宁锦大捷"和保卫京师安全的胜利,噩运却从此如影随形,等待他这位曾立下赫赫战功的将领的更是一出惊天地、泣鬼神的悲剧:由于清主皇太极使用反间计,崇祯二年(一六二九年)袁崇焕回京师保卫北京,刚刚取得一场胜利,即被崇祯皇帝以"引敌胁和"之罪名磔于西市。更可悲的是,京师居民受朝廷舆论以及社会流言的影响,对他莫须有的"召敌""献地求和"的罪名恨之入骨,以致他被磔时,京师的百姓"争啖其肉","皮骨已尽,心肺之间,叫声不绝,半日而止,所谓活剐也"。亲睹此状的江阴人夏复苏曾记载说:"昔在都中,见磔袁崇焕时,百姓将银一钱,买肉一块,如手指大,啖之。食时必骂一声,须臾,崇焕肉悉卖尽。"

鲁迅笔下的"人血馒头"也不过如此吧！这是人性的愚昧、无知与残忍。后来有人说袁崇焕的遭际有点儿像宋王朝的岳飞，不同的是岳飞是死于苟且偷安、万人唾骂的赵构、秦桧之手，而袁却死于以"中兴之主"自命的崇祯之手。事已至此，明朝"自毁长城"，不亡已是毫无天理了——集权统治的可悲在于它只能生长在恶毒的政治土壤中，在这种土壤培植之下，君臣像是一群凶猛的动物，实在无法长出清明的政治品格。《明史·袁崇焕传》最后一句说："自崇焕死，边事益无人，明亡征决矣！"算是历史对他客观的评价，但实际上这也只是把希望寄托在某一个人身上的"人治"社会的翻版。袁崇焕之死是明朝的一个悲剧，更是中华民族的悲剧，是中华民族封建文明的必然结果。他如一颗彗星陨落，在君主专制的沉寂与黑暗的天空，尽管也划出了一星点儿光亮，但终究短暂且无力。

"杖策只因图雪耻，横戈原不为封侯。"这是袁崇焕在"宁锦大捷"后被昏庸的天启帝朱由校"准其引病求去"，临行前，宁锦的将士和宁远全城的百姓挥泪相送时，他写下的《边中送别》中的诗句，从中可以看出袁崇焕的心境。实际上，这种"精忠报国"的思想贯穿了他整个的人生。多年后他又遭遇陷害入狱，他念念不忘的仍然是辽东的大好河山，临刑前还作了一首绝命诗：

一生事业总成空，半世功名在梦中。
死后不愁无勇将，忠魂依旧守辽东。

这是一个人的呐喊，一个充满人性光辉的诗言志。

雨还在下着,在袁崇焕曾建立了历史功绩的这座古城里疯狂地下着。我在小木屋里倾听着这雨声,我不知道袁崇焕当年是否有过伫立海边、仰天长啸的时候,但这时,我分明看见了他就站立在海滩上,满身混沌,一片漆黑,乌云黑暴与大海仿佛融为了一体,朝他扑面而来,好像要吞噬他,又好像在控诉着朱明封建王朝那黑暗的集权统治……而在他的周围,在茫茫的大海的上空,聚集已久的一股戾气在扩散,在蔓延,像是在为一个愚忠的冤魂发出的深深哀鸣。

2010 年 8 月 5 日,北京寓所

在喧闹与清寂之间
——荆永鸣印象

认识永鸣十几年了。十几年里,我们之间交往的一些故事,总在朋友中不断被复述着。比如,在白雪皑皑的晚上彻夜不眠地饮酒;比如,在草原上疯疯癫癫地奔马;还比如,喝酒时喜欢找"好玩的人"……即便现在聚在一块偶尔说起,我们还有些动情,有一种怀念的情绪弥漫在心间,温暖而明亮。其实,我一直没告诉他的是,我和他的第一次见面也极有趣——二十世纪九十年代的某一天下午,我在办公室里正读着他的散文集《心灵之约》,他仿佛从天而降,穿门而入,就相互对视着——在我,或许想把手上细腻优美的文字与面前的粗犷汉子慢慢画上等号;于他,肯定也是满腹狐疑:一位"江南小生"(荆永鸣语)怎么就跑到了煤矿?

很快,我们就成了无话不谈的朋友。出生在内蒙古赤峰市平庄煤矿,茫茫大草原和煤矿生活,使他的性格天生地重情仗义,豪放、幽默、诙谐和刚毅,更不乏率真。因为,就在那天见面后的饭局上,朋友们就"抖搂"出了他的种种"传奇":说他在家乡时,除了工作与写作,便是呼朋唤友地喝酒,每月的工资都花在了酒馆,到了年底还欠了酒馆老板的银两；说他出差，在福州的街头遇上一个卖狗皮膏药的贩子，他竟上前凑热闹，结果被那贩子忽悠得身无分文；说他在火车上，短短几分钟竟热情地让人家掏钱买酒，俩人喝得酣畅淋漓，居然称兄道弟……我曾有五次到他的家乡，无论他在不在，作为他的朋友，我都真切地感受到他家乡人的热情、真挚和友谊，也更多地听到了他的故事。在他所有的故事里，他似乎从来离不开朋友，离不开酒，当然还有他那一腔温暖人心的侠骨柔情。慢慢地，我总感觉面前有一块煤的火焰，不停地在草原的风里明亮地闪烁、移动和燃烧。

我那时认识的永鸣，已经是煤矿的一位很有影响的作家了。他的小说和散文不断见诸一些重要报刊，被朋友们广为称道。著名作家陈建功、刘庆邦等和他也都是亦师亦友的关系。正因为他的文学成就，我所在的单位一直想聘用他——实际上，他在我们这里以及中国文联都工作过几天。然而，他就在北京与老家两头跑的时候，有一次回老家，毅然卖掉了住房，说要在北京开饭馆。说干就干，甜水井二十一号、四十三号、沙滩，他一下子就把饭馆开了三家……举家迁到京城，人生地不熟，白手起家开饭馆，其中的艰辛可想而知，幸运的是他的饭馆居然都开张了。从此，他的饭馆差不多就成了我们的"文学沙龙"。隔三岔五的，总有五六个文学朋友欢聚一堂。逢年过节，他更像兄长般把我们这些漂泊的朋友招呼到一起，然后抛开生意，陪我们喝酒、聊天……那些年，在夜深人静的时候，人们在甜水井或沙滩的大街上经常会看到一群人酒足饭饱、跌跌撞撞地从他的小饭馆里鱼贯而出，那一定就是我们……

二〇〇七年十一月,全国青年作家代表创作会召开期间的某一天,他打电话给我说晚上要请几位外地的作家朋友和同学吃饭,饭局定在我们下榻的宾馆的对面。傍晚,他如期而至,如约设宴,一桌、两桌、三桌……小饭馆里,作家们来来往往穿梭不停,谈笑风生,觥筹交错。结果,连我也记不清吃到了几桌。轮到结账时,我刚伸出手做出掏钱状,却被他挥手挡了回去,说:"你别管!你别管!"那一晚的流水席,不知道有几人清楚是他张罗的"盛宴",但一定会见到一位喝得醉眼蒙眬,却不停地照应大家的"哥儿们"……因为经常有饭局,久而久之,朋友们似乎养成了习惯,饭局上倘若不见有他,就会觉得缺少点儿乐趣。而他一到,往往喝了一场,意犹未尽,还会到另一个小饭馆再喝一场,直至一醉方休。诗人凌翼说,他是哥儿们,是那种铁哥儿们……在京城的文坛圈里,假设没有他,那不知得少多少酒场,得少多少趣话。荆永鸣有一个巨大的磁场,他是一块吸铁石,周围吸附着圈内圈外的朋友。甚以为是。

酒的烈焰、情感的温暖与热烈,伴随满脸丰富的表情、夸张的手势。他的幽默与调侃、浪漫与纯真,间或杯盏之间,他都极有分寸地把握着。肚子里倒进热辣辣的酒,心底涌出的是暖融融的情……他总给人营造着这样一种温馨,开饭馆的艰辛与痛苦却是很少说起。有一阵子,我在离开饭馆回家的路上,总会想到酒店打烊后,面对热闹之后更显空寂的饭馆,想他一个人独坐在那里的情形。其实他已把饭馆很多的操劳留给了妻子。在这种喧嚣之中,他已悄悄地写起了小说。他的蜚声文坛的"《外地人》系列"就是他开饭馆时期的作品。因为开饭馆,或许他更多地接触到了形形色色的外地人,了解了外地人生活的艰难、尴尬和无奈,因而对于背井离乡、对于乡愁、对于外地人,他也有了独特的理解和观照,同时,还是因为开饭馆奔波艰辛的无处诉说,正好寄寓在了笔端。虽无很多传奇,却有着幽默而极富感染力的细节,然后不动声色地叙述……于是,在街上摆摊的外地人成为城市人奋力要捉的"鬼"(《走鬼》);半夜,在街头烧纸祭奠父亲亡灵的外地人民子一家被收容,差点被遣送回老家(《纸灰》);外地人烧饼的自行车被城里人的桑塔纳追尾,面对气势汹汹,欲拎砖拍人的板寸,平时窝窝囊囊的烧饼竟然抄起了肉铺的尖刀,吓退了板寸,结果落下了一个抽筋的毛病(《抽筋》)……他在《北京候鸟》里借用一位餐馆小老板"我"的视角,叙述外地人来泰在北京艰难奋斗终至失败的悲剧,又在《大声呼吸》里干脆写起餐馆小老板刘民与一个城市的强烈对抗……外地人心灵与地理空间上巨大的丧失与逼仄、种种难堪与屈辱,他都描摹得入木三分。"《外地人》系列"小说一经发表,就在文坛引起了很大的反响。评论家们认为,在众多讲述农民进城的作家当中,他是尤其特别的一个。"荆永鸣的底层叙述有其复杂性。他是在其外的,又是在其中的,身份和认同的焦虑支配着他的小说。这种焦虑属于小说中的人物,更属于作者自己。在同类题材的写作中,很少有作者意识到我是谁的问题,其焦点通常在于他们是谁。而荆永鸣一直与我是谁这个问题斗争。这在根本上塑造了他独特的语调和眼光。"(李敬泽语)"……不过多地渲染农民工的苦难,而是平静地叙说他们在城市中的日常生活,通过一个个毫不起眼的细节来刻画他们遭受的内在的精神创伤……所以显得尤为沉痛。"(倪伟语)他对"外地人"专注的写作,使他的小说相继获得了《人民文学》《小说选刊》《北京文学》《十月》《中篇小说选刊》等许多刊物的大奖,取得了一定的成功,一跃成为当代小说界一位很有名气的小说作家。

但作为一位优秀的小说家,他实在又写得太少。

朋友们知道,这些年尽管他写的中、短、长篇小说都有,小说一经问世即引起反响,但差不多在一两年里,他就只写了那么一两篇小说……现实的人生,让他和他笔下的外地人有着一样纠结的命运:为了生计和家庭必需的忙碌,对于工作不能缺少的应酬,陪人上医院,接人到机场,迎来送往,不断地辗转于各种饭局酒场,要照顾各路朋友与亲人,还要经常地往返于北京与老家之间……写作,需要的恰恰是时间和清寂,而这些,对于他,近在咫尺却又显得遥不可及……喧闹与清寂,仿佛成了他生命"钟摆"的两极,总在不停地摇摆。在一篇创作谈里,他说他笔下的人物几乎都处在不同的"尴尬"里,"尴尬"差不多就是他小说里的一种符号——我倒是觉得,在相当长的一段时间,这种"尴尬"也就是他人生的一种符号。因此,更多的时候,我看见他眉宇间扭结的"尴尬"是有的,痛苦也是有的。幸运的是,他的这种心灵纠结的结果,现在终于迫使他又一次做出了抉择——像当年回老家卖掉房子一样,他毅然决然地搬离了市区南三环的居所,在北京良乡的窦店又置了一幢房子。说是远离京城的喧嚣,他要在那里清静地居住着,开饭馆、喝酒、写小说——他说:"我是乡下人,从哪里来,还要回到哪里去!"

2010 年 11 月 17 日晚,北京寓所

未完成的旅行

北京人说春天是"春脖子",当然是说春日的短暂。但去年北京的春天似乎迟迟莅临,又转瞬即逝,简直是连"脖子"也没见到,就进入了烈日炎炎的夏天。头一天,身上还穿着一件薄薄的棉袄,第二天穿上短袖却还是挥汗如雨。只是眼前的植物郁郁葱葱,仿佛春天里它们没有享受到尽兴的表演,攒足了劲儿就在夏天里疯狂地长。若不是知道节候是夏天,觉得嗅到的该是浓浓的春的气息了。

记得去年春天里去了一趟白洋淀。因了小说家孙犁写过的荷花,白洋淀在我印象里总有茂密的芦苇在风中摇曳着,荷叶田田,花团锦簇,人在荷花丛中穿梭,荷花的清香里就有一阵阵歌声响起。然而到白洋淀一看,面前的芦苇只浅浅一层绿芽,荷花却不见踪迹,几枝倒竖的荷花秆因为天冷,孤零零的,连鸟儿也不愿光顾。主人好客,让我们坐了游艇。坐在飞驰的游艇上,水冷风寒,刺骨得很,感觉时光倒流到了寒冬腊月……游兴倍增是到了孙犁纪念馆。孙犁老人很孤独地坐在那里,眼前的荷花一瓣也没有,也是一脸失望,仿佛对我们说:你们来得不是时候。又仿佛说:这也好,清静,我就喜欢这清静呢!……同样让我失望的还有去年在胶州。桃花盛开是胶州人春天的一件盛事,当地人也郑重其事。不然,《青海湖》的朋友们就不会邀请我专门去看桃花节了。然而,到了胶州,成片的桃园却是树影稀疏,株株屹立的桃树上的花儿缩头缩脑的,正在打着苞蕾。主人仿佛不好意思,带我们转了转有桃树的山头。桃树透迤了一山头,一眼望不到边,想着如果此时桃花盛开,灿若云霞,这一山的桃花肯定就是蝴蝶、蜜蜂的世界了,可惜这只是想象中的曼妙。

没看到荷花与桃花,但春天确实来到了我们中间。春夏秋冬是四季的转换,喜怒哀乐是人心情的转换,物事时序自有其规律,春天的到来总给人明显的昭示——我还清楚地记得二〇〇四年春天到来的情形,我这样说是因为那天立春我是在麻将桌上度过的。那是新年的正月十四,再过一天就是元宵节了。古人说"六合同春",立春时,我真的感觉东南西北、左右上下,全是春的消息,春天无疑不可抑制地进入了身心。但我却抓了一张臭牌,可见春天也不是总给人带来喜悦——再说,现成的例子就是二〇〇三年的春天,美伊战争将春天弄得乌烟瘴气,肆虐的"非典"仿佛给世界陡然减少了一个春天——去年由于迟春而错过两场花事,如此相比就算不了什么了。

去年的秋天还看了白皮松。那是在山西潞安侯堡镇的时候,那天中午喝了点酒,有些醉意。吃过饭,小说家葛水平不由分说地就将我拖上了车。车子在山西大地上奔驰,不一会儿就到了长子县一个名叫"白松坡"的地方。远远望去,白松坡上一株株松树在秋末的阳光里泛着白光,阳光如水,白皮松漾在那水里炫目得刺眼……松树常被人比作龙,那些松树就像一群白龙在山上盘踞着,有一种神圣高洁的感觉。我细细打量或轻轻抚摸着,面前一片梦幻。地上的青草已经枯萎,间或一两株黑黑的松树,却是枯死的白皮松。生者晶莹,死者漆黑,白皮松仿佛只生存在黑白两极,黑白分明,斑驳的树皮就剥落成一丝丝"道"意。山上有一座庙,但我没进去,只是在废墟上捡了几块瓦当……但回来好久,脑海里还是那一片白皮松,晶亮晶亮的,十分懊悔没有进庙。

或因花事蹉跎,或因醉酒,这几次旅行显然都留有遗憾。

但没有想到,这种遗憾在去年的冬天又如期而至。《北京日报》副刊部组织几位作家去山东文登看海,然而在近观大海那天,海上一片浓雾,太阳红黄黄的,在雾里就像一只陈旧的指印。海滩沙粒细细的,十分干净,海浪一浪高过一浪地铺天盖地而来,其声如雷,波涛汹涌,似乎在涨潮。远处一片茫茫白雾,摸到大海的边却看不清大海的全貌,朋友们三三两两地走在海边,都有些失望。脚踩金黄、细软的沙,心与海贴得很近,近得几近虚无。主人后来把我们带到了昆嵛山下。这昆嵛山是王重阳的道山,有老子、七子的踪迹,我们却是擦肩而过,于是主人嘴里啧啧着,连说"遗憾,遗憾"。

未能问"道"如山——我常把这种旅行称作"未完成的旅行"。我这样说,人们肯定觉得我对此充满懊恼和后悔,其实不是。游历天下的徐霞客在云南丽江蹲了十七天,玉龙山近在咫尺,他也只是遥遥致意。读李密庵的《半半歌》:"看破浮生过半,半之受用无边。半中岁月尽悠闲……酒饮半酣正好,花开半时偏

秋山响水 | 061

妍。"我想,这"半"在这里就是"未完成"之意,里面蕴含了一种无以言说的大美——要说,我们住在文登海边,浓雾之后就是晴天,是有机会看海的,同游者中就有兴致勃勃去看海上日出或日落的,我却静静地站在窗前,没挪动脚步——这并不是懒惰,而是因为我感觉这样有想象的空间,有一种缺憾的美丽,我很是喜欢。

2010 年 11 月 25 日夜,北京寓所

我的故乡雨雪初霁

二〇一〇年春节,我们开着车子回故乡。

这是我在北京生活多年后第一次以这样的方式回家过年。在此之前,我坐的都是火车,偶尔也坐坐飞机……然而朋友买了一辆小轿车。朋友在北京打拼了多年,能买一辆车子开回故乡,就有点儿"车"锦还乡的味道。这样,我坐他的车子回家过年,还有些分享他快乐的意思。当然这不是主要的。主要是春节期间火车票是一票难求。十几年来,每年到了那时候,我都得花上一个月或半个月的时间,挤在水泼不进、针扎不进的订票点或者辗转于人头攒动的火车站,往往这样还购不上车票。后来,我发觉大多数春节回乡的人几乎都是在票贩子手里购买的高价票——故乡仿佛是一个巨大的诱惑,我们一年的辛劳似乎就是为了回家过年,面对高价车票,我只好咬咬牙了。

在晨光初露中我们悄悄地离开了北京。同行的除了开车的朋友,还有朋友结实而胖胖的男孩、我的同事小周夫妇俩。一辆桑塔纳2000挤得满满的。有了车,一切都显得那么从容,穿过我们熟悉的宽敞的北京大道,北京还在黎明的酣睡中。尽管有人为了生计还奔走在路上,但冬天,临近春节的冬天,一年的奔跑、漂泊、迁徙在这个时候仿佛都沉寂了起来,如同蚯蚓、蛇等许多冬眠的动物,由地面而转到了地下,获得了短暂或漫长的休眠。这真是一种奇妙的转换。冬天使人们的穿着变得臃肿,还有人干脆猫在置有暖气的屋里懒得出门。可一年里很多的时间,我们在这座城市里从一头跑向另一头,或者公交,或者地铁,或者出租车……而现在,大多数的漂泊者都如潮水一样地退去,一群怀抱梦想和野心,成功或落魄的人,或天上或地下的,都匆匆地离开这里,漂泊者许多思想的鳞片仿佛在火车或飞机的呼啸声中斑驳陆离、纷飞、坠落……

车子很快驶出了北京城。城市的繁华渐行渐远,面前开始呈现的是北方广袤的平原与乡村。看到这些我们熟悉的事物,车里开始热闹起来——"故乡"两个字刚一出口,自然一下子就解除了我们的"武装",消融了我们十分蹩脚的京腔京调。小周听说朋友的爱人竟是她的桐城老乡,更是兴奋不已。很快,我们舌尖上乡音袅袅、滚动自如,我们开始谈论起故乡,谈论起乡村……隐忍了一年又一年,我发觉进入所谓的城市文明,实际上是一件十分滑稽的事,很多人如同乡村里跑出来的一头水牛,莽莽撞撞,招摇过市,尽管可以习惯城市餐桌上的一道道美味佳肴,也能胆大妄为地出入城市的舞厅,但梦里改变不了的仍是那一口乡音……乡村是一种情绪,一种宿命。这种情绪在我们呱呱落地的亮灯时分,就在乡村那间黑土屋里蔓延开来,我们第一次嗅的是浓浓的乡土气息,煤油灯、发霉的床草、破旧的柜橱,我们的眼睛在漫长的岁月中都被一堵土墙遮挡着……

北京渐远,故乡渐近。

窗外,一个地名接一个地名一闪而过。仅仅片刻,我们的心灵就在高速公路上直抵故乡。

朋友聚精会神地开车。朋友是一位诗人,一位著名摄影师,还是一位准车手。一年到头,他背着摄影机出入异域和祖国的名山大川。此刻,我们共同的故乡就在他欢快的车轮之前。一千多公里路,他坚信一天能到家。我们都相信他——他和我曾就读在一所学校,在十八岁与二十几岁之间,我们曾怀抱着同样的理想,形影不离,忧忧戚戚地度过;而后又一起落魄于现实,对花流泪,对月长叹,经历了青春的彷徨。记得有一年在一座寺庙里,他求了一支签,解签的老尼说他会开"手扶拖拉机"。在我们青春成长的日子,我们经常拿这话取笑他。他后来工作在乡镇文化站,再后来又在县城经营了第一家广告公司。但有一点是肯定的,他喜欢车——早在故乡就开起了越野吉普。作为一位天才诗人,他在二十岁左右就曾把月牙想象成一个指甲,写下了"宇宙是一个未熟的瓜"这样的诗句……我在北京工作了四年之后,他也来到了北京,成为一家杂志社的主编助理和编辑部主任,并在西单办了个人摄影展。然而,漂泊他乡,故乡有他的父母和亲人,春节也是要回故乡的。也因为车票难求,他才下定决心买了这辆车。

"唉!春节……"他说,"真是遭罪!"

我知道他说出这句话时的沉痛。这是一个漂泊者心中的叹息。我沉默着,也深深地叹了一口气。随着一声叹息,霎时,我的眼前就浮现出了火车站前那人山人海的景象。北京的东南西北的车站,每年到了春节的前夕,人声鼎沸,熙熙攘攘,到处是求买票的异乡人。就是高价买到了票,上火车也要经过一番厮杀,而正月回北京的路程更是苦不堪言。春节返乡,已成为中国二十一世纪最蔚为大观的人文奇观。那么多的人,穿梭于各大城市的大街小巷、生意场、宾馆、写字楼……然而,那里却都没有他们的"根"。他们都像浮萍一样在那些城市漂浮,浮萍丛生疯长,与这些一同成长的还有乡恋、乡愁、迷惘、耻辱、喜悦和痛苦……于是一到年关,这些词语都汇聚到了火车站的广场,汇集在长途汽车和飞机的候车室或候机厅里,凝聚成另一个更为巨大的词语:"春运"——春节、春天的运输。这是一个多么好的意象,但这美好的意象里弥漫的竟是浓浓的乡愁……那飞机载不动、汽车载不动、火车载不动的乡愁啊!

一路前行。

天津、河北、山东、江苏,直至故乡……在山东齐河境内,享受着明媚的阳光,我们在高速服务区停车,还美美地吃了一顿饭。然而过了徐州,刚刚踏上故乡安徽的土地,一路上我们最为害怕的事还是发生了——下雪了!

在离开北京的前几天,我就关注过天气预报,知道家乡会下大雪,但没想到会如此严重——刚刚奔跑在路上,朋友的孩子打开了他的笔记本电脑,用视频与远在故乡的家人一路聊天,告诉他的亲人傍晚就能到家;我的一位朋友甚至还在家乡摆了一场饭局,说要为我们"接风洗尘"……车过黄河,我们还在为天气的晴好兴奋得停车拍了几张风景照——在黄河大桥上,朋友的两台笔记本电脑没有了电,小周拿出她的笔记本交给孩子,孩子随即放在车顶,想用视频让家人看看黄河。突然,一阵大风刮下了电脑,电脑玫红的外壳摔破了。孩子扭头一看,脸腾地一下红了起来,进了车里立马就在网络上搜索电脑公司,说是回头换一个——他一直坐在副驾驶位子上,用诺基亚 N18 手机一路帮助父亲进行卫星定位,一路不停地叮嘱父亲"车子开慢点儿"。——然而,万万没有想到,这个名叫杨丁的天真、懂事,还有些腼腆的男孩,几个月之后竟然在北京猝死,无以言说的痛苦顿时袭扰了我,至今也还在他的父亲心里延伸、纠结……朋友长年奔波在外,两地分居,无法教育孩子,原以为把孩子带在身边能好好照顾,没想到孩子竟不幸少年夭折!这个十七岁的优秀男孩,从此变成北京留给朋友一生的痛苦的记忆。记得送别孩子那天,他伤心欲绝,欲哭无泪。他说,冥冥之中或有什么预兆,在春天里,他写下了一首诗:"明亮的阳光和纤细的风里/我闻到细草尖利的芳香……那些细草/在她们倒身时刻/死亡的气息沁人心脾/青春的高楼瞬间倒塌……"他的 QQ 上至今还挂着孩子的头像,我每次看着总是泪流满面——

愿孩子在天堂安好!

雪下得越来越大,迅速在地面上凝结成冰。车窗时而被一层冰流包裹着,刮雨器已不起作用,车已是寸步难行。走走停停,停停走走,我们的心都提到了嗓子眼儿,可爱的孩子不停地嘱咐他的父亲"车开慢点儿,慢点儿"。然而,雪花越飘越大,高速公路虎视眈眈,布满了死亡的危险。路上的车辆开始稀少,碰上一辆车,求问司机,司机告诉我们用防冻水擦拭车窗或许管用。我们只好从高速公路上折下,直接驶向附近的淮北市区寻找。凹凸不平的路,走了几个小时。沿路打听才打听到一家有卖防冻水的。朋友、我、小周夫妇俩,我们全体下车,几乎每人都买了几瓶,以为这样一下子解决了所有的问题。可没有想到,刚解决了车窗外的玻璃结冰,新的问题又出来了——车内雾气弥漫,车窗很快被蒙得什么也看不见。朋友试着换热风,热风起时雾气更大;换冷风,冷风来时,人在车上冻得直哆嗦,而车窗却雾气蒸腾。一路折腾,总算开到了宿州。我给宿州的朋友打电话希望住下,朋友刚好在饭店里招待回家过年的客人,热情相邀。可打完电话,大家被"年"追赶着,都回乡心切,又担心地上的冰在夜里结得更厚,于是告别了宿州。

　　离开高速,我们改走国道。这时,朋友孩子弄的导航仪不起作用了,我们到达故乡的路程也显得更为遥远。就在这时,我们又发觉车的方向灯光亮微弱,几乎看不见路,天却下起了冰雹,窗外的冰雹声噼里啪啦,一阵紧接一阵,地面上越来越滑,车轮直打转。情急之下,于是又到处找汽车修理厂,一家不行,两家、三家,终于找了一家大厂,换了灯泡……灯光立即明亮起来。雪夜里,我们误进了蒙城,冰天雪地里的蒙城县城,冷风飕飕却洋溢着一股过年的氛围。人饥马倦,饥肠辘辘,我们找到一家饭馆,顾不上天气的寒冷和饭店的简陋就拥进了店里,或坐或站地点起了菜。一个鱼头豆腐汤,还有几个炒菜,我们盛了几碗米饭狼吞虎咽起来。冰冷的饭、热乎乎的菜,就着滚烫滚烫的鱼头烧豆腐,一路的艰辛仿佛全融进了热乎乎的鱼头豆腐汤里。"真爽!真爽!"我们边吃边闹,津津有味——现在想起来,我还觉得那是我们吃得最为舒畅和难忘的一餐。

吃过饭,我们继续上路,准备绕道淮南奔向合肥。然而就在这时,我们却不知道路怎么走了。夜一片漆黑,天寒地冻,路边的人家都在为过年张罗着,路上几乎见不到车辆。好不容易遇上一辆,他们似乎也是因为高速封闭而迷了路。正搭讪着想和他们一起走,他们应诺了一声,车子哧溜一声掉头,却远远地甩掉了我们,留给我们的仅是"788"字样的车牌尾号。"那上面准是一车的美女,把我们当坏人了!"我们打趣着,只好保持高度的警惕,硬着头皮摸索前行。约莫走了几个小时,终于到达了淮南的地界。朋友开了十几个小时的车,这时候有些支撑不住了。借着雪地里的亮光,我感觉路边像是我曾住过的一家宾馆,于是我说,就在这里住下吧!话一出口,仿佛一种暗示,朋友立即就泄了气,有了休息的意思。我打电话给淮南的诗人朋友,这才知道这里离我早年住的宾馆竟还有三十多里地!但终究有了方向,我们还是振作精神,慢慢地奔向了宾馆。

半夜里,住在朋友为我们安排的温暖的宾馆里,我一时百感交集,怎么也睡不着。从北京出发时的那一股子兴奋劲儿,此时全变成了惊心动魄的旅途记忆,旅途的艰辛一下子涌上心来——我知道"有钱没钱,回家过年"的习俗,也知道春节是一年里家人团圆最为美丽的时光,但"春运"这两个字不断地从脑海里蹦跳出来。春运为什么会是我们这个时代存在的一个巨大的难题?是人口过多、科技发达、时间紧张,使人们有条件赶在一起回家过年,从而形成的一种让人"纠结"的产物?还是户籍制度使漂泊的人们感觉只有家乡才是"根"而带来的一个巨大的交通运输的瓶颈?……这种景观西方没有,古代中国也没有听说过……比如我,就知道二十世纪二三十年代的作家沈从文、张恨水等一大批"京漂",他们的笔下就没有出现过"春运"的字眼……迷迷糊糊、乱七八糟、不知所云地想了一通,不知不觉地睡去。

第二天早上起来走出宾馆,天地间一片雪白,亮得刺眼。外面全是哗啦啦的铁铲的声音。原来是宾馆里的员工都起来铲雪了。当地的朋友特地赶过来,陪我们吃了一顿热乎乎的早饭……吃过早饭,我们就出发了。经过了一夜,地上的雪已经很厚,路上也有了车,但那些车都像蜗牛似的爬行着。淮南到合肥正常情况下只要一两个小时,由于休息得好,我们车上也恢复了头天早上从北京出发时的喜悦。但走了一程,我们发觉此时很多路已不通车,七弯八绕地,终于找到了一条公路。这时,从车窗望去,整个淮北平原一望无际地白,天空在白雪的照耀下分外明亮。我们终于离合肥越来越近了。一阵兴奋过后,由于路相对好走点儿,大家就有些松懈了——恰在这时,车子在光滑的路上打了一个转,突然就来了个一百八十度的急转弯。朋友被眼前的这一幕吓蒙了,赶紧踩了刹车。车子最后竟然在路边一棵树面前停住了!大家下车一看,惊出一身冷汗,车的前轮正悬在路边的沟上,差点儿掉进了沟里。"你看,我们在最危险的时候反而没事,路好走的时候,却差点儿阴沟里翻了船……"大家自嘲着。想推那车,却怎么也推不动。于是挡车的挡车,借绳的借绳,好不容易截上一辆大工程车,花了二百多块钱,请他们将车子重新拖上了路。

中午十二点多,我们终于到达了合肥。

从北京到合肥坐飞机一个多小时,坐火车十几个小时,我们却历尽艰辛和危险,差不多用了两天一夜,一路还惊扰了许多的朋友。三绕两绕地进了合肥城,我们的心情一下子明亮起来,但一刻也不想停留,打电话咨询了一下高速路管理处,听说合肥通向我们家乡的高速没有封闭,便义无反顾地又一次走上了高速。上了高速,放眼窗外,一片清冷,冰雪消融,树木稀疏,大地裸呈。我们的心情也渐渐归于平静,一路感叹着赶回了家——回到家,拧开电视,里面报道的正是我们所走过的路上发生的交通事故:沿路不断地有车追尾,横七竖八的出事的车辆有十几辆之多……早早回到故乡的妻子见到我就埋怨道:"你不知道你这一趟车坐得让我们多么揪心,妈妈让弟弟打了好多询问的电话,一家人都在为你们担惊受怕的……"我突然没有了言语——因为我已无法准确表达,也不想叙述这一路的惊心动魄。我只想说,二〇一〇年春运,我没有坐火车,没有坐飞机,自己把自己"春运"到了家——其时,我的故乡已是雨雪初霁。

2010 年 11 月 27 日,北京寓所

人性的毁灭与重构
——张伟小说印象

以前读的张伟小说不多,两篇:《血夕阳》和《黑白分明》。在《血夕阳》中,她以一个少年的视角,目睹未婚先育的"姑姑"这样一个生命的消失与延续对于自己青春成长的影响和困扰,流露出的是作者对复杂人性与美的哀婉,惜乎写得有些平铺和庞杂。而《黑白分明》写的是乡俗、流言和"黑白分明"的所谓"正义"对一个美好生命无端戕害而制造的人间悲剧……从这两篇小说里,我们看到了作者极好的文字感觉,细腻的描写也凸现出很强的语言张力,尤其是她对人性真与伪、美与丑、善与恶的挖掘与揭示,也让我们眼前一亮。

凑巧,这回张伟集中发表的两篇小说也都是从亲情入手的。她写了人在道德、亲情、民俗等复杂环境里的人性抉择。《简单生活》可以看成是一个亲情毁灭的故事。小说中的主人公王永生喜欢红色,喜欢传统的家庭,还喜欢简单的生活。然而,犯了罪的儿子却搅乱了他的一切——儿子被关在监狱里,他的生活因儿子"不在身边"而显得有些安稳与简单,因此,他把父爱都给了三条狗,心里希望儿子能像狗一样懂事听话。然而,人性巨大的残酷还在等着他。儿子出来了,"怎么还不改呢"?实际上,儿子不仅没改,反而变本加厉,这就使他充满了绝望——儿子毁灭了亲情,他绝望得就有了毁灭儿子的念头。小说的结尾,是他想毁灭儿子时,儿子却因作恶而被外部的暴力消灭,主人公内心的暴力与外部暴力共同毁灭了亲情……这种毁灭或许能让主人公重回"简单生活",但其内心的痛苦又岂是靠"毁灭"能解决得了的?——有趣的是,张伟的这篇小说与她的《黑白分明》有着相似之处——那里写的是母亲对儿子"作恶"充满绝望,亲手杀死了被误解的儿子。这回写的是父与子,虽然她借助的是外力,却也可以看出作者在人性道德价值上的取舍与局限,这深深的痛苦、长长的忧伤,是否算是作者于人性的善恶找不到出口的一种无奈?

《求灯》写的也是亲情,父女之情,夫妻之情,但与《简单生活》不同的是,这里透露的却是一种人性的温暖,一种被民俗照耀的人世温情。父亲"求灯"得了闫月,闫月此后便在这个她从小就知道的最为温情、"最美好的故事"里长大,结婚,然后离婚,回家照顾病危的父亲,父女温情在作者温暖的叙述中得以呈现。然而,他还是来了,义无反顾地来陪伴她,陪护着她病危的父亲,于是夫妻之情得以复苏。最后,小两口竟然也在"求灯"这一民俗中得以亲情重合。"在远天边,真的有闪烁的星星一路摇晃着走过来了呢!"作者叙述亲情重归于好时的不动声色,却让一种欢欣之美跃然纸上。

关于小说之美,好像著名小说家刘庆邦说过,小说是不讲道理的,但小说是讲情感的,小说建构的是情感世界,没有饱满的感

秋山响水 | 073

情,就不能打动人、感染人,更谈不上美。他认为,小说在于揭示人性之美。而人性之美却不等同于心灵美,它不同于心灵美的道德价值判断,而在于对生命价值的判断;它注重自然属性,而不像心灵美那样侧重社会属性;是超现实主义,而非现实主义。从人性之美入手,张伟写的是否"饱满"姑且不论,但显然,她的小说创作已经显示出了揭示人性之美的端倪。或者说,她的这两篇小说,《简单生活》写出了一种类似冷峻、酷烈的美,《求灯》写出了一种民俗的阴柔之美。可以理解,张伟一开始就切入了小说创作的核心。由此,我们对张伟的小说创作与追求应该充满期待。

2011 年 2 月 27 日,北京东城区和平里

桃花红，梨花白

故乡县城令人难以忘怀的还有天宁寨。说是寨，其实是一个土堆，在县城的南边突然隆起的一个巨大的土堆。土堆上有草，有树，有几十幢房屋。低矮破败的是一些民房，像模像样的房屋是县委机关之所在——我之所以多年后对那里还念念不忘，是因为那里有一片桃树和梨树林。在桃树和梨树林的山下，还有一片湖田。春天，天宁寨上桃花红，梨花白；一到夏天，太阳暖暖地照着，寨脚下的湖田里荷叶翩翩，莲红藕白……天宁寨由此成了县城人不可多得的去处，也成为我青春岁月里印象最为美好的地方之一。

我相信我是在一个春天误打误撞进天宁寨的。乡村当然有不少桃树、梨树，偶尔遇见，心头就会生出暖意，而眼前的一片桃花与梨花的怒放，心头就有莺歌燕舞、云蒸霞蔚的感觉。桃花、梨花，一株、两株、一群群的，次第开放。桃花开时，先是点点星星的猩红，然后是一朵两朵的水红，水红的花蕊里黄金般舒展，远远望去猩红一片；而梨花呢，千朵万朵如雪似絮。花红柳绿的日子，阳光暖暖的,色彩斑斓的蝴蝶和嗡嗡的蜜蜂,有声有色地散落其间,看那蝴蝶,再看那蜜蜂,我忽然想到,世上怎么把这么多美好的东西集中在一起呢?桃花红,梨花白,天宁寨上的花事是要持续一段时间的。几场风雨过后,桃花、梨花落尽,我不知道那些花的果实哪里去了。但到了夏天,我必定走进有藕有莲有荷叶的湖边,湖叫雪湖,也是一个很美的名字。那时候,荷叶绿绿的,像一个巨大的手掌,偶尔有农人过来摘莲采藕的,藕被拿出了水面,白胖胖的,折断了有九孔十三丝,丝丝相连。当地人说,这在明朝可是皇帝老爷吃的贡品呢!

天宁寨的故事当然还不止这些。史料记载,寨上原有天宁寺。明末史可法在此建天宁营,后来逐渐衍生为天宁寨。但农民起义军张献忠攻克这里,焚毁了寨子。嗣后,史可法改筑城垣,又再度驻守。两人在这里交锋征战多年。更有传说,天宁寨是曹操的战将张辽命士兵一天一夜堆成的。说是那一回,曹操率八十三万大军从中原直逼江北,攻打东吴,想取东吴而灭蜀。先行官张辽领十万人马驻扎在此,命部下修筑点将台,于是筑起土寨。曹操登上天宁寨,检阅将士,心中甚喜,大奖张辽。如此休整半月,浩浩荡荡直赴长江……故事说得有声有色。然而,多年前文物考古工作者们在这里发掘,却出土了几十件陶器、石器、玉器等文物,从文物的堆积证明这里分属新石器早期和晚期两个文化层。可见,天宁寨很早就有人类居住,三国时的张辽在这里筑台建寨只是人们一个浪漫的想象。

还有一个是有关"舒台夜月"的传说。宋皇祐五年(一〇五一年),王安石被任命为舒州通判。他在赴任途中,乘船在夜幕中行驶,忽有一位貌若天仙的女子,双手捧着一颗宝珠踏浪而来,对他说:"闻君勤奋好学,特献上一颗夜明珠伴君夜读。"说罢就消失了。王安石抵达舒州后,便伴随那一颗夜明珠夜夜苦读。传说不知真假,史料上说王安石当舒州通判时,勤奋好学,勤政爱民,"以少施其所学"。政务之余,他在天宁寨筑台夜读,屋里的明灯就像皎洁的月亮一样。于是人们把这一景观称作"舒台夜月",把他读书的地方称为"舒王台"。后人写诗道:"荆公读书处,夜月生光辉。台高月皎洁,清影照回廊。至今留胜迹,千古有余香。"明嘉靖年间,天宁寨上建了一个皖山书院,当时学子云集,文风昌盛,书香漫溢的天宁寨从此就有了一种文化的气息。

传说与神话夹杂在一起,曾经充斥了我糟糕的青春岁月,让我懵然不知。同时,传说与神话又和历史交织在一起,就像一座巨大的迷宫,让一些像我这样偶有遐想的人有了寻找的理由和奔突的出口。只是,那时我还无法接受这些,我只是相信眼前的事物。眼前桃红、荷绿、梨花白……自那一个春天误闯进那个桃红、荷绿、梨花白的世界,我开始朦朦胧胧地知道,这个世界上远比现实社会美丽的是大自然,是自然界的这些植物的繁华和绚烂。我在故乡的县城一待就是十几年,十几年里,县城里有人,有故事,有事物的日新月异,但从不让我走心,唯有天宁寨的花团锦簇,却长久地刻印在我心里,成为故乡留在我心里的一个温润和柔软的部分。

2011 年 3 月 19 日,河北蔚县

忙里偷闲读游记
——读吴晓煜散文集《华夏与海国游记》

说起忙,就想起那年在上海听钱谷融先生说的"似乎总也没有空闲的时候,可又不知所忙何事"的话。钱先生是大学问家,忙的自然是学问。我也忙,忙公差,忙喝酒,忙陪客,忙着应酬,忙得光阴一寸寸流失。其他的好说,懊恼的是无法静心读书,脑子里是越发地空虚了。忙里偷闲,这回读起了吴晓煜先生的散文集《华夏与海国游记》——说是偷闲,其实也有功利性,一是我马上就要去绍兴,想从纸上先行游览一番;二是在他的作品研讨会上,我该说点儿什么却未说,一直心存歉意。但没想到竟是一口气读完了。

读《华夏与海国游记》,就觉得这书与其说是一部游记,不如说是他的一部"圆梦"之作。在《后记》中,他说:"我不是旅行家,但从少年时起就对外出旅行有所向往。'读万卷书,行万里路',读书以开心智,旅行以广见闻,则是我的理想。我羡慕明代旅行家徐霞客足迹几乎遍及大半个中国,能够写出《徐霞客游记》那样的惊世之作,也憧憬能像诗人李白那样,纵游名山大川。"如此,我们就不难理解他能在因公出差时,在繁忙的公务之余,搜罗宾馆里所有的纸张,一笔一画地记录心得,也不难理解他为何喜欢"自助游",不惊动任何人而成为一个真正的"行者"。他的游记文字也因"我"的真实存在,情感饱满,匠心独具——我最喜欢他的那一组游绍兴、镇江、扬州、湖州的游记,江南水乡的湖光山色和醇厚蕴藉的文化沉淀、鉴湖越台众多名士……一切的曼妙和绮丽、凄婉与苍凉,在一位通达豁亮的北方男人眼里,竟都透着历史的惆怅、深沉的文化追问。他寻找鲁迅的精神与物质的关系,思考文化的存在;他扼腕陆游与唐琬的悲剧,发出真实的爱情质问;他感慨西施的遭遇,直呼"丈夫立世当刚强","救国何须索女人";他心仪沈括的《梦溪笔谈》,看到另一番峥嵘……山、湖、塔的名胜古迹,茶、酒、小吃的人情民俗,他都要亲眼看一看,亲口尝一尝……天真的心夹杂一个不老的人文情怀,这样终于成就了一个"少年游"的梦想。

他的才学和声望先前我是经常听人说起的,也编发过他的《学林漫笔》《夜耕村杂记》等笔记小品,还因工作上的事陪同领导见过他。印象中,他的烟瘾很大,当他得知我吸烟时,自己抽上一支,微笑着就将另一支扔过来,态度和蔼可亲,出口成章,却幽默诙谐。在北京"非典"时期,我们待在单位的小楼里不敢动弹,他在楼下喊着我们的名字,拎着两瓶酒、凉拌菜什么的就上楼看我们,很令我们意外和感动。这情形如此几次,混熟了,我们也不把他当官看,好烟好酒地共享,不知深浅地神聊。谈历史,谈文学,也谈人生与工作、写作……他博才多识,勤学精钻,对煤炭史、酒史、瘟疫史、诗、碑刻、文字都有独特的研究,又受沈括《梦溪笔谈》、邓拓《燕山夜话》、吴晗《灯下集》等"三家村"的影响,或钩沉考据、探物求源,或拾零抒怀、鉴往识来……总能旁征博引,娓娓道来。他不仅写了很多笔记小品,还出版了《名人与煤炭》《煤史钩沉》《酒史钩沉》等著作——后来我还知道,他的《瘟疫纵横谈》那本书就是在"非典"时期,一边照应我们一边写成的,他的勤奋与善良不由得让我们钦佩。

他的游记都是游历的真实记录,"绝不人云亦云,随帮唱曲,哗众取宠"(吴晓煜语)。还因为他有很深的学问底子,他对景物的描写就更多地有了趣味,有了知识,有了旁人没有的心得。人的文字都有着良心做底衬,这在他的书里就能看到——也有风景描写,《飞机上读云》是他专门写景的一篇抒情散文,各式各样的云彩在他笔下奔涌着,万千姿态,变幻莫测。他说:"在云缝中看远去的云……云像白色的充满积雪的悬崖峭壁,飞机贴着这云的峭壁,小心翼翼地掠过。"显出他的想象力和深厚的语言功力。他写尼罗河:"太阳还没有落去,阳光下的尼罗河熠熠生辉……它静静地流淌,没有巨波大浪,这是它温雅柔婉的一面;水腾细浪,波闪霞光,这是它此时独一无二的风采;蓝色的水,不见其底,这是它的深邃与凝重;水面宽阔,无休止地流向远方,显示出它的开阔与豁达……"细微的观察与生命的感受一同呼之即出。还比如,他写新西兰的金雀草:"在山坡上,在路两旁,在大树下面,常可以看到一片片、一丛丛的金雀草在阳光的照耀下闪着金光,如同跳跃的黄色麻雀,大概金雀草就是由此而得名的吧!"因着金雀草美丽的肆虐,他心里对生态环境忧心忡忡,评家说他"忧思深广又满肚热肠",由此可见一斑。

这部《华夏与海国游记》不厚,薄薄的将近二十万字。书由著名作家刘庆邦先生作序,刘庆邦先生说:"在这二〇一〇年中伏天,我集中阅读了晓煜先生的游记,读得我兴致勃勃,心驰神往,似乎每天都在做逍遥之游。窗外溽热难耐,心中却似清风阵阵,水波荡漾。"没料到,我读这部书时竟就是第二年的入伏时节,时间过得真快,一晃又是一年了。

2011年7月13日夜,北京寓所

王满夷先生

王满夷先生，现在很少有人提起他了。但在二十世纪八十年代，他可是我们家乡一带文学青年的精神偶像——别人我不知道，我受其恩惠就不少。在我青春彷徨、孤独当歌的岁月，他的县城文化馆临街蛰居的三楼小房间，就是我经常光顾的地方。而在一些宁静的夜晚，走在他临街的窗下，只要看见他房间里的灯光，我心里就有一种温暖，就有一股想上去看看他的冲动，脚步有时还不由得放得轻轻的，好像生怕打扰了他。

惠仁兄后来为我的一部散文集写序，说县城里和我"一样志趣的人还有几位，他们穿着黑呢大衣，戴着红色围脖，在县城的街上，他们像兄弟一样聚会，夜深了——可他们还在饮酒"……这正是那个时代我们"文青"生活的特征。我参与其中，王满夷先生可以说是一个见证者和精神导师。在我们这些不知天高地厚的作者面前，他更像一位望子成龙的父亲，对我们有些恨铁不成钢。还记得他和一位音乐老师到我家时的情景：上着蓝色中山装，下穿抄腰裤，脚踏平底布鞋，晃着一个大脑袋，眼睛眯眯的，腮帮鼓鼓的,与乡下的农民并无二致。母亲为他们煮了两碗鸡蛋挂面,他推辞说:"不客气,不客气。"——吃没吃我记不得,但此后有了交往是真的。我在县城工作时就常常去他那里,好像还与他一起倒腿睡过,蹭过他为我在食堂里打的饭菜。他并不过多地问我的创作,只是放下手中的活计与我聊天,有时还陷入久久的沉默中——他素来话少。

现在想来,当时他的爱人住在乡下,几个孩子还在读书,一家几口人全靠他一个人的工资维持生活,稿费是他支撑全家生活的一块很大的补充。然而,那时我很少这么想,倒是羡慕他单身一人住在城里,除了在食堂吃饭,大部分时间就躲在房间里看书和写作的生活。他编了一份内刊,先是油印,后来改成了铅印,有时也让我写稿子,或是帮他编。他自己依然是勤奋地写作,民歌、乡土诗、讽刺诗、儿歌、童话、黄梅戏剧本……他涉猎的文学领域很多。他有高度近视,凑着伏在桌子上,吭哧吭哧,字方方正正、密密麻麻,桌子的玻璃板下压着各地报刊邮来的稿费单。

后来我从一份资料上得知,他初师毕业后有过在乡下当十年小学老师的经历,其间曾在我的出生地——岭头的岭头小学教过书。在教书时他开始文学创作,为了歌唱新生活,他那个时候主要以写民歌为主。一九六三年十二月三日《人民日报》选载过几首优秀新民歌,就有他在《诗刊》上发表的《锣》。著名诗人田间以"锣"为题,说"以'鼓'为题的是不少,以'锣'为题的歌,我第一次读到","全国解放前夕,在山地和平原走过的人,都听到这种气势磅礴的锣声。这锣声敲在我们的心上。当当锣声,使人明显地感到:有革命感,有生活实感",对这首民歌给予了极高的评价,让他一下子声名鹊起,调进县文化馆,到一九八四年担任了文化馆的副馆长——他与我第一次见面时,从事的正是创作辅导和编辑文艺内刊的工作。

上不谄媚,下不欺压,身着蓝色或黑色上装和抄腰裤,脚踏平底布鞋,不沾烟酒。他的勤俭节约、布衣粗食的生活在小县城里是有口皆碑的。他"土得掉渣",还"土"得传奇,有名的例子是他背着一头用麻袋装的小猪崽,在大街上与县委宣传部一位部长相遇,部长与他打招呼,走到跟前和他握手,他眼睛近视看不清,背上的小猪崽却不识时务地撒起了尿,浇得身上热乎乎的,他一时手忙脚乱,怎么也腾不出手来,弄得部长很尴尬——这事是真是假,我没有问过,但"做人作文都得讲实在"是他经常挂在嘴边的。他这样说,也这样做,保持的是农民的本色,或以民歌颂扬时代,或以诗歌鞭挞时弊,他始终秉持的都是一颗天真而善良的心。特别是他在童心不泯的晚年,几乎全身心地投入了儿童文学的创作,几十年里,在《人民文学》《诗刊》《北京文艺》等报刊发表一千三百余首诗歌、二十多种戏曲作品,其中就有四百多件是寓言、童话、儿歌作品。

"娃娃乖乖/火车开开/开到哪里/开到天外/星星月亮/一起进来"(《娃娃乖乖》)。"小宝宝,要睡觉/灯儿还在把你照/小宝宝,灯关掉/灯儿也要睡一觉"(《灯也要睡觉》)。他的儿歌总是直截了当,朗朗上口,就像一支支催眠的摇篮曲,当然其中不缺乏美丽的想象,比如他写青蛙:"姐姐说/青蛙是快乐的邮递员/我问姐姐/它送的信呢/姐姐笑着指了指/一片发绿的水田!"写小露珠:"小露珠,乖娃娃/夜里帮忙浇庄稼/太阳公公来表扬/它们赶忙溜回家/做了好事不用夸"。无论是儿歌还是儿童诗,他拟人喻理,教化其中,如:"月亮已在河中泡/星星又往河里跳/月亮星星爱洗澡/干干净净身体好"(《洗澡》)。"你在地上写着'一'/雁在天上写着'一'/你学雁,雁学你/遵守纪律牢牢记/我在地上写着'人'/雁在天上写着'人'/人学雁,雁学人……"(《雁字》)还有他写《烈士墓前》:"黄莺来到烈士墓前/紫燕来到烈士墓前/一起闭住了嘴巴/默想着这冬天里的春天/春天怎么到来/倾听映山红的发言",更透出他对烈士人格的敬仰与怀念……麻雀、狼、羊、狐狸、八哥、袋鼠、红辣椒、竹笋……他用一颗童心对待一切的动物与植物,儿歌或童话,寓言或故事里总是有知识,有哲理,有想象,有诗意,有对自然和美好生活的热爱与赞美。

我后来因在北京过上漂泊的生活,就很少有他的消息了。记得有一年,我们几个当年的"文青"听说他退休后经常在县城与乡村两头跑,还曾相约到乡下去看望他,但七事八事的,一直没有成行。没想到,再次见他时,他已躺在县医院冷冰冰的太平间里了——那一年,我凑巧正在老家,于是赶到医院去看了看他——那是二〇〇五年六月,他魂归道山时,年交古稀。

2011年7月16日夜,北京寓所

杭州的绿

杭州的绿铺天盖地,是流淌着的。树木就像伸着无数的绿的舌头,一块块草坪就像空中飘落下的一片片绿云,水鲜活活的,一湖的灵动,就像跳跃着的绿的精灵……城市自有自己的颜色,杭州的绿,或像一匹硕大的绿绸缎扑闪着,或像一杯新沏的龙井茶,在透明的玻璃杯里缓缓舒展,沁出一缕缕的清香,嗞嗞地就布满了城市繁华的夹缝。杭州,因这流淌的绿色就宛若一块悦目爽心的玉了。

绿掩埋了杭州的一切,典型的例子就是西湖博物馆,不仔细看,谁也想不到那草坪下就有一座现代的博物馆。杭州的朋友告诉我,为了西湖,这博物馆最终建造在一片草坪与树木的林荫里,让巨大的绿色覆盖了起来……柳浪闻莺、曲苑风荷、苏堤春晓、六桥烟柳……西湖许多的地名,一听起来就有绿意,就有了江南的韵味,江南绿得能滴下一把青草的浆液;苏小小墓、白苏祠、西泠印社……杭州的许许多多名胜古迹,街道、古巷、溪流,也都在流淌的绿色里真实地存在着。当然,最大的绿就是西湖了——湖水是绿的,所谓碧波荡漾,倒映着湖边无数的杨柳依依,绿是越发郁郁葱葱,如玉叠翠。荷花绿得胀了起来,就像一位孕妇,艳红的荷花仿佛孕妇的笑脸,在绿荷的映衬下,红红的,惹人怜爱。苏东坡说"水光潋滟晴方好,山色空蒙雨亦奇。欲把西湖比西子,淡妆浓抹总相宜",杭州的绿淡妆浓抹得总这样恰到好处。

与别的城市一样,杭州也在炫耀着现代都市的繁华,炫耀着绿。杭州的绿是安静、温软的,也是鲜活的。是翡翠,是玉,是丝绸,是湖水,是茶叶,是喧闹中泛的绿光,是安静里如春的温暖。城市是愈加繁华,现代文明的繁华夹杂着南宋的凄婉,夹杂着古老的艳丽与传说,这艳丽漂泊在西湖的水里,在西湖两岸的茶坊酒肆里,在璀璨的灯光里,暖风拂面,扑朔迷离。印度人婆罗多牟尼说"艳情是绿色",杭州的绿真的充满了许多艳情的色彩。因了这绿,梁山伯与祝英台在杭州的绿色中迷失,同窗几载,十八里相送,留下的是凄艳的爱情悲剧;也是这绿,让修炼了千年的白蛇忍不住寻找到了许仙,留下一个白娘子迷离的传说……水漫金山、雷峰塔、断桥,都在杭州的绿中颂扬着传奇,千古缠绵,含翠欲滴……

说杭州是一片硕大的绿叶不为过吧。首先是桑叶,那桑叶不知何时就生长在杭州的山水之间,一丛丛、一簇簇的,一望无际的绿。有了桑叶,就有了蚕,有了丝绸,有了旗袍,有了女人的温婉可人和亭亭玉立。那丝绸抖搂开来忽然就遮蔽了整个杭州,杭州裹在那丝绸里,一股华美之气便飘荡在杭州的上空。然后是茶叶,也是一丛丛、一簇簇的,一望无际的绿,让人总感觉那里有无数的绿衣少女在绿色中走动,鸟雀喁啾,蝉在鸣唱,她们摘着茶叶,身如舞蹈,然后揉着那一把把的清绿,揉出清香,泡在龙井的水里,透出的绿就氤润了杭州,氤润了一大片中国……再就是桂花树的绿叶了,那一株株掩映在树丛中的桂花树的绿叶,不知不觉地就结出喷香的米粒,馨香弥漫整个杭州,使白居易"山寺月中寻桂子"……

  一片片绿叶喂养大了杭州,喂养大了一个城市……杭州就这样坐在一片片桑叶、茶叶和桂花树的绿叶上,如一位入定的老僧,如灵隐寺的钟声,从从容容地活在绿色的时光里,传播着凄美,延续着古老、新生和美丽……都说"上有天堂,下有苏杭",呵呵!原来"天堂"也是绿色的——绿得可爱,绿得明亮。

2011 年 7 月 26 日,北京寓所

我亦潜山人
——序《徽骆驼张恨水》

老同学英权先生惠赐大札,说家乡潜山余井中心学校编写了一本校本教材《徽骆驼张恨水》,嘱咐我写上几句话。这让我既高兴又诚惶诚恐,高兴的是家乡学子现在谈及张恨水不必遮遮掩掩,而能津津乐道,引以为豪了;惶恐的是,让我这样一位如恨水先生所说的"措大",妄论前辈乡贤,实在有点儿不知天高地厚。

我这样说不是没有来由的。在我少年时代,除了听乡亲们偶尔说恨水先生是一个"大书箱""书呆子",对他有着乡愿式的"百无一用是书生"的惋惜外,其他一概不知。他的老家离我家也就两三里地,我却是很迟才知道他——知道他是个"神童",是一位远近有名的大孝子,有过苦僧问禅式的刻苦,又有过"推磨的驴子"式的勤奋;知道他既有"卖文卖得头将白,未用人间造孽钱"的书生情怀,更有"书生顿首高声唤,国如用我何妨死"的赤子之心……一切的遮蔽随之烟消云散,我仿佛看见他那如天柱峰一般雄伟而孤独的身影,隐隐约约触摸到一个被污辱与被损害的灵魂。

但关于他,我是写过他的传记,也表达过自己一些认识的。那里不仅有着我对他人品与文品的理解,也有我盈注于胸的一份乡情。他一生漂泊在外,乡音未改,对天柱山情有独钟,以至老迈之年还有过登天柱山的愿望。他曾把家乡过年的风情写成一组风俗诗,在许多小说里叙说过天柱山的故事,小说《秘密谷》就取材于此。最有趣的是,当知道京剧鼻祖程长庚是家乡人时,他竟孩子气地以"程大老板同乡"自居。家乡的点滴都让他激动。这里,我们感受到他一股充沛的乡情,抚摸到他的一颗浓浓的乡心。在我眼里,他就是一位乡亲。但同时,他又是一位作家,一位在中国现代文坛有着自己独立品格的作家,他"聚沙成岛""成于渐",走在传统文化与现代意识的夹道上,用自己毕生精力和心血给我们留下了一份宝贵的文学遗产,这遗产就像天柱峰一样巍然屹立,叫人无法回避和绕开。

当然,真正了解他的方式还是读他的作品。他洋洋洒洒几千万言的作品,铸造的就是一座精神的大山。如家乡的天柱山一样,他虽然热闹过、骚动过,也被冷落过、寂寞过,但他依然遗世而独立,自有其神秘的力量。我觉得,《徽骆驼张恨水》这本教材就是家乡学子对他行的一次"注目礼"。全书从对他人生境遇、文学生涯的介绍入手,凸显了他横溢的才华,正直而不畏强权,爱家爱国,勤奋而终有大成的人生品质,对他的作品也做了深刻的理解。全书娓娓道来,事例、传说抑或议论,都倾注了一股殷切之情,如此,自然给人一个完整的张恨水形象——"敬祖才能爱国家"是恨水先生的名言,相信家乡的学子能从这本书里学会理解和尊重,认识到"徽骆驼"的精神,认识到家乡美丽而丰厚的文化沉淀、人文风俗,从而埋下热爱家乡、热爱祖国的种子。

"我亦潜山人",是恨水先生曾用过的笔名,他用过的笔名还有"天柱山下人""天柱峰旧客""天柱山樵""潜山人""一生不发达的潜山人""程大老板同乡""大老板同乡"等等。在小说《啼笑因缘》序中,他曾干脆落款"潜山张恨水"。这些,都让我们倍感亲切和自豪——是的,我亦潜山人,我们都是潜山人。

是为序。

2011 年 8 月 9 日,北京东城区和平里

晚饭花

"晚饭花"——在北京黄昏的街头,每当听到"晚报喽,卖晚报喽"那一声声悠长的吆喝声,我就莫名其妙地想起这个词——植物名考里关于晚饭花的解释是:晚饭花是一种野茉莉。因为它总在黄昏时开花,晚饭前后尤其开得热闹,故名。城市晚报的热闹自不必说,自各种晚报如雨后春笋般涌现出来的那天起,晚报就花枝招展,各有各的热闹。

晚报起源于十七世纪的欧洲。据说,一六一六年德国法兰克福城出版的《法兰克福晚报》就是史料上记载的晚报先驱。《香港船头货价纸》约在一八五六年改名为《中外新报》,被认为是第一份中文晚报——这有点儿掉书袋——这里,我是想用晚饭花比喻晚报的。因为晚报的定义就是说晚报出现在傍晚时分,讲究的是读者的情趣,文字生动活泼,短小精悍,有人情味和可读性。我与晚报的关系,印象最深的应该算是上海的《新民晚报》了。二十世纪九十年代,因为开张恨水先生的学术研讨会,我们特地拜访了新民晚报社——现在的说法是《新民晚报》创刊于一九九九年元月一日,编辑着眼于"飞入寻常百姓家",内容力求可亲可近、可信可读,是一份面向市民的综合性报纸。然而,那时我只当张恨水先生供职过的《新民报》是它的前身。幸好《新民晚报》的朋友也这样想。与恨水先生并称为"三张一赵"的"一赵",即把《新民晚报》定位为"飞入寻常百姓家"的赵超构先生(林放)和他曾经的同事冯英子先生当时都还健在。总编辑束纫秋先生热情地接待了我们,听说为张恨水先生举办研讨会,他们表现出了极大的热情。记得在新民晚报社漂亮而清洁的大楼里,我被感动的就不仅仅是他们的慷慨解囊,还有他们对恨水先生的一份炽热的怀念之情。他们谈论张恨水先生时,弥漫在我们周围的那一种自豪与追思的情怀让我久久难忘。赵老逝世后,我还收到过他们编辑的一本怀念专辑,这也让我更加感受到《新民晚报》的人情味,觉得那人情味不仅体现在他们的报纸上,更深深地珍藏在了他们的心里。

说起来,《新民晚报》《北京晚报》《新安晚报》《太原晚报》等很多城市晚报的副刊都发表过我写的一些文章或开过我的专栏。早年写过一篇有关秦淮河的散文,记得还被《羊城晚报》副刊与一篇同题散文同时刊载,把它们与当年朱自清、俞平伯写秦淮河的散文一样引为趣话,文字自不敢比拟,但由此可见晚报编辑的一片匠心。晚报副刊的随意、率真、性灵的文字,与轻盈、活泼、耐看的版面,很多时候就符合了我的一些审美趣味。想想,在疲惫的工作之后,在吃晚饭之前,抄上一份晚报,看看一些最为贴近心灵的文字,不啻为晚餐增添了一道下酒的作料或一碗心灵的鸡汤了。对了,《安庆晚报》创刊时好像就有"心灵鸡汤"的提法。尽管它创办的时候我已离开了家乡,但那些年在北京,时常见到正在为《安庆晚报》创刊奔走的老师们,我心里就为家乡终于能有一张晚报而高兴。在我看来,如果说一座城市的日报是堂厅,是一座城市的灵魂,是国色天香的牡丹和铁骨铮铮的梅花,那么晚报就是后花园,是城市的梦,是野趣横生的野茉莉,对,是城市里密密生长的一排排晚饭花……

汪曾祺在小说《晚饭花》里说:"……晚饭花开得很旺盛,它们使劲地往外开,发疯一样,喊叫着,把自己开在傍晚的空气里。浓绿的、多得不得了的绿叶子,殷红的、胭脂一样的、多得不得了的红花;非常热闹,但又很凄清。"现在各种晚报的情形,是可以用这做比喻的吧?——但凄清也是有的,比如说到编辑的寂寞,还比如我在北京的街头听到那叫卖晚报的吆喝声,在纷繁嘈杂的都市里就有一种凄凉清冷的味道,令人深深地回味。

2011年8月17日,北京东城区和平里

在古井镇喝贡酒

水是无极水,曲是桃花曲,酒便是古井贡酒了。在我之前,有无数的酒徒来过这里;在我之后,也必将有无数的酒徒慕名而来。无论浅斟细酌还是畅怀豪饮,微醺或者大醉,借此浇心中块垒,或者举杯邀那一轮明月,都说酒如何如何醇香绵软、清纯味美,都沉浸在这酒的芬芳里……这些酒徒中,最大的酒徒当然是曹操了。

"何以解忧,唯有杜康。"说来堪惊,一首《短歌行》让曹操唱红了杜康,给皇帝贡献一坛"九酝春酒",又让他家乡留下了"贡酒"的千古美名——史载,公元一九六年,曹操向汉献帝刘协上奏"九酝酒法",没想到这便成为古井贡酒的滥觞了。

难怪刚刚喝完酒,满身还沾着酒的余香,朋友就让我们去和曹操亲近。

先去的地方是曹操修建的运兵道。若说曹操于酒有一种心性,有万丈的豪情,那么,这运兵道便显示出他的谋略了——穿过熙熙攘攘、人声鼎沸的街道,撩起路边一个毫不起眼的门帘,钻进去,我们就钻进了运兵道。运兵道仿佛一座地下长城,一色的青砖洞壁,宽宽窄窄,或高或低,大家时而抬首,时而哈腰,都走得小心翼翼。朋友告诉我,那时曹操将少兵稀,于是夜里他悄悄把兵运到城外,白天又大张旗鼓、浩浩荡荡地把这些兵迎进城里,以一当十、当百、当千……如此循环往复,在敌军的眼里就成了千军万马……说曹操"枭雄"也好,"英雄"也罢,此时,我满脑子都是酒,感觉这条运兵道似乎就是"运酒道"了——我想嗜酒的曹操,肯定是怕这酒受到风月的侵扰,便让他的战士在地下的古井酿酒,悄悄地窖藏着,不知窖藏了多少年,然后才把一坛坛佳酿与随他征战的士兵一起从地道里运出,运到他的战场,运到大江南北……

后来,在参观古井酒厂时,我从窖藏古井酒的仓库的墙上读到"酒是有生命的,不要惊扰它"的标语,忽然觉得这一条标语正是为我的想法做了印证。

当然,这只是一种臆想。

"对酒当歌,人生几何。"曹操不仅以酒解忧,仗着酒胆,他还不断主宰众多人生的起伏沉浮、悲欢离合,并且亲力亲为,研究着酿酒的技法,这有他上奏的那本《九酝酒法》为证。说"九酝春酒"香若幽兰,黏稠挂杯,余香悠长,回味三日不绝,便因为这酒有一种神奇的酿造过程:用曲三十斤、流水五石,腊月制曲,正月冻解,用上好高粱,三日一酝酿,九日一循环,如此反复,终成佳酿……遗憾的是,差不多就在他"得法酿之"的同时,他还做了另外一件惊天动地的大事,那就是把汉献帝刘协生拉硬扯地接到了许昌,"挟天子以令诸侯",开始了腥风血雨、群雄争霸的一段三国演义……

"滚滚长江东逝水,浪花淘尽英雄……青山依旧在,几度夕阳红。"这首歌真的是唱尽了三国。曹操向刘协进献一坛"九酝春酒",让家乡的美酒名扬天下,但这一次,他好像也被这些美酒灌得有些醉了,且醉得不轻。醉眼蒙眬,腿脚趺处,他就让历史在"三国"这一节打了个长长的弯,变得纷扰不清……

走出曹操的运兵道,我们又到了古井旁,一口真实存在了一千四百多年的古井。

朋友说,曲为酒之骨,水为酒之血。好酒须好水,这水自然就出自这一口古井了。现在,这口古井已像文物一样被炫耀着、珍藏着,但尽管有了呵护,它依然显得有些荒芜与寂寞。醉眼看古井,古井如历史深处忽闪忽闪的一只眼睛,也幽幽地看着我们,陈旧而迷离。对视之间,恍恍惚惚地,我感觉那水从古井的深处漫溢了出来,漫溢成了一股清澈的溪流。在溪流的岸边,就有无数盛开的桃花。株株桃树,像谁挥舞起长长的水袖,水袖起处,桃花漫天飞舞,一瓣瓣落在古井里,落在溪水间,古井、溪流旋起了一个个快活的旋涡,如大地张开着明净幽深的嘴巴,咀嚼着桃花的花瓣,吐出桃花神秘的春曲,氤氲春天的芳香。顷刻,古井贡酒从那溪流里渐渐浮出了水面……

还是喝酒吧,身在美酒之乡焉能不醉?朋友独具匠心地安排着,八年原浆、十六年原浆、二十六年原浆,45度、52度、68度……朋友就像变戏法似的,一餐换出一种花样,让我们慢慢地品尝。但奇怪的是,从那口古井边回来,我一端起酒杯,眼前浮现出的便是那一幕幕桃花临水、春波荡漾的场景。有了这样的场景,我感觉酒非酒,醉也非醉,喝的是桃花的春曲,是千年的古井水了……

这样喝酒,当然千杯不醉,醉了也喝。"某三某七某十一"……朋友们的名字立即被人戏谑成了酒,变成了酒的符号。喝着喝着,蒙蒙眬眬地,我就听见有人如数家珍地数落出生在酒乡的名人。说着曹操,说着老子、庄子、华佗、曹丕、曹植、张良、许褚、"竹林七贤"、花木兰……随着那人的声音,我仿佛看见那些人就从亳州的街头晃悠了出来,举着酒杯,或卧或躺,或浅啜,或豪饮……他们喝酒,他们醉着,他们潇潇洒洒地干着一件件让历史记挂的大事……

那人扳起手指,算起他的乡亲,很是自豪。我和朋友喝着,也有些自豪——喝酒,这时仿佛也成了我们的一件大事。

呵呵!必须交代,与我们喝酒的朋友叫杨小凡,一位小说家。

2011 年 8 月 18 日,北京寓所

煤炭、煤矿文学及其他

　　自从在那个寒风凛冽的冬天走进煤矿,一晃就是十六年了。十六年里,因为"煤炭",我心里常怀温暖。还因为"煤炭",我接触到了"煤矿文学"这个词。煤炭是自然的、物质的,但我们把它提升到一种精神和艺术的层面——黑油油的煤,燃烧了自己,照亮了人心。这与文学仿佛殊途同归。文学说到底就是人类高贵的精神活动。优秀或者经典的文学作品,总能燃烧自己,照亮人类的精神世界。

　　长期以来,我不太喜欢"产业文学"这个说法。军事文学、煤矿文学、网络文学……我只愿意将军事文学、煤矿文学称为军事题材、煤矿题材,而网络仅仅是一种载体。现在身处煤矿,我却对煤矿文学产生了深深的敬意和认同。我理解的煤矿文学,是一代又一代的煤矿人地处偏远的煤矿,在特殊和艰难的生产和生活环境中,对自身精神文化生活的一种至高至善的追求和审美表达。八百米深处、走窑汉、竖井、斜井、掌子面、高高的矸石山和井架……在煤矿生活着,我对这一片陌生而神秘的黑色沃土与精神巷道的触摸与深入,让我学会了与煤矿人一样,不断地为煤炭丰富、深厚的物质与精神文化矿藏感到喜悦和自豪。

在人民大会堂,亲耳聆听胡锦涛同志的讲话,我受到鼓舞和感染的是,他提到"人民"这两个字。他要求广大文艺工作者要把人民的满意当作衡量一切文学创作的最高标准。我以为,在煤矿,矿工的满意就是对我们煤矿文学的最高奖赏。在当下社会开放、文化多元甚至日益物化的情况下,煤矿与社会已水乳交融、难解难分,煤矿作家或进或出,煤矿文学的格局已发生了重大的变化,坚守或背离,断层与发展,继承与创新……煤矿文学必须直面现实,贴近矿工的心灵。胡锦涛同志反反复复提到"人民",在这样的冬天,无疑使我们内心豁亮和温馨。

有时,我的师长和同事们会说,我把人生最好的年华留在了煤矿。我听了十分高兴,但同时我也感谢煤矿给予我很多。尤其是组织和同事们让我参与煤矿文学的建设和发展工作,我真的感觉这不仅是一种信任,还有一种责任,一副沉甸甸的担子。十几年在煤矿的文学生活,当我清楚地知道,煤矿已成为我的衣食父母,成为我生命里无法回避的部分,我就感觉我所有的工作与写作都微不足道——说起来,我的父亲是一位铁匠,他曾经一辈子都和煤打交道。煤,曾经是我们全家生命的忧伤和渴望。到了煤矿,我唯有感恩。

2011 年 11 月 27 日,北京东城区和平里

说说徐坤

不知从什么时候起,逢年过节的,总有人招呼几个朋友聚在一起,一场牌局接一场酒局。有烟的带烟,有酒的拿酒,有茶的拿茶……时间一久,大家戏称这为"阳光俱乐部"。"俱乐部"里自然有好烟好酒,但朋友们总是不厌其烦地带着——这朋友里面就有徐坤。徐坤不吸烟,但好茶好酒的必定会拿来与大家分享。有时候,她嫌我们的扑克牌不好,嘻嘻一笑,就变魔术似的从包里掏出一副——"阳光俱乐部"的名字许是她诙谐的杰作。

一群平时深居简出、把写作看得很重的人,写累了,难得有这样的闲暇一块儿放松放松,打打牌、喝喝酒。就说打牌,有好烟好茶的侍奉,几个人随意地坐好,或气定神闲、胸有成竹,或僵持不下、剑拔弩张,或嘻嘻哈哈、插科打诨……都显得极为轻松。徐坤属于对牌的输赢并不纠结的一个,只见她手捧着扑克,时而轻言细语地嘻嘻一笑,一番诙谐,时而佯装沮丧,时而故作沾沾自喜,都是兴之所至,仿佛只为享受聚会打牌的过程,大家玩得尽兴而已。魏微说,徐坤像旧式家庭里的长孙长媳,能干,通人情,她的本心是要使这个大家庭团团圆圆、和和睦睦,所以逢年过节,她必得张罗几个朋友聚会,或打牌唱歌,或游湖划船,这是因为她本性温暖……此言极是,徐坤温暖的本性里就透着一种体贴和细腻,比如在一场牌局里,她会帮着烧水倒茶,屋子里偶尔杯盘狼藉,她便帮着收拾妥当,真的贤惠得宛如一户人家的长孙媳妇。朋友们说,看徐坤打牌是一种享受,我想潜台词里恐怕就有她与传说中的"女王朔""女侃爷"判若两人的意思——她的这两个名头太响了。

当然要喝酒的。其实大多数的酒局,徐坤并不豪饮,掌控得很有分寸,即便她不会朱唇微启,故作点到为止之状,但也有显得矜持的时候,还会劝别人随意。即便兴致昂扬,她的酒喝得也并不超出一个淑女的范围,甚至还有一种柔弱女子推却的温婉——但说到底,还有印证她在酒桌上握杯推盏,睥睨群雄,让男人英雄气短的时候。有一次我们从九华山到合肥,主人要尽地主之谊,一群人目睹过主人的酒量,就一路上布局怎么出击、奇袭、防御、攻守,商量着兵来将挡水来土掩的招数。可一到了酒局,我们刚刚启动既定的"作战方针",她就身先士卒,结果使我们一路制订的计划全泡了汤。最后,她当然为我们"作出了牺牲",与主人双双被人搀扶而下,以致她上了火车就蒙头大睡,失去了在火车上切磋牌艺的大好机会——都说喝酒喝的是人的性情,酒品如人品。徐坤写作,长篇、中篇、短篇、散文随笔、话剧,十八般武艺样样精通,文字亦庄亦谐、亦俗亦雅,或调侃诙谐或文静温婉,张弛得法,分合有度,这很能从她在酒桌上不藏不掖、磊磊落落的那一股大气的酒风里看出一些端倪。

"文学是一个人的千军万马,一个人的张灯结彩,一个人的奥林匹克,一个人的济世情怀。"这是徐坤在长篇小说《八月狂想曲》里说的。仔细地品味着这话,可以品味出她对于人生与文学的真诚、爽朗与担当,还有一丝丝忧伤……徐坤极力地推介无名作者,汶川地震时毫不犹豫地捐出自己的十万元稿费……她有的是自己道德与良心的底线。在很多的日子里,她是安静的,安静地在家写作,安静地享受着自己崇拜文学、虔诚为文学服务的点点滴滴——哈,说起来,"阳光俱乐部"已有好些日子没有开张,还真有些想念了。

       2012 年 3 月 19 日,北京东城区和平里

抱一壶长江水,我溯源北上
——南水北调东线散记

二〇一二年四月十六日,"南水北调东线行"中国作家采访采风团从北京出发至南京。抱一壶长江水,我由南向北。沿途,一边是古运河丰富而沧桑的水文化,一边是现代建设者们为南水北调工程建设和水质改造而付出的艰辛劳动与心血。泵站、水立交、蓄水湖、水库、漕运遗址……站在这些地方,有时候我竟弄不清楚自己身在远古还是现代。大禹治水、运河开凿、向南方"借点水"……呈现的都是人类与水、与自然密不可分的关系。看来,我们一代又一代人改造水的努力,一天也没有停止过。水利天下,善莫大焉。于是作文以记之。

——题记

江都的鸟鸣

鸟声一阵比一阵急促。才五点多钟,我就被这些鸟的叫声弄醒了。拉开窗帘,天已大亮,鸟鸣声一下子涌进了我的屋里。我仔细分辨,发觉有鹧鸪、黄莺、百灵鸟、三喜(当地人称一种喜鹊)的声音。探头看看窗外的树上,不见鸟的踪影,倒是满眼的绿树葱葱:鸡爪槭、棕榈、柿子树、杨柳、松柏……树的品种很多,再就是水,绿树和碧波静静地环绕着我们的所居。聒噪的是这些鸟声,尽管不乏明亮、婉转,但更多的透出了一些躁动。

我下榻的是江都水利枢纽的宾馆,这里地处扬州以东十四公里,是京杭大运河、新通扬运河和淮河入江尾闾芒稻河的交汇处。交汇处立有一块"源头"的石碑,说的是江水北调起源的历史。当地人说,"上有天堂,下有苏杭",江苏虽然号称"鱼米之乡",但全省的水资源却南丰北枯,苏北地区缺水非常严重,特别是二十世纪五十年代以来,淮河一时断流,洪泽湖几经干涸,江苏省连遭大旱,数百万亩农田受灾,人畜用水困难,因此江苏省从二十世纪六十年代就自行开始了江水北调的工程建设——淮水入江、江水北调,江都于是便成了每时每刻都在孕育"水事"的地方。这样的事自然动静很大。太大的动静就让鸟儿们无法悠闲地鸣叫吧。我傻傻地想。

江河奔涌前的江都是宁静的,不用调水的几个月这里异常平静。比如,我在四月里来到江都,住在这小小的水上花园,我感受到面前的一切都很安宁。树木成行,花团锦簇,左手运河,右手长江,蓄着一江一河的波澜不惊。在水闸不远的地方,总有鱼脊背样的"Y"字形时隐时现在碧绿的水里,主人说,别小看这小小的"Y"字,它可是水的调节器,滔滔江水凶猛咆哮,到了这里却成了柔弱的面条,若逢上调水的季节,机器轰鸣,江水滔滔,江都沉浸在一片沸腾的水与电的叫嚣之中,或泄或调,这水就像面条一般乖乖地进入水闸,一路东去或者北流……"谁推淮东第一流,引江春色占鳌头;摩云匹闸雄东亚,倒海清波下冀州。神禹难平洪水患,李冰唯解蜀民愁;邗沟一凿通银汉,天上人间笑语稠。"恢宏的场面曾引得诗人引吭高歌……如今,江都不仅成了江苏省江水北调的枢纽,更成了南水北调东线的源头……这种悄悄的变化,难道鸟儿也感受到了?

我在江都的早晨静静地走着,不知不觉走到了江石溪纪念碑亭前。抬头一看,参天绿树掩映之中,坐落于两层花岗岩台基上的纪念亭,四角飞檐,歇山屋面,黄琉璃瓦覆顶,周围有两层汉白玉栏杆环绕,亭中矗立一汉白玉石碑,上刻"江石溪先生安息处"八个行书大字,碑后刻有江石溪的生平事迹。正面两侧抱柱上有着黑底黄字的对联:"向秀赋方成,惊听笛声到邗上;江郎才未尽,尚留诗卷在人间。"据说,江石溪一生未仕,饱经磨难,但有两件事让他自觉欣慰:一是他没有追逐"浮名",而是毕生致力于实业救国、教育救国,协理张謇兴办了实业和学校,留下了济民救世的"诗囊"(《梦笔生花馆诗集》);二是家庭团圆,实现了"要好儿孙各象贤"的夙愿。现在,老人静静地守在这江都枢纽,看着江水南来北往,水涨水落……

江都水利枢纽现由四座大型电力抽水站、五座大型水闸、七座中型水闸、三座船闸、两个涵洞、两条鱼道以及输变电工程、引排河道组成,是一个具有灌溉、排涝、泄洪、通航、发电、过鱼、改善生态环境等综合功能的现代化的大型水利枢纽。这个凝结了江苏水利几代人的勤劳与智慧的工程,自建成那天起,就不仅为缺水的苏北送去了甘霖,还有效地抗御了苏北里下河地区的特大洪涝、淮河大洪水、苏北地区旱灾……不用调水的日子,自然就没有了机器的轰鸣。我突然明白鸟鸣声为什么那么早、那么急促,因为它们在享受着江水北调、淮水入江大战来临前的那一刻难得的宁静。鸟们知道,只有这时,它们动人的歌唱才不会被机器的轰鸣声和咆哮的水声所淹没。

水立交

总觉得立交桥是城市的产物。上层的桥,东来西去的车辆尽情地驰骋;下层的桥,南来北往的车辆畅通无阻。有人说,城市立交桥是城市的一道美丽的彩虹,一首无字的诗,一幅立体的画……说得诗情画意。所以,一听说淮安有一座水上立交桥,我心里就有些迫不及待,想象水立交桥是怎样的由西向东、由南向北……立交桥作为城市独特的风景线,在淮安是怎样因水而水乳交融,丰富灵动。

城市里有了水,就有了灵性,有了历史。淮安就是这样一座漂在水上的城市。淮安城里有大运河、里运河、盐河、古黄河"四河穿城"。还因它地处淮河下游的苏北腹地,属南北冷暖气候过渡带,更有洪泽湖、白马湖、高邮湖、宝应湖、京杭大运河贯穿辖区,所以全市百分之八十的土地都处在设计的洪水线以下,洪涝灾害频繁。尤其是洪泽湖,几乎每年要承接淮河中上游十五点八万平方公里的来水,然后再经淮河入江的水道、淮沭河、苏北灌溉总渠等流域性河流泄入江海……

淮安的历史就是水的历史。在清江浦的里运河畔,"南船北马,舍舟登陆"的一块石碑,早早镌刻了淮安与水辉煌的一吻。先秦时期,这里因地处"沿于江海,达于淮泗"的南北水运干线枢纽,有着"交通、灌溉之利甲于全国"的美誉,还曾是漕运的枢纽、盐运的要冲,鼎盛时,与扬州、苏州、杭州并称"运河沿线"的四大都市。隋炀帝开凿贯通南北的大运河,淮安在隋唐时期就曾繁华一时,特别是商品贸易在有唐一代十分兴盛,吸引了包括大食、日本、新罗等国的海内外商人,到了夜晚,"千灯夜市喧"。至公元一一九四年,黄河夺淮,漕运受阻,古淮安才日显衰败之象。日月轮换,到了公元十五世纪至十九世纪中叶,淮安迎来历史上持续了四百多年的第二次繁荣。因水利而盛,又以总漕、总河驻节淮安和清江浦的兴起为标志,明永乐年间,陈瑄驻节淮安,总督漕运,开辟清江浦河道,由此成为明清运河北上漕运的主要口岸。设在淮安的漕运总督府每年指挥整个运河上的十二万漕军,将四百万担漕粮从江南的各个省府道集中,通过运河,浩浩荡荡地运向北京……

水成就了淮安,因水淮安也变成了一条可恶的"洪水走廊",演绎出了一段段悲壮的历史。据史载:清代为了修堤抢险,河臣们不得不经常与"役夫杂处,沐风雨,裹霜露,发白面黑"。这里流传一句"倒了高家堰,淮扬看不见"的谚语,说有一年大堤缺口久堵不住,汛官身着大红官袍,坐在装满石块的船头,在悲壮的祭祀后,与船一起沉入缺口,以身殉职;清道光四年(一八二四年)冬,大堤突遭冰凌袭击,"百里大堤,形若琉璃",驻守河堤的官兵们,手挽手上堤抢险,却纷纷滚下湖中,大堤也被冰凌撕下了一处又一处裂口,到第二年这口子都无法堵上。面对处于水深火热中的百姓,朝廷急命在家奔丧、时任江苏布政使的林则徐戴孝到了高家堰,与河工奋战数月,才将大堤保住……就这样,淮安在一代又一代人手里传承着治水的历史。河湖相连,沟汊交错,一座漂在水上的城市,一片片水乡泽国,有一座水上立交,应该是淮安人治水的历史传承与缩影吧。

我们到达水上立交桥时是上午,头顶上艳阳高照,远处油菜花一片金黄。这座水上立交桥分上下两层,说是叫"上漕下洞",融汇了南北与东西两水。上面是航道,连长江入京杭大运河;下面齐刷刷地有十五个巨大的涵洞,自西向东引淮河入海。水立交呈"十"字状,站在水立交的观景桥上,我向四周望去,田园千顷,一望无际;运河波光潋滟,发出一道道金光;淮河浩浩荡荡,水声汩汩;观景亭与古城淮安的镇淮楼遥遥相望,仿佛在向人们诉说着古人与现代人不断征服江河的智慧与传奇。此时,我发觉历史的烟云与现代的南水清波已在水立交相互映照,将淮安的水一分为二,又合二为一,让人感受到柔情似水的淮安人心里透出的慷慨与豁达……

南旺水利遗址

走在汶上南旺的水利枢纽遗址上，我心里隐隐有些失望。说是一座水利枢纽，却看不见水，这里既没有四川都江堰水利工程的雄伟，也没有我刚刚看到的江都水利枢纽的壮观，面前呈现的是一派荒凉而破败的景象，河道干涸，残垣断壁，土地一片灰蒙蒙……但这里分明又真切地存在着，存在于我脚下的一座座遗址里，存在于导游小姐那绘声绘色的动人的解说里，有一刹那，我突然觉得面前漫上一股清清的河水。萋萋芳草，水花飞扬处，两位须髯飘飘的老人从历史的深处渐渐走出……

宋公祠、白公祠、关帝庙、观音阁、禅堂、蚂蚱神庙……尽管分水龙王庙不复存在，但残留或刚刚修复的遗址清晰地告诉我们，这里曾是京杭大运河上一座久远的、巨大的水利枢纽，一个控制性的节点——史载，明初因明王朝建都金陵（今南京），北方漕运需求降低，加之黄河泛滥，河道淤塞等，大运河不久断流停航。直至明成祖迁都北京，由于南粮北运的需要，永乐九年（一四一一年），工部尚书宋礼率军工民夫十六万五千人重新疏浚河道，但因这里是千里运河的"水脊"，河成而无水，航船根本无法通行，宋礼一时犯愁，为此微服私访，访得当地老农白英。一介平民白英感念宋礼的忧国忧民，于是为他献上了"借水行舟"的计策，即引汶河之水至南旺脊顶，先成居高临下的势头，再在南旺南北设闸分水而下。宋礼一听如醍醐灌顶，茅塞顿开，立即请白英与他一起指挥施工。水流分七分北去，三分南下，有力地保障了明清两代五百多年的运河航运,民间因此也有了"七分朝天子,三分下江南"的说法……民国初年,据说美国水利专家方维看到后也不得不敬佩地说:"此种工作当十四五世纪工程学的胚胎时代,必视为绝大事业,被古人之综其事、主其谋而遂如许完善之结果者,今我后人见之焉得不敬而且崇耶。"

为官礼贤下士,为民胸有成竹。宋礼与白英两人"引汶济运",酿就了水利史上的一段佳话。为了纪念他们,当地人在此修建了南旺分水龙王庙,后又以龙王庙为主体,相继修建了禹王殿、宋公祠、白公祠等一系列建筑群,占地面积达到五千五百平方米,建筑群内院落错综,松柏参天,碑碣林立,庙宇巍峨雄伟。只是岁月无情,随着大运河北部的停运,这里渐趋冷落,重归寂寞……在废墟的另一侧,现在一座被称为"南旺"的水工科技馆已拔地而起,据说里面将通过沙盘、多媒体、三维动画等现代的手段再现南旺枢纽的昔日风貌和运河的繁华历史……想了想,我终究没有进去。

如果说大地的河流是文明的摇篮,那么人类与自然、与河流的改造与斗争显然就是文明的进步。数千年来,大禹治水、邗沟开凿、都江堰的修建、灵渠的沟通以及南旺水遗址,都是人类与水的故事的传颂……阳光下,我发现水的文明史就像一朵莲花正在时间的长河里慢慢盛开,逶迤而来,忽然荡漾在了南水北调的清清河流之中。透明、悠长而充满灵性的一条条生命之水,就这样串联了起来,串联起繁华与衰败、寂静与激越、高亢与平淡、幸福与苦难……每一条河流与人的每一次对视与倾诉,都饱含着人类文明进步的豪迈与历史的沧桑,隐藏着人类与水的某一种神秘的关联——或许,在这次南水北调的工程里,南旺水遗址会被重新唤醒,或许,它只能成为人类治水史上的一个永久的遗迹,但无论怎么样,这惊人的智慧和创造力都会被载入我们民族水文化的历史史册,被人类深深地铭记,历久弥香。

  远远地,望着那水工科技馆,我独自感受着遗址上的一切,对它有了深情的一瞥。

2012 年 6 月 3 日,北京寓所

文字的气节
——读胡竹峰散文集《豆绿与美人霁》

读竹峰的文字,如读帖,如抚琴,如煎茶,如读尺牍……实际上他也是这么做的。他这部《墨团花册》分为"心迹""墨迹""食迹""茶迹""信迹""人迹""月迹""笔迹"八辑,其中"墨迹""茶迹"就占了很大的一部分。拿他的话来说,书读烦了的时候,他就观画或读帖,各种法帖和画册,竟让他读出了一身喜气。至于说到茶,他从小在茶乡里长大,茶叶的日浸月泡,到底是成就了他的清欢和趣味。又有了闲适做底色,写起文章来,二十几岁的他很容易让人将他误作为一位穿着一袭青布长衫、拈须自吟的古人。

当然不是这样的。见到竹峰,相信很少有人会把他闲适雅致、通透平实的文字与他本人对上号。头发卷曲,年轻、清秀的脸盘还略显羞涩,张嘴一口岳西山里人的乡音,城市读书人的气质与乡间孩子的淳朴,竟在他身上天生地生成了一种自信、一种灵性,当然也流露出他的才情与自负。如此说,他读帖不是读帖,煎茶不是煎茶,谈美食也不是谈美食了。比如读帖,他会看到:"王羲之祖着肚皮,敞开袍子,表情轻松;颜真卿蟒袍宽幅,一脸正气;米元章身材峭拔,面目冷峻;苏东坡意态悠闲,步履沉着;王宠风流蕴藉,纵情山水;郑板桥卓尔不群,怪里怪气;何绍基一身酒气,夸夸而谈……"对于茶叶,他好像并不沾沾自喜家乡的一种绿茶,对于铁观音、大红袍、普洱、滇红、白茶、花茶等等,也很有研究的心得。有趣的是,他说自己家乡的绿茶翠兰是盆栽小景,婉约清淡,铁观音是窗外山水,悠远深邃……却故意将它们放到一起,"让其婆媳一家",说婆婆是铁观音,翠兰是小媳妇,喝出的自然是婆媳的世俗生活。优雅中透着诙谐,俏皮里露着智慧。读这样的文字,说他沉沦古风是一方面,说他"上通古人,下接当代"是另一方面。

  现在的文章铺天盖地,但真正懂得和写好文章的人少而又少。多年前,我有一篇散文受山西作家韩石山先生谬奖,说我是"很会写文章的人",心里窃喜。竹峰说:"中国文章的羽翼下蜷伏着几只小鸟,一只水墨之鸟,一只青铜器之鸟,一只版画之鸟,一只梅鹤之鸟……"他在与我 QQ 聊天时,差不多也表达了类似的看法。我理解他的意思,也知道他表里如一。所以这回看他的文字,无论是写人记事,还是状物抒情,即便动用了十分现代的工具与手段,但骨子里透露的依然是传统或者说有与古典相承一脉的气息。实际上,他的文字里是有令人欢喜的气节的——"气节"总被人指向人的气质、志气、贞节、节操,用在他的文章上却是适用的。我说文字的气节,是指文字本身所氤氲的一团真气。好的文章应该就有这样的一团气,风吹不散,霜折不断。"节"自然就是文字的节奏了。大好的文字就必须有这样的气节。只要有气节,文章形式的拟古或非古其实并无大碍。

记得禅宗三祖僧璨在《信心铭》里说过"至道无难,唯嫌拣择"的话——他是出家人,但他的这句话,实在像是家里人说给家里人听的,用在竹峰身上也很妥帖。竹峰不仅读帖,读画,还读过很多有讲究的书,挑剔得很。竹峰说,金庸的文字不温不火,不紧不慢,骨子里散发着中国古典文化的温厚淳朴……殊途同归,也算是他的心迹自露吧。

2012 年 6 月 4 日,北京寓所

烟雨蒙山

游览山水,逢上浅浅的阳光或蒙蒙的细雨,都是很有情趣的。暴烈的太阳不必说它,烟雾一层一层地裹住自己,眼前什么也看不见,那就令人十分沮丧了。这回到山东的蒙山,赶上的正是这种浓雾弥漫的天气。但行程是主人早就安排好了的,更改不得,于是只好硬着头皮上山——此时,莽莽的蒙山沂水烟雾缭绕,那烟不是乳白色而是烟黑色,甚至有些呛鼻。雨虽然下得不大,但一柄雨伞罩在头顶,每移动一步,也就是人与伞的移动,人的心情可想而知了。比如我就有些扫兴:蒙山,这回可真的蒙了我们一回!

我们走的是蒙山中路。主人说由此可上龟蒙山顶,当年孔子和他的弟子们上山也是走的这条路,山顶上还留有孔子"小鲁处""卧龙松"等景点。蒙山顶海拔一千一百五十六米,在空中俯瞰就像一只巨龟伏卧在蒙山的云端之上。"龟蒙顶"的名字即源于此。《孟子》一书说:"孔子登东山而小鲁,登泰山而小天下。"——想想就很有意思,圣人一生穷困潦倒,周游列国,对家乡的两座大山都说了显得十分豪气的话。圣人对家乡山水情有独钟,肯定是选择在一个万里无云的晴朗天气上山的。要是这样烟雾迷蒙的日子,老人家恐怕就没有这种雄视天下的豪情了。圣人就是圣人。圣人看山,我们看圣人。走到山顶,山顶的四周烟雾茫茫,无云无风,眼前一大片的混沌。导游看出我的失望,说要是晴好的天气,蒙山一定会是云蒸霞蔚,白云一朵朵、一片片飘荡,撕咬、缠绵着,千山万壑,若隐若现,俱在虚无缥缈间。站在蒙山之巅,有"佛缘"的人还能看到蒙山的佛光,有一种"云从身边转,风从脚下生"的感觉。但现在没有,面前只有蒙蒙的烟雾。蒙山掩映在这一片烟雾里,我剩下的只有一丝怀古之情在心里跌宕着。

蒙山有大美。蒙山风景的观赏,是当地人津津乐道又煞费苦心的。龟蒙风景区的景点多,他们在山上建造的观景的亭坊也不少:聚贤亭、览胜亭、望峰亭、蒙山坊、胜景坊……每一处亭坊,不仅都有着自己的故事和传说,且一览众山,历历在目,层峦叠嶂,奇花异草都能尽收眼底。走在烟雨之中,我们冷不丁都闪到亭子里歇一歇。导游说,在览胜亭,可以看见龟蒙那些大大小小如"群龟戏海"的石头,还能看到前面一块酷似孔子坐像的"圣憩石"。据说,孔子当年登蒙山就是在那里休息的。在望峰亭上,就能感受"暮色苍茫千幢暗,万山丛中一片霞"的蒙山斜晖的诗意,放眼西望,有一座如鹰窝的峰峦,怪石嶙峋,一峰孤绝,峰顶上一株苍松如盖,就像一只苍鹰振翅欲飞,让人不得不惊异于大自然的鬼斧神工……"不到鹰窝峰,枉为蒙山行。"导游煞有介事地说。说着说着,她见我们一脸惘然,转身见面前的一切仍然淹没在混沌不开的烟雨中,自觉惭愧。于是,她高高地举起一本导游的册子

秋山响水 | 117

在我们面前,指着上面鹰窝峰的图片,拼命地喊着让我们看。我们踮着脚尖,把眼光一齐投向那张图片上,只好将那满身翠绿的鹰窝峰深深留在想象里。

烟雨里倒是有些声音,是歌声。满山满野的都是《沂蒙山小调》:"人人(那个)都说(哎)沂蒙山好,沂蒙(那个)山上(哎)好风光。青山(那个)绿水(哎)多好看,风吹(那个)草低(哎)见牛羊。高粱(那个)红来(哎)豆花香,万担(那个)谷子(哎)堆满仓。"循着声音望去,我发觉那声音是从掩埋在路边的小喇叭里发出来的。蒙山沂水不仅有着自然山水,还有许多革命故事,更有优美动听的民间音乐,《谁不说俺家乡好》《沂蒙颂》……这些歌我们自小就耳熟能详,此时这些民歌嘹亮在蒙山的烟雨里,就像从蒙山的胸腔里发出来的,显得特别乡土、婉转、苍劲而悠扬。有了歌声的感染,我感觉空气格外清新,烟雨里的蒙山似乎也更加生动活泼起来。青山逶迤,雨丝蒙蒙,我依稀听到了一阵阵梵音从山涧幽谷中传来,听到了布谷鸟的一阵阵叫声和山脚下鸡犬的鸣叫声……

下得山来,住进了主人为我们安排的"沂蒙人家"。雨淅淅沥沥地下着。当地人说:"蒙山这阵子正赶上六七年没见过的干旱。你们一来就下了雨,嘿嘿!真是喜雨!感谢你们给我们带来了喜雨。"他们开心地笑着——吃饭时讲,开会时讲。我正在为上了一趟烟雨的蒙山而懊恼,但一听他们这么说,我心里忽然就高兴起来,感觉那雨好像真的是我们带来的——我们是一群有福的人了。

2012 年 8 月 4 日,北京寓所

大地上的私语者
——《鲜花地——甲乙散文选》序

和甲乙先生的交往,总会唤起我最初的一部分文学记忆——多少年之后,当我们一起在京城以北的某个房间里,回忆起我们在长江边的一座城市热烈地讨论"乡村的小说",并有着"大地兄弟般投契"(甲乙语)的情形时,我还感觉到一种青涩、冲动、执着却充满温暖的东西弥漫在我们中间。甲乙说,文字是一种落叶,关乎思想和灵智,但我还是喜欢在他那斑斓的"落叶"里寻找一种别样的脉络、色彩和姿态。

甲乙无疑是一位对大地有着深刻悲悯情怀的作家。与别的作家不同,他对大地最早的关注便是从一个真的叫"大地"的地方开始的。一位姓鲍的老人说:"早先大地这块地差点儿归他了!"实际的大地。人们在大地干活时,老鲍"先背着手缓缓地走到大地的最南端,一边走,一边像君王一样俯瞰着脚下的大地"(《大地》)……就在这块大地上,甲乙有着嬉闹的笑声,也有着劳作的艰辛,更感受到了大地的虚无,这些早早地成就了他的寻找大地"尽头"的文学方式。在大地之上,他看到了大地的一种生存现实:"庄稼在它的泥土的表面变换颜色,而种庄稼的人面无表情。"鸟、河流、秋草、春菜、墓地、秧草路、庄稼地里的树……大地上的春花秋月、物候时事,因为都要服从于一种更高的生存法则,所以"命运会有多少差别呢"。他似乎在喃喃私语,又像是对大地发出清醒的叩问。

　　甲乙出生在东北一个名叫"大虎山"的小镇,在他七八岁时,父亲带着全家落户到长江边的一个小村庄。在一篇题为《我为什么写作》的文章里,他说,北方和南方的语言和风俗习惯的差异,使他"一时进入不了新的生活圈子,变得孤独和敏感,沉默寡言"。但无论如何,北方的"大虎山"和南方的"挖沟",这两个地名从此都植入了他生命的记忆,使他既不断地熟悉而又要建立双重的陌生感。由此带来的人与人、人与自然、人与大地的关系,以及语言与生活的环境,让他的内心变得敏感、脆弱、紧张——这种文学地理的形成,对他的文学生涯是有益的。也正因为这样,我们便不难理解他为什么会去凭吊一块逝去的"大地",因此泛出难言的酸楚,并能长久地出现一种沉默。在一篇叫《去黑山》的散文里,他用自己独特的笔法写出了他"视角中没有,也永远到达不了的山"。然而,一个八九岁的男孩饱受饥饿的特异心理和人性的本能却力透纸背。"为吃光一些童话",他跑到二十里外黑山县城的三姑姥姥家,可又"奇怪得很,另一种未曾想到的、似乎来自幽冥深处的意识突然出来了,它顽固地不让我去敲门"。心灵如此炽烈地接近、对立和厮杀,这就使他不仅仅"在心里说话"就能完全表达得透彻,赋予文学的也就有了更多"经典情感"的意味——人与大地的关系与生俱来,无法割舍。但人们大多数的记忆都会局限在自己生而成长的故乡,甲乙得天独厚地有了南方与北方两处乡土生活的背景,他与大地的关系一开始因为心里有着地域文化复杂的融合过程,而更多了一副审视的眼光。"一辆牛车即使朝北方行进,它也依然在南方的地域内。同样,一辆马车不管向南方走出多远,它顶着的依然是北方的青天。"(《远去的车》)人和大地的关系实质上维系的就是一种生存的道德和法则。

甲乙的文字,朴素、幽默与诙谐随处可见。有人说,他的散文像水印版画,像水墨画,这当然都缘于他那短暂的绘画经历。无疑,这种影响是巨大的。读他的这部散文集,我觉得他的文字里氤氲着一种"水"的灵气,无论是观察大地还是在风景中散步,他那受过训练的眼睛都显得十分独特、饱满和传神。"油菜田远远近近的绿意极浓,叶片肥厚,像巴掌一样伸上伸下……"(《春菜》)"绿草在斜晖中,成了金黄的蜜蜂色……"(《秧草路》)"我们走进一片阴影如翳的山村,随着光线的暗淡,似乎一下子坠入了恒久的宁静。树叶的边缘,阳光洒落,有许多小鸟飞起落下,鸣叫唱和……"(《夏日龙虎山》)。甲乙对大地上一切事物的色彩、光线变化的捕捉异常敏锐、细腻。这时候,他在风景中散步,对脚下大地的审视描摹,形诸文字的很难说不像一幅幅色彩斑斓的油画了。他把大地上的事情、眼中的风景,用油画般的热情、丰富的层次,生动而炽烈地呈现出来,使人读后不仅能感受到他内心的稳健与凝重,更感受到一种非凡的理性之美。

甲乙先生是一位与自然和大地极为亲近的人。在生活里,我知道他是一位很不错的"驴友"。节假日里,他会兴致勃勃地邀三两朋友或者独自去跋山涉水,朝揽霞光,夕抱明月,乐此不疲。不仅故乡安庆,就连北京周边的山山水水,都留下了他的足迹——现在,每每重温起甲乙先生说我们具有"大地兄弟般投契"的话,我就不禁想起自己刚从县城来到繁华的北京时,曾为一个名叫"大地"的公交车站名,捧着北京地图册到处乱转的情形。其实,甲乙和甲乙的散文比我更早地懂得,对于像他这样与大地有着深厚情感的人,大地永在,鲜花盛开。

是为序。

2012年10月5日,北京寓所

赵军的画和甲乙的赋

赵军女士油画是油画,版画是版画;甲乙先生小说是小说,散文是散文。俩人各自都有两把"刷子",俨然开的是一家"夫妻店",令人羡慕得很。但这次,朋友华安偏偏要我将赵军女士的画与甲乙先生的赋放在一起说——华安先生是当代书法家,也是画家,经营书画,已然是龙吟虎啸,气象万千。不消说我们有"约"在先,单听他一说话,晃动着他那稀疏而鬈曲的头发,就他那一头的"波浪汹涌",我就毫无招架之力了。

赵军女士的画我见过,极喜欢,也有收藏。她擅长油画、版画。她一九七二年考入安徽艺术学校美术专业,一九八七年进入中央美术学院版画系学习。其作品参加过第七、八届全国美术展;第十一届和第十二届全国版画展,第九次新人新作展等。其代表作有《寒露时节的村庄和清晨的霜》《鸡冠花》《汛》等。走进她的颜料与调色油气味混合的画室,满眼不是大红大绿,就是大黄大紫……她对颜色的运用十分独特,鲜艳明媚,如水银泻地,密不透风,层次丰富。看《城与河》《境生象外》《皖山流域》这三幅画,我感觉到处都是一种大块颜色的挤压、流泻和铺张,没有具象细腻的描摹,有的却是事物的一种抽象与心灵的流淌,色彩层次舒朗有致,美丽而狂放……赵军说,画是她心灵的流淌,她希望其奔放、壮丽,充满想象,像原野上的风一样无拘无束。听听!这话哪像出自一个柔弱的女子之口!如是说,她也如此实践——后来我想,甲乙先生就读于艺术学校美术专业,并不是真心想当画家,十有八九只是奔着赵军这位美女去的。

听说甲乙先生写赋,我心里竟是怪怪的。古人说赋"铺采摛文,体物写志",这种古已有之的文体,四言六言的,侧重于写景,借景抒情,具备的是诗歌和散文的性质,讲求的是文采,是韵律。都说赋是才子所为,甲乙先生当然是名副其实的才子,但乍一听说小说和散文写得"风生水起"的甲乙先生突然写起了赋,我实在有点儿意外,就好比听说裁缝改行当了补鞋匠,铁匠改行做了磨剪子抢菜刀的。不是说补鞋匠比裁缝低一等,铁匠比磨剪子抢菜刀的高明多少。我的父亲就是一位铁匠,他就经常央求磨剪子抢菜刀的给自己打制的菜刀开刃——手艺没有贵贱之分。可是古人说,赋居庙堂之高,和者已寡。如今,国学冷,赋亦冷,赋对于甲乙先生来说,也算是一种很生疏的文体吧。

一个时代只能有一个时代的文体。

甲乙先生的赋有:《安庆城市防洪工程建设记》《安庆黄梅戏会馆记》《北京奥运记》《汶川地震记》《金安桥水电站大江截流记》《金安桥水电站竣工发电记》……这里,既有因公强说赋的,也有他自发而为之的。他说,不丽不美不成赋,赋要写得行云流水,需要的是深厚的文字功力。开始他也诚惶诚恐,怕用词华丽而写得空洞无物,又怕陈词滥调让人感觉味同嚼蜡。比如写《安庆城市防洪工程建设记》,他还故意提出三个要求:一、不希望文字被人改,尤其不希望被领导改。二、希望署上作者姓名。三、要付酬劳。这般患得患失,斤斤计较,只是想一推了事。不承想,这些条件领导"照单全收"。如此逼上梁山,他只好闭门谢客,孜孜以求。倒是此赋一出,好评如潮,从此,他对赋的写作就更有了兴趣,比如《北京奥运记》《汶川地震记》两篇就是他发自肺腑之作。

不能说甲乙先生的这几篇赋写得如何体制宏大,气势磅礴,但说他的文字"叙事跌宕,状物如临,辞美句工"是合适的。《安庆城市防洪工程建设记》写的是安庆竣工的一堵防洪墙,有因,有果,有过程,起承转合,天下万物,尽数道来。登墙展望,他说:"长风鸣翼,古塔灵踪,四面山水画境,满目秀润满目诗;流云醉岸,皖城瑞色,八方燕柳芳菲,半江月色半江霞。"状物抒情,气派自出。写安庆黄梅戏会馆,他说黄梅戏的故乡:"山水清音,清亮甘甜。柳丝人烟,男女畅情。优柔温润,声色如水。清婉曼转,妙声四达。更唱迭和,赴曲随流。放歌如春水荡漾,轻吟似风树纷披。"一下子就点出了黄梅故乡的韵致,传神而柔美,让人不由得心生叹服。

说起有约在先,是因为那一天与甲乙、华安两先生聚集在京城亚运村的一家酒店,一边喝酒,一边漫无边际地聊天。屋里谈兴愈浓,外面突然大雨滂沱,豪雨如注,一会儿"水漫金山",淹没了京城里的大街小巷。自觉无法脱身,不知不觉,我们就聊起了安庆的防洪墙,聊起了甲乙先生的《安庆城市防洪工程建设记》。一时兴起,华安先生猛然一拍脑袋,说要为甲乙先生的赋和赵军女士的画开个"夫妻店"——因缘偶得,于是就有了这段文字。

那一天,是二〇一二年七月二十一日,据说北京发的是六十年未曾遇过的大水。后来,官方公布有数十人遇难,史称"七二一"。

2012年10月5日,北京寓所

青海人民的湖

人不能两次踏入同一条河流。那么湖呢？我面前的青海湖还是去年八月膜拜的湖吗？辽阔、纯净、柔美……有时候，语言如湖水一般忽然静止。

我神情有些恍惚，与去年的八月相比，我这次到青海湖还晚了那么几天，依然错过了油菜花繁花似锦的时节。湖边，油菜花在高原的风中零星地摇曳，我不小心走过去，竟碰落了一地。蓝得像一条条哈达的青海湖翻飞着，黄黄的油菜花在一旁静静地守候。蓝得柔软的水，黄得柔美的大地，这样的相厮相守，是为了高原怎样一个神秘的承诺？

那些不知名的或紫或蓝或红的花儿摇摆在风里，一地的笑。

我走近青海湖，弯下腰小心地捧了一把湖水，含在嘴里，咸咸的。我抿了抿，咽了下去。倏而，又捧起一把，让它沿着我的指缝，无声地滑落。头顶的天空与湖水天蓝湖蓝地重叠，相互辉映，一朵朵的白云像一只只慵懒的绵羊一动不动。

库库诺尔、措温布、西海、鲜水、卑禾羌海、仙海……

命名,在青海湖显得如此重要和纷繁。

都在八月,在青海湖两次我都听到人们说到湟鱼。湟鱼,学名叫"青海湖裸鲤",属鱼类中的鲤科。它全身裸露,无一鳞片,体形近似纺锤,头部钝而圆,嘴在头部的前端,无须,背部灰褐色或黄褐色,腹部灰白色或淡黄色,身体两侧有不规则的褐色斑块,鱼鳍带淡灰色或淡红色,还有一些是浅黄色或深绿色。导游告诉我,每年的春夏之交,青海湖里的湟鱼们就会洄游。那时,气温升高,冰雪消融,雨水增多,各条入湖河流的来水量增加,湖内的鱼开始在环湖的各大河流口集结,然后成群地逆流而上,游向它们世代相传的产卵地,一水的色彩斑斓。

"前几年,在西宁的街头,我们还看见有人烧烤着吃,味道鲜嫩得很!"导游说。

车上有人在不停地咂着嘴。导游仿佛觉得自己把大家的胃口吊了起来,很有成就感,话锋一转,说:"你不知道,在饥饿的年代,湟鱼不知救活了多少青海人!当地的藏族牧民没有吃鱼的习惯,青海湖里'骑马涉水踩死鱼',那时青海人民就是靠这鱼活命的。但这几年政府出于生态保护的需要,不让捕捞了!"

一阵沉默。我在心里突然默默地念起了"圣湖"两个字。

要坐船了。记得上次,我骑自行车在二郎剑码头一带转了几圈。原来还可以坐船的。我忽然觉得,我这次打定主意重游一次青海湖就是为了坐一回船。从二郎剑码头出发,船犁开浓浓的蓝,驶在青海湖的烟波浩渺之上,满目碧水荡漾,幽蓝、湛蓝、蔚蓝、纯蓝、深蓝、灰蓝……天水相连,无际无尽,眼前的一切蓝得让我有些迷离。洁白的云朵之下,飞溅着浪花,有几只水鸟,都在眼前飞速地掠过,如一个个小小的墨点。我乖乖地坐在舱内,深怀敬畏之心。

很多人和我一样,静静的,心里似乎也在感叹无法窥探的神奇的自然。

鸟岛、海心山、沙岛、三块石、二郎剑……去年八月我在青海湖见过的风景,现在又一次在我的眼前次第展开,风景依旧,熟悉而又陌生。这回,我感觉不是我拥抱青海湖,而是青海湖在试着接纳我——走在沙滩上,踏着金黄的沙滩,从未有过地靠近蓝蓝的湖水,大家如梦如幻,都有些恋恋不舍,都贪婪地呼吸青海湖洁净的风……

八月的高原山峦似黛。

记得在那个艳阳高照的八月的一天,我租骑了一辆自行车,在湖边与朋友们一起疯狂地奔跑,走走停停,或掬一捧浓酽酽的湖水,或大声地喊叫,浑身被阳光晒得暖洋洋的,心里也温暖如春……但这次,我到二郎剑码头时,天空却飘起了一片片雪花,寒风一阵一阵,有些刺骨。我浑身直打哆嗦,用从导游那里讨得的夹克衫将自己裹得紧紧的,依然挡不住一阵阵寒意。

导游说:"这里天气就是这样,一会儿万里晴空,一会儿又阴霾密布,总是阴晴不定。那一次你肯定碰巧,赶上的是一段难得的好天气。"

想想也是。八月高原的天气仿佛孩儿的脸,说变就变。

正说着,面前走来一群身着藏族服饰的男男女女,他们手牵着手,红红绿绿的,很快就围成了一个圈子。他们亮起了嗓子,在路中央载歌载舞,左摆右摆,自由而奔放。悠扬、嘹亮的歌声伴着雪花儿在飘落、融化。他们脸上有一种抑制不住的幸福。

> 白纸上写一颗黑字来,黄表上盖一个印来;
> 有钱了买一匹绸子来,没钱了捎一匹布来;
> 有心了看一回尕妹来,没心了辞一回路来;
> 活着哩捎一封信来,死了时托一个梦来……

花儿却有些缠绵、凄美的哀怨。

就在从青海湖回到西宁的晚上,我又见到高原上的几位朋友,喝酒,唱歌,听着青海的花儿……我突然感觉,花儿和青稞酒,以及高原朋友那浓浓的情谊,在八月的高原都浓得化不开了。

青海湖,青海人民的湖。

——我对自己说。

2012 年 10 月 6 日,北京寓所

平顺山水

奇峰怪石,飞瀑溪流,云雾烟岚……这里的人或许让太行山四季的风景挡住了视线,抑或被山势压迫得抬不起头来,于是生生地渴望着平顺。然而,到了平顺,我才知道"平顺"二字竟也有典故——明朝正德至嘉靖年间,朝廷腐败,猛虎一般的苛捐杂税使得民不聊生,哀鸿遍野。嘉靖初年,当地小吏陈卿及其子举起了反抗明王朝的义旗……农民起义被朱明王朝平息之后,惊魂未定的嘉靖皇帝割划了邻近的三县的各一部分组成一县,赐名"平顺"。

这就是平顺县的来历。但平顺县似乎从来就没有"平顺"过,清乾隆二十九年(一七六四年)这里被裁县为乡,民国元年恢复县治,没过几年又划归了潞城管辖,民国六年,县治再复……改来改去,反反复复,直到一九六〇年才消停——当然,"平顺"了人,"平顺"不了山水。是山都雄,是水都秀;山水一方,与天为党。雄山秀水里,有无数的奇峰和怪石,一条条山溪与瀑布……站在通天大峡谷的仙人峰上,触目的层峦叠嶂,都是刀斫斧削。我四下眺望,见一条山脊蜿蜒盘曲在蓝绿色的湖水里,宛若一条青鱼衔珠,而另一旁两峰交欢如鱼,如一幅八卦图,北方山水的气势与南方山水的灵秀在一条峡谷里形神兼备。

一边是悬崖绝壁,一边是万丈深渊,我们的车子一整天都在太行山的盘山公路上走。沿着高高低低、不平不顺的山路,直至夜幕降临时,我们才赶到坐落在海拔一千三百五十米的高山之巅的下石壕村。这个村寨共有三十八户九十七口人,因大多数人都姓岳,当地人又称"岳家寨"——据说,这里的岳姓与岳飞家有些渊源——寨子在悬崖绝壁上南北一字拉开,散落在山体的断层平台上。要说不平不顺,这石头的村落应该算是一个典型吧。这里群山环绕,崖石嵯峨,悬潭飞瀑,四季流淌。到了夏秋季节,终日云雾缭绕,清风习习。在这被称为"太行空中村"的村落里,满眼都是石头:石房、石墙、石路、石街、石磨、石碾、石臼、石桌、石凳、石水缸、石楼板……就连冬天取暖也是在石板炕下烧火。除了石头,再就是树木了,有梨树、苹果树、花椒树、槟榔树……树木枝繁叶茂,果实累累,伸手就能摘下。

夜里,我和小说家荆永鸣住在扎根家。小雨缠绵,淅淅沥沥了一夜,早晨起来见扎根正在锯木烧火,我说:"这里好安静。"

"是呢!是呢!"扎根立即堆出了一脸的笑。抬头一望,满山烟岚,聚散有致,虚无缥缈,仿佛陶渊明笔下的世外桃源,让人顿觉心旷神怡。

由此看来,人心的平顺才是最大的平顺。

不平则鸣,遥想当年,陈卿父子为了追求理想的生活,面对腐败的明王朝揭竿而起,是一种"鸣";弃底村人在石壁上一斧一凿、一钎一錾地开凿"挂壁公路",也是一种"鸣"……离开下石壕村,车子忽上忽下,不一会儿我们就上了"天路",即传说中的挂壁公路了。公路横空悬挂在悬崖峭壁上,周围林立的群峰直插云端,绝崖峭壁如刀削斧劈,让人对大自然的鬼斧神工心生敬畏。车子进入天路,因有开凿的"隧道窗",忽明忽暗,一会儿一窗风景,一会儿一窗的幽暗——这条一千五百米长的挂壁公路,据说是穽底村人自筹资金,自备工具,自带干粮,历时四年修建而成。正是这条路的修通,让他们告别了世世代代肩扛、驴驮,翻山越岭出山的日子……当地人说,这隧道窗一是为倾倒土石,二是为了让隧道透进些光亮而开凿的,凝聚着他们的智慧……穿过挂壁公路,我们走到谷底的穽底村,四周奇峰连绵,谷底散养的马和牛悠闲地走着,脖子上挂着的铃铛不时发出悦耳之声。山地平缓,溪水潺潺,草木葱茏,风光旖旎。好一处人间仙境!回头再望挂壁公路,就像太行山上一条腰带,一个个隧道窗口平添了一丝丝神秘。小说家葛水平说,穽底村民风古朴,方言独特。他们爱吃大米饭,吃饭时互问互答:

"嗦发(啥饭)?"

"咪发(米饭)。"

"嗦咪发(啥米饭)?"

"哆咪发(大米饭)。"

说话就像唱歌,说得一车人都笑。

沿着曲曲折折的山间小道,我们看到了一条瀑布。山路顺着沟涧蜿蜒而上,沟里怪石林立,泉水叮咚,凉风扑面。步行约三华里就到了瀑布飞泻处。当地人说,观赏飞瀑最好在夏秋季节,那时水势猛涨,一道白练凌空直下,犹如天来之水,溅起浪花朵朵,气势磅礴——我们是错过季节了。头顶上,淙淙的水声与鸟声交织在一起,山峦峻峭,树木葱茏,在蓝天白云的映衬下仿佛一幅古朴的山水画。眼前有一线瀑布潺潺地飘落,谷地横躺竖卧的石头让泉水冲刷得圆润光滑,斑驳陆离。

从瀑布处折回来,我刚上车,葛水平问:"这里美不美?"

我大声回答:"美!平顺有大美!"

其他人上车后也大呼小叫,津津有味地品评着平顺的山水,说红石坪、大云禅寺、龙门寺、华野漂流、天脊山……一个县集中这么多的风景,不能不说是平顺人的福分。

"门外东风雪洒裾。山头回首望三吴。不应弹铗为无鱼。上党从来天下脊,先生元是古之儒。时平不用鲁连书。"我默读苏轼为送梅庭老赴上党做官而写的《浣溪沙》词,知道"天脊山"这名字就出自苏轼之口。名山与名人,匡庐如此,黄山如此,天下名山大川莫不如此。如此说,平顺人民守着的是一座座名山、金山。生长在这样的山水之间,高高在上的王朝为什么不让自己的子民过上平心顺意的生活?陈卿父子们揭竿而起,追求一种平顺;统治者追求"平顺百世之泽",也是希望自己的江山平顺——皇帝与庶民的想法似乎如出一辙——但我们都深深懂得,封建王朝统治者们骨子里的"剿平逆贼,地方顺服"的思想与平民百姓追求的平顺,终是不同的。

2012年10月9日,北京寓所

库尔勒的秋天

　　库尔勒的秋色实际上是胡杨林点染的金黄——秋天到来,万木萧瑟,树叶都在秋风里无声无息地飘落,沙漠上只有胡杨林一树树繁华,黄得像花,黄得灿烂,绚丽至极。远远望去,那一大片一大片的胡杨林在阳光下火焰一般地燃烧,如凤凰涅槃,尽情地升华着自己的生命。又仿佛在用无比华丽的金色,把它生命的最后一刻演绎得热烈而辉煌,即便躯干佝偻,或斜或倒卧,那枝头金色的叶片依然保持一种生命的激情。这时候,我突然感觉面前的胡杨林不是一棵棵树,而是徘徊在沙漠上的一个个神灵。

　　如果没有胡杨林,我想库尔勒的秋天一定是荒凉的。这个因出产香梨而著名的地方,梨花千万朵雪白的花瓣肯定也在沙漠里制造出了许多的惊艳,但在秋天来临之前,甘甜的香梨早已放在人家的果盘里了……我们的面前只有流沙压着流沙、一个圆弧套一个圆弧形的沙漠,青色的戈壁和干涸的草原,沙漠、戈壁、草原……这些都是可以用"一望无际"来形容的,它们的辽阔、浩瀚、茫茫,还让人有一种地老天荒、海枯石烂之感。重重叠叠的沙漠里虽然会有露出头的骆驼草,戈壁滩上稀稀拉拉地有一些矮小的、不知名的、挺着倔强脑袋的灌木丛,草原的边缘偶尔还有一些星星点点的未被摘落的棉花。但这些植物在沙漠的风里徒然增添的只是一种"肃杀"之气——给我感觉最为强烈的就是塔中植物园了。在有着上百种植物的人工园林里,我第一次认识到花棒、沙木蓼、地肤草、胖姑娘、切莲等许多植物,但除了褐红的扫帚样的地肤草像火烧云一样落在地上,所有的植物在秋天里都显出了破败之相。偌大的园林宛如一个家道中落的大户人家,庭园衰微,亲人半零落——那些美丽的名字还在,只是已寻找不到它们的模样了。

在通往库车的一条叫"盐水沟"的公路上,我们欣赏到了一大片雅丹地貌的独特风景——雅丹地貌是一种风蚀性地貌,也叫沙蚀丘或风蚀丘,维吾尔语是"风化土堆群"的意思。这质地坚硬而呈浅红色的岩石,经年累月,大漠狂风已把它们雕刻成了千姿百态、形状各异的形象,或如古城堡、庙宇,或似骏马、骆驼、大象……神情惟妙惟肖,栩栩如生。据说,这些奇特怪诞的地貌在飘忽不定的狂风里,时常会发出一种神秘而奇异的声音,给人一些魔幻般的感觉。盐水沟里最为典型的是"小布达拉宫"景点,很多人欢呼雀跃地在那里拍照留念。但久久地凝视着一尊苍鹰一般的雕像,我心里却布满苍凉,觉得它是一只振翅欲飞的大漠之鹰,因退去生命的所有装饰,一下子变得筋脉偾张,骨骼嶙峋。我看它那神态,只觉它一头深深扎入了沙丘,似乎在用生命最后的力气寻找什么;一头又高高地指向蓝天,仰天长啸,呼唤大地苍生。狂沙吹走了一切,时间对抗着时间,雅丹地貌展现出来的岩石造型就如胡杨林的化石,如暮年的胡杨林,把库尔勒的秋天涂染得肃穆而悲壮。

　　荒凉、肃穆、悲壮……这些词语当然不是库尔勒秋天的全部色调,库尔勒的色彩远比我想象的丰富得多。在库尔勒,我还听到了关于香梨的凄美传说。说有一位名叫艾丽曼的少女骑死了九十九头毛驴,翻越了九十九座大山,引来了九十九棵梨树,结果只有一棵梨树与本地野梨嫁接成功。但当地的巴依(地主)吃了喷香的梨子,竟不让少女给别人传授栽培技术,还要独占梨树。遭到少女拒绝后,巴依恼羞成怒地唆使狗腿子砍倒梨树,残害了少女。第二年梨树根长出了青枝,乡亲们动情地把梨树栽遍了库尔勒的千家万户。二是传说在很久以前,铁门关附近的易卜拉音国王的马倌依明见皇宫园林里没有梨树,历尽艰辛找到梨树苗栽在园林里。随着梨树的发芽、开花和结果,依明与国王那美丽、善良的妹妹康巴尔罕的爱情也渐渐成熟起来,然而就在此时,依明被人用毒箭射死。伤心欲绝的康巴尔罕哭倒在依明亲手栽种的梨树下。为避免睹物思人,易卜拉音国王带着妹妹离开了伤心之地,他们一路走一路栽下梨种,把象征爱情的梨树一直栽到了库尔勒……胡杨树的悲壮,香梨的凄美,在库尔勒的秋天猛然让我有着说不出的忧伤……

　　行走在"半城梨花半城水"的库尔勒城,我突然又感觉库尔勒城的天空一下子显得高远而明亮了起来。天山阻隔北方来的寒流和风沙,又有一条穿城而过的美丽孔雀河,在蓝天白云的映照下,库尔勒城的一切都显得那么湿润,那么优雅和安宁。满街的香瓜、香梨、葡萄干……高耸的楼房,整洁的街道,一排排成荫的绿树,这沙漠绿洲上的城市的一切与内地城市的别无二致。而在它身旁,那一片面积约有九百八十平方公里、被称为国内最大内陆淡水湖的博斯腾湖却是个例外,它仿佛成了库尔勒巨大的肺叶,在明净而有节奏地呼吸着。星罗棋布的小湖、浓密的芦苇和成片成片的野莲之上,翻飞和栖息着各种各样的水禽。幽蓝的湖水远衔天山,近接沙海,或水浪滔滔,烟波浩荡,或波光潋滟,湖天一色,茫茫大漠风光与江南水乡的灵秀自然地融为一体……我们乘坐着快艇在湖里飞快地行驶,湖水温润着我的面容,芦苇模糊了我的视线,我觉得自己灌满风沙的心灵在库尔勒得到了一次洗礼。

"活着千年不死,死后千年不倒,倒了千年不朽。"这可以说是胡杨树生命的"三部曲"了。胡杨树有多高,根就有多深,它总是以一种悲壮、雄浑和恢宏的气度巍然屹立——当地人告诉我们,胡杨树的树叶十分奇特,有圆圆的,有细长的,还有的就像杨树的叶片。一般它的树龄到了十五年之后树叶才会变成圆形……胡杨树仿佛和人一样有一种"成年礼"的仪式吧。但嬉戏在博斯腾湖里,我还是不停地想起挺立在茫茫沙漠浩瀚戈壁上的胡杨树,想着风沙不停地吹打着它的肌肤,使它很快就有了深深的皱褶,并让它不得不裸露出斑斑驳驳、满身疮痍的树干和光秃秃的树枝——有那么一刹那,我仿佛看见湖水里出现了大片大片的胡杨林神秘莫测的倒影,神情有些迷离。

寒风吹落着胡杨树的树叶,库尔勒一年的秋天就过去了。

2012 年 10 月 20 日,北京寓所

张先生回家了

就在莫言荣获二〇一二年度诺贝尔文学奖的第二天,中国现代著名作家张恨水骨灰的安葬仪式在他的家乡悄悄地举行。我把这两件事放到一起说,是想说这两件事都是中国文学界的大事——如果说莫言获奖是中国文学的生之荣耀,那么张恨水魂归故土当属中国文学的一种欣慰吧。

二〇一二年诺贝尔文学奖在瑞典揭晓之际,我和一些朋友正在新疆,因为有中国作家角逐此奖,在乌鲁木齐的一家酒店里,我们一边吃饭,一边焦急地等待着。消息一经证实,大家喜不自胜,把酒庆贺,为莫言,也为中国文学真诚地祝福着。就在这时,我的手机里突然蹦出了一条"张恨水先生的骨灰明天将在家乡安葬"的信息——这是一个迟到的消息。得知这个消息,我的第一个反应是:张先生终于回家了!

我说张先生"终于回家"不是没有缘由的。张先生自一九六七年在北京逝世,近半个世纪,骨灰却一直放在亲人们的身边——坊间传说二十世纪六十年代,张先生的四子张伍听说红卫兵要将老人的骨灰从八宝山革命公墓挖出来,吓得"偷"出父亲的骨灰盒。此事的真实性不得而知,但张伍一直把父亲的骨灰盒放在身边,后来又由兄弟们轮流保管却是真的。据说,在他们家里有一个专门藏放张先生骨灰盒的柜子,每逢先生的生日和祭日,或者特别的节日,家人才会捧出来吊唁。"父亲的骨灰迟迟没有安葬,亲属们心里都十分纠结。"——四十余年,横跨两个世纪,张先生的一缕游魂就这样在亲情、乡情、爱情中飘忽着。中国传统习俗是亡人入土为安,先生却是如此,说来让人辛酸。

恨水先生曾被老舍称为"最爱惜羽毛的人""国内唯一妇孺皆知的老作家",他一生创作了一百多部中长篇小说,三千万言的作品,这些作品中既有《啼笑因缘》《春明外史》《金粉世家》《八十一梦》等风靡一时的畅销书,也有《大江东去》《巴山夜雨》这样具有很高的思想价值和深度的小说,更有大量才华横溢的诗词与散文。但由于种种原因,中国现代文学史对他的评价一直不公,甚至在很长的时间里让他受到了冷落和委屈。张先生生前与世无争,默默地奉行"流自己的汗,吃自己的饭"的信条,以强烈的爱国主义精神和民族意识生活与创作;现在,又有人说他是民国第一写手,说他是中国的大仲马,还说他与鲁迅分别代表着中国现代文学的两座高峰……寂寞身后事,庆幸的是家乡人民一直深深地爱戴他,在他离世二十年后,成立了张恨水研究会,举办了七八次的全国性学术研讨,并为他创建了纪念馆。我有幸参与了研究会工作,有关张先生骨灰的安葬问题,研究会发起人徐继达先生早就有过动议,并为此满腔热忱地做了大量工作。但因为各种原因,此事久拖未成。我们的心一直悬着。

无疑,张恨水先生对家乡潜山是情有独钟的。不消说他青少年时在家乡黄土书屋里创作出第一部长篇小说《青衫泪》,就是他后来写作时常用的笔名"我亦潜山人""天柱山下人""天柱峰旧客""天柱山樵""程大老板同乡"等等,都有家乡山水人文的踪影。他在小说成名作《啼笑因缘》自序中特地落款"潜山张恨水",在小说《秘密谷》里更是充满想象地为家乡天柱山虚构了一个理想的世外桃源,以家乡潜山作为背景的中长篇小说有十几部之多。一九三八年在重庆《新民报》的《最后关头》专栏里,他有不少文章都谈到了家乡。他把家乡的风土人情、方言俚语融合在自己的文字里,几乎信手拈来。一九五五年大病初愈后,他还回到家乡写了一系列反映安庆变化的散文——从这个意义上说,家乡山水时时刻刻都在张先生的心中,魂归故土当是他的夙愿。

现在,张先生终于回家了!

"看云小息长松下,自向渔矶扫绿苔。"这是张恨水先生的诗句,据说张先生墓园的景观就是以他的这两句诗为设计理念和布局意境的,营造的是张先生与家乡山水相依的浓厚的诗画氛围。随张先生一同下葬的还有他最爱看的两千五百余册《四库备要》目录以及部分遗物和六十二本《张恨水全集》照片。墓园坐南向北,背靠山脉,前有水池,左右环抱。墓园正中间的位置是张先生的铜像,先生端坐在藤椅上,右手拿着一本书,目视远方,目光深邃,在他的身后,正是他梦魂牵绕的天柱山……一切显得简朴、凝重、肃穆。

我想,这正契合了张恨水先生那淡泊人生、甘于寂寞的性格——无论如何,张先生是回家了。

我真诚地祝愿先生在九泉之下安息!

2012 年 10 月 21 日,北京至常德途中

听画记

听画家们讲画,我还是第一次——在这群画家里,有我熟悉的,也有不熟悉的。但即便熟悉的也只是人,对他们的画和他们的艺术主张我并不懂得。所以一听他们讲自己的画和自己的艺术实践,我就感觉有点儿陌生和有趣,有点儿像刘姥姥进了大观园。

熟悉的几位画家中,赵小刚讲的是素描,仲伟权讲的是国画,张霖生讲的是山水,殷阳讲的是油画。

赵小刚拿出的几张素描不是我常见的那种,有骨感,节奏感也强,十分艺术。听他一讲我才知道素描也有几类。隔行如隔山。不知斜背着挂包,双手撑着讲台,金鸡独立,一脸的认真的他算是哪一类。仲伟权说:"世人画牡丹多用粉,这我不懂。我看到市面上的牡丹大多画得大红大紫,说显示的是富贵气。但老实说,这些牡丹我从没有看见'贵',看到的都是'富'的流俗。"仲伟权说她画牡丹偏要还牡丹以自然,侧重于"贵"。的确,我看她画的牡丹就很入眼,果然有别于市面上的那种。

秋山响水 | 143

张霖生的山水画,峰峦苍翠,树叶霜红,早就喜欢了。他用一口唐山口音讲画,讲得慢条斯理,别有韵味。而殷阳一站上讲台就像一位年轻的学者,讲起油画来嘴里一套一套的,他说工业油画、煤矿油画……听得出来,他对油画创作是花过工夫认真研究的,什么服务时代、革命英雄主义、生活化、生命本质审美,他讲得有理有据,很有系统,也很有见地。讲话时,他时而抿着嘴唇,仿佛一个成熟的青皮后生,脸上透着自信。

罗保根讲了自己的版画。他为人朴素,讲得也很朴实。或者没怎么讲,只是静静地打开他的画让我们看。他的版画于朴实中透着不凡,我看他的版画像过电影。旧式电影。一幅幅的,一股浓浓的乡土气息扑面而来,让我不由得想起童年,感受到亲切的乡村……轮到李振军讲山水了,他声音很小,我听不太清楚,但我知道他喜欢画册。他画山,将山上所有的植被都剥落了去,山石嶙峋,只剩下一副骨架;他画水,或几根线条,或一溜溜的鹅卵石。画山不是山,画水不是水——显然,山水在他眼里不再是平常山水,是禅意,是艺术的。所以他的山水画上留有很多的空白。这空,这白,在他是不屑一顾的累赘,在我却是我十分在意的俗世。我顿有所悟。

听他们讲画,他们的画和思想一下子就充斥在我艺术想象的空间里了。只可惜我的那点儿美术知识早丢到爪哇国里去了,及至文新亚先生讲起他的水彩画创作,我只觉得面前烟雨朦胧,一片色彩斑斓。

2012 年 11 月 13 日,北京寓所

澄城的澄,合阳的合

许多城市因为煤矿而更加著名,比如大同,比如徐州;许多地方因为有了煤矿才形成城市,比如焦作,比如阳泉,比如平顶山。这样的城市,煤矿与城市相互依存,相得益彰……有了煤,就有了开采煤炭的人,就有了社会,就有了维系人生命的一切,城市与煤炭的关系就让人又爱又恨。爱不必说了,恨的是有了煤矿的存在,城市里经常煤尘飞扬,道路让运煤的车弄得凹凸不平,大片的土地因开采过度而塌陷,就像大地的一块块伤疤。在这样的城市待上一天,人的鼻孔黑黑的,哈出的热气也是黑乎乎的,人们把这样的城市叫作"煤城"。

城市和煤矿的关系有时真是一个很难弄清先有蛋还是先有鸡的关系。我这样想,所以一听说到"澄合",就以为又是一座因煤而兴起的城市。但翻开地图,我怎么也找不到一个叫"澄合"的城市。事实上也根本没有一个叫"澄合"的城市。这里只有一个叫"澄城"、一个叫"合阳"的县,澄合煤矿取的是这两县县名的首字。这两个县,一个说是从北魏始建澄城县,一个说是在南北朝西魏文帝大统三年(五三七年)就筑了合阳城,两个县都坐落在渭南的高原上,都是黄河流域的关中东府的古老县份,都有一千五百年左右的历史了,有意思的是这里历史上流传的一句俗语:"澄城老哥合阳鬼。"

　　说澄城人是老哥,澄城人都很得意,以为这说明他们的淳厚、诚实与质朴的性格。而合阳人听到"合阳鬼"心里就老大不舒服了,于是他们找来一些传说为自己辩解,这些传说就有与煤矿有关的。说过去澄城县的煤窑多,而合阳县不出煤。有一年冬至,一个合阳人套上铁轮大车到澄城去拉煤,回返走到一个村头时,天色向晚,天寒地冻的,他又饥又饿,浑身没劲,只好停车坐在一家大门外的石礅上喘气。"冬至馄饨腊八面",当地风俗是冬至晚上要吃馄饨的,说是人吃了冬至馄饨一冬不冻。那个合阳人一坐下,忽然大门底下就出现了一碗热气腾腾的馄饨,还有个女声念叨着:"过冬至,爷爷婆婆都吃上点儿!"合阳人一听,知道这馄饨是送给鬼魂吃的,但他来不及多想,端起碗就狼吞虎咽地吃完了。那女人从大门底下取碗,见碗空了,不由得惊奇地说了句:"这是哪个鬼把馄饨吃了?"合阳人慢悠悠地说:"合阳鬼!"打这以后,"合阳鬼"的说法就传开了……多少年来合阳人对"合阳鬼"的说法一直很在意,他们想证明"合阳鬼"不是鬼头鬼脑、鬼鬼祟祟、捣鬼的"鬼",而显示的是他们的机灵、聪颖和幽默……所谓"十里不同音,三里不同俗",一方水土养一方人,不管怎么说,这句俗语还是说明了两地人的性格。但说澄城人憨厚与合阳人的"鬼精灵",或者说澄城人憨厚中透着精明,合阳人精明中也有着憨厚,这个谁能分得清呢?

没有叫"澄合"的城市,但澄合煤矿真切地存在着。它就坐落在渭北煤田的东部,矿区煤炭开采已有六百余年的历史了,矿区东西长六十七公里,南北宽三十公里,面积近两千平方公里……现在,澄合煤矿在澄城县境内有二矿、权煤公司、董家河矿、王村斜井,在合阳县境内也有他们的矿业公司。澄合人告诉我们,澄城县境内的义合井田、太贤井田、长宁井田、西河井田以及中深部远景煤炭地质储量有二十多亿吨;合阳县境内的煤炭远景储量有五十多亿吨,已经探明的可采储量就有十几亿吨;这是一笔多么巨大的财富啊!无论是"澄城老哥"还是"合阳鬼",都因煤矿而被重新命名……一座煤城的发展史就是人与煤矿相处的历史,但由于人类自身的狭隘,人们不大关注煤矿与城市的关系,有那么多的地方需要煤,有那么多的煤要开采,人与人之间的关系尚且处理不好,谁还会在乎人与自然、城市与煤矿或者乡村的关系呢?有意无意的,澄城与合阳两县虽然并没有因煤矿而出现名叫"澄合"的城市,但两县的生存和发展却因澄合煤矿的存在而有了新意,有了与纯粹的农业县不一样的元素。煤矿丰富了县城的内涵,又为乡村增添了一道风景。在这黄土高原的深处,澄城人的憨厚、合阳人的精明与古老的黄土高原文化相交融、碰撞……当他们知道地下的煤与地上的庄稼一起生长或收割,看到装满煤的火车从这里一列列驶向四面八方,看到像军人一样迈着整齐步伐的矿工,看到他们的舞蹈或听到他们的歌声,感受到他们的军事化管理和现代化的指挥调度系统……过惯了乡村日子的他们耳濡目染,内心怎能不发生变化呢? 也许,他们就是从重新认识脚下的土地开始,与它们和谐相处的。两座古老的县城享受了大地的馈赠,煤矿喂养大了他们的城市与乡村,他们的胸怀从此也变得与煤田一样深厚、一样宽广、一样无私……现在的煤矿公司在澄城县城,听说又会搬到合阳县城——但谁知道呢?

城市离不开煤,煤有时就是一座城市的生命和灵魂。城市的生命或者说就是煤的燃烧、煤的呼吸。记得十几年前我初到北京,看到人家的墙角堆了很多的煤球,用它煮饭烧水,冬天还用它取暖,就觉得北京这样一个大城市没有煤简直不可想象。由此想到,我们的城市是需要煤的,煤也是需要城市的——澄城还叫澄城,合阳还叫合阳,这里没有一个叫"澄合"的煤矿城市,正好也省却了城市与煤矿的那种又爱又恨的情感纠葛。我想,现在或者遥远的将来,这里人无论是否看得见,一个黑色的幽灵总是盘踞在这一片黄土地的上空。煤炭是黑的,土地是黄的,这片黄土地就有了黄与黑两种颜色;有了黑黑的煤的燃烧,这片土地就有了明亮;有了明亮,有人就会想起"澄城老哥合阳鬼",知道澄合煤矿是——澄城的澄,合阳的合。

2012年11月23日,北京东城区和平里

文成小品

若大地为案,文成便是那案头供养的一幅山水小品,清秀、隽永、温润得宛若一块洁白无瑕的玉,一块浑然天成的翡翠。蒙蒙细雨里,文成县城湿淋淋的,远山含烟,近山吐翠,恰似菜市场里的一捆青葱,或是一棵绿油油的白菜……走在县城的泗溪桥上,我见有人穿着睡衣,猫儿似的慵懒闲适着;有人行色匆匆,呈一脸的忙碌状。一切都鲜活生动得很,鲜活得让人想起当地产的一种水鱼,绵软而滑嫩。

说到水鱼,这回路过温州才知道。温州的朋友瞿祎兄热情,点了一桌温州的特产小吃,什么县前头汤圆,什么强能鱼丸,还有皮皮虾等等,丰富得我无法记清,只记得水鱼。瞿祎是一位诗人,在温州城开了酒吧,午后的酒吧里书香、咖啡香还有茶香弥漫着,显得静谧而温馨。我们一走进去,心像被什么抚慰着,立即安稳了下来。原想去逛逛温州城,此时却都没有了欲望,只静静地翻书,听音乐,品咖啡,一动也不想动了。在繁华喧嚣的温州城里有这样一个去处,真是幸福——这里人似乎都会经营自己的幸福,比如同是诗人的慕白除了写诗,在文成还拥有一大片茶园,经常弄得一身的茶香。他似乎很得意,说:"我是文成土著。"

文成的山水是山斑斓,水碧绿,可谓步步有景,处处皆诗。这山是青山,是悬崖,是陡岭,是危岩;这水是绿河,是明溪,是深潭,是飞瀑……铜铃山里,森林为盖,水流潺潺。森林里有红豆杉、福建柏、莲香树、钟萼木、鹅掌楸、花榈木……还有许多叫不出名字的植物。金秋时节,山上泛红挂绿,一山的曼妙。那水呢,穿岩走穴,环环相扣,金鸡潭、墨鱼潭、美女潭、藏酒潭、水晶宫潭、葫芦潭……潭潭相连。当地人说这一串串的水潭,听着就有铃铛般的声响。若说山有山心的话,我倒觉得这就是山心了——铜铃山玲珑剔透的山心。铜铃山不大,我们或走山路,或走栈道,忽上忽下的,偶尔遇上一个小湖,坐上船一竿子就撑了过去,两耳充盈着哗哗的水声。除了水声,再就是植物的混合气息,野趣而乡土。沿路走,映入眼帘的远山沉寂,树林丛丛,夕阳一抹或朝晖四散,都是相依相存的山水一体的秀美,恍若宋代的一本山水册页,恬静而古朴。

这样的山水是适于小品的。刘基的《郁离子》是,林放的《未晚谈》也是。"三分天下诸葛亮,一统江山刘伯温。"刘伯温这位明朝的开国元勋,几次横刀立马,号称帝师,又几回归隐田园。只要生命一到低谷,他想到的就是家乡文成的山水。看来人都是恋家的,何况家乡的山水盛下了他一颗壮丽的诗心。"浪滚银河千壑外,被翻赤壁万山巅。夏日云散漫天雪,冬季雷轰入地泉。"这是刘伯温的孙子刘貂写百丈漈的诗,诗中的山水磅礴大气,但细品起来,他吟诵出的画面更像是文成的一幅山水小品。他写《郁离子》,经天纬地,状物记怀,像一则则寓言,透出的是真理与智慧。至于林放,因他和我的老乡张恨水熟悉,早年我就读过他的《未晚谈》,书中谈世事人心,笔走龙蛇,信手拈来,平和冲淡。这回到了他的故乡,显得格外亲切,感觉文成山水真的赋予了他灵气——当然,这里高山流水,更有百丈漈飞瀑的飞流直下、气贯长虹。遗憾的是这次没有去,心里仅留下了这样一个美丽的名字。

有景皆入画,无文则不成。古人说秀色可餐,秀色也是出文章的。有青山佐酒,自然就适于豪饮。有着如我这般兴致的恐怕还有诗人叶坪。叶坪善酒,他雪后到了青山,就说过"青山也有相思苦,一夜西风竟白头"的话。现在不是冬天,这情景不太好见,但我不仅白了头,还醉了酒,是豪饮大醉的那种醉——这醉酒也是有缘由的,狡辩着或者说身心经过山水的洗礼,神清气爽,有若山水神助,酒量忽然就大了一回,哈哈!醉了酒,没去红枫古道,便想象着古道幽幽,红枫漫天,着实让他们浪漫了一把……我一个人在文成县城里转悠,见文成县城的商铺门面、政府机关、各种招牌、霓虹灯箱,皆如其他县城一样,应有尽有。南方建筑特有的精致小巧与小城生活的便利和谐地交融在一起。小城不大,雨中的街道湿漉漉的,人们撑着花伞在街上走,白墙黑瓦在雨中出落得水灵灵的,格外醒目。其时,我的酒还没有完全醒,借着酒劲,我吟诵道:"笔动惊天地,文成泣鬼神。"莫名其妙地,自己心里也猛然一惊。

适于小品的山水让人流连,也便于携带。不仅我,与我一起来的朋友们仿佛都喜欢上了小品似的文成,争先恐后地,好像都要把这文成山水装在心里。临走时,陕西的第广龙兄匆匆地赶往菜市场买了两小捆青绿的白菜,说是带回西安的家中,现出一脸的满足和惬意。看他的神情,就像是美滋滋地卷走了一幅文成的山水小品。我心里好一阵羡慕。

2013 年 1 月 9 日,北京东城区和平里

让阳光照进现实
——答《小说林》杂志问

问:《阳光》是一本什么样的文学期刊？它的阅读对象是什么样的群体？

答:《阳光》杂志是一份综合性的文学期刊,它发表中短篇小说、诗歌、散文、评论和报告文学作品。这样的杂志与省部级现有的一些文学杂志以及你们的《小说林》没什么两样。但《阳光》杂志是煤炭系统的,它有一定的行业味道。行业有很多的文学杂志,比如地质系统原有一本《新生界》,林业系统有一本《林业文坛》,石油有《地火》,铁路有《中国铁路文艺》,等等。如同各个省市的文学杂志有培养本省市的作家队伍,繁荣当地文学创作的职能一样,行业杂志也肩负着培养自己的作家,推动本行业文学创作的任务。在文学日渐边缘化的时候,行业的文学杂志在一般人的眼里也显得更加边缘化。但这种状况实际上早已被打破。文学杂志分化到现在,行业文学杂志有的改弦更张,有的也早已不复存在了。《阳光》最终坚持下来,坚持的是自己的一亩三分地。因为这份文学杂志是煤矿的,所以它的阅读对象主要是煤矿的职工,用我们自己经常说的话,就是它的主要发行渠道是在"八百里煤海,千万里矿区"。

问:那您怎样看待自己的刊物和文学期刊?

答:我认为,文学期刊就是文学期刊。它作为能够生长和提供精神食粮的一块庄稼地,和普通的庄稼地不同的是,它从来没有肥沃与贫瘠、高贵与低贱、优秀与顽劣之分,它适宜生长一切优秀的精神的禾苗与麦穗。因此,它需要我们有认识"优良"品种的眼光。只要有了这种眼光,优良的庄稼在这里就会生长得丰盈而饱满,就会以自己的丰收赢得人们的点头赞许。

如此想,我把我们的《阳光》就不仅仅当成行业杂志了。

问:这两年,我们看到《阳光》发表的作品不断被《小说选刊》《中华文学选刊》等选载,对于选载,您持什么样的态度?

答:是,这几年《阳光》所刊发的作品经常被《小说选刊》《中华文学选刊》《散文选刊》以及一些年选、排行榜之类的选载和推荐,有的还上了《小说选刊》的头题。二〇〇一年,中国作协创研部编选的一本短篇小说年选,共选二十篇短篇小说,就选载了《阳光》上发表的两篇小说。对于作者,尤其是对于我们煤矿的作者来说,这是一种莫大的欢欣和鼓舞。我们同时也感觉这是文学选家们对我们《阳光》的关注与厚爱,是对我们辛勤工作的一种肯定。我们持的是积极的欢迎态度。关于转载,有的文学杂志公开表示反对,我想也有其正当的理由。因为,现在的文学刊物实际上分工已经很细了,像一些著名的文学杂志本身就是一个品牌,本身就站在引领文学思潮的制高点上,已然没有我们这种文学杂志所谓培养作家、培养自己文学队伍的功能。但是我们不行。我们所接触的作者还很在乎,还是认为这种选载,能使他的作品得到社会更为广泛的认可,起码让他赢得了更多的读者。实际上就有一些作家就是通过《阳光》而走上文坛的。所谓位置不同,需求不同。

问:请问,你们的选稿有什么要求或者标准?

答:说到选稿,我们当然有自己的审美要求。说来简单明了,就是希望发现能让我们,更让读者们眼睛一亮的好稿子。不久前,我与《北京文学》杂志的主编杨晓升先生一起参加一个省作协召开的七〇后小说笔会,他感叹他的杂志"不缺稿子,缺的是好稿子"。他说:"我们的作家大部分仅仅停留于故事或是文字本身,对生活缺乏较强的感受力、发现能力和表现力,让读者觉得可看可不看的小说来稿特别多。"我深有同感。实际情形是,我们《阳光》比这些大刊、名刊更缺少好稿子。你想,许多作者自己感到最为满意的作品,一定是先投送给国内一些大刊、名刊了,我们所接受的稿子,想在里面挑上一篇好的作品自然是难上加难。所以我们的编辑一见到好稿子,就像发现了"外星人"一般奔走相告。有一段时间,我看北京电视台的一个叙述节目(栏目忘记了),感觉里面每个故事既有意义,也有意味,比我们眼前的小说要精彩得多。那时,我就慨叹我们的一些作家不接地气,想象力和创造力也不知到哪里去了。目前,这种情形好像并没有得到更大的改观。

说到这里,我想多说一句。很多作者认为《阳光》是一本行业杂志,所发的作品和作者都局限于煤矿,其实不然。我们杂志的宗旨虽然是"立足煤矿,面向社会",但我们也讲"五湖四海",我们需要的是好稿子。无论是写煤矿还是写社会的,也无论是煤矿作者还是社会作者,我们就认一个"好"。实际上我们早就这么做了。

问:《阳光》创刊多少年了?您刚才说办刊宗旨是"立足煤矿,面向社会",能简单地说说你们是怎样实现这一宗旨的吗?

答:《阳光》杂志创刊于一九九三年,比你们的《小说林》要晚很多年。它的前身叫《中国煤矿文艺》,一九九八年才改名为《阳光》。今年是《阳光》创刊二十周年,因为我们想编辑一套文集,所以这些天我们也得以重温过去。《阳光》从诞生的那天起,就得到了一大批前辈作家的特殊关爱。"愿文艺之花永远在矿工心中开放!"(冰心)、"繁荣煤矿文艺,歌颂当代矿工"(曹禺)、"给我以火"(艾青)、"挖出地下火种,推动历史巨轮,描出胸中火焰,照耀精神文明"(光未然)、"中国气派、民族传统,煤矿特色、时代精神,自成体系、独树一帜"(刘绍棠)……这些文学泰斗和前辈作家为《阳光》的题词,情深意切,语重心长,不仅给《阳光》提出了殷切的希望和办刊方向,更为《阳光》留下了一道丰厚的精神盛宴、一笔宝贵的文化遗产。与此同时,当代一些著名作家如邓友梅、陈建功、王安忆、张抗抗、刘震云、徐坤、迟子建等等都前前后后为《阳光》写过稿,著名作家刘庆邦先生还担任过《阳光》的主编,是我的前任。二十年来,《阳光》正是铭记文学前辈们的谆谆教诲,并接受着当代著名作家的呵护,秉承"立足煤矿,面向社会"的办刊宗旨,坚持为矿工服务的方向,才亮出自己的底色,在强手如林的期刊界创造出自己的一片灿烂的天空。

为实现这一办刊宗旨,我们所做的就是力求使《阳光》这本杂志通过文学艺术,为矿工与社会搭起一座精神的桥梁,让社会更好地了解煤矿,让煤矿全面地了解社会。作为文学杂志,《阳光》当然首先是文学的,其次才是行业的。

问:文坛上好像有"煤矿文学"一说,您怎样理解和界定行业文学?

答:这是一个很大的题目,让我来谈似乎不太合适。但我想,之所以有"煤矿文学"这一说,是基于写煤矿题材的作家和从煤矿走出去的作家"众多而出色"这一文学现实。写煤矿题材的中外著名作家作品都很多,比如左拉的《萌芽》、辛克莱的《煤炭王》、劳伦斯《查泰莱夫人的情人》写的都是矿工的生活。有人考证一九二七年,山东淄川煤矿公司的职工龚冰庐先生就开始关注煤矿,他创作的《血笑》《炭矿夫》《矿山祭》等十几篇短篇小说,可以说是中国煤矿文学的滥觞,他因此也成为我国写煤矿生活小说的第一人。老作家萧军的短篇小说《四条腿的人》、长篇小说《五月的矿山》,康濯的报告文学《井陉矿工》、长篇小说《黑石坡煤窑演义》被公认为是开中国煤矿文学的先河。当代作家如陈建功、刘庆邦、谭谈、孙少山、周梅森、谢友鄞、孙友田、荆永鸣等等,都有着煤矿生活背景或者干脆就是从煤矿走出去的作家。像陈建功、刘庆邦还是煤矿题材领域的创作高手,已经成为煤矿文学的旗帜性人物。煤矿文学的研究者们认为:"取材于煤矿,以煤矿职工为主要创作对象的'煤矿文学',从无到有,从弱到强,从关注矿工命运到关注国家、民族、时代、社会的命运,已经走过了八十年的坎坷历程,取得了重大的发展和空前的丰收。"可惜,我虽身在煤矿近二十年,却对煤矿文学的研究不深,缺少发言权。

说到行业文学,以我在煤矿文学岗位上工作的体会,我想说,文学没有行业之分,有的只是题材不同的划分。一位作家成长的关键还是他的天赋和才气。作家们都喜欢写他们熟悉的人物和故事,文学创作的一切都依赖于作家本人生活与成长的环境,他的想象力、创造力与表达能力。像人们说的煤矿文学、军事文学、校园文学,我以为都不很准确。有的煤矿作家写社会题材的作品很成功;相反,社会上的作家写煤矿题材的作品也是屡见不鲜,佳作不断。

问:说到煤矿文学,您能谈谈煤矿文学对煤矿的意义吗?

答:我个人认为,煤矿文学的建立有着自己的特殊的意义。煤炭行业与其他行业终究不一样。过去,煤矿工人过着一种"四块石头夹一块肉"的生活,旧社会黑心的煤矿主甚至会在他们开采的矿山开设两座"窑子":白天让工人在"煤窑"里干活,榨取他们的血汗钱,晚上又在他开设的"肉窑子"里把他们的工钱赚回来。那时候的煤矿没有文化生活可言。中华人民共和国成立后,这种情况改变了。但煤炭很久以来形成的是一种粗放型的经济,许多煤矿地处偏僻,生活和劳动环境都比较特殊,这样,就使煤矿人对文化乃至文学艺术的渴求与需要比其他行业要来得更为强烈与迫切。我的一位老领导曾经告诉我,他到一个煤矿,看到一帮刚从井下上来的工人,黑乎乎的脸都来不及洗,就围成一圈打扑克。那时不兴赌钱,打牌的四人脸上密密麻麻贴满了纸条,一个个白纸黑脸。旁边的黑脸矿工围成一圈,黑脸白牙地傻笑。他说,他很久都难忘这个场面,他觉得,矿工必须要有自己的文化。

与此相辅相成,煤矿人对精神生活追求与表达的欲望,当然也会比其他行业显得更为强烈和迫切。独特的煤矿生活使煤矿有文化的人生来就有表达的天分,更会讲故事,说荤段子,逗乐。在娱乐媒体十分缺少的情况下,写作就不失为煤矿职工一种表达的方式了。由此而形成的煤矿文学,从这个意义上说,就为丰富矿工的精神生活,提高矿工的文化素质和文学素养,进而为理解煤矿、理解他们本身、理解人类提供了一个十分美好的途径,这或许就是文学的功能之一。不过,现在随着电视以及各种新兴媒体的崛起,这种功能也被大大地削弱了。现在新的煤矿作者出现得就很少,这倒与我们大的文化环境相一致了。

问:我们知道,您也是一位作家,我想知道您在《阳光》杂志工作十几年,怎样处理写作与编辑的关系?

答:说起这个,我很惭愧。我觉得我是把写作与编辑关系处理得很不够好的一个人。我写过一些作品,但回过头来看,这些作品都是我没当编辑时写的,现在写的却是一些"编辑者言"。大作家做编辑或者说编辑成为大作家的例子很多。不消说现代文学史上的鲁迅、巴金、茅盾等大家,就以我研究过的张恨水先生为例,他一生基本上就是报人,是一位报纸副刊的编辑。我们知道,那时报纸编辑不像现在,面临的是稿源稀缺,很多稿子编辑是要亲自写的。但就这样,他还创作了几千万言的长篇小说、不计其数的散文作品。在繁重的编辑工作之余,他甚至可以用一支毛笔同时创作五部长篇小说。他的作品中既有《啼笑因缘》《春明外史》《金粉世家》这样的畅销小说,也有《八十一梦》《巴山夜雨》《大江东去》这样的严肃作品,散文写得更是才情毕现。我们会说当时不像现在这样有电视、电脑之类的媒体侵蚀人们的才情与时间,但时光与勤奋终究把他打造成了一位"报业巨人""文学大师"。他的文学成就现在依然有着不可忽视的"重估"的价值。其实,就是当下,当编辑而坚持创作的作家也很多,我的朋友中就有几位,他们在工作上龙腾虎跃,在创作上风生水起。对于这些编辑、创作两不误的朋友,我心存敬意。不管怎么说,编辑工作是为他人作嫁衣,要花费很多的时间。尤其像我这样的社长、主编,忙得一头雾水,却不知所忙何事的也大有人在。记得一位主编说过,"要想让谁下地狱,就让他当主编",我至今还认为这句话道出的是我们的现实。

一个杂志社的事七七八八,"麻雀虽小,五脏俱全"。有时感觉自己怎么梳理也没有一个头绪,除了杂志本身的事务,我还有文联、作协的一些工作要做。工作着是美丽的,但更多的时候我感觉我就是一个为工作、为生计奔波的人。如此,写作对于我来说就成了一种奢望,成为藏在心里的一种美好了。

问:请问你们刊物有什么样的特色?在文学期刊日益边缘化的今天,怎样应对与发展?

答:可以说,《阳光》杂志的创刊和发展的二十年,经历的正是当代中国文学流派纷呈,口号如潮,文学创作空前繁荣和活跃的二十年。现在《阳光》和其他一些文学杂志一样,也正遭遇着各种新兴媒体的不断挤压、日趋边缘的尴尬。作为一本文学杂志,《阳光》无疑烙下了这个时代深深的文学印痕,留下的是当代文坛的前卫与现实、激进与喧哗、坚守与探索、落寞与沉静的种种文学轨迹。这个仔细品味起来,很有点意思。

美国的凯文·曼尼曾在《大媒体潮》书中预测,二十一世纪的媒体之争,是品牌之争,无论是同类传媒品牌之间的市场争夺,还是新兴传媒品牌对传统品牌的资源侵占,都会使媒体之争愈加激烈。期刊品牌的确定意味着建立很高的读者忠诚度。在他眼里,杂志品牌在读者眼中是不可替代,甚至是唯一的;在广告商眼里是产品的最佳发言人,是地位和身份匹配的合作伙伴;在发行商眼里是硝烟四起、风云变幻的期刊市场中永不迷失的风向标;在投资者眼里是可以生钱的摇钱树……品牌作为期刊颇具代表性的文化符号,是期刊个性和实力的展现。造就强势品牌,已是期刊在激烈的市场竞争中立于不败之地的唯一和必然选择……但老实说,我们的文学期刊远远呈现不出凯文·曼尼这种浪漫遐想出来的优势,它日渐衰微,已是不争的事实。

我们一度把《阳光》的办刊特色概括为,一是把特殊行业的生活作为独有的优势,二是把培养自己的创作队伍视作神圣的义务,三是把特定的读者群体当作服务的对象。此外,在保持和发展杂志特有优势的同时,我们曾在办刊思路、内容取舍、栏目设置、版面语言、发行方式、经营意识、宣传创意等方面也不断出新,为形成杂志自己的品牌进行过一些努力。比如,我们曾推出"外地人"的创作,但"外地人"写作虽然在文坛上一度走俏,却并不能给杂志带来任何生机。更多的时候,我们的杂志只能融入或者说被裹挟在当代文学创作的河流中,波澜不惊——也许,平静地应对一切,让阳光照进现实,以不变应万变,用优秀的作品在刊物上说话,就是我们当下唯一能做到的。

问:您喜欢这份工作吗?在创作上有没有什么计划?

答:先说创作吧。我觉得我在创作上没有什么宏伟的计划,只是有一点儿想法。当然,暂时还是无法实行。至于手头这份工作,我想我还是喜欢的。我这个人没有特别的专长,又喜欢文字。能不喜欢吗?前段时间,我回了一趟老家,凑巧遇到中学的一些同学,他们说:"你看你,不管怎么说,还是干了自己喜欢做的事。不像我们,想的不是我们所想的,干的不是我们想干的。"想想也是。我自小喜欢文字,一个人做了自己喜欢做的事,不能不说是自己的一种福分、一种宿命。

哈!也正因为这个原因,当何凯旋先生要我准备做一期这样的访谈时,我尽管有些犹豫,有些诚惶诚恐,但还是认真地接受了。我理解这是何总以及《小说林》杂志同人们对《阳光》杂志和我的工作的一种鼓励和厚爱。特别是今年恰逢《阳光》创刊二十年,在这个时间点上,让我来谈《阳光》,让更多的人了解《阳光》、支持《阳光》,我自觉我有这份责任和使命。当然,我更把这个当作是兄弟刊物对我个人的一种友谊与鞭策。我珍视这种友谊与鞭策。

2013 年 6 月 28 日,北京东城区和平里

北京的地铁

现在,我坐上了北京地铁的五号线——在很多的时候,我乘坐的都是地铁五号线。地铁五号线的北苑北站,钢筋蜘蛛网般地绕匝在天空中,厚厚的玻璃把它包裹成类似蚕茧的盔甲。人们在站台上等候着,地铁一辆紧接一辆如一阵风般开来,像是一条巨大的鳗鱼,张开大嘴吐出无数的泡泡,又吞噬着无数的人流,摇头摆尾地就走了——站台上依然站立着焦急或淡定的神色各异的人,他们在等待着,等待着下一班地铁徐徐开进。

这时,我感觉地铁像一根时间的绳子,谁都想抓住它,抓着它一同开进春天。

乘"坐"地铁,在城市上下班的高峰对谁都是一种奢望,实际上它是另一个动词——挤。地铁带来一股人流,裹挟而去的也是一股人流。在它的缝隙里,只能是拥挤了。这样,人在地铁里就如一纸卡片,沉重的喘气声、呼吸声,毛茸茸的手和不一定毛茸茸的胳膊,还有不经意踩到的脚、碰上的胸脯……有人努力地把书端在眼前,有人摆弄着手机、平板电脑,耳朵里塞着耳机……到处是无聊的张望和片刻的闭目养神,赶机场或车站的民工和出差人大大小小的行李包,酒气、梦呓、汗味、香水味,让人感觉这时地铁就像一个巨大的立即要爆炸的气球。但除了偶尔的争吵和不怀好意者惹出的尖叫声,车厢里优雅的、狼狈的、慌张的、安静的各色人等都屏声息气的,只听见地铁哐哐的撞击铁轨声和广播到站的提示声。车门洞开,地铁与下车的人似乎一起长长地嘘了一口气。

　　抛开上下班高峰的人流,地铁里的情形当然又不一样。它显得空旷、舒适和清冷,甚至还有一些浪漫:有人坐在椅子上看书,摆弄手机、平板电脑;有人宁愿空出座位,站在窗前欣赏窗外的风景;还有几对情侣卿卿我我,相互拥抱着……地铁就像一列流动的闲适的所在,把一座城市的高贵、宽容与时间的便捷展现得淋漓尽致。有乞丐或卖艺的乞怜声与歌声响起。卖艺的人从一节车厢又一节车厢走来,通俗而流行、民族而地方的小调,在空荡荡的车厢里异常悦耳。这时候,坐地铁的人就不像早晨上班或傍晚下班时那样表情冷漠、鄙夷或者躲闪了。他们会翻出自己的纸币、钢镚,友好地投入艺人的钱袋里,一个个变得像绅士一般。平时对乞丐或卖艺人充满狐疑、厌烦、不屑的眼光温柔了许多,使人奇怪地铁里出现差不多的情景,眼前的一切却陡然发生变化。

　　对于坐地铁,我好像有些异常的痴迷。听说法国巴黎的城市建在地铁之上,十几年前到巴黎,我就特意乘坐了一回。那里,歌者和乐手随处可见,形形色色放浪不羁的歌者和乐手,在地铁的两条或几条通道的交接处,在通道的中间,拉着提琴,或吹着黑管、萨克斯管、风笛,有的连拉带唱,用一个鼓连接着小喇叭;偶尔还有两人一起演奏,不同的乐器美妙地交织在一起;甚至几个人一起随着伴奏,说说唱唱,仿佛一支小乐队,给人一种特别的氛围。"巴黎的地上是画的世界,地下是音乐的世界……它的地下音乐,总有一条,能隆隆驶进你的心底。"(冯骥才语)有人说,如果把巴黎当作一块大蛋糕,随便地切上一刀就能见到纵横交错的地铁隧道的孔洞;如果土地是透明的,就会看到巴黎地铁在地下不停交错飞驰的壮观场面。如今,北京的地铁无论是里程数还是站台数,都远远地超过了巴黎,说北京是一座建在地铁上的城市,丝毫也不为过。常常,我还会赶上最后的一班地铁。那时地铁里灯火通明,色彩迷幻,站台上就我和一两个人。地铁远远地驶来,悄悄地走上地铁,转过身来,我就像是做了一个奇怪的梦。

有了地铁,一座城市就有许多的站台。那种露天站台与地下站台,给人的感觉很不一样。北京地铁有了近二十条线路,地上地下的站台少说也有二百多座。这些站台费尽了城市设计者们的心思,许多站台因此成为城市的标志性建筑。立水桥南站的"中国龙"造型、东四站的"中国象棋"布局、雍和宫站的哲学文化、奥运村地区站的奥林匹克风、中关村高科技地区站的"电路板"设计……都让地铁站成为地铁最有魅力的地方。北京地铁图的线路五颜六色,这些地铁就如一条条飘舞的彩绸、一条条涌动的河流。有一次,我从五号线出发,心血来潮地在地铁里穿来穿去,四号线、九号线、十号线、十三号线地转悠了一天。穿行在地铁里,我觉得地铁隧道像是一座巨大的迷宫,另一座城池,一座承载着很多人梦想的迷宫与城池。是迷宫,就会让人迷失方向;是城池,就会演绎很多的故事。这里也折射着人性的点点滴滴。地铁拥挤的时候,你挤上地铁,有人会体贴地照应你,有人则屁股一撅就挤下了你;你下地铁,有人会小心地为你让路,有人却故意地阻挡,甚至用"也要下车"之类的语言搪塞你。可等你下了车,却见他纹丝不动,在地铁里若无其事,一脸的漠然。至于在地铁里,故意伸手摸钱或者摸着异性其他地方——这类被人称为"咸猪手"——的也大有人在。社会是由人组成的。有了人,地铁里就有了一切,有了社会的光怪陆离、五颜六色。

我曾在一篇题为《地铁口》的文章里说,城市的场面上很嘈杂,我就想钻进地下,我喜欢地铁口的那种"删繁就简"的味道。的确,地铁口自有它神奇美妙的地方。比如,地铁五号线的标志性颜色是紫色,它代表着高贵、神秘与浪漫。我就十分喜欢这种颜色。无论我出发多久,只要一坐进这种紫色的车里,就有一种踏实的到了家的感觉。当然,我还知道,在北京这样一个大都市里,地铁赋予我们的远远不止这些,它无疑承载了一个城市现代化的梦,承载着无数管理者和乘客色彩斑斓、光怪陆离的人生之梦——"我从哪里来,又到哪里去"。我发觉,从地铁口出来的人都这样哲学地思考着。

2013 年 6 月 30 日,北京寓所

阿尔山的云

　　飞机坐多了,对舱外飘荡的云彩便有些熟视无睹。然而,这次坐在北京飞往阿尔山的 JD5505 航班上,我却一直紧紧地盯着面前的云彩。那些云仿佛也体会出了我的心思,远远近近、大大小小,一朵朵、一片片、一堆堆,或纹丝不动或变幻莫测,气象万千:飞机昂首冲天,一缕云彩在机翼边随风掠过,仿佛是谁轻挥着一袭纱巾;飞机平稳地行驶在空中,机翼下的云絮厚厚的,如一片草原、一片洼地或一堆堆棉垛,时而烟雾缥缈,恰似丘陵连绵,犹如"百龟拜寿",时而又是一处处云的悬崖。在那云的悬崖峭壁里穿行,飞机就像行走在大江上的一叶扁舟……走着,走着,眼前忽而一片仙气缭绕的,我低头一望,机翼下仿佛露出一个硕大的湖面,显出一种深不可测的幽绿和澄澈。我心里一动,怕是到了阿尔山吧。

　　正想着,耳边果然传来了飞机的提示声:"各位旅客,二十分钟后飞机就要降落在阿尔山机场……"贴近舷窗向下望去,感觉此时的飞机轻盈得像是一朵云,与天空中的白云一起飘荡、追逐着,在云的缝隙里稳稳地飘落,安全地降落在阿尔山机场。走出舱门,阳光如水一般迅速地包裹了过来,在这炎炎的夏日,给人一种突如其来的凉爽。我不由自主地抬头望了望天,晴空万里,天蓝得一望无际,大片的白云在天空中仿佛朝我露出一张张笑脸——没想到,阿尔山的云彩竟然给了我视觉上的一次盛宴,以至随后的几天,我以为脚踩的也是阿尔山的云了。

  脚下软绵绵的,鼻间充盈着一种水草的混合气息。走在这样的草原与森林里,很难没有一种在云端上的感觉。面前的草原、森林就像是擦肩而过的一团团绿云,那一团团绿云在阳光里滚涌着,追逐着阳光,泛出明净的浓绿;一会儿又躲避着阳光,显出一片淡淡的绿波。草原上生长着的黄的、红的、紫的金银花、油菜花,就像从云的缝隙里摇曳出的霞光。如果说这草原是一片绿云,那些森林就是云的高山和峡谷了。巍巍兴安岭,莽莽大森林,兴安落叶松、樟子松、白桦、偃松……阿尔山的森林铺翠叠秀,绵延千里,就像漫天的绿云在这里凝成了偌大的一团。行走在这云的高山和峡谷,四周静悄悄的,偶尔有落叶飘落,有鸟鸣传来,周遭显得格外幽静。由于走不到边,望不到尽头,还会感觉一团团绿云在心里要爆炸,心里有一种透不出气来的震颤和悸动。在绿云的边缘,有一股水汽氤氲,在面前汩汩喷涌,热气蒸腾,一片迷蒙。当地人说,这就是温泉了!草原、森林、花朵、温泉……我的眼前随即也一片迷蒙,我突然一下子明白了什么叫云飞雾绕,什么叫云蒸霞蔚了。

  天池、杜鹃湖、鹿鸣湖、仙鹤湖、眼镜湖……这样看阿尔山,阿尔山的这些湖泊也像缭绕在阿尔山的一朵朵白云了。那些湖泊深陷在一片绿郁郁的森林里,远远望去,便像一片片白云停泊、盘桓在一片绿云荫里。站在绿山之巅,我一动不动地看,恍惚间感觉面前的湖泊在悄悄移动,在随风飘荡。周围全是绿绿的森林、青青的水草,人们形容天池,说它像镶嵌在雄伟瑰丽、林木苍翠的高山之巅的一块碧玉,倒映着苍松翠柏、蓝天白云,却不知道这本就是一片片云啊!……据说,阿尔山的天池有四大神奇:一是久旱不干,久雨不溢,连续干旱或者久雨,天池里的水却始终保持在同一水平线上;二是天池既没有进水口,也没有出水口,天池里的水却常年清澈;三是天池周围的许多湖泊能够生长鱼,而天池里即使放了鱼苗,也不见鱼,连死鱼也不见浮上水面;四是天池深不见底,有人曾用绳子系一个铁锤放了三百米深,却仍是深不见底……我想,这就对了,因为它不是湖,它就是空中飘下的一朵云,云,能够丈量到底吗?只有云,才会无边无际、无影无踪。

谁说石塘林不是天空飘落在大地上的一片"火烧云"呢?走进石塘林,都说仿佛走进一座火山岩的地质博物馆。当然,这是一座天然的、露天的地质博物馆。史料记载,这里完整地分布着多次火山喷发形成的地质遗迹。火山喷发的岩浆的覆盖,使地面形成广阔的熔岩席、熔岩被等。高出地面的熔岩由此还形成了一块块台地——阿尔山境内,有着宽阔的熔岩台地,面积达一千平方公里,其中最为壮观的就是大黑沟。大黑沟长二十公里,宽十公里,被称为"大黑沟玄武岩",是一种典型的石塘地貌,岩性为碱性玄武岩和橄榄玄武岩。放眼望去,石塘林宛若波涛汹涌的熔岩海洋,多种多样的熔岩形态,依次呈现出翻花石、熔岩垄、熔岩绳、熔岩碟、熔岩洞、熔岩丘、喷气锥、熔岩陷谷、地下暗河等种种神奇的景观。在大面积的火山熔岩地貌中,还存在着熔岩龟背构造,地质学家们说这是目前国内唯一规模大、发育好、保存完整的熔岩龟背构造。我不懂这些,我只看到了面前一片深深的褐色,就像大火烧过的一般,千姿百态的,似火烧云一样燃烧在大地之上,我相信,这是天空遗落下的一片红云了……

在飞机上,我想,云霄上的云制造的不啻是一种虚幻、神秘、美丽的浪漫主义。这是在大地上的人们所无法设想的。身在大地,我们每天经历的是现实的、生活的、世俗的纷扰与嘈杂,甚至乌烟瘴气。但在阿尔山,不止一次地让我有一种云里雾里的感觉,这很奇妙。看云或在云天之上,便使人生出某种浪漫的念想。阿尔山本就是盛产浪漫传说的地方吧?——传说,铁木真年少时,塔塔尔人蓄谋吞并蒙古部落,用卑鄙的手段害死了他的父亲也速该。母亲诃额仑无力对抗强敌,带着家人、部落属民和奴隶流浪到这一带。正是阿尔山的山水,把铁木真磨炼成了一个铮铮铁汉,使他撑起一个家族复仇的希望。然而,正要起兵时,他和将士们却染上皮炎和风湿,皮肤瘙痒不止,挠破了溃烂化脓,关节酸痛,疼得不敢迈步,岂能行军打仗?铁木真一筹莫展,常骑着马在林中徘徊。有一天,一只梅花鹿突然在他面前出现,他刚搭上箭,那只梅花鹿朝他呦呦叫了几声撒腿就跑。铁木真收起弓箭,纵马追赶。梅花鹿跑过一座大山又一座大山,把他带到一个地方后突然就不见了!眼前云雾弥漫,水声汩汩,几十口温泉热气蒸腾。铁木真伸手一试,溃烂的手臂竟奇痒无比,很快长出了新皮;喝一口泉水,沁人心脾……干脆,他跳进泉水里,泉中立即有无数条水蛇在他身边嬉戏,用嘴吮吸着他身上的伤口,痒痒的。从温泉里爬起来时,他感觉身心清爽,四肢矫健,身板更加坚硬了。他激动不已,面对温泉长跪不起,仰天长呼:"哈伦·阿尔山!哈伦·阿尔山!"

很快,他就带着他的将士们来到这里治愈皮炎和风湿病,然后策马上阵,铁蹄嗒嗒,像猛虎下山般地奔向了草原,一举打败了塔塔尔人,拉开了统一蒙古草原,创建蒙古帝国的帷幕……

哈伦·阿尔山——蒙古语的意思就是"热的圣水"。

天上有云,地上也有云,阿尔山大地就如云朵般纯净而美丽了。但,在大地上看云,与在天空中看云,感觉终是不一样的。白云天不亮就挂在天上,在阳光照耀下更是锃亮锃亮的,泛着银白的光,如奔腾的马、慵懒的猫、机灵的狗……栩栩如生,惟妙惟肖。有的像丘陵高地、江河湖海,时而连绵起伏,蜿蜒而来;时而惊涛骇浪,卷起千堆雪。而一到黄昏,云染上火红或橙红,就像一条条小金鱼或一条条火龙游荡在天空的海洋中……地上的云尽管没有天上的云彩那样变化多端,却是风吹不散,雨打不开,显出一种永恒的美丽。如此一天到晚,头顶上云霞朵朵,脚下云山净水,看着看着,我就觉得我们身在阿尔山,就是身在云的故乡、云的天堂了。

2013年9月24日,北京东城区和平里

万松禅院记

离北京也不过百多里路程,怎么就有这样一个绝好的出处?

听不见经文佛号的朗诵声,也看不到袅袅升腾的香火,只有潺潺的溪水溅起漫天的水声。走进山沟里,环境幽静,空气清新,出现在我们面前的是一幢灵巧、端庄的现代建筑。建筑里的一切,主人似乎也用尽了心思:有禅堂、禅修堂、茶苑、上客堂、书画苑……堂屋里的墙壁、灯罩、茶几上,真草楷篆隶,都是汉字书法的字体和造型。现代而不失古朴,新潮又透出禅意——这就是万松禅院了。

禅院坐落在景忠山的西沟,山峦环绕,松树茂密,有风吹来,万松涌动。禅院建筑的时间虽不长,这山却是一座名山。县志记载,旧时此山有二名:南曰阳山,北曰阴山。自宋代开始,阳山上就有道士清修,香火鼎盛一时。明天顺年间,蓟镇总兵曾按"前朱雀,后玄武,左青龙,右白虎"的风水法,改山名为"朱雀山"。明朝后期,戚继光等一批戍边将领为纪念诸葛亮、岳飞、文天祥三人,在此建立三忠祠,取景仰忠义之意,借山明志,又改山名为"景忠山"。山虽不高,却孤峰挺秀,烟霞缥缈,古树参天。以至于清朝的顺治和康熙皇帝闻风而至,多次登临。因性在和尚的学识德行,两代皇帝一时兴起,不仅拨给他们大量田产帑银,还修复了山上山下的庙宇,御赐一尊十六斤四两的金娘娘及《大藏经》四千五百余卷。顺治帝让性在和尚入京城大内讲佛,每议要政都礼佛问卜。据碑文记载,顺治立康熙为太子,也是在此钦定。有清一代,这里几乎成了皇室的家庙。

都说天下名山僧占多,其实道教占得也不少。佛道斗法,在许多名山都演绎了不少故事。比如,在我家乡的天柱山,就有宝志禅师与白鹤道人斗法的传说。这里是否有着两教相争的故事我不清楚,但山顶上供奉的是道教神仙碧霞之君却是真的。碧霞之君在道家是一位全职万能的神仙,在百姓的心目中有着至高无上的地位。相传,农历四月十八是她的生日,十月十五是她的"元斋日"。人们为了表示对她的崇敬,总是选择在这两个特殊的日子里举行大型的祭祀活动,颂扬她的神德。

有儒,有佛,有道,此山就是一座三教合流的山了。三教分分合合,合合分分,自有自己的渊源。所谓"庙宇七十二,金面百六尊",景忠山留下的全是宗教建筑群。百姓们进道宫,去庙堂,拜忠义,一年四季,或礼佛,或问道,或弘儒,钟磬袅袅,礼节不断,香火不灭。释迦牟尼、各尊菩萨、碧霞之君、财神、诸葛亮、岳飞、文天祥……或释或道或儒平等相处,在这里倒也相安无事。百姓们自有章法,一律表示着自己的虔诚。知道的,他们振振有词,说以佛修身,以道养心,以儒治世;不知道的,便把这些节日当作生命里的一件件大事。阵阵梵音,袅袅香火,伴随景忠山四时的景色,

秋山响水 | 173

滋养着他们的心灵,从而成就了他们豁达与圆融的人生……

在禅院里,我居住的房间面对的凑巧是一座山。山上,一边是成行的松树,一片浓绿;一边是一山红叶,满山浪漫。松树夹着一排法梧,法梧又夹着一排青松,青松又夹着一排红枫。绿的、红的、青的、白的植物从山顶依次向下,排闼而来,直至小溪,层次异常分明。溪流不知是原有的,还是后来人工开挖的,潺潺溪水,给万松禅院布满了湿意,也让人有了一种湿淋淋的感觉。早晨,太阳没有升起,山峦上弥漫着一层雾气,枫树经过一夜的霜露,耷拉着叶片,显得有些沉闷,红叶也不怎么鲜艳。太阳慢慢升起,法梧的黄叶、枫树的红叶才一点一点地饱满起来,爽朗得有些喜人。

房间窗子有层窗纱,隔着那层纱窗,我看那些树木好像全都汪在水里;拉开窗帘,偌大的玻璃窗像是镶嵌着一幅水彩,或油画、国画的画儿,显现出景忠山景色的凝重与美丽,仿佛一切又都鲜活了起来。看久了,我忽然想,这样的景致不正暗喻了儒释道三教吗?

由此看,此山便是一座大大圆融的山了。

2013 年 10 月 27 日晨,河北迁西

冰封的烈焰

每次去东北,都被它辽阔与富饶的土地、豪爽与彪悍的酒风所打动。辽阔与富饶不必说了,那样的土地黑油油的,一望无际,似乎随便插上一双筷子也能生根发芽,长出青枝绿叶,长成高粱、大豆和玉米……说起东北豪爽、彪悍的酒风与酒俗,从东北人那拿大碗喝酒,不醉不归,"感情深,一口闷""不醉就是没喝深"的酒令中就可见一斑。

置身东北大地的辽阔与富饶,如果说面对自然会感觉到人类渺小的话,那么,面对东北人生猛豪爽的酒风,你真的会从心里发怵。在桌上或炕上,你发觉根本就不该端那酒杯。坐上他们的酒席,轻轻一杯、淡淡一盏的且好说,若抄起大大的酒碗,有那么一刻,你甚至觉得喝那大碗的酒,不如就直接钻到桌子下面去。

大碗喝酒,大块吃肉……生出这般豪爽、多情民族的土地,流淌这般彪悍、凶猛酒风的河流,自然生产好酒。哈尔滨啤酒悠久的生产历史众所周知,而远在八百多年前,这块土地上诞生的白酒——"御酒"却鲜为人知。更鲜为人知的还有,这里作为中国蒸馏酒的发源地之一,曾流传着中国第一代蒸馏酒大师萧抱珍的绝技与传说。

这一切自然与那个叫女真的民族息息相关。

据说,女真族的先祖原本就有"嚼米为酒"的习惯,并且"饮之亦醉"。公元一一一五年,女真族完颜部的首领完颜阿骨打大败辽国,在现在的哈尔滨阿城区建元收国,定都上京,国号大金。建国后,无论家事、国事还是天下事,他们无人不饮,无事不酒。比如,祭祀时喝"酹献酒",聘女时喝"交饮酒",送别时喝"扬鞭酒",等等。八百多年历史风云掠过,女真那个叫"金"的朝代灰飞烟灭,但金人开怀畅饮、不醉不休的酒俗与遗风,对东北这块土地产生着悠久而深远的影响。

据金史专家考证,蒸馏酒技术的出现就与金朝的第三代皇帝完颜亶有关。

金熙宗(即完颜亶)皇统三年(一一四三年),大元帅金兀术(完颜宗弼)请道教太一道的创始人萧抱珍到金国,并为他选择上京附近的松峰山乳峰太虚洞作为炼丹修道之所。萧抱珍精通医术,朝廷的重臣平时头疼脑热也多是请他诊治,因此他深受金朝皇室信任。完颜亶还题赠了"太一万寿"的匾额赏他。为感谢皇恩,萧抱珍就将炼丹用的不传之秘籍——取药露之法(现在的蒸馏法),甑腹投粮,蒸之成酒,献给金熙宗。

水是酒的魂魄,好酒当然要好水。

这水也很神奇。传说,完颜亶有一次在上京南郊四十里的地方狩猎,射中了一只梅花鹿。梅花鹿中箭后钻进了密林,完颜亶弃马紧追不舍。远远地,他见梅花鹿趔趄倒下,便一阵大喜,欲上前捕获。突然,那梅花鹿飞身跃起,藏匿于林中。他追赶了一阵,只觉口渴难耐。恰在此时,梅花鹿藏匿的地方突然泉涌如柱,他掬而饮之,清凉甘美,顿觉神清气爽,体力倍增,欲起身追鹿,却见泉内有鹿影含笑视之。完颜亶始悟此泉乃上天所赐,遂赐名此泉为"御泉",专供皇家饮用,让官兵日夜把守。

说到好水,完颜亶便想起这口"御泉",立即御批建坊造酒。三个月后,果然酿出"换君仙骨君不知"的奇酿。完颜亶龙颜大悦,又改"御泉"为"御酒"。

这就是史学家们考证的北方蒸馏酒的起源。后来,在河北承德出土了一件"青龙蒸馏器"。经权威的文物专家鉴定,这个蒸馏器的铸造年代是在公元一一三八至公元一一五四年间,也即是金熙宗至海陵王迁都前。这便为蒸馏酒起源于金代提供了可靠的物证。再后来,当地人又在现在玉泉酒厂的厂区内挖出了一件与青龙蒸馏器相仿的文物,更是给北方蒸馏酒器出现在上京找到了佐证……专家们说,这种与以前用温水法酿出的酒完全不同的烈性酒,是中国北方酿酒史上的一次飞跃,是女真民族对中国白酒做出的一大贡献。

> 每宴难离是玉泉,
> 秋冬春夏总缠绵。
> 三味斟浸神魂里,
> 一咂香盈舌齿间。
> ……

秋山响水 | 177

这是当代诗人歌颂玉泉酒的诗作——至于御泉的名字何时变成玉泉，御酒又怎样变成了玉泉酒，最后玉泉酒如何又成为中国白酒中的浓酱兼香型的代表，恐怕都是当代人的杰作。

中国是盛产白酒的国度。酱香柔润的白酒，以茅台为代表；浓香甘爽的白酒，以泸州老窖、五粮液、洋河大曲为代表；清香纯正的白酒，以汾酒为代表……还有米香型、特香型、凤香型、芝麻香型、药香型、豉香型等等，不一而足。但在中国白酒生产的悠久历史进程中，传统的工艺赋予了白酒的特征，科学技术又赋予了白酒的精髓，任何一种香型的白酒都有自己的优点，但也有着缺憾。

在东北诞生的这叫玉泉的白酒，人们称赞它"泸头酱尾两香谐调""一杯兼香在手，两种名酒享受"……"芳香幽雅舒适，细腻丰满，酱浓谐调，回味爽净，余味悠长"……举起来很重，饮起来很浓，细抿一口，玉泉酒粗犷中有细腻，豪放中有婉约。这就不能不叫人联想到，在东北这块广袤无垠的土地上生产出的浓酱兼香型白酒，是土地的辽阔而生出的包容性使然，当是南北文化在此的一种融合了。

地处北方酷寒之地，常年大雪冰封。玉泉锶等稀有微量元素的含量几乎可以媲美世界闻名的五大连池天然矿泉水——当地人津津乐道的是，在公元一九三一年以前，俄国人还在"二层甸子屯"（玉泉原名）内的泉河（当地人习称"圈河"）附近，将一口泉眼圈了起来。那口泉井深四尺，泉水爽口微甜，清澈见底，翻涌不竭，俄国人以木桶盛之，每天用马车运往哈尔滨市，专供俄国人饮用。

独特的冰冷的环境与优质的水资源,造就了玉泉酒独特的个性与魅力。这种个性,使玉泉酒冰清玉洁,仿佛冷美人一般,骨子里却蕴含着一股巨大的暖流。如此,在冰封的东北大地,玉泉酒像是从厚厚白雪覆盖的大地深处,突然喷发出的一道烈焰……

写到这里,突然,我想起另一个民族与梅花鹿、与泉的故事。

蒙古族少年铁木真,父死母寡,无力对抗强敌,只好和家人、部落属民和奴隶流浪到内蒙古的阿尔山。铁木真在阿尔山长大,正要起兵为家族复仇时,却和将士们染上皮炎和风湿,皮肤瘙痒不止,关节酸痛,疼得不敢迈步。一筹莫展之时,铁木真骑马在林中徘徊。

一天,一只梅花鹿突然在铁木真面前出现,他搭弓上箭,那只梅花鹿朝他呦呦叫唤着,撒腿就跑,他收起弓箭,纵马追赶。追过一座大山又一座大山,梅花鹿突然不见了。眼前,只见云雾弥漫,水声汩汩,几十口温泉热气蒸腾。铁木真伸手一试,溃烂的手臂奇痒无比,竟然很快长出了新皮;喝一口泉水,沁人心脾。干脆,他跳进泉水里……

他从温泉里爬起来后,身心清爽,四肢矫健,身板硬朗……他翻身上马,从此拉开统一蒙古草原、创建蒙古帝国的帷幕……

前者,泉能酿酒;

后者,泉能治病。

这一股股泉水,翻涌在中国历史上的金、元两个朝代,具有异曲同工之妙。

千里冰封,万里雪飘。站在金代都城会宁的遗址上,我醉眼蒙眬。瞬息之间,似乎有一只梅花鹿突然从大地深处跳出,在我面前奔跑着……像一束红红的火焰从雪地里射出,在皑皑白雪覆盖的东北大地上燃烧了起来。

2014 年 12 月 13 日,北京寓所

把吴钩看了

听动物园里的朋友说,驯服一匹野兽,传统的做法还是将它关进笼子里,动物开始还蹦蹦跳跳,但慢慢地就规矩了下来——动物没有思想,在笼子里除了蹦蹦跳跳还能怎样?但如果动物像人,有思想且有行动的话,那又将会怎样?良驹、良将,宝剑、壮士……这是中国武侠小说里必有的套路,良驹赠良将,宝剑送壮士,却又让他们动弹不得,情何以堪?所谓英雄末路,不是无路,而大多是有路不让走,那样的英雄犹如困兽,徒唤奈何——只能把吴钩看了。

读唐诗宋词,我们自然不难发现,从唐代郭震"铸得宝剑名龙泉……何言中路遭弃捐,零落飘沦古狱边"(《古剑篇》),李白"停杯投箸不能食,拔剑四顾心茫然"(《行路难》),再到宋朝辛弃疾"把吴钩看了,栏杆拍遍,无人会、登临意"(《水龙吟·登建康赏心亭》)……唐宋两代的诗人们不仅仅会吟诗填词,还一个个的喜欢舞刀弄剑,快意恩仇。如果说,唐宋诗词创作蔚为大观,是两代诗人集体才华大爆发,由此形成了唐宋两朝的文学高峰,那么,无论是埋在牢狱废墟下的龙泉宝剑,还是自春秋而来的那把名叫"吴钩"的弯刀,他们手持或佩带利剑钢刀,差不多也是体现了他们身份。那时候,刀剑不仅仅是他们抒怀遣兴、直抒胸臆的对象,也是他们励志报国的一种精神象征。

"少年别有赠,含笑看吴钩"是杜甫在塞外边关见到戍边的将士时,流露的一种喜悦;"男儿何不带吴钩,收取关山五十州"是李贺在南园时的一种心情,也是他渴望驰骋疆场,励志报国的一种情怀;"赵客缦胡缨,吴钩霜雪明"是李白对侠客生活的一种真实而唯美的发现;"抚剑长号归去也,千山风雨啸青峰"是康有为面对混乱时局的无奈与感慨……在那冷兵器时代,中国的诗人们从唐宋一路走来,一直走到清朝,一把把"吴钩"在使诗人们成就了操守端正、行为侠义的英雄的同时,也成了他们生命中的一个符号、一个人生的情结。面对"吴钩",他们心潮澎湃,情不能平。或请缨有路或壮志难酬,他们都蕴藏着自己一颗炽热的君子之心,张扬着一种天荒地老的家国情怀。

这种家国情怀正是一个国家、一个民族生生不息的源泉。

然而,人生往往不能如愿,甚至不给有些人如愿的机会。李贺虽有"男儿何不带吴钩"的勇气,但怀抱一腔热血,他的现实处境却是一派悲凉——史料记载,他十八岁时就大有诗名,以至当时的名公巨卿如韩愈、皇甫湜对他都另眼相看。如果一切顺利,他本可以及早登科及第以振家风。但他"年未弱冠"即遭父丧,服完三年丧期,直到元和五年(八一〇年)的初冬,他才在韩愈的帮助下参加府试。二十一岁的他在府试中不负众望。可在准备年底赴长安考进士时,有人以他父名晋肃的"晋"与"进"犯名讳,使他只得离开了试院……考试求取功名无望,加上妻子病逝……人生种种残酷无情的打击,使他终于病倒了。元和八年(八一三年)春,休养了一段时间后,他不甘沉沦,又开始举足南游,希望到南楚或吴越一展才华。然而一番南游,他除了徒增"九州人事皆如此"的慨叹,仍是一无所获……诗人郭震尚始信宝剑"犹能夜夜气冲天",而他屡屡报国无门。怀着无从"收取关山五十州"的遗憾,他二十几岁就落寞惆怅地离开了人世。

如果说,李贺的晋升之路是被"避父讳"的封建礼教无情地封杀了,让他只能看看"吴钩",那么,辛弃疾的境遇就是另外一种巨大的悲哀。他生不逢时,当时,长江以北的大好河山已沦陷于敌。南渡之后,他本可以在抗金斗争中施展自己的军事才华,驱逐敌人,统一河山。可到南宋,他这位曾统率千军万马的军人被迫解甲归隐了——"水随天去秋无际"的日子,"落日楼头,断鸿声里"……从他的词中,我们可以看到,解下佩刀的英雄已无用武之地,只能做如"江南游子"一般的可怜书生……秋天果然是秋天,但不一定是月夜。一个心忧国家、民族前途的人,雄心壮志和崇高理想瞬间化为泡影。秋天里,他只能把"吴钩"看了又看,这是怎样的一种落寞和凄凉?……难怪,他要把栏杆拍遍!

倚拍栏杆,早就是宋代词人们的一个著名动作。曾几何时,周邦彦"欲知日日倚栏愁,但问取、亭前柳"(《一落索》),李清照"倚遍阑干……人何处。连天衰草,望断归来路"(《点绛唇》),柳永"争知我,倚栏杆处,正恁凝愁"(《八声甘州》),胡世将"阑干拍遍,独对中天明月"(《酹江月》),赵以夫"凭阑处,正空流皓月,光满寒潭"(《沁园春》)。据宋王辟之《渑水燕谈录》记载:"与世相龃龉"的刘孟节怀想世事,不是凭栏独立,吁唏不已,就是手拍栏杆,仰天长啸。他说:"读书误我四十年,几回醉把栏杆拍。"……宋朝诗人仿佛早就有将胸中一有抑郁苦闷之气,借拍打栏杆发泄的习惯。辛弃疾也只能这样了,他虽有恢复中原的抱负,但在南宋统治集团已没有了知音,他形单影只,愁肠百结。这样一个有雄心壮志却无处施展的诗人,除了这种"无人会"的急切悲愤,还能有什么?!

说起来很有意思——记得远在少年时,我读辛弃疾的这首《水龙吟·登建康赏心亭》词,莫名其妙地就把词中的"吴钩"误当作是一弯秋月:面前满地麦茬,秋风瑟瑟,秋夜如磐,那如镰刀一样的月亮泛着寒冷的白光,照得少年的心里一阵阵发冷。摘月亮是我们少年时常有的幻想,但那时,任凭少年怎样踮起脚尖,永远也摘不下来那柄"吴钩"……"吴钩"下,那位少年只得兀自发出一阵深深的叹息。现在,我知晓了"吴钩"的锋利与迟缓——但把吴钩看了,吴钩在月光下发出一道亮光,作惊涛拍岸之声。

2015 年 5 月 6 日,北京寓所

偷将春讯泄一枝
——王去非老师和他的《涂鸦集》

读到王去非老师的诗词集《涂鸦集》。大字印刷本,厚厚实实的一本书。那大字想必是王老师为了照顾年老诗友们阅读的需要。但看到这大字体,我就想起他站在教室黑板前板书的样子——手捏一支粉笔,他在黑板上书写着,硬气十足。黑板上的字是大而有力的。

"一载程门空立雪,千秋小屋暗传灯。"读他的诗词,我才知道,他与潜山人都很敬重的天柱老人乌以风先生有着师生关系。在读安庆师范语文科时,乌以风先生做过他一年的班主任。凑巧的是,我也只做过王老师一年的学生——我小叔那时在王老师执教的学校所在地槎水公社当差,小叔一辈子利用职权做成的唯一一件事,就是让我跟着王老师读了一年的书。不过这是另话,单说。

记得第二次上他的语文课,他兴冲冲地走进教室,起立坐下后,他大声喊我的名字,叫我站起来,我忐忑不安地站起来。他嗯啊了一声,然后说:"嗯,你这次作文写得不错,不错,值得鼓励!"

霎时,全班同学的眼光就唰唰地朝我转来,我脸忽地红了——这是我与老师的头一回面对面。尽管在这之前,我从小叔嘴里已经知道他是一位很有名望的语文老师,有些传奇色彩,还听过他的一节课,但我们没有单独见过。至于他有着怎样的传奇,我更无从知晓。

这回读《涂鸦集》,我清楚了小叔当年说他有些"传奇"是不虚的。老师少读私塾,读《百家姓》《三字经》《龙文鞭影》,又读《孟子》《古文观止》《东莱博议》以及唐诗宋词,十三岁入小学读五六年级,十七岁成为一位小学教师,十九岁当上初小校长,二十二岁时得以就读安庆师范语文科,毕业后即被分配到潜山野寨中学任教——他的人生开始算是平坦、顺畅且积极的。但就在他满怀信心,刚刚为人师表不久,一九五八年的秋天,他人生的噩梦降临了。拿他自己的话说,在"引蛇出洞"的"阳谋"中,他一夜之间就变成了"出洞右派"之"小蛇"。至此,他的人生列车开始脱轨。"欲说无语,欲哭无泪,唯祈青蝇来吊,慰我形骸而已。"(《涂鸦集·自传》),从此"右派""摘帽右派"就像孙悟空头上的那一道紧箍,让他一戴就是二十年。老师说,那时的他"足将进而趑趄,口将言而嗫嚅"。这种打击对一个人生命的影响当然是深刻的。我结识他是在二十世纪八十年代初,但在我的记忆里,老师那时俨然还有"口将言而嗫嚅"的神情,只是或许他自己不觉得,我们不明就里就是。

《涂鸦集》收录了王老师的古风、七绝、七律、词、对联、诗论,还有书法作品。他的书法创作可能始于他退休后,但他的诗词写作,就源于他少年时代的私塾教育了。据说,《唐诗合解》,他少时能倒背如流,艺术灵感也时常光顾,可惜因"运动"折腾,在毫无诗意的生活中"苟且偷生",他便渐渐遗忘了那些名篇佳作。退休后,再次读《唐诗合解》,他依然激动,觉得那些文字如久别的故人。我读老师的诗词,也为老师深厚的古典文学功底所叹服,觉得老师的知识,我连万分之一也没学到。当然,这怨不得老师,那是因为除了我的天赋不够之外,还有当时的应试教育使然。现在,想在老师门下求学自是"方恨晚"了。幸运的是,那时他给我们的"文言文"教学,让我受益匪浅——每天中午,他不声不响地走进教室,在黑板上板书一段像《刻舟求剑》那样文字长短相仿的古文,让我们翻译、背诵。这样一年下来,我就抄了一个练习簿,自己学着翻译。他所选的文言文或故事,或议论,或写景,都有小品的意味——那时的高考语文好像就有这样的一道题。他这样做,却慢慢培养了我对古文阅读与学习的兴趣。老师之于语文教学,是有他自己独特的章法的。

王老师说他的诗词创作是"抒发一己之衷怀,交流亲友之生活,缅怀先烈之英气,描绘新农村之风貌。尤以河山之壮美,为余所独钟,每游览,心诗之颂之,以为乐事也"。读《涂鸦集》,我觉得老师描摹山河的妙句佳构,真的是浑然天成。他的诗词直抒胸臆,既有"快意晨昏绕平仄,秋来肥硕采新诗"(《瓜园吟》)的自得,也有"几渡浮沉终练骨,也柔也硬衬余生"(《有悟》)的自悟;有"趁兴淋漓挥橼笔,诗无半句愧舒州"(《潜河春游即兴》)的自豪,还有"闻道于晨堪夕死,护花甘愿化尘埃"(《七五寿》)的自励,更有八十高寿"化鹤等它三劫后,皖峰巅上看飞鸣"(《自嘱》)的自嘱……而对人生与社会、国家和民族,他并非逞"一己"之私利,而是积极参与社会现实,关爱、关切和思考社会问题,或"十二人金牌千古恨,潇潇风雨哭英雄"(《游西湖岳王庙遇雨》),或"可怜六朝金粉地,夜夜人潮哭祭墙"(《吊南京大屠杀》);他赞美拾金不昧的女清洁工"桥头伫立寻失主,一树红梅火样烧",而对某些公仆"一路专车朝三祖,不问苍生问鬼神"却充满了嘲讽与鞭笞……老师好像对梅花有着异乎寻常的爱,写过多首赏梅诗,赞誉梅花。

"短信寥寥千里发,偷将春讯泄一枝。"读到老师写的《春讯》诗,我忽然想起他的一个故事。据说是他被打成右派,有一回在一个集训班上遭到批斗,绝望之下,他给妻子写了一封信,信里除了表达甜美的爱情和对前途无望的痛苦与忧伤之外,主要是想让妻子不要跟他一起受苦,嘱咐妻子重新选择未来……没有想到,这封信却落到了"组织"之手。于是批斗会上,这封信便作为反面教材和对抗运动的"罪证"被宣读——一枝"春讯"之泄,使老师看透了人间的世态炎凉。只是,在批斗会上,人们听到这篇优美的文字时,鸦雀无声,都被深深感动了。这本诗词集里,我没有看到老师给妻子写诗,只是看到他与师娘的合影及全家福。当然,那是情意绵绵,有着相濡以沫至白头的默契。

在槎水中学,我记得王老师的房间外面有一棵杨树,房间里有一块大黑板。我的一年读书生活很快结束。临近高考的一天下午,他把我和几位同学一个个叫进了他的房间。轮到和我谈话时,他二话没说,先是在黑板上用力书写了一道 $6-1=0$ 的数学题。我明白,他的意思是说我的各门功课因为数学一门"跛腿",高考将会前功尽弃。后来的事实证明了这一点。其实,当时他还不知道，我在学校里已经好久好久没有复习功课，而是与几个文学青年云里雾里，好高骛远去了。现在想想，自己人生半百却百无一用，也是有原因的。老师桃李满天下，成功者多多，当不会在意。而老师在黑板上写给我的那一道奇特的数学题和他的谆谆教诲，却在我的记忆里越发清晰。

2015 年 6 月 11 日下午，北京寓所

游少林寺记

　　这是我一个月内第二次到少林寺,按佛家的说法,也算是与少林寺十分有缘吧。

　　第一次到少林寺是在一个阳光明媚的上午。与许多风景区的名寺古刹一样,少林寺游人如织,香火袅袅,声浪嘈杂。在当地朋友的陪同下,左腾右挪,我急匆匆地从熙熙攘攘的人群中穿过,一路奔跑,观庙宇,看佛堂,听诵经……想象中少林寺的清寂和禅意,像香客们插在香案上的檀香,一下子被燃尽,然后又一点点地变成灰烬,弥散着人间的喧闹和红尘。及至快快地离开那里,我心里还有一丝丝失落和惆怅。

　　总觉得少林寺不该是这样的。达摩西来,面壁少林,少林寺从此应该氤氲着一种巨大的禅意,这样的寺庙禅意似诗,如菩提的婆娑,如莲花的开放;如白雪无声,飘落在苍茫的中原。即便热闹,那也是庭院深深,庙宇幢幢,梵音阵阵,远山吐翠,禅意似水,纳万物于千壑,使人进了少林寺,不由自主地就会剥落尽身上的俗念,静静地感悟到生命的一种宁静,或者干脆被"禅"的一花一叶击到,从内心生出虔诚与庄严,让灵魂受到一种莫大的震撼与洗礼……佛无世相,或身边一事一物、一草一木,但山水禅境总会有的,何况少林寺这样一个禅宗的开悟之地,它不应该如某个普通的庙宇,在滚滚红尘里,只是一处香火鼎盛的所在……

有了这样的想法,这回我对重游少林寺便有了一些新的向往。

因为同去的人多,一到少林寺,我就避开人流,一个人悄悄地走在了前面。进了寺里,游客果然比上回少了很多,熙熙攘攘、摩肩接踵的场面不见了,寺外的商贩虽然也在卖力地吆喝,但在寺庙里走动的游客脚步明显从容了许多。门里与门外,三三两两的僧人也变得清闲。慢慢地走着,这样,我就有机会端详那一棵粗大的银杏树了。银杏树树叶婆娑,粗壮的身躯静静伫立,也变成了一个安静的所在——上次与它匆匆一瞥,没怎么注意,这回,我才发现它粗大的躯干上裸露出的手指头大小的洞孔,如弹孔,似虫眼,都不像,一打听,知道这真的是手指孔,是少林武僧们练武时留下来的。寺里,除了这棵银杏树很有历史外,还有一棵丁香、一棵槐树也饱经沧桑,说是一九二八年军阀石友三纵火焚烧少林寺,这些古树与少林寺里的大殿、石柱、墙基一样都在大火里过了一遍。残柱断垣处,那棵当年被大火吞噬过的丁香树,此时正从根部斜生出了嫩枝,叶茂枝绿。而那棵老槐树,干脆就从一口古钟的裂缝里探出了身子……天王殿、大雄宝殿、藏经阁、立雪亭,千年古刹,古树与少林寺一起浴火重生,见证兴衰,树木的掩映与庇护,使少林寺多了一股苍凉之气和禅意。

"日出嵩山坳,晨钟惊飞鸟,林间小溪水潺潺,坡上青青草……"我们这一代人记忆里的少林寺,几乎是伴随着电影《少林寺》而进入人们视野的。在那艺术的少林寺里,有"十八棍僧救秦王"的惊险与传奇,有"酒肉穿肠过,佛在心中留"的淘气与顽皮,有"举起鞭儿轻轻摇,小曲满山飘"的浪漫与爱情……这样的电影叙事,当然颠覆了我们小小年纪对于佛教、对于和尚朦胧的认知,无疑为少林寺也涂抹上了一层神秘的色彩。及至后来,以少林寺为背景的电影越来越多,人们目不暇接,也渐渐习以为常。只是,听说随着这些电影的影响与传播,少林寺周边的武术学校如雨后春笋,越办越多……什么少林拳、少林腿、少林掌、少林棍、少林枪、少林刀、少林鞭、少林剑,少林寺的十八般武艺一一亮相,叫人眼花缭乱。

走出少林寺,凑巧,赶上了下午最后一场少林功夫表演。

于是就看,随着一股人流,我们走到少林寺武术表演的一个台前。一阵开场的锣鼓声里,十几位僧人鱼贯而出,依次亮相。既是少林功夫表演,照例都有表演的一切元素,音乐、锣鼓、报幕……或拳打脚踢,或舞刀弄枪,少林功夫果然一应俱全,如数展示。上场的程序或略有不同,但那娴熟、精湛的少林武功与表演,不时赢得一阵阵喝彩声。甚至,厮杀声、吆喝声与此起彼伏的掌声响成一片……这阵势与寺内那"站桩坑"形成了强烈的反差与鲜明的对比——寺内大块厚厚的青砖,历朝历代那些脚穿布鞋布袜的武僧因为练功,跺成了一个个凹坑,像是散落在地上的一个个嘴巴,在无声地诉说着少林武术的源远流长……

在这嘈杂的声音里,眼睛停留在表演少林功夫的少林武僧身上,我想到的还是面壁的达摩以及站在他面前的慧可——慧可为法忘形,跪在白雪的大地上。突然,他挥刀自断手臂……顿时,漫天飘起一片红云,他的周遭,一朵硕大无朋的梅花在雪地上洇渍开来。

慧可曰:"我心未宁,乞师与安!"

达摩曰:"将心来,与汝安!"

慧可曰:"觅心了不可得。"

达摩曰:"我与汝安心竟。"

于是,达摩收其为徒,传授给他十六字法语,曰:"外离诸境,内心无端,心如墙壁,可以入道。"

这是达摩与慧可的一段对话。然而,有一天,慧可忽然曰:"我已息诸缘。"达摩曰:"莫成断灭去否?"慧可曰:"不成断灭。"达摩曰:"何以验之,云不断灭?"慧可曰:"了了常知,言之不可及。"此时达摩才对他验证说:"此是诸佛所传心体,更勿疑也。"由此,慧可悟法入道,接过禅宗祖师达摩的衣钵,成为禅宗二祖……少林寺的"立雪亭"中的对话也就成了禅宗一脉的经典故事,千秋传说。

一刹那,我的思绪有些纷乱、迷离。我忽然想,禅,到底是在人们生活的一饭一饮里,还是在少林武术的刀光剑影中,抑或只留在遥远的达摩与慧可对话的机锋里?

呵呵,我竟执着了起来……阿弥陀佛!

2015 年 6 月 16 日,北京寓所

黄花城的午后

到达黄花城已是午后。与往年一样,我们到黄花城的目的很明确:吃虹鳟鱼、爬长城。与我们持有同样想法的人好像很多,或者赶上清明扫墓时节,出城的车子络绎不绝。我们的车子很快就被堵住。紧赶慢赶的,还是过了中午。于是,我们决定在离黄花城不远的一家叫"七渡河"的餐馆吃午饭……朋友们从河沟里逮捞上虹鳟鱼、金鳟鱼交给老板,或红烧或烧烤,或要老板制成生鱼片——河沟是人工的,但这片刻假装自食其力的劳动,满足了我们某种心理的需要。

吃过午饭,我们直奔黄花城长城。

一看到"黄花城"字样,我心里就犯嘀咕,觉得古人有意思,偌大的京都——北京城就在跟前,他们竟敢把这里叫城。转而又恍然大悟,古人真没说错,这里是长城啊!只不过,说这里黄花漫天,山山水水都掩映在迷人的黄花里,我却不甚了了——两次到这里,都没有见到黄花的影子,看到的都是满山满野的桃花。野桃花。浅粉色的花朵这里一簇,那里一丛,在山峦上起伏逶迤,簇拥着长城。远远望去,那片风景就像是镶嵌在镜框里的一幅版画。

可黄花城长城分明是有历史的。《日下旧闻考》载:"黄花镇为京师北门,东则山海,西则居庸,其北邻四海冶,极为紧要之区。"北齐年间这一处关隘就建有长城,隋唐以后又几经修缮。元明两朝,这里村落交通繁忙,至明朝已是京都的军事重镇。作为护卫明"十三陵"的重要门户,这里在明代还有"金汤长城"的叫法。

明朝修建这段长城时,用大块的条石做地基,城砖之间又用浆米汁层层浇铸,修筑得非常坚固。负责修长城的是一位名叫蔡凯的将军,但因修筑精细,导致时间过长,花费巨大,朝中的佞臣便诬陷他贪污。不明就里的皇帝让他落了个身首异处。后来,不知良心发现还是怎的,皇帝派人调查,见这段长城修得是坚不可摧,才知道蔡将军没有偷工减料,是自己冤枉了忠良,于是又为他竖碑立墓,并在断崖上刻上"金汤"二字,以示固若金汤。字是颜鲁公体,两米见方。

进了黄花城入口,我刚刚走上通往长城的大湖坝,突然起了一阵大风。望了望陡峭的长城垛口,我打消了与朋友们爬长城的念头。目送他们登上长城,我一个人沿着湖边转着。走了一阵,感觉风大,我干脆折回到写有"金汤"两个大字的路边——凑巧,路边有一个小卖部,向小卖部的大嫂要了个凳子,我就静静地坐着,与大嫂开始寒暄。

"你说,这不是残害忠良?蔡将军可不是冤屈死了?!"大嫂告诉我黄花城长城的故事,让我有种穿越感。她叹息道,"其实长城城墙抹的九浆十八灰的,修建得结实着呢!就是当年侵略北京的小日本,放了许多炸药炸这长城,也只炸开一小段,你说结实不结实?"

"那还不是炸了?在哪炸开的?"我有些好奇。

"这儿,就这儿!"大嫂京腔京调的,用手指了指我刚走过的水库大坝,说,这水库叫金汤湖,炸毁的一段城墙就落在了湖里。"你别看这湖,湖水可深了。湖底有泉水,几十口泉眼。湖水冰凉刺骨的。那拦水坝和水闸是后来修建的。你来得不是时候,要是有水的季节,湖水哗哗的,就像一个瀑布……前些年,有一个当年在这儿打仗的鬼子的后代跑来,说是忏悔,承包了这里的一片荒山,为表示友好,还立了一块碑,你没去瞅瞅?"我摇了摇头。大嫂仿佛怕我不相信她的话,自言自语道:"城墙上还留有当年打日本人的石炮呢!"

小卖部是利用公路边的陡坡搭建的,里面摆满了方便面、矿泉水、红绿茶之类的饮料,还有山区的一些特产,比如野葫芦、锯成一截一截的花椒树棍什么的。大嫂说,花椒树棍是从她自家院子里砍来的,经常拿在手里摩挲着可以舒筋活血,驱邪避害。大嫂一面做生意,一面给我讲解黄花城的历史……我在闲聊中得知,她一家三口,孩子大学毕业后在市里工作,丈夫开出租,她自己在这里开店——刚搞长城开发那年,找当地政府在这段关隘租了一块地,她家在这路边修了一个停车场,一到黄花城长城旅游的旺季,她就在这里经营,而到了冬天,便关上简易的店铺,回到山里的家。

在与我说话的时候,就有几部车进进出出停车场。不管停多长时间,她只收十块钱,收完钱,她又招待了好几位买饮料的游客。等到一辆货车停在她面前,她便又从车上麻利地取下几箱货物,忙得不亦乐乎。突然,有人在不远处陡峭的城墙上惊叫,她丢下手中的活计,就高声地嚷着,引导他们走下城墙,当起免费的导游。"在这里多少年,这种事我总是要管的。"她说。

但大多数的时间,黄花城的午后是慵懒、倦怠的。

现在风还在刮着,天空一片湛蓝。远远望去,那隐于野花荒草间的长城随着起伏的山脊蜿蜒而上,直通白云之巅。朋友们在长城上向我挥手,用手机发来照片。看他们在长城上或俯瞰莽莽群山,或在垛口做沉思之状……风中的长城巍然屹立,长城之上,天空高远,风起云涌,大块的白云流动迅疾,开合有度,显示出一种苍茫的雄关之色。而我,因有了金汤湖一湖的春水和这位好客的大嫂,享受到的是黄花城独有的午后时光。

2015 年 6 月 21 日,北京寓所

祖母的村庄
——王张应文集《一个人的乡音》序

张应和我同生于一块土地——安徽天柱山东麓一个叫十八里长岗的丘陵上。那里南北相向,有一条公路绵延而过,以当年的岭头乡政府所在地为界,我家住在路东的岭头村,他家住在路西的黄岭村。黄岭村又称"黄土岭",即著名小说家张恨水先生的故乡。似乎就是在张先生曾经读书的那座古老的祠堂里,恨水先生的堂弟张田野成了张应的启蒙老师。

那时对于张恨水先生,我们知之甚少。生长在乡村,我们面对的只能是乡村的现实。张应幼年丧父,从小虽然受到祖母特别的呵护,他却比同龄的孩子更多更早地经历了人生的磨难。中年丧夫,老年丧子,命途多舛而又坚韧不屈的祖母,顽强地支撑着一个大家。浸泡在祖母的泪水里成长,他没有辜负祖母的期望——因为学习成绩优秀,他初中毕业就考上了一所师范学校。那年头,初中毕业上中专,可是比上大学还要难的。由此,他不再像我们的父辈那样面朝黄土背朝天,一份光荣的"人民教师"的职业在等待着他。他跳出了"农门"。

"不知是哪阵风,把绿色的种子撒在岩石上面,于是,岩石不再荒凉,它上面坐着一个春天。"这是一九八四年他在《安徽文学》上发表的诗……那时,他已经"为人师表"了,前途也显现出不可限量的远大和辉煌,这样明快而又富于想象力的诗句,可以说正是他当时心境的流露,也可以说是他文学创作的开始。那是一个文学的年代,童心绵绵,天真未凿,他就像一个长不大的孩子。直至二十世纪的九十年代中期,他还写着:"夜间诞生的女儿,你同我的梦,一同降临,多么纯洁的小小生命!""让我将你高高举起,面对太阳,你就是一颗小小的太阳,你从我的掌上,明亮地升起!"(《露珠》,载一九九四年六月号《诗刊》)——这些诗作,他后来结集为《感情的村庄》出版了。

十年,二十年,三十年过去……乡音无改,岁月催人,随着年龄的增长和人生阅历的丰富,他骨子里浸透了的对故乡、对乡村、对人生的理解与日俱增,在经过将近十五年的"高密度"文学创作之后,他说,他的诗歌创作"密度大不如从前,稀疏多了。不过,虽然稀疏,但我还是没有放弃,一直念念不忘,甚至耿耿于怀"。他每天忙碌着,却也在不断思考着,在那些原本没有诗意的地方,只要发现并感受到"诗意的瞬间",他都很快地记录下来。这次,他把他新近创作的与以前创作的诗歌合在一起,命名为《那个时候》,我想便是他为了追怀诗歌那一双翅膀,驮着他拥抱过一个个梦想的青春岁月吧?相信,人们读了《那个时候》这首诗,便会一目了然。

作为"感情的村庄"的一种回望与延续,村庄流逝的河流、土地与光阴、众多的人和事,在他的脑海里越发地具体和清晰。那样的村庄,是劳动,是生活,是成长,是他无法摆脱的命运的印记;是乡风,是民俗,是逃离,是他魂牵梦绕的亲情和爱情……但与众不同,其时,祖母作为他一家的"精神支柱",却早早端坐在村庄的中央,端坐在他的记忆里,成为他心目中的村庄的灵魂与精神。

这时,他缅怀与追寻的便是精神的乡村——他祖母的村庄了。

"祖母的村庄"有着爱,有着朴素的亲情与传奇。抹尽泪水,祖母在村庄率先建了一幢让人赞叹的"四水归堂"的新屋;作为一位乡村接生婆,她无师自通,用双手为乡村迎来无数条生命;面对一个破门入户的"梁上君子",她没有一般人那种得理不饶人的睚眦必报,而是还以一个生命的体面与尊严;没有读书,她却在乡村的俗言俚语中领悟和磨砺出人生的智慧和哲理。"好吃懒做——无药医。""喉咙深似海,能吃斗量金。""饱莫丢粥,暖莫丢衣,富莫丢猪,穷莫丢书。""天下的锅,哪个不是仰着烧?""身盖青灰头枕瓢,穷人怎么过?""天无三日冷,人无三世穷。""莫笑穷人穿破衣,三年河东转河西。"……挂在她嘴上的这些乡村俗语,她虽然不是原创者,但她实践得比谁都彻底。一生勤劳俭朴、善良慈祥、豁达沉稳、乐善好施的祖母,在四里八乡享有很高的声誉,还有着种种传奇,这便是乡村智慧和哲学彻底实践的结果。对此,祖母自己也深信不疑,不但自己这样做,她还言传身教,让自己的儿孙铭记在心,终生不忘。

在"祖母的村庄"里,酒仙小母舅、表嫂、堂姐、老师、校长、银行职员、行长、乡村手艺人……这些人和事,蕴含着一种割舍不掉的乡情与友情,在他的记忆里被重新唤醒、复活,纷至沓来。他不动声色,不慌不忙,用祖母赋予他的乡村哲学与道德的镜子——观照和洞察,无论是《要不要,都是这个》里的情感报应,还是那只咬人的兔子(《兔子咬人》),抑或是乡村的老铁匠、泥瓦匠、老石匠等手艺人……他们的行走、他们的生活,他都娓娓道来,活灵活现,栩栩如生,仿佛一组人物笔记,让人莞尔。

一晃,我们都到了知天命之年。走出"祖母的村庄",他走进了城市。这时,有意无意之间,他发觉他的一言一行都深深地烙上了祖母的印记,祖母深深地影响了他的一生。城市的路名、城市里的狗、城市里的小偷、城市里的买菜者,都能给他灵感。置身一座又一座城市,他心里的那个家,始终还在"黄土岭",城市一切的一切,他都当是少年生活在另一个村庄发生的故事,细心地观察这个"村庄"邻居们的一举一动、一颦一笑,乃至他们生活的全部,他的审美、他的道德标准,从未完全逃离乡村人的智慧与人生的生存哲学。《在茶几上放一本书》这种动作,潜意识里似乎就与"穷莫丢书"有关;《一个手脚被捆的人》仿佛就与"好吃懒做——无药医"有关;而在《在路上》等车时的"不长,不长,心静自然短"的心情,就与"不急,不急,心静自然凉"有关……由于接受了精致的文化教育与培养,在祖母赋予他的乡村哲学里,他更增加了新的力量和眼光。

这种新的力量和眼光增加的结果,就使他在他的诗歌、散文创作之外,意外地寻找到了一种新的声音,且这种声音"越来越明朗,越来越清晰,我能听得清是些完整的话语,连起来听,甚至还是一些有趣的故事"(《河街人家》后记)。如此这般,日久生情,他令人惊奇地"一口气"竟创作出了十几篇中短篇小说。在小说创作中,他当然有自己的追求。他说,他既遵从沈从文、汪曾祺关于小说这种文体"贴着人物写"的教诲,又在同乡作家张恨水之于小说"叙述人生"与"幻想人生"的论述中寻找到自己的创作路径。如此,他腾挪跌宕,游刃自如,在他的乡村生活与农村金融工作经验中努力挖掘丰富的写作资源,以此揭示人性的真善美。或严肃、荒诞不经,或假恶丑,把"生活他老人家告诉我的……几十年来我的所见、所闻、所感和所悟,那些梦寐一般浮现的人和事"忠实地反映出来。

比如,短篇小说《白狐》,他写人与狗之间的相依相恋,故事或许有些荒诞或不伦,却叫人有"人不如狗"的慨叹;比如,《妙玉》写的是一个"爱玉追玉、爱人追人"的故事,却让人在滚滚红尘里看到人性比玉美好。

由于长期从事粮食信贷工作,他对粮食工作有着宗教般虔诚的敬畏。他不仅以粮食和粮食信贷活动为主线,用中篇小说《天赐粮缘》叙述了三年困难时期之后的一段充满辛酸的粮食历史和新时期以来粮食工作改革的历程,还用乡村一句"米粒胀破了稻壳"的俗语与故事,创作出了短篇小说《受伤的稻谷》,以期引起人们对庄稼与粮食的珍惜。

小说当然还是要写人。在中篇小说《河街人家》里,他为我们呈现出了一个叫"辣子"的女人因"辣"而毁灭家庭和命运的形象;另一个中篇小说《宣红的月光》,他又叙述了一个名叫"宣红"的女人,因为向往"月光"的浪漫,而失去了婚姻家庭的故事。乡村或城市,两个女人,两种命运,殊途同归,令人唏嘘。

在中篇小说《一亩三分地》里,他写了人称"二哥"的村民丁老二对乡村、对土地的眷念与坚守。通过丁老二的眼睛,他对乡村的物质在渐渐丰满,精神却在点点滴滴流失的情形,感到万分心痛与惋惜。这篇小说可以说是他为流逝的乡村与土地送上的一曲精神的挽歌。

小说集里,无论是《姥姥不是妈的妈》《一次特别的检测》,还是《砌墙的张三》《让路》,他都是试图通过对一个个城乡小人物的描写,揭示人生的微妙和人性的无奈。饶有趣味的是,他的小说表现的那些人物和故事,不管是在"祖母的村庄",还是从那"村庄"走了出去,都与他"祖母的村庄"有着一种"打断骨头还连着筋"的关系,带着那个村庄乡亲们的影子,深深地烙上了他"祖母的村庄"的生命印迹。

在他十六岁离开村庄后,我的姐姐就嫁入了他所在的村庄。因此,那个村庄就成了我家一个经常走动的地方。这样,对那个村庄和他的人生的一些踪迹,我也就莫名其妙地多了一分挂念。我知道,无论是辗转在故乡美丽的乡镇,还是工作在长江与淮河边的铜陵、淮南,以及省会合肥,他都认真学习,勤奋工作,真诚待人,一步一个脚印,并由一个中学教师成长为金融机构的一名高管人员……我们两人时断时续地保持着某种联系,但每每见面,我发觉他对地里的庄稼、对家乡的河流、对童年印象里的竹林窝、对乡村、对人生都有着一种深刻的悲悯与同情,珍藏在他心灵里的那份童真始终未泯。在这个世俗与喧嚣的时代,能保有一颗天真无邪的童心,是多么的难能可贵和让人敬佩!于是,我说,你还是应该动动笔,写写吧!

  现在,我才发觉,他其实一直都是这样做的。只不过这一次他做着,就有些"一发不可收"的味道了——短短两年不到的时间,他就在安徽、河南、山东、北京等地的多家报刊上发表了中短篇小说及诗歌、散文二十多万字,并同时推出诗歌、散文、小说三部作品集,令人不得不佩服和欣喜。

  是为序。

2015 年 7 月 1 日,北京寓所

好一朵美丽的雪莲花
——记工笔花鸟女画家张易

刚一见面,我们就聊起了雪莲花。

听她眉飞色舞地讲述在西藏米拉山口与雪莲花相遇的经历,我眼前浮现出她因为高原缺氧而产生的疲倦的神态和浮肿的身体……裹着头巾,披着洁白的哈达,身着厚厚的羽绒服,匍匐在褐色的流石陡坡上,她一步一挪地接近雪莲——难道,在遥远的海拔五六千米的雪域高原,她挑战生命极限接近雪莲花,只是为了一睹雪莲花的芳容?

雪莲花,在传说中是一个神奇圣洁的精灵。

"海碗般大的奇花,花瓣碧绿,四周都是积雪,白中映碧,加上夕阳金光映照,娇艳华美,奇丽万状……"这是金庸先生在小说《书剑恩仇录》中写的——在许多武侠小说里,雪莲花总是作为一味起死回生的名贵药材,或用于补气强身,或用于续命救人。尤其那名叫"天山雪莲"的花更被人们奉为神物。

不过,她没有读过金庸的小说。她对雪莲花的认识,仅仅源于她那患类风湿病的母亲——蜀地多雨,潮湿有雾,母亲不幸患上了类风湿病,在她七岁那年,一位家住甘肃兰州的亲戚知道后有心地弄到了几枝雪莲花送给了她母亲。雪莲花,这个美丽的名字让她心头一惊,从此嵌入了她生命的记忆里。

秀丽的巴山蜀水,闭塞的乡村,贫穷的生活……是她童年生活的全部背景。她说,因为家里莫名其妙地被定为地主成分,父亲成了地主的崽子,只得白天下田,夜晚接受批斗。一家人被经常性的运动压得喘不过气来。饥饿的童年,她吃得最多的是红薯、土豆。这样造成的结果是她后来见到红薯、土豆就反胃……姐妹三人,她是老二。在四川忠县那个不知名的小小村落里,人们看到聪明伶俐的"张家老二"像公主一般长大,但谁都进入不了她的视野。

只有她自己知道,她内心渴望的是什么样的生活。

她的与众不同的个性与绘画的天赋,在那个时候也显现了出来。她喜欢读书,喜欢舞文弄墨,更喜欢大自然,喜欢大自然里的山川河流、花鸟鱼虫、一草一木……在山野里背背篓打猪草、种地、插秧等之余,她就观察蚂蚁和圈养的各种动物。她会待在荷莲、枫叶、折耳根(鱼腥草)的花叶前流连徘徊,还会在自己的书包上绣出花朵,手握毛笔为各色人等画人头肖像……甚至年祭时,她不知忌讳,画出亡灵头像,吓得家人惊慌失措,父亲挥着拳头就要揍她。

久而久之,她在乡亲们眼里被演绎成一位既"疯"又"野"的传奇的"张家二丫头"形象。

小学、初中,一路跌跌撞撞地读过。尽管她的学习成绩不错,但由于家境困难,读过私塾的父亲考虑到家里没有任何背景,家庭成分又不好,怕她毕业后找不到工作,最后要她选择在当地一所"农高"(相当于职业中专)就读。"农高"毕业后,出于"皇天饿不死手艺人"的智慧,她特地学了一门手艺。后来,就是凭着这门理发的手艺,她在镇上开了一个理发店,竟也很快站稳脚跟,能养家糊口了。

天生的造型艺术素质,使这个奇怪的漂亮的理发师有三个规矩:"'娄垮垮'的不理,脏头发的不理,要刮胡子的不理。"理发的人,其实都被她当成了模特。她在顾客头上练造型,然后又画在纸上,装订成厚厚的"造型"速写本——这种率性的举动与积累,为她日后艺术个性的形成与创作埋下了伏笔。

时间之河流淌到了公元一九九八年。

这年的二月,已经二十八岁的她在报纸上看到中国艺术研究院高研班的招生通知。于是,已在尘世中经历了种种人生重大变故的她,毅然拎起行李,从天府之国的大巴山到了北京,从此走上了梦寐以求的绘画的艺术道路,开辟了自己的另一重人生天地……

在中国艺术研究院画家杨光华先生的指导下,读完中国艺术研究院高研班的课程后,她又进入中国工笔画高级研究班,系统地研习了历代工笔重彩花鸟画技法,开始步入画道。她十分钟情于王天圣院长,张艺、王炳炎教授的现代工笔画艺术……在绘画领域,工笔花鸟画自有其成熟的传统,在研习传统与现代花鸟画技法和独特的艺术语言的同时,她特别注意观察生活,力求丰富作品的表现力,为传统花鸟画赋予新的生命,但谈何容易!……"八平尺的宣纸,我画掉了一百多张,也没有什么成果……你不晓得,那时我沮丧极了!"回忆那段学艺生活时她说。

这自是一位画家进入艺术殿堂的生命与艺术的历练过程。

从她的艺术简历来看,一九九八年后的两年,是她创作的丰收期:参加文化部、中国美术家协会主办的中国艺术博览会后,十幅工笔画作品被海外收藏。《花苑春色》参加中国美术家协会国画艺委会"北京之春"画展。《红柿图》入选中国美术家协会和中国国际交流协会联合主办的全国书画展。

二〇〇〇年,《秋韵》工笔画入选文化部、中华慈善总会联合主办的全国书画展;

二〇〇一年,《漓江渔歌》入选中国美术家协会和海峡两岸交流协会主办的全国美展;

二〇〇四年,《鸣秋图》工笔画入选全国书画展并获铜奖;

二〇〇八年,她为航天英雄杨利伟专题创作《红叶鹦鹉》,并被收藏;

二〇一一年,《洗净芙蓉一素花》入选国学典藏书画展;

二〇一四年,《雪莲图》被中共中央外联部作为国礼赠送给苏丹总统夫人……

由于独有的艺术兴趣与天生的艺术气度,她对花鸟人物画的线条造型很快就有了自己敏感与特别的理解。在艺术实践上她一扫陈腐,无规无矩,野性自然,很快也就有了自己的主张。在别人看来,她把传统的"藏而不露,引而不发,水中观月,雾里看花"的美学语境早已转化成了自己笔下的技巧,已经从"传移摹写",上升到了"外师造化,中得心源"有感而发的心灵悟化,进入自由自在的艺术状态。

一位画家说,优秀的画家不是根据某种创作方法或理论进行演绎,而是出于自己对生活的感悟体验,并在其中产生灵感,创造形象,升华意境。即使是写实的作品,其形象的原型虽然来自现实,形象的内蕴和灵魂却是主观感情所酿造的……对她而言,她本来就有着丰富的生活阅历,来自实践的艺术创造使她一向独来独往,充满自信,也更为主观。在画了一阵荷花、牡丹、折耳根、枫叶和鹦鹉之类的大鸟等传统的花鸟画物象之后,她说,她心里空落落的,似乎总觉得自己的心里还有一朵美丽的花儿没有开放。

冥冥之中,好像有一种指引,童年时亲戚送给母亲的那几株雪莲花——那几株"内蕴和灵魂"都嵌入她生命的花朵在她脑海里突然浮现了出来。

由此,她在应邀参加"庆祝伊犁哈萨克自治州成立五十周年全国书画精品展"前往新疆采风写生偶遇大片雪莲花后,两次进入西藏高原,饱览朝思暮想、神秘莫测的雪莲花的举动,不能不说是一种神示。

雪域高原,风雪无常。

她久久注视着面前的雪莲花——那一朵朵姿态奇特的雪域之花,她目睹着灿烂的阳光融化覆盖在花柱上的积雪,雪莲花露出了那神秘的花蕊和花瓣,而浑身生长的细密的长茸毛,又紧紧地护卫着它。洁白如蚕丝般飘逸,婀娜多姿……

跪在雪莲花前,她轻轻抚摸着,如久别重逢的情人,长久不起……跪着跪着,她心里一亮,突然明白自己就是为了画雪莲花而生。

在她的笔下,雪莲那一朵朵被神秘的环境催生的奇特的花形,立即以不同的视角展现出来:或迎着朝阳,亭亭玉立,绽放于高山之巅,像仙界的桂冠;或出浴于月亮地里,随雪而眠,像是进入一个神秘、恬淡的梦境;或随风飘逸,众花浮沉,似天山魔女的一缕缕长发;或静思如蚕,那绿色的枝蔓茎叶里,像有无数条的河流、血液涌动……

鲜明的高原雪域,雪莲神秘而圣洁的品质、不畏风霜的坚韧情怀,使她的心里充满了感动。她以典雅的色彩、简洁的手法、独特的技巧小心翼翼地表现着。生于严寒,长于严寒,耐寒耐渴,不畏风雪,正在不断受到信徒的顶礼膜拜与敬畏的雪莲花,仿佛是圣殿里的莲花盛开在她的心灵上,一种宗教,神秘而灵性的光芒布满了她的画面……

由此,她以雪莲花为题材创作了近百幅作品,成了为雪莲花传神写照的第一人!

她说,现在她比谁都知道雪莲花了。

雪莲花大多生长在高海拔的山上,只有流石滩一类恶劣的环境,才能孕育出造型独特的雪莲花。在植物分类学中,雪莲花隶属于菊科凤毛菊属——全球有近四百种,是个大家族。《中国植物志》收录的有二百六十四种。清朝赵学敏编著的《本草纲目拾遗》中就有关于雪莲花的记载:"产伊犁西北及金川等处大寒之地,积雪春夏不散,雪中有草,类荷花,独茎,亭亭,雪间可爱。"在很多地方,人们将雪莲花称为"雪荷花"。

好一朵美丽的雪莲花!

"你从遥远的天山走来/雪山上是你美丽的家/你是世上最圣

洁的花/你把我心也融化/冰山上的那朵雪莲花……"从她的画室里走出,隐隐约约地,我好像听到有人唱着《雪莲花》的歌。

2015年8月21日,北京寓所

为大地上的生灵吟唱
——苗秀侠及长篇小说《农民的眼睛》

知道苗秀侠是好多年前了。在我家乡那个依江而在的小城,她的文学才华与浪漫爱情很让人羡慕——因为文学,她当年从安徽的北方嫁到安徽的南方,在南方的小城里,她结婚、生子、写作,然后又携夫带子回到故乡,几经辗转,到省城工作……我们虽然没见过面,但她一直生活在我们一些朋友的传说里。等到和她真正见面时,她已在一家文学杂志社做编辑了——她青春全部的浪漫与苦闷、欢畅与痛苦,我只能在她的散文集《青梅如豆》中品味,且长久地存在于一份心照不宣的想象里。

依照青春年少时对文学的莽撞的追求,她由热爱文学而当上文学刊物的编辑,已经是人生的一种莫大的幸运——由当年的作者变成编者,在很多人眼里也算是圆了文学梦吧。我不知道她是否这样想过,但有一点可以肯定的是,她从没放弃过自己的文学创作。在一些文学刊物上,我经常能读到她的一些小说、散文,还读到她的散文集《青春的行囊》、中短篇小说集《遍地庄稼》、长篇小说《农民工》……由此,她也获得了一些文学奖项,上了鲁迅文学院,成了安徽省第二届签约作家……仿佛是为了保留早年赋予我们的传奇与友谊,在一段时间里,我总默默地关注她的创作,为她在文学创作上取得的成就感到由衷高兴,并期待着不断地读到她的新作。

继长篇小说《农民工》(与人合著)后,《农民的眼睛》算是她第二部姓"农"的长篇了。在这部小说里,她写"农民的眼睛"。我以为是写我们的衣食父母——那个庞大群体的"眼睛"。但不是,她写的是一位名叫"农民"的乡村医生。于是,在她的笔下,那个乡村医生的眼睛不再寻常,而是有些纯朴、辛辣,还有些庸常、唠叨。在他的眼睛里,大片的农田被开发商的楼盘和高速公路占用,土地严重流失;建造的工厂对村庄的水土造成永久性污染;失地农民揣着挣钱盖房的梦想出去打工,留守在乡村的老人和孩子因心理缺失而出现精神空虚;殡葬制度要求统一火化与老一辈农民"入土为安"的观念相互矛盾着,而又调和、斗争……农大花、老财迷、老木锨、八脚、二杆子、房箔爹等各色人物一一登场。一个人物就是一个故事,作者以淮北平原为背景,通过一个"农民"的眼睛,把中国乡村的现状诚实而深刻地展现了出来。小说虽然不是鸿篇巨制,却有着故事与人物的相互辉映,充满着生命的原始的力量。在这里,那个活了六十年的"农民"的眼睛从未有过地清晰,充满了故事和层次,不仅映射着乡情与民风的纯朴,更真实地再现了乡村尖锐的矛盾和真实的痛楚、撕裂和凋敝。

"《农民的眼睛》噌地生长出来,不亚于淮北平原上的麦稞,茁壮,坚定,昂扬。"苗秀侠回顾这部长篇小说的创作时说。实际上,在这之前她已完成了中篇小说《遍地庄稼》、长篇小说《农民工》、中篇纪实《迷惘的庄稼》等庄稼系列作品的创作。她说,完成这几部作品后,她开始了在庄稼地里行走的行动,这时,她便看到了这一双"农民"的眼睛。

也是,这部小说好像就是土地里生成的。这个名叫"农民"的人首先就有故事,他的父母亲在二十世纪六十年代相继遇难。而他这个地主的后代——"地主羔子"却在善良的村民们的帮助下,吃着百家饭长大,而且一路初中、高中地念了过去。知识青年小晴的到来成为他生命中的亮光,他努力学着讲普通话,学知青们的样子刷牙,想融入知青的圈子,试图摆脱农民的身份,向城市文明靠拢。但不幸的是,他的这些努力最终还是宣告失败。为此,他喝了农药,幸而又被村民救了回来。经过这次事件后,他似乎找到了自己的"根",便安心地在乡村生活,终于成长为一名远近闻名的乡村医生,为那些生了"孬疙瘩"(癌细胞)的村民看病。如此,整部小说夹杂着人性的悲悯与温情的岁月变幻,在这位遭受巨大打击的乡村医生的眼睛里,一个片断、一个故事地呈现。通过"农民"这个人物的人生走向,作者直面当下乡村现实,揭示出了中国当下乡村存在的问题,从不同侧面向读者呈现底层生活的真相。这种真相其实就是改革开放三十多年来中国乡村变异的现实生活。

"我不是个合格的农民,不会种地,也不懂农具的使用,可是,我喜欢听庄稼生长的声音,喜欢闻麦粒的香……"在一篇题为《为土地上的生灵而写》的创作谈里,苗秀侠曾这样说。生于乡村,她喜欢庄稼,喜欢行走在庄稼地里,喜欢听庄稼生长的声音。在南方小城待了几年后,她一身疲惫地回到了她的淮北平原,这样,就使她有机会审视故乡,甚至倾听那些声音了——在这些声音里,我想,她脑海里拂之不去的恐怕也有当年她家乡的村井台边,一个老地主经常给大家讲"三言两拍"故事的声音。她说,那个地主每每开场,必先说"话说",因此"话说"这个口头禅成了当年全村人挂在嘴边的话——我们现在读这部《农民的眼睛》,就感觉这"话说"也成了这部小说叙事的一部分。这怕是她自己也无法预料的。

一个喜欢在庄稼地里行走的作家,当然是在自觉地寻找生活的养分。二〇一五年冬季的某一天,我和剑坤等几位当年一起写作的朋友,与她相遇在她现在挂职的地方——她心目中的皖北大地。她告诉我们,早春的时候,她站在皖北平原上,望着面前一望无际的青麦,一个声音就在她心里响了起来。她知道,这是皖北大地在呼唤她,是遍地的庄稼在呼唤她。于是,长篇小说《皖北大地》就深深地浮现在她的脑海里,听着如同庄稼一样的小说生长的拔节声,她下决心记录好这来自土地深处的声音,为大地上的生灵再献一曲自己的颂歌。

2015 年 12 月 7 日下午,北京煤炭大厦 1805 室

秋山响水

我对山水总有一种割舍不掉的情缘。所以,当朋友邀我到天柱山卧龙山庄住上一宿时,我就不假思索地同意了。到了卧龙山庄,闻着木屋散发出的杉木的清香,站在山庄的走廊上,眺望着那澄碧的天空、起伏不断的连绵群山,一种好久不曾有过的和谐与宁静立即布满周围,心中陡然就有一种既熟悉又陌生的生命颤动。

我们是下午时分到达卧龙山庄的。其时,几抹红霞还灿烂地挂在西边的天际,天柱峰、飞来峰、蓬莱峰静默无语,在夕照里兀自泛着白光。特别是天柱山主峰,那被唐人白居易引以为豪的"一峰擎日月"的雄壮,在这个角度望去就平白地减去了几分。尽管我知道"横看成岭侧成峰"的道理,但我没见过天柱峰这个模样,心里忽然被生命的另一种可能冲撞着。抬眼望去,面前山峦逶迤,层层叠叠的树林交柯错叶,或绿,或黄,或红,或紫。有的澄碧透亮,犹如汹涌着的大海波涛,由浅渐深,由深而浅,向山脚下缓缓地推去,让我内心暂时获得少许的安慰,只得诧异于天柱深秋的深深深几许了。

隐隐约约地,传来一种声音。我以为是谁在树林里弹筝抚琴,仔细一听,却是溪水的响声。顾不得休息,便唤来朋友循声找去。只见山庄右侧树木丛林,枝条轻扬,掩映着山间小道,沿小道有一条跌宕起伏的溪流蜿蜒着。于是,我们就沿着小溪的两旁走。山幽林密,泉隐其中,水声淙淙。溪岸两旁,繁密的枝叶虽已凋落,但枝条勾肩搭背,却在头顶上搭起了参差斑驳的穹顶。倏忽间,林木疏朗处突然闪过一泓澄澈的溪水,溪床上细沙乱石,纤尘不染,水底的树叶纹脉清晰可辨,那汩汩的水声好像响在别处。风过树林,树叶哗哗作响,茂密的枝叶丛里又显出一汪清泉,像一位羞涩的少女眨着眼睛,溪流异常清冽,奔突的水声也越发大了。

一路走着,一路就沉浸在溪水的声响里。忽然看见一块巨大的石头,袒胸露腹地平躺在溪间,上面刻有"观山听水"四个红漆大字。我立即跳跃着跑到那块石头上,双手合十。静坐了片刻,心里突然冒出了"秋山响水"的句子,于是对朋友认真地说:"我觉得面对这一座秋山、这一条响水,不要刻意地去观听,心中便能感受到一种宁静。"朋友点头称是,笑着说:"你还真说对了,这条水就叫作'响水'!"

响水,多么好听的名字啊!

于是再走一次响水——好客的当地朋友知道我们来,第二天特意赶了回来。先是开车陪我们走到响水溪的下游,然后从溪沟里溯源而上。秋天,溪水已瘦,看那一泓溪流依岩傍壁,或飞湍直下,或曲折逶迤,更多的在溪床岩石间盘旋不已。有一缕浅而明净的白练,从苍青的山间流淌而下,然后又从石褶皱里潺潺而出,遇顽石则回流成漩,咽咽地漫漶而流;过平坦舒缓处则泠泠淙淙,发出美妙的声响……头一天所见的溪流,如果说还有点像柳宗元游过的小石潭、苏轼游览过的承天寺的意味,那么此时的响水溪便是大开大合,大起大落,跌宕有致,有些春水澎湃的意思,让人觉得是地道的响水了。

抬头看天空,溪流两侧森林满岸,葱郁茂密,天空仅现一线。大峡谷刀砍斧削,直劈千仞,真有一种"一夫当关,万夫莫开"的雄伟气魄。置身谷底,让人无端地生出感慨,一下子觉察到生命的渺小来。

一阵小心翼翼,一阵欢呼雀跃,我们在溪沟里走了一程又一程,终于觉得面前的出口赫然在目,以为这就走了出来。但走上前去,一线流泉叮咚有声,眼前却没有了路——只好等着朋友过来,逆着水流,在石头的洞隙里缩头勾背,如蛇状爬行而出。"山重水复疑无路,柳暗花明又一村。"念着现成的诗句,我们依次步入刚走过的石级,心中有些胆战心惊,还有些莫名其妙的感动,有一种与大自然渐渐地融合在一起的欢愉。

山水总是有灵性的。

坐落在北回归线上的天柱山,因这一纬度的神秘,自有别样的灵性。这里峰幽林密,水源充沛,山高水长。山水有着天地的庇护,草木受了泉水的滋润,春绿夏凉,秋黄冬藏,一年四季都生机勃勃。回到卧龙山庄,远远再望一眼响水大峡谷,只觉天柱秋山巍巍,连绵起伏——我知道,有一条响水溪被葱郁、壮观的林木覆盖着、遮蔽着,流水有声,那就有一种深邃、丰富的静谧了。

静静地凝望着天色、山影和森林,我浑身打了一个激灵。突然想,这么多年过去,天柱山让我魂牵梦绕的究竟是森林、峰峦、流泉,还是那杂糅在一起的浓浓的乡愁?

2015年12月9日下午,北京寓所

改变世界的很有限,能改变多少是多少
——独立纪录片导演、摄影师王久良印象

1

有人说,王久良就像骑一匹瘦弱老马的堂吉诃德,戴着破旧的头盔,挥舞着一柄生锈的长矛,嘴里哼哼着"为了光荣的使命,即使向地狱进发,也毫不退缩",似乎学着中世纪的骑士游侠,要打抱不平,除暴安良。

"骑着墙头当马匹,拿着秫秸当杆枪。"小时候母亲找人给他算命,算命先生在他母亲面前曾这样说他。一语成谶。他现在手中拿着相机和摄像机,不就像"拿着秫秸当杆枪"吗?

说像,又不像。

说像,因为面对北京周边围城般的垃圾和源源不断像冰山一样从海外"漂移"来的废旧塑料物,他一个人举着相机和摄像机,仿佛就是堂吉诃德与大风车在搏斗。说不像,是因为堂吉诃德与大风车的搏斗多少还有一些浪漫色彩,而他手持相机和摄像机与

垃圾的战争却丝毫没有诗意,甚至有些荒诞、悲壮、无可奈何……

"对抗无法匹敌的对手,承受难以承受的悲痛,去往勇者亦畏惧之地。不管多么绝望,不管多么遥远,毫不犹豫地为梦想而战……带着伤疤的人将战斗到最后,直到摘取梦中的那颗星星……"

这是《堂吉诃德·梦幻骑士》里的赞美诗,是人们对梦幻骑士的礼赞。

不知道王久良是否喜欢这首诗。他说:"人一旦心里有个目标,想做一件事,即便是别人看起来很苦的事情,自己也没有很苦的感觉。这就好比一个人进入战斗状态,那种血脉偾张、必须实现的感受,反而觉得很刺激。"他说,他不觉得沮丧,他有着比堂吉诃德更为强大的信念。

四十而不惑。

王久良今年整整四十岁。四十岁的独立纪录片导演、摄影师已经十分成熟与稳重。这种成熟与稳重当然源于他内心清晰且理智的坚持——他说,在某种程度上,这种坚持是因为他骨子里天生有一种倔强性格。

一九七六年,他出生于山东安丘农村,父母都是老实巴交的农民。兄弟三人,他在家里排行老二。父亲虽然识字不多,但崇尚知识,父亲最大的愿望就是希望他们兄弟几个好好读书,考上大学,光宗耀祖。如果说父亲对他有什么影响,那就是他遗传了父亲的"犟"脾气。

这在他坎坷的求学经历中可以略见一斑。

在上大学之前,他就是一位摄影爱好者。他先是在山东济南建立了自己的摄影工作室,高中毕业考上山东的一所大学,可上了一段时间,他便退了学。回到高中复读两个月后,他顺利考入西安的一所大学。但就在西安读了一年多大学后,他又决定报考中国传媒大学摄影专业,于是又回到高中复读。同样是两个月后,他以比别人年长七岁的年龄,成为中国传媒大学影视艺术学院的一名学生。

"从二十岁时起,我没有向家里要一分钱。"尽管有些折腾,但自从在二十岁生日的那天晚上和父亲有了一次对话后,他就开始独立了。他卖菜、做培训、开手机店,以至后来在传媒大学里学习,他都没有伸手向家里要过钱。

说话的时候,我们是坐在北京一家名叫大书房的咖啡厅里。那天,窗外寒风凛冽,屋里却是温暖如春。

2

仔细地打量着王久良,我发觉他并没有山东好汉的强悍,身子骨甚至有些单薄,他穿着随意、朴素。如果不是朋友介绍,我很难想象他是著名的摄影师和纪录片导演,更无法想象他与朋友一起,骑一辆宗申牌摩托车,绕北京城转了三万公里,拍摄一个个垃圾场……后来转战全国各地,又把镜头对准进口的"洋垃圾"。

不是耸人听闻。他说,他所做的一切只是为了告诉人们,在北京鳞次栉比的高楼大厦和光鲜亮丽的背后有着令人触目惊心的一面:"洋垃圾"就像当年的八国联军一样入侵了中国的土地……

"我以前每天就像一条狗,排泄似的在街头各处拍摄照片。"这是日本的摄影大师森山大道说的。森山大道的镜头里没有口号,也没有奇观和煽情,但他那脏兮兮的,摇晃、粗粒子、不呈现事物完整面貌的照片,极具冲击力。

真正成功的作品也许就取决于摄影家与街道擦身而过时的整个生理状态。在大师们眼里,所谓艺术就是在日常生活中创造出裂缝般的瞬间,一窥"异界样貌"。

他们捕捉到这个瞬间,他们就成功了。

我认为,摄影本是人类一种美丽的语言。杰出的摄影师其实就是语言的一部分,甚至是语言的全部,有时摄影作品要比文字更犀利、尖锐与深刻。因为这语言从枪膛里射出,就必须像子弹一样果敢、坚强与有力。

但王久良的摄影艺术道路一波三折:开始到中国传媒大学学习时,他只是渴望做一名摄影记者,一名优秀的摄影记者。为了实现这一目标,在读书期间,他从不放弃任何学习摄影的机会。

出入京城各大商场和各种服装设计公司,像商业摄影师们一样给时尚杂志拍片,产品、服装模特,精心布灯,耐心完成后期制作……大学四年,他几乎是靠商业摄影支撑自己完成了学业,尽管实现了他不向家要钱的承诺,但这样做让他的情绪经常陷入一种"分裂"的状态。他越拍越害怕。他觉得自己不需要这种生活,他需要有自己独特的表达。

重拾记忆中的事实,他说:"我对土地以及山山水水、草草木木有着极其深厚的感情,我宁愿相信万物有灵,而且相信它们蕴含着故事……然而我感到了惶恐……钢筋混凝土正在蚕食散发清香的土地,那些原本生长于土地上的花鸟虫鱼草木藤蔓正在遭到驱逐,连同它们的故事也这正在被这个电玩时代所抛弃……"

由此,他开始做起流行的观念摄影。

把镜头与视线从产品与时髦的模特身上移开,转向乡情民俗之的鬼神、明器之类……他用一整年时间,拍摄出《飞奔的纸马车》《赴约的稻草人》《阴亲(冥婚)》《灵魂出入》等作品……这些作品的拍摄与探索,让他获得不小的成功:《往生》在二〇〇七年平遥国际摄影大展、中国安吉高校影像大展以及二〇〇七年EIZO年度摄影大展中获奖;《摄影之友》杂志评选他为"二〇〇七年度最重要摄影人物"。二〇〇八年,在平遥国际摄影大展上,他获得了"中国优秀摄影师评委推荐奖",一组作品甚至卖出了三五万元的价格。

著名的摄影批评家鲍昆对他的创作给予了高度的赞赏,说,鬼神文化是农业封建社会人们虚幻的心灵鸡汤,王久良将他幼年的记忆以情感摄影的方式重现,非常准确地再现了因为城市崛起而慢慢消失的鬼神氛围,从而唤起了人们相类似的经验记忆……

这是个迷人的世界。创造这个世界一定具有罗琳写作《哈利·波特》时的那种快感,因为"他进入了另一个时空"。

3

如果不出意外,这"另一个时空"还会给王久良带来持久的艺术快感和方向。

但时间到二〇〇八年,王久良的摄影眼光到底发生了变化。

这年春天的一天,为创作摄影作品《鬼神信仰》,他回了一趟山东安丘老家。走在家乡那熟悉而陌生的田间地头上,他突然发现,家乡水塘里以前游弋的鱼、蝌蚪、青蛙什么的,现在都没有了,乡村大地上到处都是人们丢弃的花花绿绿的塑料袋。乡村尚且如此,那么人口密集的城市呢?他心里倏然一惊。

一切的转变都源于人的内心。

正当他的摄影题材处于转型期,内心发生急剧变化的时候,二〇〇八年九月,在平遥,他又见到了恩师鲍昆。相处一室,他彻夜难眠。晚上,他把自己关于艺术摄影的想法和在家乡看到的情景跟恩师说了。他认为,他正拍摄的鬼神故事跟当下人们的生活、生存关系不大,缺乏现实意义。它只是自己的一种精神创作。面对社会,他束手无策。

谈着谈着,他泪流满面。

鲍昆老师鼓励他"睁开眼睛去认真审视你周遭的世界,让你的摄影与他人发生关系"。最后,他们把话题共同定格到城市的垃圾上。王久良说,上大学时,他就知道位于北京五环和六环之间的一个个大型垃圾场。面对那些垃圾场,他不能无动于衷,他必须了解它们,将镜头对准它们,对准那正在被垃圾所吞噬的环境。

这一条可行的艺术之路,差不多奠定了他新的摄影方向。

在一年半的时间里,他以自由摄影师的身份跑遍北京周边大型垃圾场,拍摄了五千多张照片——这时他才知道当时北京有四百多个垃圾场,却只有六座垃圾转运站、十三座垃圾掩埋场和三座综合处理厂。数不胜数的野垃圾场里到处是野火、浓烟,伴着刺鼻的气味,把北京城团团地围住,北京一时"垃圾围城"。

"说我有点堂吉诃德,应该就是那时候。"他说。

用最便宜的胶卷,吃最便宜的快餐,住最便宜的房子,饱受垃圾的"熏陶",甚至在垃圾场被刺鼻的臭气呛得几乎窒息和流泪……但他没有想到,垃圾背后存在的复杂的利益链条,让他遭到了许多人的憎恨。甚至有人还提刀撵他,放狗咬他……种种遭遇让他感到辛酸,感到错愕。

幸好他不是堂吉诃德,他要比堂吉诃德幸运——

二〇〇九年十二月,在广东连州国际摄影家年展上,他的摄影作品《垃圾围城》获得年度杰出艺术家金奖;二〇一〇年十二月十八日,备受瞩目的"2010色影无忌年度影像奖"在北京揭晓,他夺得"年度摄影师"大奖。专家们授予他的颁奖词是:"用最简单的影像,呼唤了摄影观看的本质和人们渐渐忘掉的良知。他还显示了当下毫无背景的民间独立摄影师在商业文明和消费至上时代坚守的专业品格和揭示问题的能力。"

在一篇题为《现代的皮屑》的文章中,鲍昆说:"我们在无边无际的垃圾之后看到的是那些现代景观的崛起,它们是那么美丽妖娆,甚至让我们忘记了自己正在被垃圾所吞噬。"

他的作品不仅受到艺术同道们的赞赏,《垃圾围城》的拍摄还推动了政府新的决策。据说,当年北京市宣布投资一百亿元,用五到七年时间治理完成周边近千个非正规垃圾填埋场。"垃圾围城"成为那年环保的热门词。

4

　　摄影作品的价值就在于能够依托社会现实,通过改变公众的精神世界改善现实世界。比如,美国摄影师雅各布·里斯早在一八九〇年就以记者的身份,拍摄了《另一半人怎样生活》,揭露纽约贫民窟的真实生活。其他如刘易斯·海因的《童工》、尤金·史密斯的《水俣》、里斯·乔丹的《垃圾方阵》、解海龙的《大眼睛》以及赵铁林、卢广等人的作品,都以强烈的视觉和规模冲击着人们的神经……

　　由于《垃圾围城》的拍摄成功,他一下子声名鹊起。随着知名度的提高,随之发生的种种故事,对他的人生也产生了深刻的影响,让他的生活有了改变。一时间,他陷入艺术与非艺术、环保者与非环保者舆论的旋涡。

　　但他没工夫理睬这些。他这时候看重的是他和周边人们的生活的细微变化。比如,和他在一起工作的纪录片摄像师不再吃肉,家人和朋友看到片子后自觉不自觉地都向环保方向靠拢。这变化的另一方面,便是他对人类面临的生存环境有了更为深刻的理解,嗅觉也更灵敏。

　　二〇一一年,在美国加州伯克利市垃圾回收中心参观访问结束后,美方人员指着正要运走的集装箱货车说:"你看,那就是要运往你们中国的。"

　　伯克利市垃圾回收中心的垃圾,都是生活垃圾。现在,这些美国人不愿处理的垃圾,正在通过集装箱源源不断地运向中国……不经意间发现的这个事实,使王久良陷入了沉思:这些垃圾运到中国后怎样处理?难道我们处理垃圾的水平高人一等?

于是,他盯上了从国外进口而来的塑料废品。经过一年时间的追踪与调研,他开始了《塑料王国》事实真相的拍摄与制作。

这部纪录片二〇一二年五月三十日开机,到二〇一四年九月结束。

"在拍摄现场,我们明明知道那些塑料的烟气有毒,可我们还得强忍坚持。拍摄没过半年,我的脸上就生了一个大大的氯痤疮(注:氯痤疮是一种可伴有全身中毒的职业性痤疮,系接触各种卤素化合物所致)。直到现在,眉心上还有一个明显的疤痕,这也算是《塑料王国》给我留下的纪念吧。"指了指自己的眉心,他说,"令人欣慰的是我亲眼看到并拍摄下来,这足以说明一切。"

在这些镜头里,有孩子吮吸从垃圾堆里捡到的注射器,有母亲在垃圾堆旁给褴褛中的婴儿喂奶,有老妪为清理瓶子而被瓶中流出的液体瞬间腐蚀掉一截手指,有孩子受伤的创口正被母亲的手护着,母亲手上还戴着分拣垃圾时常戴的手套……一个小男孩在"洋垃圾"中捡到一张新的来自荷兰的手机卡,出于好奇把卡装进自家的手机,很快就收到一条短信:"Welkom in China(欢迎来到中国)"……

不只是美国的垃圾,有段时间,千万个垃圾场除了土地是中国的,里面堆积的全是带有洋文的垃圾。如果细心,还能真切地在里面追寻到一些国家的各种家庭生活图景……

这一幅幅荒诞不经的画面,让人触目惊心,又充满了巨大的讽刺。

《塑料王国》这部片子最终完成于二〇一四年。在这年的最后一天,他以访问学者身份重回伯克利分校进行为期半年的学习。为了让美国民众了解他们的垃圾给大洋彼岸的中国人带来怎样的伤害,他在纽约、旧金山等城市播放了这部纪录片。

在伯克利,出现在纪录片中的伯克利市垃圾回收中心的那位负责人丹尼尔看了后,说:"现在我们看到了,我认为大家应该看到这些。"

丹尼尔的话,使他充分意识到,美国民众关于垃圾产业链中的道德伦理选择,也许会成为促使美国垃圾输出行为改变的一种力量。

当然,他的思考还没有停止。他不仅在思考如何处理垃圾以及"打"好反对进口这种"洋垃圾"的世界战争,他仿佛还在思考一个更为终极的命题——在消费主义时代,人究竟拥有多少物质才算够?

"我很想做一个展览,名字就叫《超级市场》。货架上摆满的不是新商品,而是喝完牛奶的空盒子、吃完冰淇淋的塑料桶什么的,总之,让垃圾填满货架。"他希望通过这种展览,让人们在垃圾的问题上不断审视自己的消费,而不是天天抱怨环境如何变得糟糕——他试图让浮华喧闹的消费快车跑得慢一点。

这当然有点理想主义,也有点堂吉诃德。

但他说:"能改变世界的很有限,能改变多少是多少!"

2015 年 12 月 15 日至 16 日,北京寓所

砖塔胡同九十五号

砖塔胡同九十五号,早就湮没在都市的现代声浪里了。但朋友约在附近的砂锅居小聚,看看时间还早,我就不由自主地走了过去——那里是小说家张恨水先生的故居。十多年前,我带一位诗人慕名寻访时,因有了拆迁的风声,胡同九十五号早就露出一派凋敝之相。在附近饭店上夜班的一些女工住在那里,院子里晾着衣裳,花花绿绿的,散发一股浓烈的香水味,一片狼藉。诗人感慨不已,为此写了一首诗:

轻叩着九十五号/那扇漆迹斑驳的门/恨水/恨水先生/叩七七四十九次/只有老树在院内点头/九十五号无人回应/呵/想起来了/先生背着手上街/已走了四十三个秋春/屋里住的/全是进京打工的女人/和她们的啼笑因缘/京华春梦……

我第一回走进砖塔胡同九十五号,是二十世纪的九十年代。

那时,九十五号住的还是恨水先生的家人——他的小公子张同一家。张同尽乡亲之谊接待了我们。也就在那回,我知道恨水自二十四岁到北京,一生在北京居住的地方很多,砖塔胡同却是他生命终止的地方。抚摸着先生当年亲手种植的黑枣树,我们兀自在树下徘徊唏嘘,仿佛感受到这位大老乡的体温与气息……

恨水北漂,以办报为业,以小说成名。抗战时期,他因上了日本特务的"黑名单",被迫离开北京,辗转至重庆。抗战胜利后,他全家回到北京,先住的是北沟沿甲二十三号的一套四进的大四合院。据张恨水之子张伍回忆,那院子有三十多间屋子,"院子里的树木多,每进院子都有树",中院为恨水的书房和会客厅。张恨水喜欢莳弄盆木,买了不少花草点缀院落——"晨起,新绿满院,小步徘徊,首拂低枝,风飘下两点三点雨,诗意盎然",这是恨水先生当年对院落的描写。那时,他有《新民报》报馆的固定工作,写的小说稿酬又高,一家十几口人衣食无虞,其乐融融。

从北沟沿搬进砖塔胡同是二十世纪四五十年代的事——一九四九年,恨水先生在大中银行的全部存款被经理王某悉数卷逃。当年六月,他突然得了脑溢血,半身不遂,无法写作。尽管政府按月给他家补贴,对他的生活也有安排,但他十几口人的大家庭,顿时失去主要的经济来源,家里经常入不敷出……张伍先生回忆,他母亲为了不让父亲有思想负担,安心养病,便张罗卖掉了北沟沿的大房子。同时,考虑到父亲书多,若往远处搬家,既麻烦又容易丢失东西,所以就近选择了砖塔胡同——砖塔胡同九十五号原来是四十三号,当时,他家买这房没有用钱,用了"二厂五福布一百五十尺"。

至今,张伍先生还保留着母亲遗存的一张买房契约。

相比北沟沿甲二十三号院,砖塔胡同四十三号院小了很多,共有北房三间,中间是客厅兼饭厅,西屋做卧室,东屋做书房兼卧室,另有南房三间、东西厢房各两间。恨水的妻子把买房剩余的钱一部分用来改善生活,闲暇的时候,和恨水先生一起种花养草,很快就把院子拾掇得干净、美丽而温馨……幽深的胡同里,有生意人美妙的吆喝声,附近又有同和居、砂锅居、西四牌楼、白塔寺、北海,逢年过节,他偶尔在饭馆里打牙祭,或带着孩子们看花灯,逛庙会……等身体逐渐恢复后,他不想伸手向政府要钱,便开始写作。

刚搬进砖塔胡同时,恨水写过一篇题为《黑巷行》的散文,记叙砖塔胡同。

出我的家门,黑的走上门前大路,上闹市,又要穿过一条笔直长远的大胡同,胡同里是更黑,我扶手杖,手杖也扶着我。胡同里是土地,有些车辙和干坑,若没有手杖探索着,这路就不好走。在西头遥遥地望着末头,一丛火光,遥知那是大街。可是面前漆黑,又加上几丛黑森森的大树。有些人家门前的街树,赛过王氏三槐,一排五六棵,挤上了胡同中心,添加阴森之气……再走一截,树荫下出来两个人,又吓我一跳。一个仿佛是女子,一个是手扶自行车的。女的推开路边小门儿进去了,自行车悠然而去。此行不无所获。我没出胡同,我又回去了……

在他的笔下,停电的夜晚,砖塔胡同是荒凉、落寞的。这似是当时砖塔胡同的真实写照,抑或是他病后的心境流露。但在生命的最后岁月里,他一直没有离开砖塔胡同,在砖塔胡同一住就是十六年,直到生命的终点。

于他,砖塔胡同是有过一些温情的。

"文革"爆发后,砖塔胡同里很多人家被抄家。他担心自己的藏书被抄走,想挑些破书烧了,挑来拣去却一本书也舍不得烧。孩子们让他将书藏在床底下,他说怕潮;塞进米缸里,他又怕脏……最后还是决定将书放回书柜里,在玻璃柜门上糊上白纸,算是"藏"好了。有一回,红卫兵闯进他家,他从书柜里拿出周总理签名的文史馆馆员的聘书,告诉红卫兵,是周总理让他到文史馆去的,这才吓退红卫兵。后来,上面规定抄家要有单位、派出所、居委会的三方批准,即"三结合"。红卫兵再来抄家时,居委会的大妈大嫂就大声嚷嚷:"张先生家我知道,他们是好人,除了书,没有别的!"都给挡了过去。

在那荒唐的年代,由于居委会的保护,他们家竟然奇迹般地安然无恙。

在砖塔胡同里,来来回回地走了几遍。这次,我真的就找不到砖塔胡同九十五号了。询问一位戴红袖章的老大爷,他用手指了指,说,砖塔胡同九十五号院现在就是居委会的办公楼和地下车库……说话间,一辆小车正从那地下车库里疾驰而出。想起居委会大妈大嫂们当年对恨水一家的照顾,我默然一笑。

2015 年 12 月 25 日下午,北京寓所

人性温暖与善良的书写
——读刘庆邦长篇小说《黑白男女》①

这不是一部在情节上有着大起大落、大开大合的长篇小说。但事件的起、落、开、合是这部小说的开始和背景。这部小说,刘庆邦一如既往地,用绵实的笔法,丰富、鲜活的细节,书写出了大灾后的一种特别的生活状态——大灾之后的一个独特的群体,大难之后一群还要继续走下去的人。

"在井下干活儿的男人,被人说成黑男人……有的女人脸蛋子长得并不白,皮肉也不细,但在矿工眼里,她还是白女人。"(《黑白男女·开头》)。在小说的开头,他开宗明义,交代了这部小说取名为《黑白男女》的原委。"有一个叫龙陌的大型煤矿,在秋后的一天夜间,井下发生了瓦斯爆炸,一次炸死了一百三十八名矿工。"然后,他抑制住自己内心的痛苦,平静地叙述着——说他"抑制"自己的痛苦,是因为,在那一段时间里,他所目睹的瓦斯爆炸

---

① 此文是 2015 年 12 月 18 日在刘庆邦长篇小说《黑白男女》研讨会上的发言。

这种灾难太多了。

一九九六年,河南平顶山十矿发生了一次瓦斯爆炸,死了八十四个人。那回他写出了报告文学《生命悲悯》。"煤矿出了事故,老算一些经济账,说经济损失了多少。但人的生命是那么宝贵,怎么能换算成经济损失,不算人的生命和精神以及心理上的账?"对于工亡事故的处理,他第一次发出了生命的追问。

特别是河南郑州的大平矿,那是他曾工作过的地方,可以说是他的故乡。他清楚地知道,那些矿工生龙活虎,生前每个人都是家里的一根根顶梁柱。死亡的突然,每一位矿工之死涉及的并非只是一家一户,而往往是一大片。还有,矿工遇难,工亡家属们怎样继续生活?他觉得他要写这样的小说了。"如果不写这部小说,我会觉得愧对矿工,也对不起自己的良心!"他说。

终于,借助定点深入生活的机会,他在故乡河南的大平矿体验了这种"后矿难"生活,并开始创作这部长篇小说《黑白男女》。

黑白男女,芸芸众生。在龙陌矿这个世界里,四五个工亡矿工家庭一一出场,这些家庭因为共同的命运,留下了一群失去了丈夫的女人。年迈的父母双亲、孤儿寡母……他们面临的都是一样的生活和情感的艰难重建。

这部小说,他没有直接写矿工本身,写的是工亡矿工的家属;他没有直接写到矿井,写的是矿工家庭的日常生活;他没有直接写到矿难,却写出了龙陌矿爆炸后底层百姓生活的艰难……老矿工周天杰失去儿子后,千方百计想保住自己的孙子。要保住孙子,他就要保住儿媳。而儿媳不仅没有丈夫了,哥哥也在同一场事故中丧生。儿媳的嫂子带着孩子另嫁他人,家里只剩下两个患病的老人,这使儿媳的抉择难上加难。

卫君梅失去丈夫后,小叔子一家想把她从老宅赶走,但她拒绝改嫁,决心自己把两个孩子抚养成人……小说通过对日常生活的记叙,展现出了这一群人的悲喜人生,这样的人生有着生活的辛酸,也有着人心的甘甜;有命运的退缩,也有人性的尊严。

小说总的基调是温暖的。

这种温暖就因为人性的善良。善良使周天杰慈祥而宽厚,善良使卫君梅坚强而执着,善良让蒋妈妈仁慈而博爱……在这个一片善良的世界里,那个深爱卫君梅的蒋志方,甚至连龙陌矿工会的洪主席,都在用人性的光辉呵护他们,呵护一个个被瓦斯爆炸弄得支离破碎的家庭。无论是秦风玲、郑宝兰、王俊鸟,还是诸国芳、杨书琴……这些失去丈夫的女人尽管各有想法,各有心思,但她们都是善良的,她们善良得只是乞求能够过上自己简单、平静的生活……甚至,作家的笔调也是善良的,作家善良得很不忍心把她们称作"寡妇",而把她们都当作有血有肉的年轻而美丽的生命来书写。

善良就这样构筑着人性的温暖。

生活也还在继续。比如,卫君梅要面对申应娟与蒋志方,郑宝兰要面对"一个瘫了,一个瞎了"的父母,秦风玲要面对尤四品与陶小强……在这个黑白的世界里,男男女女还要继续过平凡的生活……作家说,在写这部小说时,他想在境界上力求做到大爱、大慈、大悲悯,在写作过程中力争做到日常化、心灵化、诗意化、哲理化。

我觉得他说到也做到了。

小说浑然天成,温润如玉。这样的小说好像不是写的,而是自然生成的,是作家心里经过多年思考而自然生长出来的一部书。这种感觉,以前我在读他的一些中短篇小说时就有过,现在也有。

这是一次人性温暖与善良的小说书写,是一部善良、温暖之书。

"由于各种各样的变故,世界上每天都有不少生命突然消失……这种非正常死亡,当然会给死者带来痛苦,但更多的痛苦留给了生者,要由死者的亲人承担。这种痛苦是大面积的,是深刻的,也是久远的。"他说。

这也是他关于事故与生命的又一次思考。

这种思考使小说赋予人心的是一种温暖与希望。

2016 年 1 月 17 日下午,北京寓所

躲进一座山里

孔子说:"天下有道则见,无道则隐。"隐到哪里?躲进一座山里。躲进山里的隐士形形色色,我觉得有意思的是明朝皇帝朱元璋的后人——他的十六子朱权和第九世孙朱载堉。他俩因受皇兄或皇叔的猜忌,远离政治,寄情林泉,当起了皇族中的隐士。朱权喜欢音律,后来成了有名的琴家,还亲手制作了旷世宝琴"飞瀑连珠";朱载堉喜欢音律,创建了"十二平均律",他被人称作一代"律圣"。皇亲血脉,一隐而成了音乐界的"大腕",这不能不说是隐士们对音乐事业的贡献。

"古来圣贤皆寂寞,惟有饮者留其名。"其实"隐"者也能留名。隐者留名,可能是因为他们有满腹才华,因为他们棋琴书画无所不通,因为他们都有绝非凡响的才学。尤其是诗歌,陶渊明的田园诗、谢灵运的山水诗、王维的禅诗,都是因为他们有了山水田园的滋养,才使诗歌有了超凡脱俗的隐逸之美,从而开创一代诗风。也可能是他们的德行,像伯夷、叔齐,两人不满周武王攻伐商纣,发愤不食周粟,一起遁入首阳山,双双饿死;春秋时期介之推,看不惯朝廷中争名夺利的群臣,躲进绵山,宁可被晋文公放火烧死,也不愿出山。再就是隐士们待价而沽的谋略了。比如姜子牙、诸葛亮、王冕、刘基等。这些人生于乱世,期望辅助明主,一扫天下,所谓"姜太公钓鱼,愿者上钩"。至于像"竹林七贤"中的山涛和王戎,隐居便是他们的权宜之计,这种人一有机会便立即出山,为虎作伥,助纣为虐……说起隐士,无非就是那么几种:终生不仕或半隐半仕,先仕后隐或先隐后仕。说到底,除了那些想走"终南捷径"的假隐士外,真隐士不是与当时的政治关系紧张,怀才不遇,羞与朝廷为伍,就是天性自由,不愿被世事羁绊,内心追求自由自在的生活。有的隐士留名,干脆就是由于隐居生活本身。比如自号烟波钓徒的唐代诗人张志和,一隐就隐出了诗意,"青箬笠,绿蓑衣,斜风细雨不须归",你听听,这是何等惬意!

躲进一座山里,不仅是隐士们对自己气节与操守的考验,也是对生命与意志的考验。天下名山僧占多,其实隐士也多。比如庐山、嵩山、衡山、武当山、华山、终南山……这些山因为隐士而闻名,又因山水而吸引众多的隐者。隐士中,富贵者有之,温饱无忧者有之,贫穷者有之。如人称"山中宰相"的隐者陶弘景,他在"陶隐居"里听松涛、看竹影,又与当朝皇帝关系殊深,根本就不用为生计操心。而更多的隐士却只能与鹿、鹤为伴,饮风餐霞,长啸山林。他们躲进山里,首先是因为山林田园最为朴素,最为接近自然天地。他们是隐士,也是草民。民以食为天,所以隐士喜欢自然,只能靠山吃山,靠水吃水。靠水,或独钓寒江雪,或驾一叶扁舟,垂钓烟波;靠山,或采野果山珍,砍柴卖药,或开山垦荒,种树浇园;更有一些隐士浪迹民间,或设馆授徒,或鬻文卖画,或织布卖履,或卜卦算命……守着江湖,终老一生。即便是陶渊明,尽管也有过"方宅十余亩,草屋八九间。榆柳荫后檐,桃李满堂前"的温饱生活,但一把大火烧之殆尽,他也不得不靠朋友的接济,甚至曳杖江村,游走乞食。隐士们天生傲骨,有着孤独、超世、高傲、偏激,一副遗世而独立的超然姿态。古往今来,他们总是不断地渴求精神的解脱、灵魂的高蹈,他们躲进一座山里,有意无意地也在构筑一座生命的大山、精神的大山。

前面说到明朝皇帝朱元璋的两位成了隐士的后人,其实,他的后人中成为隐士的还有几位,比如,他的不知所终的孙子建文皇帝,比如,他的另一位九世孙——自号八大山人的画家朱耷……有意思的是,这位皇帝在位时十分憎恨隐士,为此专门写过一篇《严光论》。史载:严光,字子陵,生在两汉之交,"少有高名"(《后汉书》)。和当时的许多士子一样,他到京师长安的太学学习,与汉室宗室、刘邦的第九世孙刘秀成了同学。刘秀年纪小他很多,心有大志,后来定都洛阳,建立东汉。为恢复汉室,刘秀推行"举逸民"政策,一时间天下归心,很多士子都出山效力。刘秀迟迟未见老同学严光,凭记忆让人画出他的头像,差人去找他。但三番五次,甚至同床共眠,都没有打动他,刘秀只好作罢。后来严光隐居在富春山,在富春江上烟波垂钓,直至八十岁去世。在朱元璋看来,国家正需要人才,你却在那里钓鱼自乐,是置国家利益于不顾,是罪大恶极!他痛斥严光这位隐者,说:"汉之严光,当国家中兴之初,民生凋敝,人才寡少……却仍凄岩滨水以为自乐。……假使赤眉、王郎、刘盆子等辈混淆未定之时,则光钓于何处?当时挈家草莽,求食顾命之不暇,安得优游乐钓欤?……朕观当时之罪人,罪人大者莫过严光、周党之徒。"……时过境迁,九泉之下的他,若得知自己的儿孙中竟有那么多的隐士,该做何感想?

庄子说过一个故事:尧帝晚年想把天下让给隐居在箕山的许由,许由不仅不接受,还认为尧让他出山的话弄脏了他的耳朵,于是跑到河里去洗。尧帝见他这么决绝,只好悻悻地离去。这时,一个叫巢父的人牵着牛从河边经过,他看见许由洗耳朵,忙问是怎么回事。许由便把尧让天下的事告诉了巢父。巢父听了,撇嘴一笑,说:"你快别假充高人隐士了。你如果是真的隐士,自己悄悄地待在山里,谁又会知道你呢?像你现在这样,搞得满城风雨,你好意思说是隐士?"巢父说着,牵着牛赶忙向河上游走去,说,"我的牛要到上游去喝水,别让你洗耳朵的水脏了我这头牛的嘴!……"尽管写《史记》的司马迁认为这事不可信,这故事却成就了庄周哲学关于隐者的一个经典情节——大隐隐于市,中隐隐于朝,小隐隐于山。无论是儒家"达则兼济天下,穷则独善其身",还是道法自然,抑或学佛丛林,在竹篱茅舍、寺庙道观,也都能见到隐士们的身影。儒、释、道三家对于隐士都有着惊人的一致的默契。这也算是儒、释、道三教关系史上一道和谐的风景线了吧?

"松下问童子,言师采药去。只在此山中,云深不知处。"这是唐代诗人贾岛写的《寻隐者不遇》。于我,我还是喜欢贾岛寻访不遇的那位隐者——那样的隐者诗意、神秘、飘逸,是一个真正的隐者。

2016 年 1 月 20 日,北京寓所

食物九记

白　菜

中国人喜欢以"大"自居,什么大中国、大上海、大运河……说起这些大,都有自豪之感,一叫大白菜却有轻蔑之意。物以稀为贵,可见大白菜在所有的菜蔬中是个大路货,是稀松平常之物。说所有的菜蔬,我能想到的有辣椒、莴苣、茄子、黄瓜、豆角、韭菜……辣椒,我们那里又叫大椒,比如,大椒炒肉、大椒炒鱼什么的。白菜炒肉有,但没有白菜炒鱼。白菜炖粉条、白菜豆腐,还有白菜佘肉。我长时间不认识"佘"字,吃一回便问一回,吃完又忘。

小白菜,地里黄,三岁四岁没了娘……南方的白菜似乎适宜叫"小"。小时候,我不知道白菜有大小之分,以为只有小白菜。妈妈手里时常提着一捆小白菜,水淋淋、绿茵茵的,鲜亮得很。特别是小白菜的茎白嫩得透亮。因看的一本书里有一个外号叫"小白鞋"的,好像是个地主婆,我还总把小白菜与小白鞋混淆。后来知道有一部电影叫《杨乃武与小白菜》,在加深对小白菜的记忆的同时,我这才发觉自己的知识和记忆早已混乱不堪。小白菜嫩嫩的,有人就叫"嫩白菜"——说起来,白菜就是这种菜蔬,可以从"嫩"吃到老,吃到只剩下白菜帮子。有人借此骂女人"老白菜帮子",那是骂老了的女人。皮肤白皙、漂亮水灵的小姑娘熬到老,熬成干巴的老女人,就被人说成是白菜帮子。但这只能骂别人家的女人,一骂自己家的女人,肯定就有一场海陆空大战。

那时,我家里油水有限,总觉得妈妈炒的小白菜很"柴"。柴是土话,是说白菜有些干巴,像是没蘸油。但别无他物,妈妈总变着戏法让我吃,或把白菜洗净做成一锅白菜汤,绿莹莹的,让我喝;或挖出白菜洗净晾干,然后腌起来,等到没菜可吃时,做一碗腌白菜,酸溜溜的,吃着下饭。后来吃到韩国泡菜,我心里一愣,小时候,我妈妈也腌制过这种菜,妈妈何曾去过韩国?她连县城甚至也只去过有限的几次。用白菜能做许多菜,醋熘白菜、白菜肉丝,还有让我总念不全的白菜余肉……几乎有上百种吃法。但吃了很多白菜,我还是忘不了小时候母亲给我们炒的白菜。那样的白菜叶子,盛在碗里青葱葱的,让人怜爱。现在有人一说起青葱岁月,我立马就想起小白菜。那用稻草扎着的一束小白菜,绿莹莹、水灵灵的,骨子里就透着清爽,像某位南方才子的文字,干净、养眼。

我从南方到了北方,发现小白菜被人称作"油菜"。有一回到一位朋友家里玩,见他家阳台上堆放了许多白菜,说是为入冬储藏的大白菜。这时我才知道,还有一种白菜叫"大白菜",是可以储藏的。旧时,北京人家总爱把大白菜储藏在地窖里。现在没有地窖了,只能凑合着放在阳台上。新鲜的带着根和老叶的白菜,能储藏一整个冬天。冬天里,要吃那大白菜,就剥去大白菜外边青黄的老叶,露出那被裹着的柔嫩嫩的菜身子。北方人家都把冬天储藏大白菜当一件大事,我当时听了就觉得新鲜,因为在我们南方,白菜是白菜,油菜是油菜,白菜根本不用储藏,想吃就跑到地里随便掐上几把,简单得很。冬天下雪,薄薄的一层雪不用管它,一旦大雪盖住了白菜,白菜努力伸出的绿茸茸的叶片,就像是白雪的耳朵,看主人来掐白菜,就像是揪白雪的绿耳朵了。

北 瓜

淮河以南,长江以北,中国地理上把这一带称为江淮之间。江淮之间虽然土肥物丰,人的身份却有些尴尬。北方人当他们是南方人,南方人把他们当成北方人。当事人自己百口莫辩。当然,有不东不西,就有不南不北。不南不北无妨,不东不西就是骂人了。偏偏有不南不北的人,就有不南不北的瓜,比如南瓜、北瓜。

"北瓜"这瓜名我从小叫到大,可能还要叫到老,突然被人改叫成了南瓜,我听了心里老大不舒服,感觉就像人到中年却无端地把姓名改了。改姓名的也有,但人家心甘情愿。北瓜改成南瓜,就有点让人不情不愿。有一回朋友请我吃饭,听他说上一盘南瓜饼,待端上桌,我看是我熟悉的北瓜饼,不解地盯着他。他也不解地盯着我,好像我就是那瓜——南瓜也有叫倭瓜的。我虽不是倭瓜,但在他眼里分明读出了"倭"字。无话可说。结果是他吃他的南瓜饼,我吃我的北瓜饼,各自心猿意马。

东、西、南、北,奇怪的是都有对应的瓜,但落在实处的只有三样——冬瓜不是"东风"的"东",是"冬天"的"冬"。冬瓜长得横竖一般粗,好看得像枕头,淡青色的瓜面上一层薄薄的霜,似霜降的霜。西瓜好认,我二十几岁才认识。那时,父亲说种西瓜比种稻好,心血来潮地种了一田西瓜,结果让一场洪水淹得烂透了,气得父亲整天唉声叹气。剩下就是北瓜了——北瓜颜色黄爽爽的,有的长得像大葫芦,有的像磨盘,还有的像一口金钟。金钟敲起来声音当当的,北瓜声音却闷闷的,响而不亮。

北瓜饼、北瓜粥、北瓜粑、北瓜饭、北瓜疙瘩、北瓜糊、煮北瓜……在乡下,北瓜被翻做出许多花样。但在我记忆里,北瓜更多的是用来做了猪饲料,喂猪。我们那里人喜欢米饭,也喜欢蔬菜,北瓜顶多用来在灾年救荒时吃。不过,有一种叫北瓜丝的菜,我小时候特别爱吃。北瓜青嫩嫩的,嫩得能掐得出汁时,摘下嫩北瓜,洗擦干净,用刀切成丝状。绿皮黄心的,用热油炒炒,吃在嘴里,鲜嫩可口,还有一种粉粉的味道。后来在北方,我偶尔也吃过南瓜丝。至于像南瓜饼、南瓜粥、南瓜粑、南瓜饭、南瓜疙瘩、南瓜糊、煮南瓜……尽管姓氏早已南辕北辙,吃法却是南北一统了。

有几年时兴说什么浑身都是宝,北瓜也是。北瓜就是个宝。剖开北瓜,剥开瓤子,里面就有星星点点大小一样的籽粒。把这些籽粒掏出来,洗净,放在太阳下晒晒,就是白净净的北瓜子了。白白的瓜子,炒出来香喷喷的。吃在嘴里,上下牙齿一嗑,脆脆的,还有一种吱的声音。过年时,北瓜子是上好的招待客人的东西。主人热情,客人也乐意吃。有女人嗑北瓜子,哧溜一声,壳从她嘴里就噗地被弹出,面前就有一道醒目的弧线,妩媚得很。说女人长了一副瓜子脸,漂亮,那瓜子便不是葵花子,也不是西瓜子,说的就是白净净的北瓜子——葵花子尖尖的、黑黑的,西瓜子黑黑的、瘪瘪的,女人的脸若长得像那样的瓜子,不跑到美容院里整容才怪!

人们在地里收拾干净了北瓜,总会留下特别健康壮实的籽粒,到第二年种在地里,让它发芽。待长出绿绿的秧子,就在山边地头辟开一条条土埂子,叫"北瓜埂子",学名"北瓜垄",再把北瓜秧栽到垄上。北瓜秧在垄上生根,一长开,牵藤挂蔓的,就开着一朵朵金黄色的花儿。花儿鲜艳艳的,像是一只只大喇叭,在地里喧闹得很——吾乡作家说这种黄花招蜂惹蝶,热闹得就像小报娱乐版的明星绯闻。

山　药

在名人的故乡难见到名人,但在名产的故乡肯定能吃到名产。名人有时是故乡荒腔走板的传说,名产却是故乡低头不见抬头见的乡亲,一见面就要寒暄、唠叨。有一回我到了著名的山药产地河南焦作,在餐桌上听几个人窃窃私语,然后又哈哈大笑起来,那神情好像是背后说人坏话——当然,很快我就知道他们不是说人坏话,而是说山药的坏话。说什么坏话,这里卖个关子。

山芋、山楂、山药蛋、山粉圆子……在姓"山"的能吃的特产里,我认识并吃到山药的时间应该很迟,原因便是吾乡不生产这玩意。后来因工作到北方,第一回吃山药似乎是"拔丝山药"。那东西用筷子夹,轻易夹不动,好不容易拉出一条,油光闪亮,状若发丝。朋友看我吃得一筹莫展,就教我把那东西放进桌上预备的一个盛满清水的碗里。顷刻间,那发丝晶莹剔透地就凝固了起来,吃在嘴里脆脆的、甜甜的,因此印象深刻。后来,我知道拔丝类的菜还有拔丝苹果、拔丝地瓜、拔丝香蕉……这些拔丝味道大同小异,拔丝山药并没有显出什么特别。

山药与山芋差不多,普通的吃法是洗净、去皮、切片,放在米里一起煮粥。煮大米、小米粥都行。两种山药粥各有所长。白片状的山药隐在大米粥里,用筷子或勺子一翻,山药立即现出身子,仿佛"浪里白条";小米粥里的山药,在黄米里显得有些异样,有一种"独在异乡为异客"的不合群。再就是用山药蘸糖吃了。这种吃法一般都在饭店里。山药洗干净,连皮也不刨,就剁成一节一节的。山药一上桌,毛须须的,似有水意,让人感觉它是刚从地里挖出来的,有些自然、乡土的滋味。当然,山药吃在嘴里都是粉粉的、柔柔的。我说"山药怀乡"就是想说这两层意思:一是说山药生长在怀乡(现在焦作一带,即古时怀庆府,称怀乡);二是说,在城市里的餐桌上猛然见到毛须须的山药,让人会平添一种怀乡的感觉。

梁实秋先生写过一篇散文《北平年景》,回忆吃年夜饭。他说:"……年菜是标准化了的……一锅炖肉,加上蘑菇是一碗,加上粉丝又是一碗,加上山药又是一碗……"山药有许多做法,有醋熘山药、蜜汁山药、山药炒肉片等等,但他说山药又是一碗,我私下里认为该是山药煲汤才对。妻子用山药做菜,最拿手的就是用山药煲鸡、鸭、排骨的什么汤。切好刮了皮的山药,又切好排骨或者鸡鸭,再把这些东西一起放进砂锅里,用文火慢慢煲,直到煲出汁味来。那汤轻轻喝一口,味道鲜美,再咬一口山药,山药粉团团的,回味绵长。人们都说舌尖上的美味,我觉得山药煲汤算是一味。

山药本为食物,叫薯蓣,根形似芋,其甜如薯。《神农本草经》将山药列为药之上品,谓"薯蓣味甘温,主伤中,补虚羸,除寒热邪气,长肌肉,久服耳目聪明,轻身不饥,延年"。《红楼梦》里也有用山药制作的名叫"枣泥山药糕"的美食,说是秦可卿在病中所服的一种滋补品。但这么好的滋补品,名字叫得不仅土,还很曲折:先是唐太宗名豫,避讳而改名薯药;后遇宋英宗,又避讳其名曙,这样才改名为山药。我在前面说,有人说山药坏话,其实是一个段子,那段子是说"男人吃了女人受不了,女人吃了男人受不了,男女都吃了床受不了"。这段子有点像谜语,它让人猜着,也让人在不知道山药复杂身世的情况下,就知道了它的暧昧。

土 豆

对于土豆,我是先知道山药蛋,后来才知道土豆这个名字的。这就如同村里一块长大的朋友,我是先喊他的小名,然后才喊他的大名。但没想到,土豆的名号很多,广东人叫它"薯仔",江浙一带人叫它"洋山芋",还有"地蛋""马铃薯""荷兰薯"什么的……这也好比一位作家起了许多的笔名。说来,我之所以知道山药蛋,就是因为喜欢文学,那时文坛上"荷花淀派""山药蛋派"流行,我由荷花淀而知道孙犁,由山药蛋知道了赵树理。

在没有见到山药、山药蛋时,我总是把它们当作同一物种。山药、山药蛋,怎么看,它们也像有紧密的血缘关系,像一对父子或是一对母子。但后来一见,才知道它们风马牛不相及。山药出自本土,山药蛋却是舶来品。就是入菜,山药也是没有人切成丝的。刨了皮的山药黏糊糊的,痒人,切片已属不易。但土豆能切成丝。据说,人们吃土豆一般都从吃土豆丝开始。在用土豆制作的菜肴里,最难做的就是土豆丝。土豆去皮、切片,再切成丝,要刀工好;炒土豆丝时,酱油配料要调配得好;土豆丝下锅出锅,还要火候掌握得好,不然土豆丝就被炒成了黑乎乎的黑糨糊。

我同事里有山西人,我们一起吃饭时,他必点土豆丝。清爽爽的一盘土豆丝端上桌,他就急不可待地倒上醋,吃得津津有味,通体舒畅。除了土豆丝,他也爱吃土豆炒肉片、土豆炒青椒、醋熘土豆片等其他所有与土豆有关的菜肴。土豆,在我是若有若无,于他,却是必不可少。有一段时间我喜欢吃尖椒肉丝,我们一起吃饭时,我为他点一个土豆炒肉丝,他就回报我一个尖椒肉丝。两盘肉丝,惹得饭店里的老板娘一脸的糊涂。我们相视一笑,一种温暖各存于心。或者为了迁就我,他就舍了土豆,点了我能接受的菜。于心不忍,我慢慢念一句伟人的诗句"土豆烧好了,再加牛肉,"径自喊老板娘点一盘土豆牛肉。有趣的是,如此几番,我居然喜欢上了土豆烧牛肉。

"山药蛋开花结疙瘩,圪蛋亲是俺心肝瓣。半碗豆子半碗米,端起了饭碗就想起了你……"同事不仅喜欢吃土豆,还喜欢唱山西民歌,歌唱得很地道。受了歌声的感染,我就以为土豆产自他们山西一带。有一次,我俩莫名其妙吃了回肯德基,我见到洋餐里有薯条、土豆泥的菜,就私下咕囔,说怎么外国人也有土豆。他笑着说,土豆本来就产于南美,后来是经欧洲引入中国的。"土豆"是它的中文名字。这就像大山、夏克立之类的明星,到了中国以后起了中国名字——当时这两位洋人在荧屏上正火。我一听,大快朵颐,吃土豆而增长学问,这是我第一回吃洋餐的好处。其实,我们南方有很多豆子,比如黄豆、蚕豆、绿豆、豇豆……但南方的豆子似乎如南方人一样,小巧玲珑,温顺可人。拿土豆跟南方这些豆子一比,就有点憨厚、朴拙的样子。后来,我看英国电视剧《憨豆先生》,看到憨豆先生搞笑的样子我就一乐,我觉得土豆到底有洋基因。憨豆说的一定是土豆。

现在想来,我并不是一开始就喜欢吃土豆的,但现在能接受,也时常地吃上几口,这里面好像有那么一个过程。我能吃土豆的过程,其实也是一个自然人被驯化为社会人,南方人被驯化成北方人的过程,这里面不仅有味蕾的变化,还有人的胸襟、见识的变化。

茄　子

人多嘴杂,有人们爱吃的菜,也有人们不爱吃的菜。有人偏食,就有人挑食。比如我的兄弟姐妹中就有不吃莴笋的,还有人不吃黄瓜。这是否与家族遗传基因有关,我没有研究。一位堂弟不吃葱蒜,有一次我们一起到别人家做客,主人弄了一桌菜,他一口不吃,惹得主人心里很忐忑。我也挑食,但比他好一点,原来不吃茄子,现在吃了。我把这例子说出来试图说服堂弟,但兄弟姐妹们听了,都愣愣地盯着我,好像我是一个笑话。

我以前不吃茄子,不吃就是不吃,也没什么理由。从南方到北方工作,我多年来吃的都是公共食堂。这公共食堂也是一家部委食堂。不久前,网上有人列举部委食堂吃饭的大便宜,我觉得那时候的情形比现在要好。那时不像现在这样吃自助餐,菜的品种也不多。在食堂里吃饭要排长长的队,这样排着排着,轮到谁,碗一伸进打菜的窗口,师傅不容分说就将一勺子菜倒进碗里。某一回,我的碗里就这样被装上了茄子。我当时不知道是茄子,猛一看有点像红烧鱼,用了不少的酱油或蚕豆酱,酱糊糊的。吃完了,问人,想不吃都来不及了,只是吃在肚子里,倒也没什么反应。

吾乡的茄子是时令菜蔬,一年只一季,不像现在的大棚茄子,一年四季菜市场上都有。妈妈栽茄子时,总喜欢将茄子与辣椒栽到一块地里,一片大椒,一片茄子。茄子、大椒栽下地都要精心管理,每天傍晚还要浇水、施肥。小时候浇水、施肥这两种活计我都干过,我也因此在菜地里看过茄子和大椒的生长。两种植物开始冒绿叶,渐渐地,茄子在绿叶里开出紫花,花谢时,茄棵上便打起紫色的果实,一种紫色代替另一种紫色;而大椒也由开始的绿,变成绿红,变成红色。同一块地里,茄子溜圆,大椒细长,绿叶掩映着紫茄和红辣椒,让人有一种眼花缭乱的喜悦。特别是清晨,菜园里湿漉漉、水灵灵的,色彩格外醒目……到了七八月份,茄子能采摘了。茄子好油,妈妈烧茄子主要是煮,她好像与大椒一直较劲,把茄子与大椒一起放在饭上煮。饭好了,茄子也好了,然后把它们一起放进锅里用油烩。茄子烂烂的,其实用手撕开,蘸点什么作料也可以吃。还有一种炸茄盒,做法也简单,就是把茄子开膛破肚,里面放进肉馅,蘸蘸面粉,然后放进油锅里炸。茄盒很多人爱吃,我却对这名字不理解,也不喜欢。先入为主,我只对红烧茄子感兴趣,尤其是机关食堂里的红烧茄子,仿佛落寞的公子忘不了初恋。

朋友胡竹峰写过一篇关于茄子的文字,说他有段时间不敢吃茄子,吃到就吐。他比我不吃茄子时的情形厉害。他说茄子像一位"紫袍将军",妙而有趣。想那茄子挂在故乡的菜园里,挂绿披紫,俨然是一位披胄戴甲的戍边将军。现在,我知道茄子还有很多的别名,比如紫茄、白茄、落苏、昆仑瓜、矮瓜……一个个都非常好听,文字写起来也美,只是人们还是叫惯了茄子。尤其是在拍照时,人们齐声喊"茄子",脸上都露出灿烂的微笑。当然,这算是茄子的一种异禀,是瓜果菜蔬里的一桩美谈了。

萝　卜

萝卜如人参,亦如人生。说萝卜如人参,是民间的经验之谈。说萝卜如人生,也有很多民谚俗语,如"萝卜青菜,各有所爱""拔出萝卜带出泥""花心大萝卜"等。美食家汪曾祺先生写到萝卜时说:"我们那里说在商店学徒(学生意)要'吃三年萝卜干饭',意谓油水少也。学徒不到三年零一节,不满师,吃饭须自觉,筷子不能往荤菜盘里伸。"这也是拿萝卜说事。三年萝卜饭不好吃,但被人家说成花心大萝卜,恐怕那人也好受不到哪里去,起码他的爱情观就可疑。

萝卜在《尔雅》有记载,被称为"莱菔、葵、芦萉",《说文》中唤作"芦萉、荠根",《诗经》里叫作"菲",像个老古董,播种的历史久远得吓人。但从种子下地到发芽破土、长大成形,它的生长过程人们一览无余。收获起来也很容易,拽住叶子,稍稍一带,叶子带萝卜的就到了家。收获后的萝卜可以从头吃到尾。叶子切碎,用盐拌拌,或放锅里炒炒就能吃。小而嫩的萝卜收拾干净,圆滚滚的不用管它,大的,再用刀切成两瓣,放在阳光下一晒,腌成萝卜干或萝卜枣,能吃。有人把萝卜枣和辣椒酱放进玻璃瓶里腌制,白白的小萝卜挤在红红的辣椒酱里,有品相,也有嚼头,早晨伴着稀饭吃,脆脆的,香喷喷的。现在我回老家,朋友还会把萝卜枣当作礼品送我。萝卜枣,有人说是"萝卜鲞"。我觉得小萝卜形状似枣,吾乡方言说"萝卜枣",一定是指这个。还有,萝卜的叶子绿茵茵的,吾乡人叫它"萝卜缨子"。

到了北方,我知道萝卜也是北京人冬天爱吃的一种美食。过去北京街头有各种各样的小吃摊子,卖萝卜的小贩叫"萝卜挑儿"。在数九寒冬的日子,无论白天夜晚,那"萝卜挑儿"总是吆喝着"萝卜赛梨,萝卜赛梨",穿街走巷地卖萝卜。乡贤张伍说老北京有一种卖水萝卜的,在胡同里吆喝着"水萝卜赛梨,辣来换",声音凄婉哀切,其父恨水先生听了总是百感交集,因此填了一阕词:"谁吆唤,隔条胡同正蹿。长声拖得难贯。硬面饽饽呼凄切,听着教人心颤。将命算。扶棍的,盲人锣打叮当缓。应声可玩,道萝卜赛梨,央求买,允许辣来换。"老北京的市井生活与文人的哀痛之状跃然纸上。

说萝卜赛梨,又说萝卜赛人参,看来吃萝卜总是没错的。我在冬天吃萝卜能吃出一头汗来——冬天里,外面白雪皑皑,大雪

秋山响水 | 253

封道,与几个好朋友一起在屋里围着火锅,听着萝卜羊肉火锅烧得咕噜噜地响。其时,佐以小酒,推杯换盏,吃羊肉萝卜,是人生最惬意不过的事。羊肉沾了萝卜的鲜嫩,萝卜吸了羊肉的膻气,萝卜入口即化,羊肉也绵软滑溜的。我本家有一位小爹爹喜欢吃荤,口头禅是"喜精爱肥腥不怕"。萝卜的性子与他似有一拼。萝卜炖牛肉、炖羊肉、炖排骨、煮鲜鱼都是美味。萝卜鲫鱼汤,那萝卜与鲫鱼一起用文火慢慢熬,熬出的汤呈乳白色,其味鲜美无比。

清代袁枚在《随园食单》中提供过一份菜单:用萝卜丝炒鱼翅,那萝卜丝要放在鸡汤里先后出水焯两次,才能和鱼翅一起炒,以"令食者不能辨其为萝卜丝、为鱼翅"为最高境界。我家也做过萝卜丝,萝卜用刨子刨成细丝,放在太阳下晒干。晒干后的萝卜丝白白净净的,真的形似银鱼。但妈妈只用萝卜丝拌饭吃。平常人家只信青菜萝卜保平安,不可能天天吃鱼翅的。人们说萝卜赛人参——那人参能补肾、补血、补肺、补气,是人们益寿延年的上等补品,萝卜有如此同等身份,也算是前世修来的福分。

丝 瓜

"清明前后,种瓜点豆。"这是因为地里的白菜都要下市了。白菜下市,地里就腾出了空。乡村四月闲人少,一般农家总是自己闲不住,地也是不让闲的,空地一出来就要种瓜点豆。凑巧,应了节候的就有黄瓜、北瓜、丝瓜、茄子、大椒、葫芦……这些菜蔬都是种子播种栽培。妈妈收藏这些菜种,总喜欢用玻璃瓶,这样,什么瓶装什么菜种一目了然。到了播种的时候,妈妈拿出这些菜种,就像拿出什么宝贝。

　　如同戏曲里的生旦净末丑,这几种菜蔬虽然都要粉墨登场,但播种也各有各的戏法。比如大椒、黄瓜和茄子,只用撒在一块平整好的地里,而北瓜、葫芦和丝瓜则要在地头专门挖出一条土埂,即垄。因为这两样菜都是葫芦科的攀缘植物,都需要牵藤绕蔓的。不同的是北瓜、葫芦可以大片地播种栽插,而丝瓜不用。妈妈栽培丝瓜,先用温水浸洗丝瓜种子,然后找一个破废的瓦钵或者瓦缸,在里面装上细土和草灰,再把丝瓜种子小心地放下去。等丝瓜种子发芽,也不是成片地栽播,而是找院墙的角落或棚架,或者干脆就搭一个丝瓜架子。只栽那么两三棵,有点像给什么人烧小灶似的。丝瓜秧苗长出土,就生出纤细的藤蔓,一寸一寸顺着棚架或墙角往上直蹿,碧绿的藤蔓爬满棚架或整个院墙,就像一道绿色的瀑布。风掀着绿叶哗哗响,瓜棚架下浓阴荫凉,凉风习习。

　　丝瓜开花结果时,黄灿灿的花儿像是小姑娘盘在头上的蝴蝶结,清香四溢的,惹得蜜蜂成天赖在瓜棚里,不是采蜜,就是嗡嗡乱叫。丝瓜花分雄雌,雄花不结果,是谎花,只有雌花结果。绿藤、绿叶、黄花交织在一起,在瓜棚里不仔细看,是看不到丝瓜的——猛然看到弯曲的藤蔓上挂有丝瓜,这时丝瓜已经长在瓜棚的顶上了。瓜越长越长,身子也愈来愈重,直挺挺地悬垂在半空,碧绿碧绿的,就像是一个天外来客。这时,想吃丝瓜就可以随手去摘。记得小时候家里有客人来时,妈妈就会拿丝瓜与鸡蛋烧一锅丝瓜汤,我们跟着也能美美地吃上一顿。丝瓜能清炒,能炒鸡蛋、炒青椒、炒毛豆……城里有人还将丝瓜去皮凉拌,做凉拌丝瓜,也很好吃。

吾乡方言管丝瓜叫"满瓜",因丝瓜有藤蔓,我自以为是,纠正为"蔓瓜"。其实不是。李时珍在《本草纲目》上说丝瓜"始自南方来,故名蛮瓜"。我叫丝瓜为"蔓瓜"那一定是误叫了。看丝瓜绿绿的样子,很是可爱,我想说丝瓜是菜蔬里的"小鲜肉",还想给它取个笔名叫"小青",但都没有叫出名。冬天到了,丝瓜的绿叶散尽,瓜棚往日的繁华与喧闹都已过去,偌大的瓜棚只剩下稀疏的几根褐色的瓜藤。老了的丝瓜,被人弃之如敝屣。有人抖落老丝瓜里面的籽粒,丝瓜便成了软软的丝瓜瓤子。丝瓜瓤子用来刷锅或刷茶缸,非常好用,起码比现在人家用的钢丝球好。陆游说:"丝瓜涤砚磨洗,余渍皆尽而不损砚。"看来,以丝瓜制刷古已有之,陆游就知道可以用它擦洗砚台。

丝瓜能入画,齐白石到九十多岁还喜欢画丝瓜。三笔两笔地,他就画了两根绿绿的丝瓜,瓜蒂上有一些欲谢未谢的黄花,画取名叫《子孙绵延》,画面喧欢。"新种葡萄难满架,复将空处补丝瓜。"据说在蔬果中,除了白菜,齐白石最爱吃的就是丝瓜了。据说,他在他所住的四合院里种满了丝瓜、葫芦——丝瓜谐音"思挂",表示思念和牵挂。他画丝瓜蚱蜢、丝瓜蜜蜂、丝瓜螃蟹、丝瓜蝈蝈、丝瓜乌鸦、丝瓜小鸡……想必就是对自然的思念与牵挂。

蚕　豆

除了人家房前屋后栽的桃花、杏花、梨花、栀子花,菜地里许多蔬菜也会开花的。比如葫芦与辣椒的细白色小花,丝瓜、北瓜和黄瓜开的金黄色的花,茄子与蚕豆开的紫花……在乡村里长大,总能目睹一些植物的生长,也能欣赏一些植物盛开的花朵。我说,蚕豆花开在田埂上,给稻田镶上一道紫色的金边……走在有露水的蚕豆花丛里,偶尔沾在裤腿上的紫色花瓣,仿佛小女孩咯咯的笑声。

蚕豆的生长周期长,生命力很顽强。俗话说:"蚕豆不要粪,八月就在土里困。"蚕豆一般在头年的八月或秋天下种,在稻子或在小麦间套种都行。与油菜、小麦一样,蚕豆要在地下过一个年,到第二年春上才开始露头。露了头的蚕豆一遇到春风,很快绿叶疯长,开花结果。蚕豆的花冠呈蝴蝶状,白嫩嫩的,内有微黑色和紫色斑。春风几度,满园花香,蚕豆紫色的花和其他那些菜花次第开放时,菜园里蜜蜂嘤嘤,蝴蝶翩翩,使人感觉就像是一群游园的美女,不知惊醒了谁的春梦。

有人说"蚕豆开花黑着心",以戏词为证:"春二三月草青青……豌豆花开九连灯,菜花落地像黄金,萝卜花开白如银,蚕豆花开黑良心。"戏词出自《庵堂相会》,一部锡剧电影。写的是金秀英和陈阿兴的爱情。金、陈两人青梅竹马,自幼订下婚约,但金秀英的父亲金学文发了横财,想赖掉这桩婚事,陈家不肯……戏剧写一对情人分别年久,路遇却不相识,终于看出端倪,相识相爱,一起想点子对付嫌穷爱富的父亲……这戏词就是陈阿兴唱的。我看这戏,故事老套,没有听黄梅戏亲切,但由此知道陈阿兴说蚕豆黑心,是境由心生。

袁枚在《随园食单》里说:"新蚕豆之嫩者,以腌芥菜炒之甚妙。随采随食方佳。"我就剥过新蚕豆,新鲜的蚕豆温婉如玉,放

秋山响水 | 257

油锅里爆炒,豆子绿绿的、油嫩嫩的。但蚕豆出园,妈妈似乎没炒过腌芥菜,她喜欢用蚕豆煮鸡蛋。淡黄的鸡蛋,清清的汤水漾着绿色的蚕豆,喝进嘴里鲜美无比。蚕豆粉团团地在舌尖上,更是口齿留香。新鲜的蚕豆一时吃不完,妈妈就用竹器盛着放在太阳下暴晒,存放到来年春荒时,用水泡酥,煮成五香豆;或者干脆晒干,干得没一丝水分,然后炒。那蚕豆在滚烫的锅里活蹦乱跳,隔着几里路都能闻到蚕豆浓浓的香味。炒好的蚕豆冷却一下,吃在嘴里嘎嘣烂脆,清香沁人。逢年过节,妈妈就用这招待客人。有一年,妈妈把选好的蚕豆种放进一个布袋里,吊在房梁上。趁妈妈不在家,我和小伙伴们把那蚕豆偷偷炒吃了——那是一个饥饿的年代。妈妈知道后,不停地责备我:"你这伢,你这伢……"不知说什么好。

江南一带,因蚕豆在立夏时节上市,所以称蚕豆为叫"夏豆"。还有一种说法,说蚕豆食在春蚕吐丝的时候,所以称"蚕"。蚕豆又叫"胡豆""佛豆"……叫法很多,让人糊涂。朋友陈琳因我在文章里说过蚕豆种在田埂上,对我把蚕豆与水稻秧苗弄在一块这件事耿耿于怀。对于他的指摘,我自觉温暖而汗颜。吾乡有一笑话说,当年有人戏问下放知青粮食从哪里来,知青回答说从麻袋里长的。段子没有人证实。但下放知青都是在城市长大的,下乡本来就是接受再教育,闹出这样的笑话不算什么。我自幼在乡村里长大,闹出笑话,实在不该。

辣　椒

在瓜果菜蔬中,辣椒算是一道普通而又并不普通的菜肴。说它普通,因为它在各地的菜园里随处可见。说它并不普通,是说它上达官贵人,下至平民百姓都喜欢。伟人毛泽东接见苏联米高扬,让厨师炒了一盘红辣椒,那米高扬嚼上一口,辣得泪水直冒,嘴里不停地呵气。伟人笑着打趣道:"在我们这里,不吃辣椒就不算革命。看来,辣椒能够成就革命者,而且能成就不普通的革命者。"

辣椒,我们那里叫"大椒"。在早春的菜园地里,它和茄子、黄瓜、豇豆、豆角几样菜几乎同时栽种。几种菜秧子落地生根,就得浇水、施肥。所以一段时间,菜园的主人总要每天傍晚往菜地里跑,勤快而辛劳。浇了水、施了肥的菜在春天里摇头晃脑,撒欢般地成长,就有点"茁壮"的意味。很快,菜园里或红或绿,或黄或紫,一片姹紫嫣红。大椒在青青菜地上由小长大,由绿转红,脱颖而出,就像一串红灯笼照亮了人的眼睛,菜园主人一眼就看到了它……那时候,正是农村的"双抢"季节,繁重的农活需要人吃饱肚子干。大椒炒肉、大椒炒鸡蛋、大椒炒鱼……便是最好的下饭菜。当然,只有家境殷实的人家才会天天有鱼有肉。

吾乡河道生产一种小河鱼,逮起来洗干净、晒干,伴着青大椒丝一炒,鱼白椒绿,赏心悦目。煮好的鲢鱼汤,撒上点剁碎的红辣椒,好吃又好看。现在有一道菜叫"剁椒鱼头",美其名曰"红运当头",其实就是由此延伸的一种,红红的大椒象征着吉祥。除了大椒炒肉,乡村过去有的人家腌了腊肉有异味,舍不得扔,也会用大椒炒着去味。乡村里,新鲜大椒可以磨成辣椒酱,晒干的大椒壳子能磨成辣椒粉……在我的记忆里,大椒一直是做菜时用的调味品,一种普通的作料。只是当我吃到虎皮尖椒、大椒瘪这两道菜,我才知道大椒是可以独自成菜的。妈妈喜欢用菜刀把大椒拍掉籽粒、拍瘪,然后放在饭上与茄子一块蒸,这蒸熟的大椒伴以油盐,叫作"大椒瘪"。

"四川人吃辣椒,不怕辣;江西人吃辣椒,辣不怕;湖南人吃辣椒,怕不辣。"这几个省份的人都以能吃辣椒为荣,语出惊人,很有刺激和挑战的味道。但各地竞相与辣椒为伍,实际上对大椒辣度要求的却不一致。辣椒因为品种、地点和气候的不同,也生就了不一样的辣劲。南方的大椒因种植的生长期适逢酷夏,天气炎热,日照光线足,大椒就辣,从朝天椒、尖椒这些辣劲十足的名字上就能知晓。北方种的是菜椒或说甜柿椒,大多为大棚种植,日照少,肉质肥厚,品性温和,辣劲与南方的不可同日而语。况且,北方人很少像南方人那样吃大椒。初到北方,我看一位朋友喝酒,喝着喝着,要了一碗大椒壳蘸着酱油当饭吃,吓得瞠目结舌。还有一回,陪一位朋友吃饭,他喝一口酒,就咬一口大椒。我看他辣得满头大汗,我就急得满头大汗。不用打听就知道他们是一只只来自南方的狼。

陕北窑洞土墙上经常挂的红大椒也是一景。那些用麻绳串起来的红大椒,一串串地挂在墙上,经过太阳的照射,很快晾干。晾干了的大椒不仅保留了原味,而且红艳艳的,保留了原色。到吃的时候,取下来放在清水里洗一洗就可以了。那一串串红红的辣椒,远远地望去,就像是一串串熊熊燃烧着的火焰,不仅显示出农家红红火火的日子,还让人莫名其妙地想到"革命"二字。

自然,当辣椒以革命者的面目出现时,人们的语言有可能就与它息息相关。那语言不仅褒贬不一,而且开始泾渭分明。比如说某某人泼辣,那一定是表扬某某人具有雷厉风行、行事果断的风格。这大多用来表扬女人。而说某某人心狠手辣,若你站在一位革命者的立场上,就会对他愤恨、鄙视和横加鞭挞。

2016 年 4 月 18 日,北京寓所

响水在溪

第一次夜宿卧龙山庄,我住的房间正对着响水河。一夜水声如雨,感觉天柱山在没完没了地下雨,心里被什么塞得满满的,就有点光阴紧迫的惆怅。有了上一回的经验,这次我到山庄,就选择了离响水河稍远一点的房子。这样走进屋子,水声一下子被推得很远,感觉上也有些不同,就像什么大事发生在远处,自己只是一个旁观者,既没有当事者的嘈杂与纷乱,又因面前葱郁的林木,周遭一下子变得寂静起来。

这正是现在我所需要的。我的窗外有几株树,还有一丛绿竹。竹叶与树叶交织在一起,在我的窗前探头探脑的,像是春天里的一群访客。同来的朋友有的在午睡,有的在散步,有的夹着画板悄悄地出去写生了。一个人在屋里静静地坐了一会,我也经不住响水河的诱惑,悄悄扣上房门,一脚就踏进了响水河的河边。

先是沿着响水河走。一路都是水声,轰隆隆的,有一种天撒豆大雨点的感觉。走了一阵,干脆就坐在河边听。这样便听出那水声远近高低各个不同来:近的哗哗流淌,远的轰然作响……听了一阵,沿着小河走了个来回,边走边停,反反复复。水声也反反复复,或轰然,或哗哗,或潺潺,或叮当。有了水声,山间的鸟鸣声便被遮盖去了。鸟语花香。没有遮盖的便只有花香了。时序到了初夏,河边所能看到的花只有金银花,金银花蓦然发出一阵香气。待我回过头来,发觉春花开过,一山全是绿的。浅绿、深绿,浓绿、淡绿……朦胧而有层次。这时,要想在绿色里找一点其他颜色便有些不易。夏天,山的层次远没有秋天和春天时颜色的斑驳和丰富,且那层次仿佛只有与画家才有会心处,只有在他们的眼里才显得清晰分明。于我,那满山都是绿的,面前偶尔有一株红叶李树,在庞大的绿色军团的覆盖下也变成了另类,醒目而孤独。

河边生长着许许多多的杂树。与这些杂树邂逅是一件很有意思的事。这些褐色的树干上只显出或淡或浓的绿,也有什么植物牵藤绕蔓地爬在它们的身上。树叶当然全是绿色。细看这些树,却有着好听的名字:铁冬青、牛鼻拴、水马桑、黄檀、华中五味子、银叶柳、野株兰、山胡椒、中国绣球、水蜡、宁波溲疏、红脉钓樟、臭辣吴茱萸、橄榄槭……这些树都喜欢生长在山谷沟旁,如果不是山庄主人用心地标记,我原是一株也不认识的。在我的眼里,这些树与大小不一、形态各异的溪石一样,也如溪石一样让人陌生。杂树生花,此时当然没有花,全是绿叶,在阳光的抚摸下,那些绿叶像绿色的小挂件挂满了一河。

离开了水声,鸟儿的声音就异常尖锐、清脆。鸟鸣或婉转、悠然,或喃喃,或啾啾复啾啾,此起彼伏,响彻响水河上空。遇见山庄里的一个小姑娘,问鸟名,小姑娘也叫不出鸟的名字。我们就只好一起傻傻地听着。听着听着,我感觉耳朵里这两种声音就像自然里的两个音符:一个贴近大地,婉转而悠长;一个贴近天空,空旷而明亮。这两种声音仿佛自然的物语,让人感觉温暖而贴心。在这两种声音里,满耳都是清明澄澈。

当地人爱把这条河叫作响水河,不知为什么,我总是爱叫它响水溪。一叫响水溪,我就感觉响水溪两岸的绿树猛然一下子围拢了过来。这种围拢起来的绿让我心生感动。

2016 年 5 月 18 日上午,天柱山卧龙山庄

其华其人其文

我与其华的相认相识,其华在她写的《我的"师傅"……》一文中已有交代。那篇文章除了她称我"师傅"是断然不敢当之外,其余都是真实的。我在老家的住所确实与她同一个小区,我们也确确实实是在小区门口偶然相遇,并且她一眼就认出了我。我记不起来我们当时有着怎样的一番寒暄,但我清楚地知道,在文学上是没有"师傅"这一说的。如果有,那样一座文学作坊怕也轮不到我当师傅。我理解她所说的"师傅"是对我的尊重和鞭策,或者是一种善意的戏谑。

其华说她动"心思"寄给我的那篇小说叫《采风》。小说围绕小城里一个中年男人的一次采风活动展开,写这个男人和其妻的无奈与彷徨。男人下岗后以爱好文学为借口,写一些不入流的诗,逃避生活。在铿锵的时代大潮中,他的激情与能力消磨殆尽,很快就被生活无情地裹挟到社会的最底层……老实说,那篇小说并不是她写得最好的,但她独特的小说语言与诚恳的写作态度一下子抓住了我——我做文学编辑的十几年里,对一段时间里家乡的文学创作态势是有所了解的。但我不敢徇私,还是按照一贯的做法,把她的作品转给了我的小说编辑,并且给她回了一封信。

那篇小说最终在二〇一二年第八期《阳光》杂志上发表。

这样,陆陆续续又读到她的几个短篇小说。比如《长河落日》,小说写故乡人物,剑哥、哑叔、荷花、长生和剑哥的老婆香姐……普通而又辛酸的人生遭遇。小说有着乡土生活的平常与诡异,语言与描述都朝着"弥漫"的方向,表现了人性的沉痛、温暖与凄美。比如《素心蜡梅》,小说以一个孩童的视角"看"腐败。这种独特的视角让人感觉腐败对人们日常生活的渗透,对孩童影响的滑稽、深远。还有,就是这篇《大暑》,小说写一家人的命运,写得不动声色,很日常,但也有些散漫。记得我当时给她的意见是,散漫一些无妨,但要好好梳理,除掉不必要的枝蔓,使小说显得紧凑些……其华的创作起步不算早,但她悟性高,也很勤奋,短短一年时间就有作品在《安徽文学》《奔流》《岁月》等报刊发表。相识后的日子,她也很谦虚、低调。她会经常发短信、打电话,让我欣赏她的文字,或告诉我她在准备写一个什么题材……她参加安徽省作协举办的小说对抗赛的那个两万字的小中篇,叙事视角非常独特,作品通篇让"我"全然不在,却又仿佛时时在场。小说写一个右派子弟失学,最后流落到乡村,娶贫农孤女为妻,在一个鬼窠中的土坯屋子里,因卑微疲惫的人生而郁郁不得志,从偷情到绝望,到杀妻……整个小说行文冷静,故事机锋重重,情状迷离,让人哀婉。那篇小说获得那一届小说对抗赛江淮区域的文学大奖。

从其华的文学创作看,她的小说创作风格与题材多变,目前呈现出三个部分。其一是乡土,这主要来源于她年少时在故乡的生活体验,或者说是童年故乡对她的馈赠;其二是职场,这使得她的这部分小说展现出了她在职场上接触的一些人和事;其三,应该说是超越了她正常的生活经验范围。当然,写作不是对现实的照相,不是对生活的机械描摹,总是要比生活精彩才对。其华喜欢在日常场景中取景,或表现凡俗,或荒诞魔幻,她总想丰富完整地表现出世界的种种物象。关于写作,她内心是有自省和追求的。她说:"我的这种尝试,不能说做得有多么成功,但作为一个小说初写者,是应该被认可的吧。"

其华写散文,她的在场化的叙述方式和去遮蔽化的视角,使她的散文行文节制,让人轻易看不出人的情绪表露。她有一组散文,写的是早点店、菜市场、手术室、殡仪馆……散文写人的生老病死,她用自己独特的视角、客观的叙事,回归日常生活的本性,从而观照现实人生。在叙述上,她的语言枝枝蔓蔓,众多场景簇拥而至,但因她掌握了散文的叙事节奏,让人读来并不觉得零乱、庞杂。那种分寸感极强的文字,语言之外的意味或隐或显,让人品咂出复杂的世道之味和人际遭遇,就有着很强的文字张力。我们的朋友——散文家魏振强先生对她的这类作品也极为欣赏和关注,在他主持的《安庆晚报》上还推出了她的文学专栏。

其华年少时独自去都市谋生,后来回到家乡开网吧、开饭店、开设计室……最后成了水利工程专业的一名优秀的技术人员,她分明是有许多手艺在身的。在她所有的手艺里,我感觉她对酿葡萄酒有着莫大的自信与痴迷。据说,她因此还收了徒弟。其中的究竟我不清楚,但她的自酿葡萄酒的滋味,我们是品尝过的——

有一年春节,我们一群哥们到了她家,打开她酿的一大壶葡萄酒,大家不客气,端着大大的玻璃杯,一杯又一杯当啤酒喝了,最后一个个喝得人仰马翻。有趣的是,一位哥们以为只有自己醉了,怕失了面子,早早地走了,结果自己走到门口的桥头上,抱着一根电线杆转呀转,转个不停……他哪里知道,我们没走的,早在其华家一个个都醉成了"醉侠"。这次醉酒,后来自然成了我们聚会的一个笑谈。有一次,我听其华嘀咕,说她那天其实是想摆"拜师宴",但看我们醉了就没说出来,我听了一乐!——幸好,我们稀里糊涂喝醉了,不然还不知闹出什么样的笑话呢。

2016 年 7 月 2 日,北京寓所

曼掌村的轻歌曼舞

绿树婆娑,婆娑的不仅有菩提树,还有大叶榕。高耸云天的大叶榕树,肥硕的叶片与菩提树宽大的叶片相互辉映,几乎遮盖住了曼掌村。曼,在傣语中是村寨的意思;掌,在傣语中是大象的意思。有那么片刻,我自作聪明地以为曼掌是巴掌大地方的意思。曼掌村不大,属于勐养镇,村里有五百多口人,却承载了傣族五百多年悠久的历史。

勐养,傣语说是鸳鸯坝的地方。当地人告诉我,这是被佛祖遗忘的一个地方;还说,佛祖走过云南的许多地方,却唯独没有来过这个角落。我想,佛祖在菩提树下修道,看多了菩提树,起身云游天下,忘了这个叫曼掌的地方是有可能的,谁能保证佛祖就不灯下黑?

曼掌村以橡胶和冬季作物为主。这里常见的是成片成片的橡胶林。朋友说,现在这里的橡胶林就是一个旅游项目,游客可以在这里自由地体验割橡胶、捡橡籽,还可以看斗鸡比赛,或下河摸鱼。那鱼用芭蕉叶包起来烧了吃,喷香喷香的。但我们没有。

我们在村子里忙着用眼睛看，忙着用手机不停地拍照。村子里到处是花，鲜花怒放的，几乎是花的世界，花的海洋……花，是上天对云南这块土地最美好的馈赠了。看红的、紫的、黄的、绿的花儿，被勤劳善良的傣族人民随随便便地栽在门前，栽在凤尾竹的竹苑里，一片片的，或如一株盆景，都被拾掇得充满情趣。花花草草旺盛着，使曼掌村生机盎然，就成了一个花的村庄。

都说武林中有十八般武艺，曼掌村的村民拥有的是十八般手艺。这些手艺被曼掌村人口传心授，代代相传，成了他们生存的必备技能、修身立命的所在。他们不一定十八般手艺样样皆通，但都有一门精通的手艺。织锦、烤酒、剪纸、制陶、手工造纸，做银饰、竹藤器具、葫芦丝、象脚鼓、孔明灯、土火花……这些手艺有的属于男人，有的属于女人。女人织锦累了，就有男人坐在身后静静地守候，为她扇风送凉；男人喝酒醉了，就有女人让他喝新鲜的椰子汁，或在"情人岛"悄悄地依偎……像花一样美丽、像水一样温柔的女人，在岁月的时光里不急不躁，与男人们共同享受着恬静的田园风光，过着男耕女织的生活。

花有名字，手艺有名字，人当然也有名字。曼掌村的男人一律叫岩，女人一律叫玉。那叫岩的就有岩风、岩叫、岩宰的，那叫玉的就有玉香温、玉温香……岩象征坚强，玉象征柔软，在傣族人民的愿望里，都希望男人像岩石一样坚强、硬朗，女人像玉一样美丽、温润吧……突然，村头一块场地上，男男女女，不知怎么就来了一些人，他们穿着傣族服装，唱着跳着，跳着唱着，转眼就表演起了傣族原生态歌舞。歌舞里，有舞，有鼓，有水，有爱……我没记住歌舞的名字，但我明白，这是能歌善舞的曼村人民以原始的动作和质朴的歌,与自然同歌,与天地共舞,在向人们表达他们愉快的劳动和幸福的爱情……那位名叫玉香温的姑娘,先是当我们的导游,现在又做起了演员,轻歌曼舞。听着她悠然地吹着葫芦丝,凤尾竹仿佛都听懂了,飒飒作响地摇曳……演出结束后,我走近玉香温,问她是职业导游还是专业演员。她说都不是,她是曼掌村的妇联主任。她说,她做这些都是义务的,平时,她还得帮父母操持家务、割橡胶。果然,把我们送到吃午餐的地方,她遇上村长,好像又领到什么任务,笑着就向我们告别,一阵风似的跑走了。

傣族最有名的是泼水节。在泼水节这一天,男女老少聚集在泼水场上,尽情地泼水狂欢,泼去烦恼,放飞心灵……但我们这次没赶上,我们只感受到了曼掌村的轻歌曼舞。在回程的路上,当地一位官员自豪地告诉我,别看曼掌村小,这村里的剪纸可是世界级文化遗产,其他如织锦技艺、贝叶经制作技艺、手工造纸技艺、慢轮制陶技艺、傣剧、章哈、孔雀舞、象脚鼓舞、傣医药、泼水节以及创世史诗等等,也都是国家级非物质文化遗产。云南傣族十八项重要的历史文化,在曼掌村都有。

如此说,曼掌村是有深刻文化记忆的村庄了。

2016 年 7 月 3 日下午,北京寓所

想起雪湖藕

忽然想起家乡的雪湖藕。炎炎夏日里,想起雪湖,就有丝丝的清凉袭上心来,就感觉荷叶田田,莲花过人头,有人摇着小船,"……沉醉不知归路。兴尽晚回舟,误入藕花深处";想起那藕,就有无数白胖胖、粉嘟嘟的小手晃在眼前,有一种"儿童拍手争相问,一枝莲蓬值几钱"的诗意。当然这不是诗,也不是引用——有朋友写美食,写到藕,有藕记、偶记之语……我这是偶然想起。

家乡的雪湖藕产自县城之南。城南除了雪湖,还有南湖、学湖。三湖连在一起,都产藕,藕名都叫"雪湖藕"。雪湖藕九孔(一般是七孔)十三丝,说是珍品。据传,当年朱元璋大战陈友谅,路过此地还留下了佳话。说他品尝雪湖藕时,当一位少女捧上藕,他见少女宛如出水芙蓉,楚楚可人,又见雪湖藕洁白如玉,细嫩光润,似美女手臂,风情万种,不禁文兴大发,脱口而出:"一弯西子臂。"但求下联,岂知身边文武无一人能对。不料,那少女不慌不忙答道:"七窍比干心。"对联以"一弯""西子"喻雪湖藕之表,用"七窍""比干"喻雪湖藕之里,又巧嵌了两位古人之名。朱元璋细细品味,心里暗暗称绝。登基定都南京后,他念念不忘雪湖藕,要求雪湖每年农历八月开湖,采摘的第一批藕送到南京,于是雪湖藕就有了"贡藕"之誉。

我本对此传说深信不疑。可有回到明朝开国重臣刘基(刘伯温)的故乡,听说这是他伴随朱元璋微服私访时的故事,心里一阵失落。但想家乡是南京上游的重要门户,离南京又很近,雪湖藕被选成贡品也是可能的。家乡县志记载雪湖藕时说:"城南雪湖之藕,爽若哀梨,真佳品也!"所谓"哀梨",是指汉朝南京一位姓哀名仲的人所种的梨。他种的梨个大味美,进口不用咀嚼便化成水。家乡人把雪湖藕比作哀梨,可见雪湖藕品质的优良。也是,雪湖藕不仅外形肥壮细白,内质汁水饱满、鲜甜脆嫩,而且无论生吃还是热炒,都有风味,早就是家乡人最爱的美食佳肴了。

记得在家乡县城生活时,我最喜欢去的就是城南。夏天,那里雪湖与南湖、学湖三湖相连,水天一色。初夏时,湖里小小荷叶先如铜钱一般泊在水中,羞答答的。太阳照着,几天过去,小荷宛若少女般情窦初开。待荷叶慢慢撑开,伞样大的荷叶就仿佛什么也遮挡不住了。荷莲从荷叶旁突兀而出,一枝枝化成一朵朵莲花,或胭红,或粉红,或梨白……都亭亭玉立。莲花的瓣儿在强烈的阳光下渐次打开,一瓣、两瓣……六瓣,最后露出的便是散发着沁人肺腑的芳香的黄色花蕊。很快,就见人摘那碧玉簪似的莲;更有人光着身子,下湖采藕了。他们从湖里举起那藕,藕洁白如玉,用水濯洗,真的是出淤泥而不染。

家乡的雪湖藕略呈方圆形,七棱,生食最方便。人们选嫩脆之藕,洗净切片,加上白糖,就成了一道有名的凉菜。尤其是夏天醉酒后,吃起来异常清脆、爽润、甘甜,很是解酒。熟吃可切丝炒辣椒、炒肉或是制成炸藕盒、包藕卷……用藕片炖排骨、煲汤什么的也简单。有人选用老而粗壮之藕,在藕孔内填满糯米,蒸煮切片,说是好吃,但一进嘴里,我感觉就如同袁枚在《随园食单》所说,"老藕一煮成泥,便无味矣"。袁枚还说:"藕粉非自磨者,信之不真。"袁枚是位美食家。由此,看他生活的年代就有藕粉造假者。藕"味甘,平。主补中、养神,益气力,除百疾"(《神农本草经》),生吃可消淤凉血,活热病烦渴、吐血和热淋等症;熟食,可以养胃滋阴,补益五脏……其实还不止这些,我的一位朋友曾住在雪湖边,夏天里,她用荷叶煮荷叶稀饭,说是清香祛暑。莲子去壳留下莲仁,她就自制八宝粥。莲仁当中绿色的莲心,味苦,她又用那莲心泡水喝,说是强心、降血压……这真的让我大开眼界。

转眼又到藕上市的季节。这时想起家乡的雪湖藕,我仿佛就看到城南"接天莲叶无穷碧,映日荷花别样红"的景象,仿佛看到家乡县城的街头,有人挑着一副藕匆匆地走过,担子里那粗得像手臂的雪湖藕又白又壮。有人干脆将那浑圆的荷叶举过头顶,当作遮阳的伞,吆喝着:"又脆又嫩的雪湖藕,好七(吃)咧!……"我在心里回味着乡音,就不得不像叶圣陶在《藕与莼菜》里写得那样,生出"故乡可爱极了"的感叹了。

2016 年 8 月 13 日下午,北京寓所

人言猛于虎及其他[1]

在我的印象里,今年七月满城沸沸扬扬的是"老虎"。台风席卷,南北方洪水肆虐,就有人惊呼"台风猛于虎""洪水猛于虎"……而到八达岭野生动物园里真正的老虎出现,人们在感慨"人言猛于虎"的同时,却对真正的老虎望而兴叹——幸好,编完这一期《东城文苑》,如"虎"的七月总算真真切切地过去了。

如此,当我读到叶廷芳的随笔《从"蛇鸟大战"说开去》,从叶先生娓娓道来的关于蛇鸟大战、人狼大战、狗吃骨头故事里,我感受到了哺乳动物无私且伟大的母爱。联想起发生在北京八达岭野生动物园老虎咬人、母亲救女的事件,也真的别有一番滋味在心头。在叶先生的笔下,人类如何与自然万物和谐相处,将是人世间的一个永恒话题。

在当代散文界,韩小蕙大姐一直为我们提供着有思想和有难度的散文写作。这次她和《朝花周刊》谈语文考题和作文,差不多

---

[1] 此文为2016年第2期《东城文苑》卷首语。

也表达了她的文学观点。她说:"语文考题、作文考题是开在文学大树上的两朵小花。"既然是文学的花朵,那么作文当然就要真诚,要有语言和思想之美……

在霏霏细雨里,李培禹站在黄河湾,另有一番"浪淘风簸自天涯"的豪情。在《黄河湾·槐花情》这篇美文里,他不仅用心披露了八十年前中国革命在此留下的鲜为人知的传奇细节,还与漫山遍野紫白相间的槐花一起陶醉,文字情感充盈。而李立祥的怀人之作《初夏时节念陈援》,却直接通过陈援与雍和宫的交往,追忆陈援对北京文化深深的挚爱和所尽的心力,让人想起陈援先生慈爱的音容,不觉潸然。这里,我想再说一声:陈先生安息!

李东才的《铸钟记》以北京钟鼓楼永乐大钟的铸造为经纬,演绎了一个类似于铸造干将莫邪剑的故事,展现了老北京人的风骨和中国工匠的大匠之心……李强的小说《我的大爷是泰山》京腔京调的,他用地道的北京方言,为我们刻画了一位真正的"北京大爷"形象,故事让人唏嘘不已,却又荡气回肠……与《铸钟记》有异曲同工之妙。

本期中,还有杜染、孙永红、秦景棉的散文,来银玲、祁建的小说……这些作品或偏重回忆,或记叙当代……厚重、朴素抑或轻盈、华贵,读来都令人莞尔。刘孝存的《话说"北京话"》用翔实的史载钩沉出了北京话的起源、演变与发展,具有极高的史料和学术价值。至于赵书先生书写的京味饮食,读来,让人就更有大快朵颐之盼了。

2016 年 8 月 14 日,北京寓所

板仓春满

很喜欢"板仓"这两个字,没理由地喜欢。因为喜欢,听说老家有个叫板仓的地方,几次回去都想去看看。入夏时,我把这想法说与朋友听了,朋友立即开来小车,拉着我就钻进了板仓——这朋友与板仓,我都是第一次近距离接触,彼此面子上彬彬有礼的,都有些客套和矜持。抬头看,板仓的天是阴的,怎么看也是下雨的节奏,但老天好像对我们格外垂爱,我们从板仓逛了回来,雨才落下,而且雨点不大。

初夏的板仓时晴时阴。春尽板仓,板仓却早早装满了春的果实,让人走进去就感觉草木绿得发哆,有些充盈和奢侈。沿着流淌溪水的沟走,起伏不平的溪边小道,厚厚一层落叶铺垫着,人走在松软的落叶上,起起伏伏,脚步时高时低,就感觉有些不真实,感觉危机四伏……落叶不仅厚,还潮,有种霉味,还有一种四溢飞扬的土腥气,像是大山的气味。鼻子充满这种气味,因着山水的美丽,就让人心存梦幻,疑心走进了仙境……逆流而上,翻一个山坳、一个山弯,越一个山脊,怎么走,总有清凌凌的一条山溪跟随着,调皮的溪涧一忽儿宽,一忽儿窄,溪水或潺潺响应,或声浪滔天,从山嘴折过或从岩下绕去……它像在寻找自己的出路,又像与我们前生有约,矢志不渝,一路相携。

忽然,就走进了一个峡谷。峡谷高山耸立,悬崖逼人,周围的树木突然茂密和深邃起来。树木深深,峡谷里就有一大片迷幻的绿色四散开来。天放晴了,阳光的箭矢似乎无法穿透蓬蓬簌簌的枝叶,这样,整个峡谷就呈现出晨曦时才有的斑驳、明净的绿光。有水声,闷雷一般滚荡,这就是飞流直下的瀑布了。它溅起万千水珠,万千水珠又被千万只绿叶似的手掌掬捧、涵养着,只是稍有不慎,还是滑落到溪流中。飞瀑更不用说,它从高高的悬崖纵身一跃,义无反顾,轰然作响,仿佛在寻找一个与生俱来的归宿或是企求生命的重生。巨大的声响里,冷风嗖嗖,铺天盖地,让人惶惶然,目不暇接。于是有人对一路相伴的溪流就有了陌生感,有了疑问:看似温柔懦弱的溪流,怎么就有这么刚烈的性子?

"香果树瀑布!"朋友惊呼着,指着他所说的香果树瀑布。顺着他的手,我抬头望了望,看到头顶的苍穹在绿树叶中露出了一丝蔚蓝。站在瀑布前的石拱桥上,我的周遭郁郁葱葱,一片苍翠。仰着脸,享受着飞瀑溅落下来的星星水点,有人哦嘀嘀着,激动得大声叫喊。

满眼的香果树,满眼的水,满眼的山。

山绵延逶迤,峰托着峰,岭推着岭,层层叠叠,像是另一种汹涌排闼的巨浪,没完没了。有山雾顷刻间涌来,有丝丝凉意,还夹杂着烟火味,有点呛人,还有点惬意。相互一望,彼此的头发眉毛全有些微的白,于是嘻嘻哈哈,说,迷蒙的山雾染白了我们的鬓角,这便是岁月的风霜吧。一起看山,山上的树木被山雾打湿,有雾水吧嗒吧嗒地滴落,让人弄不清这是刚刚下过的雨,还是下雨前的征兆。有了雾的裹挟,一切像在梦里。人在如梦的雾里,就身心俱轻,了无牵挂,种种尘世的烦忧,瞬息就在林水间挥发得一干二净了。静静一会,就有人惊叫,说是有山蚂蟥。撩起裤腿,果然就有山蚂蟥从女人白皙的腿上滚下,圆滚滚的,像一条紫色的茄子……有懂行的朋友说,有山蚂蟥好!有山蚂蟥好!有山蚂蟥说明板仓的生态好!他一个劲地感叹,有些情不自禁。

仍然沿着溪流前行,面前的路忽然一下就断了。眼前一处瀑布跌落,悬崖绝壁就像一块巨大的屏风搁置着。我正想用目光去测量那屏风的宽度,却不由得惊讶起小溪的流向了——山溪到了这里,一改与我们逆流的方向,变成与我们一同向下游的姿势……此处,瀑布一个连一个,一处瀑布下就有一汪深水潭。我数了数,这样的水潭竟有三处。悬崖绝壁,瀑布飞溅,飞溅下的溪流却显得宽敞、平缓,别有洞天。当地人把这称作"三叠潭"。三叠潭里,飞瀑是动的,雪白的飞瀑,常常卷起千堆雪;潭是静的,宁静的深潭,绿水悠悠,像明镜一般倒映着苍翠的树木、巍峨的山峦,也倒映出飞瀑自身。明净的潭水里,时而有白云游荡,时而有飞鸟掠过……鸟声啁啾在头顶,仿佛告诉我们,板仓装满了春天,也装满了丰沛的诗意和神话。

板仓是有很多的神话传说的。

传说之一就是,在很久以前,这里有一个十分贪心的人,将这片大山的宝藏私自藏在一个山洞里,却不肯接济穷人。神仙知道了,为了让他心有所善,就在山洞前划出一条大河,想让清澈的河水荡涤他的贪欲。为此,神仙把山洞的仓门板搬到河的对岸,点木成石。后来,那一摞仓门板沿着山壁就长成了一条条大青石,"板仓石"因此得名……朋友领我参观板仓石,我看面前的石头一块块重叠着,似真非真,似像非像,竟一时无语——与我们一起无语的,还有躺在板仓溪流里的另一块巨大而浑圆的石头。那石头上,一个名为竺坛退补居士的人留下了"一团元气"的石刻,那石刻下方还刻有一首诗。

诗曰:此流此石,一浊一清。若问其奇,有声无声。

2016 年 9 月 12 日下午,北京煤炭大厦 1805 室

柴达木的诗意

漫漫的、无边无际的沙漠、戈壁、荒丘……柴达木是苍莽、荒凉和雄浑的。因了这苍莽、荒凉和雄浑,柴达木好像格外垂青自然与生命的诗意——人总有诗意的渴望,无垠的大地也是。占不了地理上美丽风光的优势,柴达木在星星点点散落在大地上的城市和村庄上就下足了功夫,比如,德令哈的"金色的世界",格尔木的"河流密集的地方",都兰的"温暖",茫崖的"额头"……听到这样的名字,谁都会感受到苍莽、荒凉和雄浑的柴达木盆地横生与飞扬的诗意,都会倾听到八百里瀚海,那一声声灵动翻飞的苍茫而深沉的吟唱。

一

这诗意首先是忧伤、抒情的。

二十多年前的一个秋季的雨夜,二十四岁的诗人海子在乘火车去西藏时,孤身逗留在德令哈这座边陲小城,写下了这样一首诗:"姐姐,今夜我在德令哈,夜色笼罩/姐姐,我今夜只有戈壁/草原尽头我两手空空/悲痛时握不住一颗泪滴/姐姐,今夜我在德令哈/这是雨水中一座荒凉的城/除了那些路过的和居住的/德令哈……今夜/这是唯一的,最后的,抒情。这是唯一的,最后的,草原。/我把石头还给石头/让胜利的胜利/今夜青稞只属于他自己/一切都在生长/今夜我只有美丽的戈壁 空空/姐姐,今夜我不关心人类,我只想你。"写完诗的八个月后,即一九八九年三月二十六日,抛下南方正在农田里劳作的亲人,他在山海关与龙家营之间的火车道上卧轨,结束了自己年轻而宝贵的生命。

这首诗因此成为海子留给德令哈的生命的绝唱。但在德令哈,随一群诗人走进"海子诗歌陈列馆",我还是微微有些吃惊。海子诗歌陈列馆,一座弥漫着徽派皖韵,规模不大,却是用心打造的建筑,静静矗立在巴音河的河畔。巴音河畔,还有海子诗歌的碑林,一块巨大的石碑上刻着《姐姐,今夜我在德令哈》那首诗,诗碑的石材是昆仑玉石,上面刻有海子的头像。诗碑上的海子开心地笑着,笑容如阳光般灿烂。

在一些报纸上,我尽管早就知道德令哈为海子建造了陈列馆,但没有想到陈列馆竟建造得如此庄重与辉煌。在陈列馆里,我认真地看着海子的生平事迹,读着他的诗,还在世俗的心里揣摩与想象在德令哈那个荒凉的小城,在当年那个寂寞的雨夜,他思念姐姐的情形,感受到他那过去的纯真和悲凉。有那么片刻,作为老乡,我甚至为我的家乡至今还没有这样的陈列馆感到无语,为德令哈人深厚的兄弟情谊和大地般的宽广胸怀而深深感动……与我一起走进陈列馆的诗人,当然比我更有激情,他们在陈列馆或碑林,徘徊、流连、徜徉,纷纷与他的雕像合影……有一刹那,我感觉海子还活着,就活在这一大群诗人的中间。同为诗人,事实上海子现在只能接受他的同辈频频的致敬和膜拜了。对于诗坛,我不知道这是幸还是不幸。我只想说,这座陈列馆与其说是建给了海子,倒不如说是献给了与他同时代的所有中国诗人。

这是一种诗意的存在,这种存在让一座城市与诗人互为抒情和忧伤。

德令哈从不缺乏诗意。在蒙古语里,德令哈全称为"阿里腾德令哈",也即是"金色的世界"的意思。这个诗意名字的出现远在公元一六三七年。相传,那一年,当时的西蒙古顾始汗率兵从新疆乌鲁木齐迁移至青藏高原,在这里建立了硕特王国。建立好自己的王国后,顾始汗开始分封自己属下的部落首领,即八台吉。八台吉因为对各自拥有草场的情况不很清楚,于是纷纷带人查看自己的牧场草地。分到现在德令哈一带牧场的台吉带领属下来到这里,见这里两边群山耸立,中间地势平坦处是一片空旷的草场;满地金黄色芨芨草的周围,是美丽的湖泊和茂盛的芦苇草。其时恰逢八月,阳光把大片的芨芨滩草原涂染成一片金色,茂盛的水草,宜人的气候,水天一色。他一下子就被眼前的景色迷住了,大声叫道:"苍天赏赐给我们部落这片宝地,那就把这个地方叫作'阿里腾德令哈'吧!"从此,这地方就定名为"阿里腾德令哈"。后来,人们为了称呼方便,把这里直接叫成"德令哈"。

德令哈当然也有自己悠久的历史。史书记载,西周时期,西羌人就在这一带游牧。公元四世纪初,吐谷浑进入柴达木立国建都(治所在伏伲城),德令哈为吐谷浑辖地。唐初吐蕃王朝势力拓展,灭吐谷浑国,德令哈地区归吐蕃王朝管辖。十三世纪蒙古族兴盛后,势力也很快进入柴达木地区。明朝这里为罕东卫辖地,后为蒙古诸部辖地,清属青海蒙古北左旗、北右旗辖地,民国时属于都兰县。但即便如此,这里在二十世纪四十年代末,也不过只有四十多户人家,三百多人居住,是一座荒凉的西北小镇。

在德令哈的一个黄昏,我与朋友王晓峰通了个电话。通话的时候,他说,他们单位的总部就在德令哈,他惬意地生活在这座高原小城已经有好几年了。他固执而诗意地认为,德令哈之所以名扬大江南北,既不是德令哈历史悠久和风光美丽,也不是因为台吉,而是因为海子。他说,他最早知道德令哈,便是因为海子的那首令他忧伤的诗——当然,还有歌手刀郎那充满苍凉和悲伤意味的歌唱。在电话里,他甚至哼起了刀郎的《德令哈一夜》:"雨打窗听来这样的伤悲,刹那间拥抱你给我的美……"追随海子的诗和刀郎的歌声,他离开中原大地,踏上了德令哈这片神奇的土地。如今,他已是这座令人伤感的美丽小城中的一员。他也是一位作家。谈到海子的诗,他说,他不知道海子诗歌中那位姐姐是谁,是海子的恋人还是一种美好的化身,其实都不重要。重要的是,诗人海子当年曾到过德令哈,德令哈有幸接纳、结缘了他。德令哈这座本来不起眼的西部小城,因为海子而闻名遐迩就够了。只是,因为海子,"德令哈"一词便成了忧伤的代名词。在德令哈,诗因城而生,城因诗而名,海子的诗,让人们记住了德令哈,让人们知道了德令哈是中国文化视角里一座千年飘雨的城市!

这样飘雨的城市,你说没有一种湿漉漉的诗意吗?

电话那头,晓峰仿佛手舞足蹈,在淋漓地抒情。

二

当然,在柴达木,有湿漉漉诗意的城市远不止德令哈。

在德令哈匆匆逗留了一晚,我们便直奔格尔木。一下远离诗意的城市,映入眼帘的便是戈壁、沙漠、荒丘。漠漠荒原,一簇簇、一丛丛,灰绿的骆驼草呈现在眼前,单调、枯燥、乏味……让人昏昏欲睡。一路无话。却猛然听见有人喊:"万丈盐桥到了!"睁开眼睛,我发觉车子果然行驶在为取盐而筑的盐桥公路上。到了察尔汗盐湖,只见苍穹之下,面前偌大的盐湖涂抹出一片旷亮的色彩,湖面凝聚出一个广阔的平面,涟漪层层,起起伏伏,恍若无边无际的雪原。当地人说,这盐湖比西湖还要大,蕴藏在湖中的矿盐鬼斧神工,变幻莫测,在特定的条件下还会幻化出海岛仙山,那时楼台亭阁、飞禽走兽、奇花异草就会出现……我没有看到这些,我只听见有风吹来,幽蓝或澄绿的盐湖里,波浪叠涌,盐花一串串、一丛丛、一朵朵盛开着,如万树繁花,瑰丽奇特。"水光潋滟晴方好,山色空蒙雨亦奇。欲把西湖比西子,淡妆浓抹总相宜。"叨念着苏轼写西湖的诗句,我惊叹着大自然的神奇造化,心里有一种发现隐秘的快乐。

进入格尔木市时,已是下午时分。天色透蓝如海,斜阳一脉含情,仿佛泛出海水的微澜与温暖。车慢慢地进入格尔木,当"半城绿树半城楼"的城市如戈壁滩上突然而降的绿洲,真实地呈现在面前时,我心里没有一点激动。在我眼里,格尔木这座新兴的工业城市，与我们内地常见的任何城市已经毫无差别：宽敞的公路、林立的楼房、蜂拥的商店和超市，花花哨哨，让人目不暇接的广告牌匾、各种招幌……所有小城的繁华和生机，都千篇一律，一样地淹没在现代化的声浪里。所不同的是，由于人烟稀少，格尔木城多多少少显得有些旷亮，有一丝人们觉察不到的安详。

格尔木，蒙古语是"河流密集的地方"的意思。当地人告诉我，格尔木河流纵横，能够叫得上名字的河流就有昆仑河、舒尔干河、格尔木河、那仁郭勒河、乌图美仁河、托拉河、东台吉乃尔河、大格勒河……柴达木盆地最大的两条河都在这里。格尔木河，它的上游和下游汇聚或分流的大小河流就有数十条之多。在人们浪漫的想象里，这些河流就宛如谁在天上挥舞的哈达，涌动着春天斑斓的色彩。众多的河流，滋润着柴达木干枯的土地，养育着柴达木儿女……它们聚集蓬勃的生命，涵养着一首首生命赞歌，也深藏着格尔木人生存的密码与奥秘……

在格尔木城向东一百四十公里的诺木洪塔里他里哈遗址，人们发现一处被命名为"诺木洪文化"的青铜器文化遗存。说是距今两千七百多年（中原约为西周时期），生活在这块土地上的人就开始有农业与畜牧业，他们饲养羊、牛、马、骆驼等家畜，身着毛布衣服，脚穿牛皮皮鞋，佩戴着各种装饰品，住着榫卯结构的木建筑房屋，劳动之余还演奏骨笛……后来，专家们考证，诺木洪文化是中国西部古代民族羌人部落游牧地区之一，这里的羌人与青海、新疆交界一带的"若羌"关系很密切。

但与德令哈相比，格尔木委实显得年轻。

这座城市的出现与一位名叫"慕生忠"的将军有关。如果说台吉是德令哈那座城市的父亲,那么,我们可以说格尔木城的"生父"便是慕生忠将军了。

慕生忠将军,人称"青藏公路之父"。他是陕西吴堡慕家塬村人,半生的戎马生涯,他曾有两次与西藏接触的经历。就是这种经历,使他萌生出一个大胆的想法:他要切断二十五座横亘的雪山,在青藏高原修出一条"天路"。说到做到,一九五四年夏天,他主动请缨,率领一支队伍苦战七个月零七天,在世界屋脊青藏高原真的修筑了一条两千公里长的公路。走遍青藏高原的军旅作家王宗仁说,当年慕将军率领的这支队伍,工程连只有十个工兵,加上临时征来的两千个民工,一千二百把铁锹,一千二百把洋镐,三百公斤炸药,十辆大卡车……

慕将军把队伍带到格尔木。望着皑皑的雪山、浩瀚的戈壁、不断起伏的沙丘和连绵的芦苇……满目荒凉,战士们心里有着说不出的懊恼、沮丧和绝望……仰望苍天,他们长叹:"格尔木在哪里?"一听这话,慕生忠将手中的铁锹往地上一插,豪迈地说:"格尔木就在这里!"接着,他左手撩着皮大衣,右手一挥,说,"同志们,我们把帐篷撑到这里,这里就是格尔木!我们不走了,我们要做第一代的格尔木人!"

"秦时明月汉时关,万里长征人未还。"将军本色是诗人。将军的这番话掷地有声,盖过所有的边塞诗,成就了一首史诗,一首英雄的史诗。

也成就了格尔木城。

共和国历史记得,为了青藏高原这条大动脉,很多战士都把自己年轻的生命永远留了下来。有人统计,这里牺牲的有名有姓的烈士就有七百六十二位……青藏公路做证:这公路上的每一块里程碑都象征着一个年轻的生命,他们用自己的血肉之躯驮负昆仑,驮负着青藏线,早化成了路边一簇簇生命力旺盛的骆驼草……

王宗仁先生对慕将军当年挂在昆仑桥头的马灯念念不忘。他曾写过一篇名叫《马灯里的将军》的散文,说,他看过那盏马灯,那马灯如今浑身已锈迹斑斑,底座也有几处凹陷。但他仍然确信,一旦点燃灯捻,马灯依然会光芒四射,犹如翅膀变换着各种光波的姿势,照亮当年的筑路工地……他相信,这盏马灯就是将军的第三只眼睛,灿灿的光亮就像青藏高原上一颗不眠的星星……

遗憾的是,在格尔木城我没见到那盏马灯。盘桓在格尔木将军楼公园,我倒是瞻仰了当年将军亲手种植的一株柳树——

将军楼公园坐落在市区的西北角。那里,纪念青藏公路和青藏铁路建设的天路纪念塔,耸入云端。穿过那塔,就看到将军楼了。那两层小楼是一座典型的中式建筑,屋子坐北朝南。在岁月风霜无情的侵蚀下,楼房的砖墙变得斑斑驳驳,门窗的玻璃布满历史的烟尘,但在夕阳的抚慰下,给人一种庄重、肃穆的感觉,仿佛在向游人诉说格尔木半个世纪历史的沧桑。站在二楼,久久凝望广场上将军的半身塑像,其时,落日的余晖正好映照在他凝神的双眸上,看将军那神情,仿佛他还沉浸在六十多年前他和战友们修建青藏公路的岁月……而在他的对面,他当年种植的柳树在高空中蓬散开来,与他遥遥呼应……顺着高大的柳树,我把眼光投向天空,依稀看见将军在格尔木荒原上挥舞的一双大手,心里充斥着一种豪迈、沧桑之气。

三

在柴达木,最具大气磅礴诗意的,当是昆仑山。

在格尔木盆地行走,毋庸置疑,一直伴随左右的便是昆仑山了。

驱车去昆仑山口,每每从车窗向外瞭望昆仑山,昆仑山在我们面前逶迤而来,又逶迤而去,仿佛天边,又恍惚眼前,显得神圣而高邈。时近时远,雪之皑皑,冰之消融,昆仑山幽峭的峰影,就这样总在我的眼里叠印着。诗人们坐在车上,一路看,一路兴奋不已。他们开玩笑说,这几天,我们就像孙悟空总逃不出如来佛的手心,我们也从来没有逃出过昆仑山的视线。

昆仑山有着无数的经典神话和故事。在我很小时接受的教育里,《共工怒触不周山》《女娲炼石补天》《精卫填海》《西王母蟠桃盛会》《白娘子盗仙草》《嫦娥奔月》……都产生在这里。这些神话和故事,不仅赋予我的童年和少年岁月一种浪漫、丰富的遐想,还使我成年后的记忆常常发生错觉。比如,因为白娘子为许仙盗仙草,我以为昆仑山是一座灵山;因昆仑有了西王母的瑶池,我就认为昆仑山是一座神山;因为金庸武侠小说,我又觉得昆仑山是一座有着很多侠客大盗的山……在我开始有"山"的印象后,昆仑山似乎就是一座遥不可及的山,一个斑驳陆离的梦。

洋溢无限诗意的昆仑山,首先是一座诗歌的高峰。

从屈原的"登昆仑兮四望,心飞扬兮浩荡"(《九歌·河伯》),到岑参的"扬旗拂昆仑,伐鼓震蒲昌"(《武威送刘单判官赴安西行营便呈高开府》),以及柳宗元的"君不见夸父逐日窥虞渊,跳踉北海超昆仑"(《行路难》)……也无论是曹植"仰首吸朝霞,昆仑本吾宅"(《远游篇》),还是陈子昂"昆仑有瑶树,安得采其英"(《感遇》之六)……这些古代的诗人从没上过昆仑山,奇怪的是,他们却一直把昆仑山当成他们歌咏的对象。走在昆仑山上,车上的诗人七嘴八舌,各自搜索记忆,或摇头晃脑,吟诵出古人写昆仑的一首首诗;或故作惊叹,诧异古代诗人未到昆仑,竟给昆仑留下了许多千古流传的诗篇……说着说着,他们便有些自豪,觉得古人还没有他们幸运,不像他们双脚能踏上昆仑坚实的土地。在他们的心里,昆仑山是诗歌的山,是中国诗歌的圣地,是他们要顶礼膜拜的圣山。

仿佛是一种印证与神示,海拔的高度让诗人们有异样的感觉,心里很快也有了朝圣者不敢怠慢与轻侮的一种意识——觉得朝拜昆仑,一定得有某种庄严的仪式。

宛若天赐。从柴达木到昆仑山口海拔三千七百米的昆仑河的北岸,就有一座名叫纳赤台的神泉。这里,"纳赤台"系藏语译名,有"沼泽中的平台"的意思,当地人称"佛台"。这里的泉水即便在隆冬时节也奔涌若流,从不封冻。这也是昆仑山的一大奇观。因此,到了这里,诗人便嚷嚷着停车。下了车,他们纷纷围着神泉,虔诚地捧起神泉水或饮,或净手……仿佛在洗涤某种"不洁",一脸郑重其事与真诚。

然后,要拜会昆仑山的"女神"——西王母娘娘了。在海拔四千三百米的地方,陡然就出现一座湖面呈如意形的高原平湖。这湖东西长约一万两千米,南北宽约五千米,面积六十多平方公里,最深处达一百零七米。说是天气晴好的日子,水鸟翱翔,一湖碧波,澄明清澈。周围林立的山峰倒映湖里,宁静而神秘。这就是传说中西王母的瑶池。传说每年农历三月三、六月六、八月八,西王母都会在此设蟠桃盛会,招待从四面八方来向她贺寿的各路神仙……

关于西王母娘娘的传说,最早见于春秋战国时期的《列子·周穆王》。书上记载:"遂宾于西王母,觞于瑶池之上。西王母为王谣,王和之,其辞哀焉。乃观日之所入。一日行万里……"司马迁在《史记·周本纪》里更是将这段故事的时间、地点、人物都写得活灵活现:"穆王十七年,西巡狩,见西王母。"《史记·赵世家第十三》:"造父幸于周缪王。造父取骥之乘匹与桃林盗骊、骅骝、绿耳,献之缪王。缪王使造父御,西巡狩,见西王母,乐之忘归。"缪王,即穆王。有东晋学者注释:"西王母者,西方一国君也。"在《山海经》里,人们将西王母和青鸟连在一起描述,曰:"西王母梯几而带胜仗,其南有三青鸟,为西王母取食……"(《山海经·海内北经》)

"若非群玉山头见,会向瑶台月下逢。"西王母娘娘在昆仑山早已成为诗歌的化身,幻化成一位女神了。没赶上女神的蟠桃盛会,但到了神的国度,焉有不拜的道理?况且,昆仑女神怕也是一位热烈、浪漫和美丽的诗神!

三拜九磕,我们终于抵达昆仑山口。

一下车,站在昆仑山口,我心里忽然就隐隐地出现了一丝失望——这里,既没有昆仑六月飞雪的奇观,也没有想象中昆仑山的巍峨与雄浑。我看到的只是一个山脉的狭口。狭口的浅山坡上尽管也有哈达与写满梵文的彩幡在风中舞蹈,但更多的是标示海拔,或位置,或地理指示的各式各样的石碑。有那么一刻,我脑海里多年积攒的关于昆仑山浩浩荡荡、莽莽苍苍、挺拔高峻、雄奇壮美、磅礴奇峭等词语都消失得无影无踪,唯有一种头疼欲裂的强烈的高原反应。伫立在山口,我像是踩进了一个虚无缥缈的梦里,突然一时无语。把头缓缓抬起,我巡视着面前矗立的一块块石碑,目光最后投向嵌着索南达杰的照片的那座白色的石碑,心里更有说不出的苍凉。我知道,索南达杰这位年轻的县委书记,为了保护藏羚羊,被偷猎者残忍地杀害,但直到死,他还保持了一个端枪的英雄的姿势。

我的眼睛有些湿润。

风过耳,天地间顿时有一种巨大的、神秘的静谧。这下,我突然明白,我一时无语,正是对圣山的无语。面对巍巍昆仑,人的所有尘世的想法陡然就失去了力量,都被消融得一干二净。"横空出世,莽昆仑,阅尽人间春色。飞起玉龙三百万,搅得周天寒彻。夏日消溶,江河横溢,人或为鱼鳖。千秋功罪,谁人曾与评说?而今我谓昆仑:不要这高,不要这多雪。安得倚天抽宝剑,把汝裁为三截?一截遗欧,一截赠美,一截还东国。太平世界,环球同此凉热。"不自由主地,我哼起毛泽东的《念奴娇·昆仑》,一种磅礴的东西在心里汹涌、弥漫起来。

这自是另一种诗意的抵达,也是柴达木最为深刻的地方。

2016年12月16日,北京寓所

镜泊湖之冬

没看到湖,看到的只是一面偌大的镜子,镜泊湖的镜子。这是冬天。冬天的镜泊湖银装素裹。是一片白皑皑的世界。白皑皑的世界也有颜色,雪白雪白盖住山峦、林木,房屋上的是白雪,暗绿的,铺就一望无垠湖面的是厚厚的冰。有阳光照着,红红的太阳的颜色在与它接近的地方,仿佛有一大片的嫣红。近看,如镜的湖面吸了阳光的热气,泛出冷冷的光。湖上不能走船,却泊了一艘大船。这船据说很有历史,说某国领导人曾坐在上面喝酒、聊天、吃烧烤,思考着国家大事。但这好像只是传说,是梦。白雪把镜泊湖弄成了一个童话世界,那船搁在如镜的湖面上,就像孩子丢弃的一个大玩具。

湖上也有行人,行人照例坐不了游船,而是坐着狗爬犁或踩着雪橇,让马或狗拖拽着,满冰湖疯跑;更有大型拖拉机,拉着一群或躺或坐在雪圈(旧轮胎)上的人,也突突地跑。没有水,没有船,游人自然就没有游览湖水的乐趣,只把湖当成一面铜镜。他们在不停地磨,仿佛要把镜泊湖这面镜子磨出光亮。让人眼睛发亮的,还有湖中插着的赤橙红绿青蓝紫的旗子。旗子在白雪的世界很醒目,像是在制造节日的气氛,又像是警示游人。冬天的镜泊湖,镜在泊中,波平如镜,但镜子背面的湖水深不可测,让人走在上面,心里还感到害怕。镜泊湖有责任不让游人在如镜的湖面上太任性、太放肆。湖上,有些放肆的是几台硕大的造雪机,机子呼呼地叫着,吐出的雪粒漫天飞散,很快就形成一个雪堆。这是城市人用来制作雪堡的。雪堡其实就是雪雕。站在湖中望,岸边果然砌起一座座雪雕,有欧洲风格的城堡,有火车,还有虎、鹿、老鹰,有人脸狼身或人脸蛇身的帅小伙子和美女,有风神、雨神、太阳神等。咚咚咚,忽然,有鼓声镗鞳而来,声音高古而悠远,一看,却有一群身着花花绿绿服装的男女,腰摇铃响,在舞之蹈之。朋友说,这是萨满人祭祀或祈祷的仪式。他们穿上神服是神,脱下神服是人。别看他们动作像是"跳大神",但那一招一式全有讲究。他们在与神灵沟通,与天地对话,心里充满着他们对自然、对天地万物的敬畏。

"走,照照镜子去!"吃过午饭,朋友说去"照照镜子"。我理解,这"照镜子"就是在湖上走动走动的意思。到了湖边,果然就见一群人在湖上"照镜子"。他们在湖镜子上踩着雪橇、坐着狗爬犁或骑着冰上摩托车,匆匆忙忙地,都朝一个方向飞驰而去。原来,那地方有渔民在捕鱼——当地人叫这为"冬捕"。镜泊湖冬季捕鱼的历史可以追溯到辽金时代,少说也有一千三百多年的历史。萨满人认为万物有灵,捕鱼也有讲究。他们捕鱼时,总是腰上系一条红腰带,然后喝一碗烈酒,大吼一声"开网喽!",于是起网。捕上的第一头鱼,他们认为是吉祥如意的化身,自己舍不得吃,一般都得放生或是送给有缘之人。

镜泊湖的水深不见底,水质优,生产的鱼品种繁多,名目不一而足,比如红鲢、白鲢,还有鳙(胖头鱼)、虹鳟鱼等等。他们还把鳜鱼叫作鳌花,鳊鱼叫作鳊花,湖鲫叫作鲫花,统称"三花"……捕鱼时,渔民们在冰窟上凿一洞,起网时不管大网小网,万尾银鳞,就在冰上如浪翻转。说是有一年,大网竟一网拖了八十六万斤的鱼,一时蔚为奇观。但俗话说"十网九空",鱼也不好捕的。只是这眼前,捕鱼多多少少就带了一些商业表演的意味。没看到大网,我们看到的是小网"挂鱼",渔民在冰窟里拉着网,一条条鱼活蹦乱跳,随着那网被拉出。旁边,游人欢呼雀跃,有人甚至快乐地抱着那鱼用手机拍照,发在朋友圈里与朋友分享。

镜泊湖是一座火山熔岩堰塞湖,是当地晚期火山群第五次喷发,熔岩流阻塞了牡丹江的古河道而成。湖的深度平均四十米,最深的地方有七十米。如此幽深澄澈的湖,春日里春水荡漾自不必说,在冬天,人在湖面上走着,偶然想起白雪轻吻火山的熔岩,便有冰火两重天之感。当地人告诉我,镜泊湖本不叫镜泊湖,就像牡丹江这座城市,名字也并不是源于牡丹的花,而是古称"牡丹乌拉",乌拉是满语的"江",牡丹有"弯弯曲曲"之意……镜泊湖也有很多很美的名字,如湄沱湖、阿卜湖、呼尔海金、毕尔腾湖……但最后还是叫了镜泊湖。叫镜泊湖好,叫了镜泊湖,镜泊湖就真成了一面镜子。一面巨大的镜子,照着天地,照着人心。

2016 年 12 月 22 日晚,牡丹江镜泊湖宾馆

时间之贼

每逢新旧年交替,人们对时间仿佛就格外地敏感与珍惜。一些辞旧迎新的仪式,种种关于时间的寓意、希冀与想象,都弥漫了一种"逝者如斯夫"的情绪。"门前老树长新芽,院里枯木又开花……时间都去哪儿了?"王铮亮的一首《时间都去哪了》之所以能够感动无数的人,不只是因为他"还没好好感受年轻就老了"的慨叹,还因为他唱出了人们与生俱来的对于光阴流逝的无奈,道出了岁月匆匆带给人心的一份沧桑与疼痛。

在微信朋友圈,我看到一位朋友说他的时间大都被电视"偷"走了。他说,有一段时间,他没日没夜地泡在电视里,看了新闻看综艺,看了电影看游戏……手里拿着小小遥控器,他就感觉自己天南地北、海内海外,无所不知,无所不晓。这样的结果当然是快餐式的、泡沫化的电视娱乐,以及一部部庸俗漫长的电视剧,使他浪费了大好的时光,敷衍了美好的亲情……他说,电视机那一副无所不知的嘴脸,在吞噬了美好时光的同时,还让他神经兮兮,让他有惶惶不可终日的茫然。在文章的结尾,他咬牙切齿地说电视是人类的"时间之贼"。

其实,电视是时间"杀手"的说法由来已久,是读屏时代个别人不节制而产生的切肤之痛。现在,随着电脑、笔记本、手机等的出现,新的时间"杀手"恐怕早已被形形色色的"手机"代替了……微信、语音、视频、朋友圈、支付宝……君不见,人们无论是行车还是在徒步,无论是独处还是众人相聚,男男女女,老老少少,差不多每个人都低首把玩。人的见面仿佛手机的见面,人的交流仿佛手机的交流;说不出口的话让手机说了,要陪的亲人朋友让手机陪了,海量的信息和信息的碎片化……手机,在带给人类便捷通讯的同时,也彻底地阻隔了人们彼此相处的时间——讽刺的是,即便在手机屏幕上我们面对有人把手机与鸦片相提并论,勾勒出中国人当年人手一杆烟枪,现在人手一部手机的幽默画面,我们也只是无动于衷。

美国作家东尼·席勒曼写了一部名叫《时间之贼》的小说。小说写的是历史悠久的印第安古墓吸引了一大批专业的考古学家,随着时间流逝,年轻的考古学家弗里德曼博士无故失踪,警局附近连续发生盗窃案,神秘传教士神出鬼没,古墓附近的盗墓贼惨死……人们最后期待丧妻的利普霍恩和倒霉的吉姆·契两人打破僵局,解开重重谜团……这也是一部有关时间的推理小说,是神秘故事与历史的另一种完美结合。撇开这个故事,我倒是觉得作家把一群心狠手辣的盗墓贼称为"时间之贼"很有意思。仔细想想,那古墓埋葬的一切不正是时间的一种永恒的凝聚?盗墓者偷窃的不正是流逝的时间?

"时间之贼"无处不在。在地球每天二十四小时分分秒秒的

秋山响水 | 297

钟摆撞击声中，在人类不停的高谈阔论里，在人类情意绵绵的网恋或无所事事的神侃闲聊中，在人类面对生活的所有犹豫不决和左顾右盼里……其实，在走路、吃饭、睡觉的时候，"时间之贼"已经堂而皇之地光顾着我们每一个人生命的宫殿。在这个宫殿里，一分分，一秒秒，"时间之贼"不仅偷走了我们的韧性和坚强，还偷走了我们的青春与美丽，偷走了我们的幸福和梦想。无论是大的物件，还是小的物件，"时间之贼"注定旁若无人地要偷走人类宝贵的一切，直至将人类价值连城的生命宫殿偷得只剩下一座空壳……所谓"手莫伸，伸手必被捉"，谁都知道真正的小偷只会偷走我们的物质，且有被抓的那一天，"时间之贼"却将人类整个精神与物质一起毫不留情地偷走，最终谁也无法抓住它。

著名哲学家海德格尔在《存在与时间》中把时间归结为一种本体论的东西。在他的眼里，时间是一个比空间更深层次的问题。空间无以穷尽，时间也无以捉摸。哲学家奥古斯丁说到"时间"时也说"你不说我倒还明白，你越说我越糊涂了"。时间就是这样让人越说越糊涂的东西——"时间之贼"固然可憎可恨，但也可爱。比如，它会在一朵鲜花里偷来笑脸，在钟情的明眸里偷来爱情，在晨练中偷来健康，在身心愉悦中偷来美丽……因此对于"时间之贼"，我们不仅要学会防范，还要学会沟通，学会握手言欢。

2017 年 1 月 3 日，北京寓所

水　雪

说是下雪了。早上起来推开老家的窗户,我看故乡的天空果真是下雪的样子。天空阴沉沉、灰蒙蒙的,无数白色的柳絮状的东西成群结队地从眼前飞过。匆匆地,这些东西在空中胡乱地指手画脚了一番后,落在地上便倏然杳无踪迹。妻子说,这是落水雪。我低头一看,地上果然湿漉漉的,面前很快布满了一大片的水迹。

妻子显得有些失望,我也有一丝隐隐的歉意。我知道,妻子失望的是这些年她几乎没见过一场真正的雪。这一是因为这些年冬天她都随我在北京和故乡两地奔波,总是错过了下雪的天气;二是即便逢上了下雪,也都是现在这样的水雪——故乡的水雪还有一股水灵灵的劲,而我所居住的北京若下一场水雪,那简直就是一场空前的灾难:不知是雾霾的原因还是什么,雪花的颜色不是白色而呈灰色。灰色的雪花嗡嗡一团,就像一群蚊蚋在天空飞舞着,落在地上若拌了泥巴,人一脚踩在上面嗞嗞的,直叫心里泛凉气。街道上的树木湿淋淋的,车、天桥、楼房和一些建筑物被弄得斑斑驳驳，一样样都被画成了大麻猫脸。

我说有一丝歉意，是想说因工作关系，这几年我总有机会到东北出差见到真正的白雪。最近一回领略下雪是在黑龙江的牡丹江市。夜宿镜泊湖宾馆，早上从枕上一觉醒来，突然听见外面有沙沙的声音。窗外是一片树林，我便疑心树林里有无数的小松鼠在活蹦乱跳，就兴奋得一下子推开了窗子——哪里有什么小松鼠，面前一片洁白，沙沙的正是雪落的声音。雪在空中纷纷扬扬，漫天飞舞，不一会儿，眼前就是一个白雪皑皑、银装素裹的世界。白雪晶亮晶亮的，淹没了草丛，淹没了树脚，淹没了偌大的镜泊湖。湖像盖了一层棉被，树木雾凇一般，披金挂银，雪里藏俏。陡时，天地在我面前浑然一体，玲珑通透。浅一脚深一脚地行走在雪地里，脚下发出咯吱咯吱的声音。头顶上，雪粒蹦跳着落进领口滑到身上，凉爽爽的，就像有一只调皮的小手在背上酥酥地搔痒……我的天空已下过了雪。忍俊不禁，我用手机拍了几张雪地照片发给妻子，让妻子好一阵羡慕。

在妻子眼里，这样的下雪才是下雪。这样的雪也只在她童年的冬天才下过。村庄、田野、池塘……那时冬天南方的乡村总有几场皑皑的白雪覆盖。浅浅的池塘、河流，结着厚厚的冰，孩子们就把冰冻的池塘当成玩耍的乐园，在上面溜冰、奔跑，快乐地嬉戏。冰天雪地里，孩子无一例外，还搓着冻得红扑扑的小手，握着从屋檐或流水处摘下的长长的冰凌当剑，追逐着，撕咬着。堆雪人、打雪仗，天真无邪、咯咯的笑声飘荡在白雪的上空……大地上一望无际，白得让人望不到尽头。皑皑的白雪里，或太阳暖暖，或晚霞灿烂，孩子们活泼泼的，老人们也变得特别慈善，常常是三五成群,烧着红红的栗炭火,围在一起说些盘古开天地的故事。雪地里,隐隐约约,似乎有一股梅花的馨香若有若无地飘来,让人生出白雪寻梅的雅趣。那样的冬天给人的便是一种梦幻、童话般的感觉——妻子说,现在想起来,我们童年时代读不到童话,那下雪的天便像童话的天。那些白雪是自然馈赠给我们童年的一幅美丽的生命图景。大自然赋予我们的原始生命的底色,让人惊讶,也让人记一辈子。

下雪了!下雪了!……在故乡,在下这种水雪时,我听远处也有一种兴奋的惊叫声传来。此时,天空飘落的雪花落在屋顶上,落在地上的依然转瞬即逝,但地上潮湿的样子却让人渐渐有了春天的感觉。一边是天空雪花飘落,一边是地上大雪无痕,神龙见首不见尾,仿佛天空不是下雪,而是天地共同创造生命的神话。这样的水雪飘落,就让人不由得想起古代一位诗人的打油诗:一片一片两三片,落入大地皆不见……哈,下雪总充满着浓浓的诗意。比如我,现在看见天空里雪花舞蹈,就感觉雪花的生命仿佛是一种虚空。而湿淋淋的土地、树木倒像是被谁擦拭了一遍,显得更加真实。在雪花无声的舞蹈里,大地被一种幸福无端地滋润着,一片洇润,出落得清新而亮丽。

妻说,水雪是雪的女孩妩媚地闪了一下腰。

我笑笑,说,水雪如水妖。

2017 年 1 月 18 日,天柱山下梅城

张羊羊的散文

我这次读到的是张羊羊的散文随笔：植物系列、动物系列、人物系列和一个词条。实际上，他呈现给我的这些散文作品就是一个个词条式的写作。他好像是在写一部动植物的词典。在这部词典里，他的这些词条充满了诗意，也充满着自然、大地、文献和文体之美。这种美的斑斓让人读起来有一种针扎不进去、水泼不进去的绵密，感觉作者仿佛要把他眼前和他所熟知的芸芸众生编织成他心灵上的一部文字的经典。

散文"一阵风"似的刮过乡土散文、文化散文写作后，我感觉时下的散文写作者们都在尝试各种系列散文的写作，很多作者写着草木系列、动物系列及美食系列。我不知道张羊羊这些系列散文写作是否与这种风气有关，但无疑他做得更为彻底和完美。他一下笔，就把他所熟悉的南方乡土的动植物一股脑儿端将出来。他笔下的动植物，当然都不仅仅是他对生活原状的一种简单描摹，还是一种探究。他探究人与植物，人与其他动物，人与人及时代相关联的部分，相互契合的精神，并赋予自己的生命情感和价值取舍。因此,这些动植物在他的文字里鲜亮且生动着,而且个个重情重义、有气有节。

比如,他写到《茨菰》时,文章的结尾,他从教孩子去认识"秋天的农作物"生发开去,写道:"我只是静静地看看它们,多安静的孩子:胖胖的,圆圆的,尾巴是粉红色的。"真正的孩子,如茨菰般的孩子……情景互融,灵光一现,这里有一种神秘的隐喻,也不知不觉地完成了他对茨菰这种植物一种"格"的心灵评判。还比如,他写《木槿》时说:"如果我的妻子叫孙木槿,总比叫孙梅花好听吧。"就是因为"木槿"在他心目中"洁净",他想到木槿花、木芙蓉,想到薛涛,而不像梅花,有着被人为庸俗比拟的傲气。中国文化有将草木人格化和赋予意义的传统,所谓"比德"。但张羊羊好像并不打算遵循这样的传统。他实际上也写过梅花,他直截了当地说:"我个人并不是很喜欢梅花,说不出来的感觉,没叶子的花看着老别扭的。"

这是诗人一种审美的坦诚,与众不同。

前不久,我和一位散文家聊天,认为现在很多写草木与美食的散文大都喜欢沿着袁枚的《随园食单》和李时珍的《本草纲目》的路子来。其实,这里涉及一个文章的"引用"问题。很多的散文随笔都有引用,上自天文地理,下至草木虫兽,或古典诗词,或古文献,或古今中外作家的文学认知,信手拈来。引用得好,使写作者的联想得以补充、丰富和完整;但引用得不好,便有一种"掉书袋"的感觉,使文字也变得琐碎、累赘和冗长,甚至消解了文章的创造力,丧失文字自然生成的纹理。实际上大多散文就这样。我读张羊羊这三个系列和一个词条的散文,发现在他这四万多字的系列散文里，竟引用白居易、张潮、杨凝式、李时珍、朱敦儒、聂鲁达、梭罗、康·巴乌斯托夫斯基，一直到汪曾祺、苏童和他自己的诗文，多到六七十位古今中外的作家、书法家、医学家、科学家的文章和典故。如，写《羊》时，他引用古希腊女诗人萨福的那句"羊群归栏，孩子们都投入母亲的胸怀"，引用董仲舒的《春秋繁露》中写的："……羔有角而不用，如好仁者。执之不鸣，杀之不号，类死义者。羔饮其母必跪，类知礼者……"总之，无论是他在写《燕子》时引用晋人傅咸"有言燕今年巢在此，明年故复来者。其将逝，剪爪识之，其后果至焉"，还是他描摹康·巴乌斯托夫斯基那只俄罗斯文学的"獾子"，他的引用好像还不至于让人生厌。相反，他在文字里展现的这种庞杂的阅读量及游刃有余的运用，还使他的散文增添了一种知识趣味性的文献之美，有一种轻盈与沧桑相交叉、相融合的文字的丰富。

张羊羊是诗人，他的文字无疑总充盈一种丰富的诗意。他在写《韭菜》时说："眼一睁开，春天来了！韭菜又嫩绿了，有时候我很想变成一只蚂蚁，穿过那一片高大的绿色的森林。"写《草莓》，说："草莓，蛇莓，茅莓，那一朵朵江南的小红帽。""村庄里还有草莓的脸，长满粉刺的美丽的脸。"在张羊羊的散文中，特别是在他写南方植物的文字中，他的这种具有无限美感的想象力无处不在，且展现出一种童话的魔力。他的这种童话感，只要一有机会，他就会淋漓尽致地显露出来。如此，我们读他的文字，除感受到他丰富的想象力外，还能感受他那童话般描摹事物色彩的无邪童心，手中有一种青草被拧出汁的感觉。

记得还读过诗人张羊羊的一首叫《种诗者》的诗，他说："……

南方黑亮的桃枝上,长满毛茸茸的、小小的梦……调皮的不老的母亲,眼睛里扑闪着明月。"大概是因为我们同生于南方,与他可能有着相同的文学地理常识的缘故,我对他这句诗中出现的"桃枝、母亲、明月的扑闪"这样的词语真的很喜欢,从此也对他的创作心存期待。

2017 年 5 月 25 日下午,北京寓所

袅袅的乡音
——序散文集《云水深处是吾乡》

我和周竹琴素昧平生,只知道她是一个学校的语文老师。那学校是我家乡一所著名的中学,家乡的莘莘学子都以考上那所中学为荣。那个中学的语文老师除了她,我认识的还有几位。所谓桃李满天下。在与那所学校里生长过的"桃李们"偶尔相处时,我也总能感觉到他们对老师特有的一种崇敬和热爱。

"你们高考后就离开了,留下老师还在校园里。我常常会在傍晚或晚自习走到你们待过的高三教学楼前,那里一切依旧。"这是周竹琴在散文《你们走了以后》里写的……学生高考毕业,一茬茬地、一届届地走了,眼前空荡荡,踯躅在教学楼前,周竹琴怅然若失,心里自有一种恒久的思念与追忆。如此,一种浓浓的师生之情凝于笔端。

"师者,所以传道受业解惑也。"也许是这种"传道"的职业习惯,使周竹琴在写作时会毫不犹豫地传达出她的思想。在《上学的路上》中,她感受到"恶人和恶狗是有某些共性的……所以,要是你做出了动作,就一定要落实到位,让它尝到痛的滋味",从而挖掘出走路"踏踏实实走才是最稳的"这一人生旨意。从吃菱角中,她也能独特地领略到"菱角有涩涩的壳,却有着美味的果肉,就像哑婆一样,上苍给了她苦难,她却带给我温暖的回忆"(《菱角尖尖》)的另一番生命滋味……

回忆总是温馨的。如果这种回忆还夹杂着人生智慧,其间更有一种幸福的享受。

在人生成长的岁月,周竹琴就沐浴在这种人生的智慧里。比如,年幼的时候她与小伙伴一起在一棵大树下玩石子,而盘踞在她们头顶的却有一条恐怖的大蛇,她爷爷为了不惊吓她们,抓住她们的童心,喊了声"去踩高跷",便巧妙地支开了她们,让她们避开一次生命的不测(见《遇见大蛇》);比如,在乡村的秧田里,为了减轻拔秧的劳累,"父亲干脆自制了一种凳子。一个凳面一条腿,凳腿的底部是尖的,易于从泥里拔起"(《"五一"插田》),等等。这不仅使她在很小的时候就感受到人生的大爱,还使她充分领悟到了创造的愉悦。

上一辈的言传身教、天生的聪慧、女性的细腻和敏感……让周竹琴仿佛从小就能细心地体察人性的善恶,感悟一些人生的道理。她叙述母亲让她给棉花剪枝时说:"穿行其间,我发现叶子太多了,影响阳光射入,下面的棉花长得没有上面饱满;摘棉花也不方便,枯死的棉花叶总是往棉花团上粘。于是,我在给棉花剪枝时增加了一项——摘叶子,将多余的叶子清除。母亲倒没有反对我的自作主张……"(《那年那地》)小小的年纪,她却有自己的主张。她这样做了,她获得了成功,因而也享受到"一个小女孩在圆月清辉下拿着剪刀,梦想棉花雪白一片的快乐"。

周竹琴收在这本文集里的文字,因为职业关系,虽然涉及了她的一些教师生活,但写得更多,或者说她用情最为专注的还是乡村的人、物和事。她关注一些农事,这些农事绝大部分她都干过,所以她总能感同身受……"双抢"、编席子、挑坝,让她有着与大多数乡村孩子一样的苦涩记忆……剪棉枝、讨猪菜、刮麻等等,却又让她感受到贫穷而又快乐的童年与少年生活……"池塘四周的竹林仍在。有了水,竹林显得格外青翠,夏天,搬张竹椅,坐在其间,看书、发呆都可以,刮麻也不错。"她在《门口的池塘》这篇散文里这样不动声色地写着,如此文字在带给我们美好想象的同时,那一片凝固了的夏日时光,也让我们心生感动。

一切都十分熟悉。

周竹琴用袅袅的乡音呈现在我面前的,是我非常熟悉的乡土、熟悉的农事和人物……当然,她用的是她最为熟悉和擅长的一种表达方式。只是联想到乡土的辽阔与农事的丰富,我以为,她的这种表达方式只能算是她亲近土地、亲近农事和人的一种。她应该有更多的方式。

2017 年 8 月 12 日下午,北京寓所

尚义赏荷

我一直认为田田荷叶是故乡对我美丽的馈赠。特别是在赤日炎炎的夏天,无论身在何方,只要我一想到故乡雪湖里的荷,我的心头仿佛就逸生出一片绿荫,沁出一大块的清凉。因此下榻在尚义的尚缘宾馆,当我推开窗帘,映入眼帘的是一池荷花时,我不仅感受到亲切,还感到小小的惊喜。以至每天触目所及都是这一片荷塘,我就越发清楚地知道,尚义的荷已是我心中难以绕开的一处风景了。

有了荷叶,感觉尚义就有些江南。当然,实际上并不是这样。尚义地处晋冀蒙三省交界,属河北张家口市的西北部,是内蒙古高原的南端,坝上坝下的草原,连绵起伏,摇曳生长的都是雪绒花、格桑花、石竹花和车前草、狼针草……昔日,草原上战旗猎猎,金戈铁马,这里每一株花草都留下了哒哒的马蹄香;历史的烽烟从北魏小镇、明长城一路飘来,这里每一寸埋有牛羊尸骸的土地,也同样浸染着先人的鲜血。茫茫草原,漠漠雄风,碧碧芳草,悠悠白云,就是现在,尚义人打出的招牌也都是"看赛车,看赛羊,看赛马"之类口号,显得十分粗犷而豪迈。难怪,就连见多识广的著名散文家韩小蕙女士听说我们到尚义,不是看赛羊,就是吃烤全羊时,也幽默地对我们说:"你们这次和羊干上了!"——只是到尚义,站在有荷的窗前,我心里才明白我是与荷"干"上了。

这些荷生长在鸳鸯河里,一片翠绿。一条横穿尚义县城的河,不知谁截下这一段围起来,栽下荷莲,就成了荷塘。关于鸳鸯河,当地志书称为"源洋河",意为洋河的源头。河水千回百转,最终流向永定河。相传很久以前,王贵和翠翠这一对青年男女定居在这里。夫妻俩男耕女织,男欢女爱,过着美满的生活。但好景不长,忽然有一天,翠翠的父母派她的哥哥带领家丁追寻到这里——原来,翠翠本是太原一户富商家的千金,王贵是她家的一个园丁。父母把翠翠许配给了一个名门阔少。早已相恋的翠翠与王贵于是趁一个月黑风高夜双双私奔到这里结为连理。家丁追到源洋河,上游突然发下洪水,王贵、翠翠与追赶的家丁们立时被浪涛吞没……棒打鸳鸯,祸从天降。洪水之后,家丁变成卵石沉入水底,王贵和翠翠却化作一对鸳鸯,"纤纤戏水,相向而鸣"。从此,尚义人便把这条流淌的河改称鸳鸯河,奉为他们的母亲河。

故事凄美动人,毫无疑问为鸳鸯河增添了一种浪漫的爱情色彩。但在我听来,凄美里仍然浮动着丝丝江南的气息,感觉凄婉的故事在这里既缺少草原大漠的苍凉之气,又有一些人为的胡编乱造的痕迹。一如眼前这盛满了荷叶的鸳鸯河,四周是水泥石头堆砌的河坝,全然没有自然湖泊浑然天成的趣味……幸好,荷花的开放不以人的意志为转移,尽管它身似浮萍,落水生根,在草原高远的蓝天下,它无法与扎根草原欢快生长的雪绒花、格桑花、石竹花、向日葵们相媲美，但守着这一池湖水，它尽情灿烂地开放着。时令是草原的八月，此时江南一池荷花恐怕已像一位孕妇，莲红叶绿，大腹便便，清香四溢。而这里的荷花却早早绚烂开过，剩下的多是轻盈半枯萎的荷叶，耷拉在湖里。草原的风刮过，荷叶翻处，一边是翠翠的绿，一边是淡淡的白，里面好像藏有千军万马。荷叶泊在荷塘，荷叶上的露珠欲滚不滚，荷叶下的藕节不白却白。偶有几枝红红的荷莲站立在荷叶丛中，就像流落风尘的女子，或雍容华贵或孤苦伶仃，眼看就要凋落，但又坚强得像是谁举起的硬邦邦、鼓嘟嘟的小拳，向荷塘和大地宣誓……每天傍晚，从草原回到宾馆，我情不自禁地沿着鸳鸯河的荷塘走上几圈，踏着草原的风，欣赏一河两岸华灯初放时的荷塘夜色；而清晨，更是迫不及待地推开窗子，吸几口来自荷塘的风，然后走到那几枝荷莲的身边，蹲在那里看一夜草原的风霜，看那一出生便面临凋零的生命有着怎样的容颜……我的周围，这时候没有人想起鸳鸯湖凄婉的传说，更多的尚义人伴随音乐的节奏，在随着荷叶翩翩起舞，一如风吹荷叶那般舞蹈、晨练……

这样，我在尚义县城两天的早晚，看得最多的便是荷了——别了尚义，朋友问我到尚义看到了什么，我说，我在尚义赏荷！朋友一脸诧异，说，尚义是一座羊都，到了尚义你没看见赛羊，就像你到杭州没看到西湖，到壶口没看到瀑布一样……我默然，心里说：羊大为美。我没有看到赛羊，但在尚义的草原我看到了绿绿的荷、饱满的莲……那也是美，一种沾了尚义气息的美啊。

2017 年 8 月 13 日下午，北京寓所

炒板栗、烤红薯

现在从北京的几条地铁口出来,我看不见炒板栗和烤红薯的摊子了。而往年这个季节是有的。那时进进出出地铁口,炒板栗与烤红薯的香味立时充斥鼻间,撩起我一腔的乡思。这是很奇妙的事。西晋张翰有莼鲈之思,叶圣陶吃藕与莼菜,说这两种美味最容易勾起乡思,但这些乡思好像都很阳春白雪。我说秋天撩人乡思的是炒板栗与烤红薯,就有些下里巴人了。世上人事都有大俗大雅,我不知道乡思是否也有雅俗之分。

板栗和红薯都在秋天上市。红薯长在地下,板栗长在树上。在故乡连绵起伏的丘陵上,红薯到处都有栽种。而板栗只生长在山区。一株板栗树栽下去不用管,乡亲们不拿它当回事,但红薯能果腹充饥,可以充当粮食,因此栽插红薯便是乡亲们一种艰辛的农活了。先是平整出一块地,在每年农历三月份就将去年留下的红薯种子栽在里面,等它发芽、出苗,郁郁葱葱长出一串串繁茂的藤叶时,拿起剪刀,将那藤一截一截地剪下,剪成一个个待插的斜面,然后趁一个阴雨天栽插到地里——在我记忆里,栽插红薯的时节,乡亲们都头顶斗笠,身穿蓑衣,一个个都显得行色匆匆。

红薯落在潮湿的地里疯也似的生长。待到天晴,就开始除草、施肥、浇水、翻晒红薯藤了。这些农活单调而机械,却耗费人的心力。红薯在地里不知不觉地长大长胖,绿莹莹的红薯叶子铺满一地。到了红薯出土的九月,乡亲们便将红薯挖回家,在享受劳动成果的同时,另一种劳作又开始了。他们将红薯洗干净,或用瓦缸磨成淀粉,制成粉丝;将红薯煮烂搋成红薯泥,制成山芋圆子、红薯干、红薯角。饥饿的年代,乡亲们使出浑身解数,变着花样把红薯做成一道道美食,用作荒年的粮食,甚至做成一顿饕餮大餐。而烤红薯,因为操作方便,经常是农家生活里一个小小的插曲:童年,母亲有时在灶前灶后忙着,冷不丁从锅灶里掏出黑乎乎的一团,捧着手里拍打着,闻着那馋人的香味,甜甜的烤红薯就逗得我流下口水……这使人想到,一切乡思的根由恐怕都源自童年对乡村味觉的记忆。

收获红薯叫"挖",而收获板栗却叫"捡"。

俗话说"白露到,栗子咧嘴笑",又说"七月毛桃八月楂,九月毛栗笑哈哈"。乡亲们对于新鲜的节气果,最是耐不住性子,况且捡板栗有一些喜庆的味道。山里人家把收获板栗叫作"开竿",是一种带有某种仪式感的集体行动。白露之际,板栗成熟,栗蓬自然爆裂,正是开竿打栗子的大好时节。那时候天气不热不凉,山间泥土树木散发出独特的清香。走过一片片树林,就看到高大挺拔、枝繁叶茂的板栗树了,青青的刺头咧着嘴,一颗颗挂在树叶间,像是一只只自然的绿绣球。大人带着孩子,一手挽竹篮,一手持镰刀,扛着长竹竿。到了板栗树下,或小心翼翼地爬上树,用全身力气摇那树干和树枝,或用竹竿一挑一抖,那已咧嘴的板栗和板栗苞便从树上掉下来,引得孩子拍着手,开心地笑,还忙不迭地撅着屁股跟在大人后面捡。要是一株板栗树大,一会儿就能捡上十来斤。有些调皮的孩子边捡边吃,吃在嘴里甜滋滋、粉团团的,一下子便忘了捡板栗,于是就被大人们一通嗔怪,孩子乖巧地递上手里的板栗,惹得大人也忍不住一乐……捡板栗是有窍门的:有的板栗开了苞,一颗颗裸着,捡起来既省事又很快;有的板栗苞浑身仍长满锋利的刺,叫人难以下手,一不小心还会被扎出鲜血,只有经验丰富的人才能大显身手……如此捡板栗,怎么看都像是一幅"捡栗图",有着田家的乐趣。

红薯是舶来品,板栗却是地道的土生土长。有人引经据典,说板栗从《诗经》到《史记》乃至唐诗宋词里都有着记载,在中国有着悠久的栽培历史。说板栗与桃、杏、梨、枣并称"五果",又说是"干果之王"。宋代田园诗人范成大诗云"紫灿山梨红皱枣,总输易栗十分甜",似乎说板栗比梨、枣还要鲜美。诗人陆游说"齿根浮动叹吾衰,山栗炮燔疗夜饥",干脆说的是板栗的养生功效。捡来的板栗放上三四天,自然风干至枯,可以生吃。新鲜的生板栗清脆甘甜,越嚼越粉嫩,让人口舌生津,回味无穷。板栗可以熬汤、煎炒、蒸煮,可以磨成粉拌上肉末和面,做成栗子饼。而板栗炒红烧肉、炒鸡,简直就是故乡一道隆重的佳肴了。过了白露是中秋,如果那时有新姑爷上门,岳丈家一定是有这道菜的。在记忆里,乡亲们把中秋一家人就着皎洁的月光品尝板栗,看成一件很重要的事,差不多等同于团圆。

我的故乡,红薯和板栗都有着别样的名字,比如红薯又叫红芋、白薯、甘薯……五里一乡音,十里不同名;而板栗只叫毛栗、栗子,叫法相对就单调一些。红薯没有被叫成村庄名的,而板栗就有。我读中学的时候,有几个同学的家就在"板栗园",一听那名字我就想去看看。待毕业后去看,竟没看到一株板栗树,我很是失望。地名或有很多名不符实的,但"板栗园"三个字连在一起,就会让人对村庄生出一些美好的想象和乡情……乡情也需要想象,在京城生活了二十多年,在各种宴席饭局上我也尝过各种佳肴,但远远没有在街头碰上烤红薯与炒板栗能让我生出乡思——不是说经过炒或烤的乡思诱人,我只想说一方水土真的只养一方人。

2017年8月26日下午,北京寓所

镜子、疼痛或记忆碎片

> 我站在镜子前/不是为了看自己/而是为了确认/我所见的真是我吗
>
> ——阿多尼斯《短章集锦》

一

在某一个早晨或者某一个午后,我突然发现偌大的医院里,竟没有一面镜子。病房里当然没有,走廊、护士室没有,洗手间里竟然也没有,一面也没有……冬天,透明的玻璃窗户闭得紧紧的。在一段时间里,没有镜子这个事实让我心里感到一丝安慰,内心好像还有一种莫名其妙的如释重负。

发现墙上没有装置镜子,显然是我在医院里待了很久以后的事。因为在此之前,事实上我一直在疲于奔命。弟弟不幸让汽车撞伤,被送到这家医院刚几个小时。他的骨盆破碎,血流不止,他的脸上没有一丝血色,一口气如一缕游丝。他苟延残喘,命悬一线。因为没有病床,他还只能待在走廊里。走廊里一片狼藉,惨不忍睹。陪伴他的大妹和小妹一脸惶恐,见到我无可奈何地摇摇头,泪如泉涌。我蹲在弟弟身边。弟弟双眼或者紧闭,或死鱼一般绝望地盯着我。"哥,我完了!"……屏住呼吸,我看到他臀部下面淌了一摊鲜红鲜红的血,我听到他喉咙里滚动的几个字,周围是围观的人群,叽叽喳喳……

越过人群,我仿佛看见鲜红的血里浮动的弟弟的白发,发觉不过几个小时,他的头发就全白了……此时,我的耳朵里回响的还是救护车上,护送他的兄弟用手机传给我的那刺耳、呼啸的救护车声以及我乘坐的飞机嗡嗡的轰鸣声……在那一瞬间,我有点发蒙,神思恍惚。

一切似乎都是在劫难逃,无法选择。

二〇一二年农历十一月二十八日(阳历二〇一三年一月九日),就在这个壬辰年的年尾,我没有想到我到底还是以看病人的方式,第二次回到故乡,回到我既熟悉又陌生的一座小城。

就在弟弟出事的十三天前,岳父在从一家工厂下班的路上,平白无故被一辆偏离主道的昌河面包车撞得飞出了两丈多远。他被送到这座城市的另一家医院。所幸的是,他尽管被撞得胸腔出血,软组织损伤,头部裂开一个大口子,但他终究没有任何生命危险。那几天,爱人心神不宁,一天与他通一个电话。电话里,岳父怕我们路途劳累,一再叮嘱我们不用马上回来,让我们尽管拖到元旦假日再回来看他。元旦看完他我们刚刚离开,万万没有料到,另一个巨大的灾难此时却残酷地逼近了弟弟,给我们全家带来一次毁灭性的打击!

弟弟危在旦夕。

弟弟鼻管插着氧气,输血、输液……深夜十二点多了,主治医生早已下班。我束手无策,强作镇静地处理好弟弟的有关事宜,让人就近找了一家宾馆住了下来。但我显然睡不着。夜里,我躺在床上辗转反侧,心虚气短。不知什么时候迷糊了起来,竟做了一个离奇古怪的梦。梦里,有一座高高的摩天大楼,我走进那楼里却找不到上升的电梯。好不容易上了二楼,进了电梯,随电梯上着上着,突然又不知从哪儿来了一辆车,我开着车就直接从电梯飞了出去,飞到一块空旷的麦地。在麦地里,我横冲直撞,两眼突然失明。我在心里使劲地安慰着自己,如果眼睛没有失明,我肯定能开得出去!我能开得出去!然而,我的眼睛却怎么也睁不开。我大声呼叫着。我清楚地听见了我自己的尖叫声。

这一叫,我就被自己弄醒了。醒来时,我还在大口大口喘着粗气,如雨淋了一般,浑身湿透了。

我不知道这梦预示着什么。风雨飘摇。我知道我在这座城市要度过一段令人煎熬的日子。

二

骨盆粉碎性骨折、尿道管断裂……第二天上午,医院骨科医生把弟弟从走廊转进病房,经过急诊 CT,很快将弟弟的伤情初步诊断出来。他们开始会诊,按部就班的治疗,必需的输氧、输血、输液……弟弟一条腿被沉重的铁块牵引着。医生说,这是预防他受伤的左腿骨变形致残。弟弟没有气力,时而双眼紧闭,时而双眼无神、空洞,孤独无助地看着进进出出、忙忙碌碌的医生、护士,望着守护他的亲人。他眼里全是绝望、恐惧、伤心、愧疚,还有一种迷离。

"这儿痛不痛?这儿痛不痛?这儿?"医生小心翼翼地按他的身体,询问,专业而又专心。弟弟眼睛呆呆的,他强忍的泪水悄无声息地流淌,枕头洇湿了一片,但他自始至终没有喊出一声疼痛。

"这种是一跳一跳的痛,这种是/扭伤的痛,这种是咬痛,这种是灼痛还有/这种是刀割似的痛而这个/是一种隐痛。在这儿。精确地说就在这儿,对,对。"这是多日后我读到的以色列著名诗人耶胡达·阿米亥的诗,诗名就叫《疼痛的精确性和欢乐的模糊性》。阿米亥说,即使那些没有学会读写的人,也懂得如何精确地向大夫描述他们的疼痛——然而,弟弟无法向大夫精确地描述他的疼痛,我更无法叙说。一种巨大的、不可形容的疼痛,分明在弟弟躺的病床,在我的周围弥漫。我们内心清楚,一种扩张和更为持久的痛在远处,尖锐地疼痛在我年过七旬的母亲身上。

弟弟出车祸的事老家几乎人人皆知,母亲却还被蒙在鼓里。这是一种善意的欺骗与隐瞒。妹妹喃喃自语,忍不住说出了自己的担忧。我的心随即沉重起来。妹妹说:"哥,这里我们顶着,你还是回去一下吧,不然,事情传到妈妈那里,不知又传成什么样子了!"我一听,忙与妹妹飞快地安排好弟弟的事,匆匆地走出医院,不管路途之遥,与小妹拦下一辆出租车就回了老家。

母亲对我千里迢迢突然回家及与小妹同时进门,果然感到诧异,我一进门,她就问:"这时候你怎么回来?"我说,我出差顺便回家看看。母亲满腹狐疑地看着我。我以前尽管也有过出差顺便回家的事,但这事毕竟少而又少,心里有些不自在。母亲轻轻哦了一声,说:"你二叔今天过生日——"母亲一说,我突然改变主意,把准备好的话转而咽在肚子里。

　　与母亲相扶着走到二叔家,二叔家门前有人窃窃私语。他们一起交谈、商谈、叹息着。我的直觉告诉我,他们显然不只是在庆祝二叔的生日,他们也在为我弟弟的事慨叹、唏嘘、同情……果然,一看见我,他们立即停止了交谈,对我不停地努嘴或者眨眼睛。我知道他们想询问什么。他们显然比我母亲更知道我回家的苦衷。我笑笑,对他们偷偷地摆摆手,希望他们保持我需要的默契。

　　吃完饭,我和母亲回家,我装出轻松的样子,把弟弟出车祸的事说了。

　　我努力说得轻描淡写。

　　"我就说,你这时候回来是有事嘛!……"母亲惊呆了。

　　回到弟弟身边,在以后的日子,我保持每天与母亲通上一两次电话。每次和母亲通话,我都用一种轻松、平和的语气报告弟弟的伤情。这样的轻松,就让母亲产生一种错觉,母亲嘶哑的声音忽然就会大起来,似乎相信了我。但稍稍安稳片刻,她还是不信,说:"我听人讲哦,他伤得很重,你是瞒我的吧?"这时,我的内心仿佛一下子被什么击倒了,心里一阵慌张。我因此只好多说两句,说:"妈,您就放心吧,这里有我呢!"母亲一听,只好默默叹一口气。那一口气在我手机里重重的,砸得我心里一阵辛酸——开始的时候,我每天努力与母亲保持固定的通话时间,但渐渐由于忙,我无法做到准时。有时,我打过去电话,电话嘟嘟响了好长时间,她都没接。这样,就弄得我一天到晚心里似乎都搁了一桩事。但为了不让母亲看到弟弟的惨状,我们还是用各种理由阻挡母亲看望弟弟……在医院这边,弟弟因为大量输血,需要我们提供输血证,还需要自购大量白蛋白……纸巾、湿巾什么也消耗得厉害。更要命的是,弟弟的工厂拿不出需要的医疗费,还得张罗钱……那时,我就像一只泄了气的皮球,在城市的大街小巷里蹦跶。

三

偶尔也想过回到一座城市的场景。想邀三朋五友,静静地、悄悄地在这里走一走,看一看,住上几天,深深地感受一座城市的文化和变化中的一切。但我万万没有想到,我竟然以这种方式进入这座城市。

在我的印象里,这座城市近在咫尺,又遥不可及。这里有滔滔东流的长江,有寺庙、古塔,有城市的繁华……当然,也有我青春自卑、瘦弱而单薄的身影。但事实上,这座城市在我童年时就出现在我的脑海里。那时,我们生产队有很多青壮劳力都在这座城里拖板车。他们住在城市的郊区,一般每天天不亮就拖一车水泥、钢筋、石子、石灰等建材运往城里,然后又拖着城里什么货物或干脆放空车回到住地。他们在为生计卖力。但对于我们这些乡下孩子,他们就是沾了城市气息的人。当然,他们也从不让我们失望,半年或几个月回家一次,他们除了带回一些火柴、肥皂什么的聊以家用,还不会忘记塞给我们几粒糖果。

这一座少年时期赋予我美好记忆的小城,实际上我从未认真亲近过。离开故乡后,偶有开会或出差的机会,但也总行色匆匆。因为弟弟的车祸,这回,我不得不在这座城市驻足一段时间了——我忧心忡忡,所以无暇深入。在我眼里,这座与中国近代史密切相关的城市,一切似乎还是我青少年时见过的模样。集贤关、百花亭、人民路、孝肃路……处处散发浓郁文化气息的老地名,或黄昏时从某条弄堂里飘出的黄梅调,无时无刻不在提醒我,这里有着深厚的文化底蕴。在大街上行走,我努力地搜寻记忆,我看到街道上醒目的是门面、商铺的各种幌子、招牌,响亮的是喇叭里发出的各种叫卖声,挤满的是各式各样的小轿车、摩托车、自行车……兴冲冲地找到当年喜欢逛的几家书店,仿佛也是一种印证,书店,特别是新华书店也如别的城市一样,充斥书柜的不是一些教辅书,就是一些通俗文学,这座书香浓郁的城市分明也在时代的大潮中沉浮、扭曲和挣扎……

我住在一家名叫金豪门的宾馆。这个有着华丽名字的宾馆,地处一个十字路口的东北角。白天,十字路口车水马龙,行人如蚁。宾馆附近除了人民医院,还有市立医院以及由此衍生的春源大药房、恒生大药房……原来也很繁华。白天,我奔走在医院里,中午偶尔回去休息片刻。在我所住的房间里,我能听到的是各种汽车的鸣笛声,还有偶尔从长江传来的轮船的汽笛声,但更多的是一阵阵尖厉刺耳、叫得让人心颤的救护车声……

夜里,我在宾馆里也睡得很少。有一阵子一直是这样:我一个梦连着一个梦,常常一个人就在梦中惊醒。那时候,我拉开窗帘,外面还是漆黑一片。街道上没有行人,自然也没有白天的喧嚣,偶尔有车子飞驰而去,带来一阵巨大的哐当哐当声,又复归寂静。醒了的时候,我第一个想到的就是弟弟。我想他在医院里,一夜又不知承受了什么样的疼痛。还有陪伴他的亲人。他们各自都有自己的家事。他们轮流陪护,目睹弟弟生命的残破和折腾,有着比我更为无助的痛苦……而在几十路外的老家,母亲抚养着弟弟唯一的却有智障的女儿,还要操持家务;现在因为记挂弟弟,又要成天提心吊胆……渐渐地,与母亲通话时我也不知道说什么了。我原以为这种巨大的痛苦我一个人承受就可以了,但其实,这只是我一厢情愿。这些痛苦同样在姐妹们的心里,在母亲的心里,我们全家都在承受一个生命的煎熬……

四

由于弟弟治疗很长时间没有起色,很多人,包括弟弟的病友们也由开始时的同情、赞同和支持而很快变成了焦虑、怀疑和失望。有人心怀惴惴,对我的坚持称赞一通后,干脆就摇摇头,劝我转院或做另外的打算。我知道他们的意思。独自看着躺在病床上的弟弟,我也不知道我们对弟弟肉体生命的挽救,到底是一种幸福还是一种灾难。但我内心清醒,我的良心不会让我产生一丝放弃的念头,尽管我在挑战我承受力的极限,我走在生命的悬崖,但我没有退路。

随着治疗的深入,一些坏消息总是不停地从弟弟病房传来。渐渐地,我清楚地知道,弟弟的伤情比我开始想象的要严重。他身上的淤血未退,又发现肠道断裂,他整天发烧,心律极不正常,生命随时都有危险……骨科主任与外科主任经过几番检查与商量,认为暂且无法手术,就把弟弟从骨科又转到外科。弟弟要大量地输血、消炎。听到这个消息,我的心又一下子揪得紧紧的,几近崩溃。

大约在入院的第五天,弟弟做了一个肠道造瘘手术。

但这仅仅是一个应急的手术。手术后,弟弟的尿道不是出血就是堵塞,痛得他常常满头大汗,脸色一阵煞白,一阵蜡黄,如此几经反复……最难受的是他骨盆碎裂的地方淤血,淤血开始化脓,伴随着失禁的大小便,发出一阵阵臭不可闻的气味。这样,他的床单一天得换好几次。弟弟动弹不得,常常要有三四个人一同托举,护士们才能撤换干净。在一段时间里,这事成了我们一天的几次功课。王春香、李燕、程丽丽……时间长了,我记住了几位经常给弟弟换洗的护士的名字——后来,我对出了院的弟弟说:"这是你生命中遇到的最漂亮的名字,你要记住!"

医院能做的还是输血、输液、消炎,和不停地等待。因为失血过多,弟弟前前后后输了五千多 CC 的血。医生说,弟弟几乎把全身的血都换了一遍。为了寻找血源,我的一位舅舅把一所学校一个班学生的献血证差不多都用上了。这样,弟弟经过一段时间的精心治疗,从普外科又转回到骨科,住上了三十七床。

自弟弟住了三十七床后,病房里前前后后换了几个人:第一位是一个老头,湖北武汉市人,由于车祸,他在这家医院住了一个多月。他很幸运,都是一些皮外伤,伤已治愈。但他说他的假牙在车祸中摔掉了,正在远在上海的一家牙科诊所定做。他等到假牙寄来装上后才能离开。看到弟弟病情严重,他自己要求换了一个单间。第二位是本地人,做的是胆结石手术,住院开刀很快就出院了。第三位是一个姓程的妇女,骑摩托车回家的路上被当地厂家的一辆大货车撞伤了,伤了脾脏、肩胛骨,据说还要手术。她四十多岁,成天都是她的母亲陪护她。老母亲对女儿照顾得很用心,每天都在,母女俩很贴心。有一天她那女婿过来,逗她,说岳母反正一个人在家睡不着觉,一天到晚拿个收音机听黄梅戏,陪女儿更好。女婿是个木匠,为人风趣,说女人割了脾脏,再也没有脾气和他拌嘴了。那几天,女婿正在为钱的事苦恼——交通事故就是这样,出了事因为有保险公司支付,对方总不愿垫付医药费,女婿说他跟他们没完。

车祸猛于虎。

这回,与弟弟同房住的是一位小货车司机。他开车翻下了悬崖,造成了高位截瘫。由于气管破裂,他已经说不出话。从半年前住院后,他就一直躺在这里。妻子一直陪伴着他。妻子头发一片花白,也显得老相。交谈中知道,她男人属虎,比她只大一岁。服侍男人久了,她就有点烦,唠叨、碎嘴,一会儿骂男人不晓得自己锻炼,一会儿又怪自己命苦。惹得儿子也骂她,让她滚回家去。她一气,就躲在病房的一角啜泣,肩膀一耸一耸的,焦灼而绝望。

五

抽空,我也去看了几次躺在这座城市另外一家医院的岳父。岳父七十多岁,个头不高,生得敦敦实实。但这次见到他,他五大三粗的身子明显消瘦了下去,一下子显得很孱弱,仿佛换了一个人。我见到他时,他身上还插有几根塑料的导液管。他说,他是在下班的路上被车子撞伤的。他已经走在很路边了,突然一道雪亮的光柱过来,他下意识地往路边让,那一道雪亮的光柱不由分说就吞噬了他,把他裹挟了几米远,后来他就什么也不知道了。他绘声绘色地描述着。他想不明白,还有些委屈。他告诉我,事故的处理他希望实事求是。而在这之前,他很是失望,很是急躁。他说,交通队某一位领导开始还和颜悦色,后来处理就走了样。他固执地认为,一定是对方给那位领导送了礼,不然领导不会把态度转得那么快的。我说,不会,不会。但岳父一直坚持自己的观点。后来我去看他,他不说这些了。他说,与我的弟弟相比,他算是捡了一个便宜。他也是重新活过一次的人了。他觉得自己还能干几年,不想那么多。我去看他,凑巧有人送他一钵猪骨头熬的汤,他执意要我喝。我说我带给我弟弟,他默然。

晚上,我就拎着那一钵骨头汤,回到弟弟的病房。

在这座城市里,一下子躺下了两位因为车祸而遭受巨大痛苦的我的亲人。拎着骨头汤,我从一个医院赶到另一个医院,在寒冷的冬夜里,我就像一个梦游者,我不知道我能说什么。特别是我岳父,回想起来我们翁婿之间很少有这样的对话,但因为经历一场车祸,他一下子竟和我说了很多的话,妥帖而暖心。

随着探望弟弟的人越来越多,有关弟弟如何出车祸的询问密集起来。我们兄妹几个重复着,不停地向人们叙述,说到最后我们几乎都能背下来了。弟弟临时受命从自己的工厂去另一家工厂拉原材料。那家工厂的仓库门前是一个陡坡。弟弟处理好刹车,那家工厂的工人一人站在车上,一人站在地上往车上装材料。弟弟蹲在货车的一侧清点他们的装运。眼看货物超出车载限量,弟弟大声喊着停下,车子忽然越过阻挡的石块径自就冲了下去。弟弟说,看到车上站着工人,车前又是一户人家,他下意识地从另一侧绕过来,想冲进驾驶室,但就在这时,砰的一声,他被车子挤撞到一棵大树上,他立即感到暖暖的什么在他的屁股上四散开来。知道不好,他给堂弟打了个救命电话,便昏厥过去……弟弟在医院住下来后,我发现,那出事的工厂除了无奈地跟着救护车送弟弟来了一回医院,竟然再也没有人露过面……

重大的灾难有时就像一面镜子,总能折射出人性的善与恶、美与丑来。

六

弟弟躺在病床上接近一个月,病情时好时坏,反反复复。一切的一切,在他面前都是一个未知数……他度日如年,与平时的活蹦乱跳形成了极大的反差。他几乎看不到康复的希望,他的亲人不分昼夜,一天天地陪护他,但这些亲人,包括我,也和他一样看不到生命的一星点光亮。当然,我们也经常建立起一些信心,但这信心就像是一座钟的钟摆,总是左右摇摆着,让我们的内心更加忐忑、沉重而悲伤。人无法预知什么,在生命面前,我感觉病人与家属一样,都像是一只只任人摆布、任人宰杀的小羔羊。

私下的时候,我也十分奇怪:除了输血、输液,弟弟只是做了

秋山响水 | 327

一个肠道造瘘的手术,骨盆里的淤血还在化脓,尿道管也不明就里……他一天天、一秒秒躺在病床上,时而咯血,时而流脓,还因为骨盆的碎裂,一天到晚用同一个姿势躺着,他看不到自己。我们也只有走到他的跟前,他才会看到我们……他只能孤独地面对天花板,但即便如此,他都没有一句怨言,没有发出一声疼痛的叫喊。

久病床前无孝子。弟弟几年前离婚,有一个行动不便的智障女儿,无孝子可言。陪护他的只能是我的姐姐妹妹、堂兄堂弟……在医院半年多时间里,陪护他的,除了我大妹一家外,我的姐姐姐夫、妹妹妹夫、侄子外孙、堂兄堂弟,几乎他的所有亲人都轮流陪护过他,一起陪他挣扎在生死的边缘,共同承担他的泪水、悲伤和疼痛。

记得哈佛大学人类学主任、医学人类学家阿瑟·克勒曼说过:"疼痛患者很是了不起,因为疼痛蕴含着巨大的、丰富的人生价值、文化价值和社会价值,甚至还有相当的诗意,架起了一座衔接身体、自我与社会的桥梁。"因此,他要求临床医护人员对疼痛患者要慢慢灌输或点燃希望,还要设身处地地倾听,对患者的疼痛喊叫要有转译与诠释,并与患者一起协商治疗方案……

这自是生命的一种理性关怀。但我们做不到。尽管我暗自惊叹弟弟求生的本能和对疼痛的隐忍,但在弟弟的身上,我感受不到任何一点疼痛的价值,更谈不上诗意。我所能做的只是急功近利。我经常向医生打听治疗方案,甚至不只是治疗疼痛方案。疼痛,就像缠绕一棵树的藤蔓,在我眼前的土地上疯狂生长,我只能佯装不知或熟视无睹。

漫长、潮湿的故乡的冬天,天空阴沉沉的,有时还落下一阵零星小雨。沮丧、阴霾或者阳光,我的心情总是随天气变化而变化……临近春节,与弟弟同病房的那位高位截瘫病人因治疗没有转机,转到省城一家医院去了,病房空落落的。

事实上,因为春节临近,整个医院骨科病房除了特别严重的病人外,其余人都打着绷带,带着几分伤痛回家过年了。

弟弟住院整一个月后,在那年除夕前三天,也做了一次外钢架骨盆的固定手术。

那天上午,弟弟被缓缓推出了手术室。看到因为麻醉而昏迷的弟弟,我的心情无法轻松。因为我知道,做完骨盆手术只是他治疗的第一步,他还面临着肠道、尿道断裂的恢复与重建,他还要在医院里待很长时间。弟弟麻醉醒了之后,有一种从死亡线上爬回来的感觉。他望着我,鼻子酸塞塞的。我对他说:"与疾病和死亡对峙,也是人生重要的活着的理由。你要坚持!"

但我的心浸泡在冷水里。我感到语言的苍白。

就在弟弟手术后的第二天下午,故乡小城突然飘起一场鹅毛似的大雪。那雪花一朵朵、一团团的,纷纷扬扬,漫天飘落,城市里立即白茫茫的一片。瑞雪兆丰年。城里分明有一些年味了。朋友开车来接我和妻子及孩子回家陪母亲过年。安排好春节时弟弟的陪护事宜,我上了车。朋友小心翼翼开着车,在车子的后视镜里,我注视着白雪苍茫、一片混沌的城市离我越来越远。

匆忙间,我看到我的憔悴的脸庞。

突然像想起了什么,我掏出手机给在医院继续照顾弟弟的妹妹打了一个电话,我说:"过年了,你给弟弟刮刮胡子,记得买一面镜子,买一面镜子啊!……"

2017年8月28日,北京寓所

世间唯有情难诉
——读散文集《总有一条小河在心中流淌》

与李培禹先生相识多年,在我的印象里,他充满了诙谐、幽默与睿智,口才也好。在朋友相聚的时候,只要有了他,场面立时就活泼起来。甚至同行的一切一切也会被他安排得妥妥帖帖、有条不紊。漫长旅程的寂寞,还会因他那口吐莲花的幽默与诙谐,弄得一路莺歌燕舞。如此,读他的文字,原以为也是这样一路的欢歌笑语。但读完他的散文集,却并不是想象的轻松,甚至常常还让人眼睛一湿,为之动容。

培禹先生出生于北京一条名叫赵堂子的胡同,这条让他的乡情有着根基和依靠的胡同,因住过诗人臧克家而著名。但就是这条留下他童年、少年和青年记忆的胡同,现在再也找不到当年的踪迹了:"海棠树、臧老的故居,和赵堂子胡同的小大院,荡然无存了。然而人还在,情依依。""胡同没了人还在,人在情义就在……"(《胡同没了人还在》)都说物是人非,但现实里往往还有一种物非人还是、情还在。因为有一段插队的经历,他念念不忘的还有他的第二故乡谢辛庄。然而,重返谢辛庄,他也"不见了村边的小河,不见了农舍里的炊烟,不见了'哞哞'叫的老牛……然而,为什么我们还要回来?因为人还在,朴实的乡亲还在。"(《重返谢辛庄》)这里,他对自己命运里两个故乡所倾注的情感与语言竟如出一辙。岁月流逝了许多美好,故乡各自饱经沧桑,但他相信一种"真善美"的传承总会绵延不绝。

在散文《总有一条小河在心中流淌》中,他深情款款地写道:"……无论它水清水浊,水缓水急,哪怕有一天它真的断流了,消失了,它也还会在我生命中静静流淌着。"也是,我们每个人的心中都有一条小河。实际上,这条小河就是我们生命情感中的"巨流河"。培禹先生十四岁时,他的母亲就因病去世,他对母亲的记忆遥远而模糊。但他深深地记住了母亲临终前为他缝补衣衫的情景,并把所有的孝顺与爱给了老父亲。"父亲是浓重乡音的絮絮叨叨,母亲去世后,儿就总能听到。于是他成了那间等你的老屋,归来时水总开着,炉火正好……"在和父亲相处的日子里,勤俭的父亲为了不让他受冻,把一个冒着蓝火苗的小煤炉搬进了他的房间,差点造成他煤气中毒,以致父亲后悔不迭,"以后再也没有心疼过家里的蜂窝煤"(《"清明"情思》)。亲情与生俱来,在李培禹的生命里,他的这条亲情的大河从来就是波澜壮阔,充满了大爱。

有乡情、亲情做生命的底色,他的师生情和友情不仅有着沧桑的意象,还有着温馨的底色了。《我的老师"流水账"》这一篇散文,他一口气将自己小学、中学、高中、大学的老师一路写来,记下的便是一笔笔珍贵的情感"流水账":记得每个学生姓名并给他送羊绒衫的小学老师陈辉,为他交过学杂费的中学老师贾作人,那位把"太不堪了"当作口头禅的高中老师赵庆培,他的文学启蒙老师韩少华……那些健在或永逝的老师的背影,夹杂着夕阳的光辉和岁月的风霜在他眼前晃动,让他萦绕于心,时刻铭记,因而他的笔端流露出的浓浓师生情也格外温馨动人,弥足珍贵。由于工作关系,他还接触过浩然、阎肃、李雪健、赵丽蓉、李滨声等这样一些作家和艺术家,他和他们亦师亦友,始终保持朴实无华的人间真情……世间唯有情难诉,在他的笔下,这些情难诉,终要诉;不仅要诉,而且还要诉得动人心魄,摄人魂灵。

让人动情的还有《八雅村情缘》这篇文章。这篇散文叙述的是广西八雅村的一位卖鸡蛋的小姑娘遇到一群北京人,准确地说是遇到人大新闻系一九七八级同学而衍生出的故事。这群北京的新闻人因缘结识贫穷地区的一位小姑娘,立即就想为小姑娘"做点什么",然后他们也真的认认真真做了起来……至此,他们的所作所为就不仅仅是一份份乡情、亲情、师生情和友情所能涵盖的了,表达的就是一种大爱无疆的人间真情了。文字读来令人潸然——至于他经常站在世界"聚首"的长城之巅,为长城抒情,这可以让我们理解是他心中拥有的那一份家国情,往大处说,是他心中的那份乡情、亲情、师生情和友情的升华了。

我曾读过一句诗"情到深处人孤独,爱至穷时尽沧桑",觉得说的就是他。爱到穷时,也便是情到孤独之时吧。幽默或者诙谐,抑或不乏横生的妙趣,在他的这部散文集里,我还是在他那为人种种的诙谐、幽默和轻松里,读到他灵魂深处隐藏的一种真情,分享到他那因情而爱、因情而恨、因情而生的精彩人生。

2017 年 10 月 2 日,北京寓所

心存宽厚　树自芬芳
——我认识的作家黄树芳

记得原先是错过一次相识的机会。那是在单位的一次饭局上——那时候还没有饭局这一说,但我新近供职的单位有个文学活动,请了系统内的几位作家参加。活动之后,大家在一起吃晚饭。这里面应该就有他。但看一桌的大老爷们儿,我怎么也不敢把"黄树芳"这个略有女性色彩的名字与他联系在一起,大家喊黄主席,我也跟着黄主席、黄主席地喊。在心里,我是把黄树芳当黄树芳,黄主席当黄主席的。

真正知道黄主席就是黄树芳,应该是一九九七年八月煤矿文联和山西省作协为他开的一次作品研讨会。在那次研讨会上,煤炭文化人普遍尊敬的老部长高扬文说了句:"煤炭系统要多出几个黄树芳!"从此,我知道他不仅是一家大型企业的工会主席,而且还是一位成就斐然的煤矿作家。

知道了他是作家,慢慢也就知道了他的一些创作经历。他出生在位于冀中平原的河北定兴县,从小脑子里装满了《彭公案》《济公传》《水浒传》等种种故事,及长,又深受当时文坛"荷花淀派"和"山药蛋派"的影响。十八岁中学毕业,他在雁北的大同煤矿参加工作。在矿井,他装过煤,打过眼儿,推过车,也扛过柱子,铺过溜子……二十二岁时,他被抽到煤矿机关工作。正是从那时候,他开始了创作。先是写一些小故事,小小说、小演唱之类,后来还写独幕话剧、多场晋剧,还有相声、快板、对口唱等演唱材料。同时,又抽空读了不少的文学名著,一上手,他的创作很快就出现了一个小小的高潮,他一下子写了四个短篇小说。其中一篇叫《王林林》的小说在一九六三年第十二期《火花》杂志上一发表就引起了不小的反响,并被收入中国青年出版社出版的《新人小说选》。

"当时我太高兴了,感觉文学界的环境真好,又安静又干净……自己真的是下决心要在这条路上走下去了。"后来,他充满深情地回忆了这个时期。

二〇一〇年,在我主持编辑的《阳光》杂志上开了一个"煤矿名作重读"栏目,重新发表了一些煤矿短篇名作,其中当然包括他的这个短篇小说。这篇小说写的是思想单纯、为人朴实、能吃苦肯出力的农村青年王林林进矿山当了工人后,由于身上浓厚的小农思想和他秉承的"少管闲事,多挣钱"的人生哲学,因而常常与矿上发生矛盾,最后终于成为一代新矿工的故事。小说语言朴实、简洁,形象鲜活、生动,有着浓重的时代气息,极具艺术感染力。配合小说的发表,我们请煤矿作家程琪老师做了点评,作品重发后依然好评如潮。

然而,就是这样一篇小说,当年由于众所周知的原因,却陷入了"写中间人物黑干将"的历史旋涡里,被人贴了大字报,遭到了无情的批判,这使他不得不停下了手中的笔。至此,当时山西文坛上冉冉升起的一颗新星"黄树芳"的作家光环,转眼就消失得无影无踪。渐渐地,他也被工作中的黄教员、黄干事、黄部长、黄主席替代了。

一晃,十几年就过去了。

我认识他时,恰是他的"黄主席"与作家"黄树芳"这两种角色重叠出彩的时候。因为在一九七九年,他就重新拾起手中的笔,开始了他心爱的业余文学创作。那年三月,他在《汾水》杂志上重新开始发表作品,同年创作发表的短篇小说《在48号汽车上》获得《汾水》杂志当年的优秀小说奖。这以后,紧贴着新时期的文学脉搏,他在企业里无论身份如何转变,一颗文学的心始终跳动不已,手中的笔也耕耘不已。在繁忙的工作之余,他相继出版了小说集《那片米黄色的房子》、报告文学集《难以泯灭的信念》、散文集《什么味道也没有》等等,以燕赵大地的赤子之心和矿工的火热情怀,他为煤矿文学挖掘了一块量丰质美、属于自己的艺术宝藏。那时,每每新作出来,他都会郑重地送我一本。

读其书,识其人。因为工作关系,我和他也有了一些近距离接触。一九九九年九月,第二届中国煤矿艺术节声乐的美声、民族、通俗唱法决赛在平朔举行,我有幸在他身边工作了几天。那些天,我白天陪同艺术家下安太堡、安家岭矿演出,晚上回来写讲话稿、写前言,还要为三个决赛写串台词。看我忙得不亦乐乎,却烟不离手的,他语重心长地叮嘱我:"再忙也要注意身体!"自然,他也忙。但再忙,他也不舍创作。后来,我主持编辑的《阳光》,向他索要作品,他眉头一挑,乐呵呵地说:"还是多刊发基层作者的稿子吧,我写的量少。"但同时,他把《阳光》悄悄放在心上,默默关心着。让我感动的是,有一年著名作家王蒙到平朔采风,很多人求王蒙题词,他竟请王蒙先生为《阳光》题写了"开拓"两个大字,托人转给我们。《阳光》创刊十周年的时候,我请他写几句话,他爽快地写了。他说,《阳光》能把矿工需要的那份精神温暖送还给矿工,这是《阳光》的职责,也是《阳光》的光荣……深深表达出一位文学前辈对《阳光》的殷切希望。

从一九六三年十二月发表第一个短篇小说《王林林》算起,二〇一三年算是他业余文学创作五十周年。在那一年的六月,中国煤矿文联和山西作协及他所在单位为他开了一个新书首发式与创作五十周年的研讨会。各路名家大咖相聚一堂,谈他的为文、为事和为人。在会上,我也说了几句,大意说他是一位心存宽厚的人——我以为:

在纷繁的工作中坚守创作,是一种生命的宽厚。
在文学创作中品味人生,是一种心灵的宽厚。
在嘈杂的现实中追寻文学的价值,是一种艺术的宽厚。
在艺术中歌颂人性的真善美,是一种灵魂的宽厚。
这种"心存宽厚"的人,当然会以他的人品和文品感染社会,感染人。心存宽厚,树自芬芳。

——现在,我还坚持我这一说法。

2017 年 10 月 3 日,北京寓所

带有色彩的旅行
——读散文集《一毫米的高度》

读陈奕纯的散文,无疑是在跟他进行一次次带有色彩的旅行。我觉得,因为他的画家天性和他的与生俱来的对文字的喜爱,一次普通寻常的旅行,在他笔下往往都幻化成一种自然、浪漫和艺术的心灵之旅。

不止绘画。他说,像法国女作家弗朗索瓦兹·萨冈说的那样,找到"一个形容词和名词所能组成的绝妙的搭配",他心里就有一种特别的愉快。因此在他的散文里,我们不仅能读到一些美妙的词语,还能读出一片丰饶与斑斓的颜色。

我首先读到的是一种赤红。站在丹霞山上,他面前的丹霞如火,他仿佛看见唐代大散文家韩愈被抛在生命的火焰里。这是一个伟大灵魂在命运的熔炉中冶炼的颜色……他的语言汪洋恣意,纵横捭阖,有一种生命宣泄之后的淋漓和对历史山河"沉雄"般品格的生命拷问(《着了火的霞光,着了火的山》)。

接着,我读到一个生命由灰到黑的色调。在饥饿的年代,药房管理员小周阿姨因丢了公家的三块钱,最后竟寻了短见。没想到多年以后,"我"随母亲回到那里寻找故友,故友的儿子却吐露出三块钱的最终去向。迟到的忏悔和生命救赎,其中展露出的那人性之暗让人肝肠寸断,欲说已无言(《大地的皱纹》)。

他的《月下狗声》营造的是一幅虚幻、缥缈的白色画卷。淡淡的白气在升腾。现实村庄里的陈八成、陈子善,充满诗意的山月、白雪、狗吠、人影……真实的动物与人性一起出现在山村月夜的雪地上,作品犹如一幅充满温馨和梦呓的月下小品……

而散文《看油菜花的人睡着了》铺就的便是一片金黄的色彩了。花非花,人非人,梦非梦。他看似睡着了,却清醒地走在金黄色的世界,他看到油菜花"亭亭玉立的顾盼流转的一种黄,从眼前一直铺向天边",感受到一种更为强大的美丽和浓浓的香气……

集画家与散文家于一身,他又天生地具有敏锐而细腻的艺术感觉。在他的眼里,自然界的一草一木、山川河流每每与众不同。譬如看石,他看的是石头伟岸的肌理之美。一棵树、一朵花在他的面前,他常常情不自禁地就将自己融入其中,甚或变成一棵树、一片叶子、一朵花,重新返回或绽放……绿色、红色、鹅黄和草青,这些颜色在他的笔下,就是他内在心灵情感的一种折射。他说,只要有了颜色,他就能感觉到林林总总的故事在萌动。当一种颜色向另一种颜色过渡,他心里还有一种"说不出来的滋味"。

> 所谓美丽的,也是愁苦的……所以后来愁绪漫游,我心似水。(《我的美丽乡愁》)

> 这棵桂花树是金桂,开金色的花,我要做的是,一定给你一个金色的心灵的家。(《门前那棵桂花树》)

天下的雪花,一朵一朵,都是母亲喊我的乳名的声音。(《乳名》)

原来这世上,有一条思念的河流是银白色的,它一生大爱,无声无息。(《冬》)

在这部散文集里,他还写了一组关于画牡丹、莲、玉兰、泡桐花、梅、芍药等花朵的艺术散文……这自是他绘画的艺术笔记和心得。读着这些散发着奇异的艺术芬芳的文字,就感觉如同穿行在美丽无边的花园或畅游在一个带有色彩的河流中……在《清气溢乾坤》这篇散文里,他说出了自己的一个小秘密。他说,有一天,他忽然发觉他多年画的荷花竟然没有一朵花是红色的。摊开纸和笔,准备画一幅色彩绚丽的荷花时,纸上显现的却仍是一朵清绝疏朗的白荷……在所有的颜色里,他对白色有着天然的喜爱。在他眼里,白色象征着清澈透明、自然坦荡和无欲无求……白色不算色彩,却是他心灵里的一个密码。

自然,也有他的真实人生行走的文字。

他有一篇题目叫《丽江不哭》的散文,可以说是他的一篇真实的旅行记录,也可以说是他的一次浪漫的爱情之旅。雪山、青稞酒、木楼、石板路、古镇……行走在如梦如幻的丽江古城,他眼前蒙蒙眬眬,如此蒙蒙眬眬中就有他与小禾邂逅之后的懵懵懂懂,就有剪不断理还乱的爱情,就有他对丽江古城强烈的思念……他相信,只要玉龙雪山那座圣山存在,即便黑夜来临,古城的人也会忘记黑暗,重获阳光、空气和幸福……这篇散文就像一篇洋溢着青春气息的小说,丰盈充沛,充满了艺术的张力;又像一部过旧的黑白电影,布满了深情与温馨,让人感觉踏进丽江古城,就如踏进一个真实而虚幻的梦境。

天地有大美而不言,万物有成理而不说。

如此,读他的散文,我便认定他早年从故乡的花草树木中走出,走遍山山水水,就是为了让自己生命的行囊装满绚丽的色彩。现在,他又在用这些色彩,呈现着他的生命之根和人间大美,呈现他对生命、对艺术的独特感悟,呈现着他站在散文艺术"一毫米的高度"上的欣喜或幸福。

2017年10月6日,北京寓所

有湖的城市

许多城市都是有湖的。杭州因为西湖便能够浓妆淡抹总相宜,南京因玄武湖而俏丽了江南,就是坐拥三江的武汉,也需要东湖水的波涌浪叠。北京的北海、什刹海自不必说了,但乾隆皇帝还是要"移天缩地在君怀",非要弄出个偌大的昆明湖。济南有了趵突泉不算,还有了一个大明湖,说什么"吹皱一池春水",池是否也是湖呢?云南昆明有了滇池,就时而惊起一滩鸥鹭。滇池算是春城的一大春湖吧。

湖,是大地的眼睛,也是城市的眼睛。

合肥后来有一座人造的天鹅湖。但在我的记忆里,家乡的这座省会城市是没有湖的。浩瀚旷渺、横无际涯的巢湖,虽然日日夜夜静静地流淌在城市的边上,或者私下里也经常暗通款曲,频送秋波,但在人们眼里终是没有达到水乳交融的地步。但不知道什么时候,巢湖就投进了合肥的怀抱,合肥终于拥有了这样一座大湖。一听合肥怀抱了巢湖,我真的是高兴了。因为,我真切地感受到,合肥这座城市有了巢湖,就有了巢湖八百里苍茫与浩荡,就有了烟波浩渺的氤氲之气,就有了一个城市的水灵与鲜活。

巢湖从此也成了合肥这座城市的眼睛。

有了湖,合肥几分古老悲凉的历史就有了回响。合肥作为三分天下之际纷纷攘攘的三国古战场,无论是广播说书说的"这一阵杀得江南人人害怕,闻张辽大名,小儿也不敢夜啼"的"张辽威震逍遥津",还是曹操练兵的教弩台、数兵的斛兵塘、操兵的操兵巷;无论是孙权逃跑时跃马飞过的飞骑桥,还是诸葛亮《后出师表》里"曹操五攻昌霸不下,四越巢湖不成"的叙述……三国名将的英雄风采穿过千年风尘,烽火硝烟散尽处,巢湖这只眼睛里浮现的是一股豪迈与悲怆……

走进包公祠,那如文物一般陈列着的龙、虎、狗头的铡刀,经历九百多年的风风雨雨,依然鸣咽着一阵阵杀伐之音,让人仿佛置身北宋开封府的大堂,感受到一种肃穆、清廉之气……有了湖,包公祠里悬挂的"色正芒寒""庐阳正气""节亮风高"的字匾就变得格外尖锐和"芒寒"……史载,包拯在宋为官二十四年,被他弹劾或拉下马的官吏不下三十人。这些官吏大多数是身居要职、权能通天的大老虎,比如,让人望而生畏的宰相、三司使(财政大臣)。但包公那不畏权贵、不徇私情、清正廉洁的品格,最终使他赢得了人民的爱戴,以至民间至今还流传着他"日断阳来夜断阴"和"无私包河藕"的故事……包公河里,那洁白的荷莲永远清涟无瑕地盛开,有了一湖深水的洗涤,那一河的荷莲就会蔓延无际,就会开得更加绚丽灿烂,祭奠与簇拥一个高贵威严的灵魂……

有了湖,就有人看见李鸿章浑浊的眼里显出一湖的波诡云谲,就有了生命的汹涌与澎湃……历史的倾诉也有了对象。李鸿

秋山响水 | 343

章,这位生于斯长于斯的"李合肥",早年追随曾国藩参与镇压太平军和捻军,后来他创建北洋水师,又担起国家海防与抵御倭寇之重任,成为晚清时期一位权倾朝野的重臣。但不幸的是,他赶上的是十九世纪中叶,清王朝内忧外患,在风雨飘摇时登上大清帝国的政治舞台,可谓生不逢时。尽管他一生致力于洋务运动,力主革新,励志图强,还创办了中国近代化的工业和军队,以求富国强兵,抵御外侮,但他这位被人称为淮系集团核心、"洋务运动"先驱的中国走向近代化的倡导者和开创者,只能从空有"一万年来谁著史,三千里外欲封侯"的豪情,到最后落下一个"秋风宝剑孤臣泪,落日旌旗大将坛"的慨叹——他当然比谁都明白"水可载舟,亦可覆舟"的道理,但作为清王朝这座破屋的"裱糊匠",他根本无力挽救清王朝这只破船将倾的命运。一湖如泪,留下一片微澜,波澜不惊……

有了湖,就有了湖的柔情似水。"肥水东流无尽期。当初不合种相思。梦中未比丹青见,暗里忽惊山鸟啼。春未绿,鬓先丝,人间别久不成悲。谁教岁岁红莲夜,两处沉吟各自知。"这是南宋著名词人姜白石写的《鹧鸪天》。自号白石道人的姜夔,生在南宋王朝与金人对峙的时代,少年失怙,又遭遇几次科举不第,无以功名,一生衣食难继,飘零他乡。他流落合肥时,偶遇一对精通琴律的歌女——柳氏姐妹,缠绵一时。然而世态炎凉,人情冷暖,他们最终还是天各一方。"少年情事老来悲"。由于放心不下,不惑之年他再一次客居合肥,还苦苦寻觅被他称作"大乔小乔"的两位佳人,"算潮水知人最苦"。有人说,他和柳氏姐妹的相遇是在合肥环城河畔的赤阑桥,但我宁可想那也是一处断桥,他也像许仙与白娘子相逢在雨中的断桥上……只有那样的背景,他们一见钟情,惺惺相惜,才会留一首"别后书辞,别时针线"的辞章,留下那一曲浪漫而经典的爱情绝唱。

有了湖,就有了水;有了水,就有城市一切的性灵。

有了湖,当下合肥这座城市就有了一片耀眼的斑光。有了湖,就让人感觉合肥浮起的董岛就有了坚实的着落——董岛如今被称作"科学岛"了。落户在岛上的是当代一个个专业的科学研究机构……光学精密机械、等离子体物理、固体物理、智能机械、强磁场科学技术、技术生物与农业工程、先进制造技术、医学物理与技术、循环经济、核能安全技术……单就这一个个陌生而拗口的名字就让人觉得枯燥。但没有关系,二〇一三年八月,俄罗斯总理梅德韦杰夫在科学岛参观"人造太阳"的事你或许听过,它就是这个岛上最有名的科技成果……通俗地讲,如果地球上人类依赖的主要能源,比如石油、煤炭、天然气有一天被消耗殆尽,那么掌控和利用聚变反应而造出来的"人造太阳"就会立即取而代之,惠及全球……如此,托起"科学岛"的就不仅仅是董岛水库的水,还有那幽幽的一湖深水了。只有那样的水,才能托得起科学之岛,托得住一座智慧的岛屿。

合肥从来就是不缺水的。

北魏郦道元的《水经注》早就有记载,"盖夏水暴涨,施(今南淝河)合于肥(今东淝河),故曰合肥",合肥的名字也是因水而来。有人统计,合肥有着七百多个湖泊。如果说,纵横交错的河网如叶脉,大大小小的湖泊像是散落在合肥大地上的一柄柄绿叶的话,那么,巢湖就是其中硕大而最鲜嫩的一柄。巢湖可是全国五大淡水湖之一。合肥有了巢湖,就有了水天一色、波光潋滟,就有了千帆重重、渔火点点,就有了合肥人津津乐道的"大湖名城,创新高地"……

记得那年行走在浩瀚的巢湖岸边,正是桂花盛开时,闻着桂花浓郁的香气,我忽然就有一阵恍惚,差不多我就认为合肥不仅是一座有湖的城市,还是一座桂花的城市了。

那细米粒似的桂花飘落在地上,遍野芳香。

2017 年 10 月 27 日,北京寓所

问人间情为何物

情是一把锁。黄山上一把把系在铁链上的锁,不能不说是海誓山盟的见证。但怕就怕那一对对有情人将爱的密钥抛进深不见底的幽谷中,心也跟着去了。"问世间,情为何物,直教生死相许。"这是金元好问关于情的经典性发问,但情为何物,谁也无法找到标准的答案……"盈盈一水间,脉脉不得语。"有人说,情是天上迢迢的牵牛星;"此情可待成追忆,只是当时已惘然",李商隐说情是一把"锦瑟";"琵琶弦上说相思",晏几道说情是"琵琶"……这回,唐宋朝的诗人倒是英雄所见略同了。

问情是何物,情有时就只是一纸手书。"红酥手,黄縢酒,满城春色宫墙柳。东风恶,欢情薄。一怀愁绪,几年离索……"诗人陆游因与唐琬爱情不果,以自己的情感悲剧在沈园的墙上题写了一首著名的《钗头凤》——他娶表妹唐琬为妻,两人本来感情笃深,可母亲不喜欢唐琬,硬是要他与唐琬分手,陆游不愿,将唐琬安置在别处,却被母亲发现,逼得他们只得各奔东西。令人感叹的是,陆游对唐琬的感情十分真挚,十分真挚的情感陪伴了陆游的一生,以至陆游白发苍苍时重游沈园,在沈园的墙上还题写了两首爱情诗……问情是何物,这里,我们首先看到的是一份真情变成一纸休书,然后又变成陆游的"山盟虽在,锦书难托",变成唐琬的"欲笺心事,独语斜阑",让天下的有情人唏嘘不已。

"古今来,英雄儿女,都为情物。"清代的龚鼎孳曾填有一阕《贺新郎》,说得情真意切。他先侍奉明朝,后又侍大顺,转而再侍大清。"一臣侍三朝",他虽谈不上顾念什么君臣之情,但对秦淮八艳之顾媚倒是一往情深。不能说他们英雄儿女,却算得上是一代情种。人间最离不开的是情。所谓"人生自是有情痴,此恨不关风与月"(欧阳修),实际关乎的就是情……"曾经沧海难为水,除却巫山不是云"(元稹)是情,"此情无计可消除,才下眉头,却上心头"(李清照)也是情……不论是唐时李白"相思相见知何日?此时此夜难为情"(《秋风词》),还是宋时欧阳修"今年花胜去年红。可惜明年花更好,知与谁同"(《浪淘沙》),都有一个"情"在。"发乎情,止乎礼",诗人们即便还知道拿捏一个情的分寸,但"多情却被无情恼"(苏东坡《蝶恋花》),往往喜欢的还是"墙里秋千墙外道。墙外行人,墙里佳人笑"的日子,一位有着大江东去般豪情的诗人当然也会缠绵于情……读一部中国诗词,诗人们写下的爱情诗词如恒河沙数,灿若星辰,他们何曾缺少过爱情之浪漫?对于他们,虽然有些情是值得怀疑的,但不能怀疑的是他们对于情的痛快而委婉的表达——写出《牡丹亭》的汤显祖也说"白日消磨断肠句,世间只有情难诉"。

情难诉,终要诉。无以寄情,只得以物,以物寄情诉衷肠。于是,就有了将情托付的红叶与红豆。"聊题一片叶,寄与有情人"

"殷勤谢红叶,好去到人间"……中唐的宫女们好像特别喜欢题诗红叶。接着,就有了大把大把的红豆诗:"愿君多采撷,此物最相思"(王维《相思》)、"相思坟上种红豆,豆熟打坟知不知"(黎简《二月十三夜梦于邕江上》)……红叶与红豆,都成了情人们首选的信物。再就是头顶上那轮照了古人照今人的明月了。温庭筠说"山月不知心里事,水风空落眼花前",其实早在唐张九龄《赋得自君之出矣》里,就有了"思君如满月,夜夜减清辉"的诗句。从南北朝民歌"仰头看明月,寄情千里光",到唐代张九龄的"海上生明月,天涯共此时。情人怨遥夜,竟夕起相思"(《望月怀远》),再到南宋朱淑真的"铺床凉满梧桐月,月在梧桐缺处明"(《秋夜》),全都寄情一轮月……最后不行的,干脆一把鼻涕一把泪,拿现在的话来说,就是直接"泪奔"。"一声何满子,双泪落君前"(《宫词》),这是张祜为宫女们流下的哀怨的泪;"羊公碑字在,读罢泪沾襟",这是孟浩然登上岘山睹物思人时的泪;"不见年年辽海上,文章何处哭秋风",这是李贺在南园里为国事伤悲的泪……因为情难诉,所以就有了千古以来被人们称颂的山盟海誓,就有跑到大山上挂一把爱情锁的行为——不独黄山,天下的名山几乎都有一条爱情的锁链。

世间唯有情难诉,千百条理由就是——难诉!

"去年今日此门中,人面桃花相映红。人面不知何处去,桃花依旧笑春风。"这是唐代诗人崔护写的艳遇诗。据说,他进士不第,清明时节独自跑到长安城郊的南庄游玩,因为口渴,见一处桃花灼灼的村舍,便上门讨一口水喝。一位姑娘将水捧上,倚树而立,就立了个娇姿媚态,一见钟情。第二年清明,崔护又来此村

秋山响水 | 349

舍,见门庭如故,却落了一把锁,闷闷不乐,失意中就在门扇上写了这首诗。过后几天,他忍不住又去城南寻找,却听村舍里一阵哭声,叩门一望,有一老父亲出来相告,说他那年仅十五岁的女儿自去年以来一直精神恍惚。几天前,他们一道从外回来,女儿看了门上的字,更是茶水不饮,饭粒不思,数日就死了。唐《本事诗》记载那老父亲时,说:"吾老矣,此女所以不嫁者,将求君子以托吾身,今不幸而殒,得非君杀之邪?"这一说,让崔护既惊讶又感动,连忙"请入哭之。尚俨然在床。崔举其首,枕其股,哭而祝曰'某在斯,某在斯',须臾开目,半日复活矣。父亲大喜,遂以女归之"——故事最后以大团圆的喜剧做了结局。事不知真假,但崔护写尽了一对情人邂逅,而杳然不知所在的一种哀婉怅然的心情。这时若问情是什么,情便是那一树灼灼的桃花了——据说,世上有一种人命带桃花,崔护走的恐怕就是那红通通的桃花运了。

2017 年 10 月 31 日,北京寓所

秋上枫林谷

拾级走上那通向枫林谷的栈道,周遭立即变成了红彤彤一片。头顶上树叶是红的,脚下栈道上洒落的树叶是红的,栈道边,溪水哗哗地飞溅,流淌的似乎也是一溪的胭红。我目所能及的是红叶漫天,落英缤纷……枫林谷的山路并不平缓,但朋友们左腾右挪,被一山的红叶惊艳,都欢天喜地跑着与红叶亲近去了。

我一个人落在队伍的后面,静静地走。

这是在辽东桓仁县的山中。山谷名曰"枫林谷",其实漫山生长的不只是枫树,沟壑两岸,依山傍岩,除了红黄两种枫树外,高高低低、杂木丛生的还有落叶松、马尾松、侧柏、柞树、桉树、白桦、小叶杨、红栌、槭树……树们枝叶交错,或伸手可触,或直耸云天,平常的日子,一同吮吸着阳光与泥土的新鲜气息,一起随着季节变换。色彩相互呼应,也相互传染,春夏的时候,满山浅绿、墨绿、深绿……郁郁葱葱;秋冬时节,山上先是绿里泛出浅红或嫩黄,后来便万山红遍,半山瑟瑟,一山如洗,慢慢就如画家手中的调色板用完了颜料……朋友告诉我,这里原是一个普通的国有林场,只是这几年办乡村旅游,这里才被开发出来,成为当地的一个旅游景点。

桓仁全称桓仁满族自治县,坐落在辽宁省东部,全县有十四个民族,满族人口占全县的半数以上。《桓仁县志》记载的景点有浑江、五女山、望天洞、桓仁湖……果然没有枫林谷,可见朋友所言不虚。枫林谷里阒寂无声,脚踩在落叶上暄软得很。对于红叶,我并不陌生。"山林朝市两茫然,红叶黄花自一川"(周昂《香山》),我居住的北京香山的红叶就是古代"燕京八景"之一,现在香山还是京城人秋天赏叶的好去处。还有浙江温州的文成,人们称那里的红枫古道"红枫古道,江南少有。存之不易,堪称佳景"。那一年朋友邀请我前去观赏,我却因为喝得酩酊大醉而错过了机会。错过就错过了,心里虽有些遗憾,但与自然的亲近只能讲究随缘,我只怪自己与那红叶的缘分不到。

沿枫林谷的一条溪水溯流而上,头顶上红叶遮天蔽日,脚下红叶零落成泥,浑身似乎被红叶映得通红。两岸或者深绿、草青,或者鹅黄、橙黄,或者赭红、深红……飘落的红叶与沟涧溪石上嫩绿的苔藓相映成趣,让人仿佛进入一个色彩斑斓的世界。此时,那山的伟岸、水的激情好像都渐渐隐去,我的眼前只剩下灿若红霞的一片。一片片红叶在飘落中翻飞,或萧萧落木,或荡荡悠悠,有着阳光的折射,那万千的红叶就衍生出一道道美丽的红晕,像是燃烧的霞光。当地人说,红叶一般有三、五、七角形,鸡爪或鸭掌形,这里的红枫却有十三角形的……意外的发现让人惊喜,私下里我便认为这是上苍对我与红叶失之交臂的一次补偿了。

一阵喧嚣过后,枫林谷安静了下来。奇怪的是,这时,我听不到溪水的潺潺之声,只听见红叶飘落的声音。一阵风在头顶的树梢掠过,我听到的是一大片红叶飘落的沙沙声。沙沙的声音里,那一片片红叶就像漫天舞蹈的蝴蝶,果敢地坠落枝头,匍匐于大地上,一动不动,仿佛在等待有情人如约而至。没有风的时候,常有一片红叶悬在半空中,晃晃悠悠,落到地上,猛地发出一种噗噗之声。当然,很多的时候,枫林里响起的都是簌簌的红叶飘落之声……这声音虽然不是成长,而是生命的凋谢与毁灭,但这声音分明又很热烈,仿佛叶与山的呢喃软语,仿佛天与地的交合圆融,仿佛大自然的天籁。难怪有人把一种生命的逝去归于秋叶之静美。

观山看其势,听水品其韵。

走上枫林谷的观景台,我与朋友们会合,原以为这是观赏红叶的尾声,可人还没有坐稳,却被喊着登上了敞篷的观光车,车沿狭窄的山路行驶,转过一道山岗,忽然就听见有人一阵惊呼:"雾凇!"顺着他的手势,我们的眼前豁然一亮,远处的山峦上银装素裹,山上一片树林被白雪点染,眯眼望去,就像一簇簇绽放的白色花团,朦朦胧胧,把人就带入了一种仙境。导游说,那山名叫"八面威",海拔有一千三百多米,雾凇在当地实属难得一见。她这一说,身上扛着"长枪短炮"的朋友立即心痒痒起来,争先恐后就要爬那山……

很快就见不到他们一群人的踪影了……没有了尘嚣,也没有人迹,透过秋日清朗的晴空,我静静地看蓝天下的白云,细细地打

秋山响水 | 353

量面前云蒸霞蔚似的秋山——我没有上去,心里只想把梦幻般的八面威留在记忆里了。

2017 年 11 月 4 日,北京寓所

在盛泽,蚕桑之忆

在盛泽的几个夜晚,我躺在宾馆里,一点也没有"梦回不识夜深浅,听得机声远近来"的缠绵与怅惘。四周一片寂静。寂静里,就让人感觉那曾声声入耳的机杼之声早已消弭、隐退,呈现在我脑海的是漫山漫坡的桑林。桑林里,一群妇女身背竹篓,舞之蹈之,婀娜多姿,她们采摘青翠的桑叶,也采摘生活的希望……而在她们的家中,雪白的蚕宝宝咀嚼着桑叶,正发出美妙的沙沙声。在盛泽的农事活动里,采桑养蚕一直被认作是最有情趣的。"四邻都是老农家,百树鸡桑半顷麻。""桑林椹黑蚕再眠,妇姑采桑不向田。"唐代诗人陆龟蒙和张籍把酒话桑麻,早把这里的桑林描写得诗意盎然了。

种桑、养蚕、缫丝、织绸……在盛泽,这是很自然的系列劳动。在这些劳动中,我见过采桑和养蚕。那是大集体生产的时代。村不叫村,而叫生产大队。大队不知怎么心血来潮突然栽桑养蚕。桑树林就栽在我上学经过的一片丘陵上。采桑的时候,我经常看到一些女人身背小竹篓,采摘完桑叶,身子一猫就钻进了大队部。

大队部里有一排房子,里面黑乎乎、阴森森的,到了养蚕时节,大人们就不让我们进去。那时候,上面一边割"资本主义尾巴",一边提倡集体搞副业,许多大队因此想到了种桑养蚕,有的大队甚至让持枪的民兵给蚕室站岗,显得十分神秘……但我家乡显然没有把种桑、养蚕、缫丝、织绸这一系列劳动进行到底的历史。乡亲们只是负责栽桑养蚕,一旦到蚕生成了蚕茧,他们把蚕茧卖到县缫丝厂就戛然而止。县城开办的缫丝厂,从外地请来缫丝织绸的师傅,又在当地招收一批缫丝女工。那些女工都是城里人或与城里有关系的人,大部分人因此而吃上"商品粮",与采桑养蚕的乡下女人在身份上就高下立判。

  与我家乡不同的是,盛泽的女孩从小跟在大人后面学采桑、养蚕,甚至上花楼"挽花"。蚕家女儿出嫁,陪嫁的还有新丝车。读盛泽历史上留下的诗词,从宋朝叶茵的"劝汝不需催妇织,家家五月卖新丝"(《蚕》),到明代汤三俊的"灯火小窗人夜作,鬖鬖鬓影络丝娘"(《盛湖竹枝词》),或者从明朝史珩的"小妇能蚕事,诸孙理钓纶"(《自题宜晚楼》),到清代金黄钟的"桑间女儿提蚕筐,村中阿母饲养忙"(《养蚕词》),诗词里不是"妇",就是"娘"。种桑、养蚕、缫丝、织绸这一系列劳作,在盛泽都是由女人来完成的。晚清,盛泽文人沈云的《竹枝词》"姐自始丝妹挽花,双双娇女髻盘鸦。他年嫁作商人妇,组织工夫早到家",就写出了盛泽缫丝织绸的女人美妙的小心思。"阿蛮小小已多姿,十岁能牵机上丝。漫揭轻裙上楼去,试看侬撷好花枝。"史在柱在《黄溪竹枝词》中寥寥数语,更把一位"挽花"小女孩缫丝织绸的神态形容得惟妙惟肖,惹人怜爱……"农家生活年年好,只种桑麻不种花。"美好的劳动也是要付出艰辛的。也有人直接描写这种生活的苦楚："红蚕有口不诉苦,千缕万缕为谁吐。含辛更有饲蚕娘,辘轳声转轮回肠。大妇燎釜中妇理,小妇倦深嗔不起。火色易猛手易柔,拨头捉尾蛾眉愁。豪家昨夜催权息,一寸丝揉一寸结。泪珠如线掩空箱,今年卒岁无完裳……"(清·赵基《缫丝行》)这首诗酣畅淋漓,让人猛然体会到大妇、中妇、小妇,那养蚕缫丝的一家女人疲惫的身影和辛酸,这算是盛泽女人蚕桑丝织劳动的一个缩影吧。盛泽人说,"日出万绸,衣被天下",只是那绸、那衣,都是盛泽女人一桑一叶、一茧一丝、一针一线绣出来的。

"东风二月暖洋洋,江南处处蚕桑忙。"诗人作家到盛泽的文学活动似早有传统。除了诗人,古代的小说家也来过这里。最有名的就是明末著名小说家冯梦龙(一五七四——六四六年)了。在小说《醒世恒言》第十八卷《施润泽滩阙遇友》中,他干脆写了一个名叫施复的盛泽人养蚕织绸的故事。在他的笔下,"苏州府吴江县离城七十里有个乡镇,地名盛泽。镇上居民稠广,土俗淳朴,俱以养桑为业。男女勤谨,络纬机杼之声通宵彻夜。那市上两岸绸丝牙行,约有千百余家,远近村纺织成绸匹,俱到此上市。四方商贾来收买的,蜂攒蚁集,挨挤不开,路途无伫足之隙。乃出产锦绣之乡,积聚绫罗之地。江南养蚕所在甚多,惟此镇处最盛"。作为盛泽的近邻,他这个苏州佬把盛泽四五百年前丝绸生产与贸易的繁荣活灵活现、栩栩如生地记录了下来。

冯梦龙说,那时的盛泽"镇上都是温饱之家,织下绸匹,必积至十来匹,最少也有五六匹,方才上市。那大户人家织得多的便不上市,都是牙行引客商上门来买"。小说聚焦明代盛泽一户普通人家,这家的男人姓施名夏,女人姓喻,是镇上一家养蚕织绸的机户。夫妻俩"家中开张绸机,每年养几框蚕儿,妻络夫织,甚好过活"。施复小本经营,本钱少,"织得三四匹,便去上市出脱"。但即便如此,他还是"大有利息"可图,家境渐渐地好了起来……施复"蚕种拣得好",丝缫得"细员匀紧,洁净光莹,每筐蚕,又比别家分外多缫出许多丝来",织出的绸"光彩润泽",客商"都增价竞买"。"因有这些顺溜,几年间,就增上三四张绸机,家中颇饶裕。里中遂庆个号儿叫作'施润泽'。"这样,夫妻俩"省吃俭用,昼夜营运。不上十年,就长有数千金家事……开起三四十张绸机",施夏成了当地一位家境十分富裕的丝绸作坊主……随着盛泽丝织业的兴盛,盛泽人不再是"男耕女织",而是都过上了"妻络夫织"的生活。撇开冯梦龙小说里渲染的因果报应色彩,这篇小说所写的"妻络夫织"的世俗生活图景清晰可见,相对于我家乡黄梅戏《天仙配》里七仙女所唱的"你耕田来我织布"的传统农耕生活,在本质上已发生了变化。难怪,有人据此称明末在盛泽出现了资本主义萌芽。

在前面,我说,我家乡养蚕的一些习俗。到了盛泽"先蚕祠"我才知道,以养蚕织绸为生的黎民百姓,对养蚕这项农事活动非常虔诚。这里,家家户户对蚕桑生产所持的态度十分神圣——到了养蚕时,家家犹如迎接十月怀胎的女人临盆,气氛异常肃穆庄重。为了迎接蚕宝宝的诞生,女人要洗涤晾晒好蚕具,男人掸尘刷墙,布置蚕室;他们还把每年的农历三月称作"蚕月"。到了这个月,女人们被称为"蚕娘",养蚕时,蚕娘要身穿棉袄,将蚕种捂在胸口,靠体温使蚕孵出,称为"暖种"。暖种期间,蚕娘们不仅要少说话,还要屏除心中所有杂念,蚕室里要挂帏帐,家家户户关窗闭门,不相往来。据同治《盛湖志》记载:"是月,乡村各家闭户,官府停征收,里闾往来庆吊者皆罢,谓之'蚕关门'。"……这时,我才彻底地明白大家为什么叫蚕"蚕宝宝",是因为蚕是一个极娇贵的物种,大人们不让我们靠近,是害怕蚕感染一种疾疫,或让蚕病传染蔓延。当然,事情也有例外。比如,我说我家乡的那个让民兵持枪站岗的大队,听说那里因养蚕而制造的神秘并没有能够持续多久,就因大队长犯"流氓罪"而被戳穿了。后来,公社民兵小分队押送他在全县巡游,揭露他在大队部不仅养蚕,还养了几位"蚕娘"的罪行。他这是对蚕桑农事的一种莫大亵渎。不过,这是题外话,是特定时代农桑生产的一个滑稽的小插曲。

2017 年 12 月 2 日,北京寓所

转　身

　　记不清我是多少次重复这样的场景：告别、转身、向北……然而就在转身的一刹那，我的心里总猛地涌起不舍，还有一种莫名其妙的牵挂。当把可能成为泪水的泪水咽进肚子里，我的眼前便不由自主地浮出两个字：故乡。然后心里就有一阵尖锐的疼痛。这种疼痛伴随我一路向北，直抵我旅途的终点，直让我在熙熙攘攘的人流中被裹挟、淹没，那时这种疼痛感才会渐渐消失，消失在风中。一切如旧，剩下一把情感的钝刀兀自割舍什么。

　　故乡。家乡。这两个词语同时出现在纸上，在很长时间里，我对其中的差异并无明显的感觉。然而当这两个词语真正深入骨髓，我的身体就有一种痛彻心扉的反应。关山重重、交通阻隔、音讯艰难……那个时代的游子离开家乡要不了几年，家乡真的就会在梦里老去，就会成为故乡，变成"迅哥"之于"闰土"式的隔膜，变成"未老莫还乡，还乡须断肠"的苍凉……一种故乡感就会自然地弥漫成一种心绪，其中既隐藏着游子无穷无尽的思念与惆怅，又有着游子说不清、道不明的憧憬与向往，缠绵且苦涩。战士不能战死在沙场,便是回故乡!但终于有一天,我在说到"故乡"两个字时,心里猛然咯噔了下,我发现再说故乡,就有一种矫情的东西蔓延,这使我心里变得茫然。

在《现代汉语词典》里,故乡的"故"字有"旧"的意思。那些年随着回故乡的频率越来越高,我眼里的故乡仿佛总是不老。虽然村庄里的老屋早被新建的楼房替代,埋藏我胞衣罐的那一株乌桕树也不复存在,但我的母亲、弟弟,我生命中的很多亲人还在那里,我儿时的一些朋友、同学也还在那里……在冬天的某一个夜晚,初中同学叶海明召集我们同学相聚在一起,有的同学竟就暌违了四十整年。在各自的脸上,我们虽然读不到当年的青涩,也读不到曾经的神采飞扬,岁月赋予每个人很多东西,让我们一起饱经沧桑,但我们依然一见如故:春霞、祖德、英权、贵水、柏森、怀节、和平、泽伟、兰香、克兰、婉鸣、爱民……来的和没有来的,改了名字的和没有改名字的,我们大呼小叫,直呼其名,共同回忆与缅怀,恍惚一下子跳进了久违的时光的河流……海明同学早就是一家公司的老板,他的三个女儿也都考上了大学,并都有了自己的家庭。但当我坐在他的一辆半新半旧的众泰小车里,他还是孩子一样,一脸的兴奋。这样的重逢,几乎在第二天晚上完完全全重演了一遍,我们才恋恋不舍地转身,散去。

这自是浓郁情感的一种消解和稀释。在所有的相逢与相聚时,抚摸"故乡"两个字,我真的总会感觉有故乡真好,有故乡感的人真好!——"君自故乡来,应知故乡事",这是时间与空间遥远的年代,远离乡土而又有故乡感的人一种美好与深情的慨叹。但如今由于网络发达,不用细问君,故乡的人和事就早让思乡的游子了然于胸了。故乡变得亲近,远离故乡的人变得不知所措,当一种故乡感正在被越来越现代敏捷的信息社会渐渐消弭,远离故乡的人就不如直接把"故乡"称作"家乡"来得准确和妥帖……信息越来越发达,交通越来越便捷,实际上附着在"故乡"两个字上的所有时间和空间、神秘和遥远,最终都将被消融得一干二净。如我,这般离开家乡很久,分明也有了一种故乡感的人,不也开始将故乡轻轻地唤作家乡?

我算是一位在故乡留有记忆的人了。离开故乡的日子,我读到这样的一篇文字:"每一次走到县政府大楼前,会停下来。偏过头,望一望,这是一幢旧楼。有个年轻时写小说的男子,曾在这个地方工作过一段时间,那时的他彷徨、迷惘,热爱文学,也热爱大方、漂亮、纯洁的姑娘,偶尔忧郁、感伤,有冲动与冒犯。我千方百计从朋友处找了一本这位男子在二十世纪写成的书,市场上已经买不到,我一字一句把书上的文字敲下来存在电脑的文档里,整本书连后记我都打下来了。翻开封面,印有他年轻时的小像,瘦而骄傲的脸,是我想象中文学的样子……"(吴其华《日常记》)不错,她写的就是我。后来我们见面、相识。再后来,她已成为故乡一位小有成就的作家了。偶尔相聚,她会谦虚地喊我老师,拘泥而奔放,自卑而又清高。但我想说的不是这个,而是她文字中透露出的对远离故乡者的一种沧桑印象。她的文字恰好印证了一个信息不灵、交通不发达的时代,人们对一位离开故乡的人,因距离而产生的美好记忆与想象。而现在大家都有了手机微信,只要双方保持联系,一个离乡的人无论在哪里,都宛若天边,又近在眼前。一切的一切都会昭然若揭,那种徘徊在旧楼前的场景已显得十分奢侈,弥足珍贵……

命运仿佛真的在捉弄人,就在我日夜思念故乡,正扳着手指计算归程的时候,故乡却要求我与它再做一次深刻的"转身"——我与故乡仅有的一纸关系也被切断……犹豫、纠结、忐忑,当事情实在无法拖延,我只得痛苦地做出某种"转身"的决定,我的心情一下子变得糟糕起来……好男儿志在四方。自己出走半生,归来白了两鬓——年轻时的豪言壮语虽被岁月的风霜几经磨砺,但我如止水的心湖此时却泛起了一层层涟漪。一下子,我突然理解了古人为什么有"树高千丈,叶落归根"的说法。这根,不仅仅是一个人所生所养的地方,更是哺育一个人生命的最初和本源。人们千方百计保留与故乡的关系,实际上就是想保住那一条无法割断的脐带,留住自己生命的源头。

在故乡的那十几天里,我通常都是这样:早上七点左右才起床,然后在街头一个早点摊吃完早餐——一碗稀饭、一个茶叶蛋、一碗芝麻或红枣或绿豆的豆浆。我光顾的是一家夫妻店。这家夫妻店因六点半左右"上班一族"吃早点的人密集,而显得格外忙碌。我故意错过这个钟点,然后在那里安静地吃完早餐回到家里……中餐和晚餐,几乎都被朋友们召唤出去,朋友们用故乡最客气的方式,款待着我这个认认真真正在与故乡做一次"转身"的人,仿佛安抚一个流浪的灵魂。"来,在家随便吃点!"我曾经的老领导,或当年收容过我漂泊身姿的人,这次也试图再次收容我一颗漂泊的心。白菜、肉丸子、小虾豆腐、咸鱼、腊肉……津津有味地吃着故乡普通得再普通不过,而又让我十分痴迷的味道,我的心里暖洋洋的。坐在他们的身边,想到善良的乡亲、时光的倒流、岁月的安详,我的眼角有时就会一阵潮湿,喉咙也有些发硬……这时,我发现我是多么留恋家乡,多么不愿家乡老去,成为我心目中的故乡啊!

就在我与故乡山高水长的同时,朋友兼小弟,也是作家的朱显亮先生默默地为我的事情在忙碌着。我们因为体制而相识在一个框架里,十几年里,他默默地为我做了本该是我所做的一切。他做作家研究、编县报县刊,也写诗、写评论,还为单位写材料或者讲话稿……在他的身上,我每每总是能找到我当年在故乡奔波的影子。私下里,我对他说:"谢谢你为我所做的一切!"沉默良久,他竟生硬地回敬了我一句:"我只是没有学会踢皮球而已。"我明白他想说的是什么。一个离开家乡的人,实际上也真的就是一只被踢出去的皮球!想到这里,我为自己心里突然冒出来的想法莞尔一笑。当然,这仅仅是一念之间。作为在故乡这块土地上生长而成长的人,我已学会了感恩,学会了热爱……故乡哺育我从幼年走向青年。虽然我青年时期就走出了故乡,但故乡仍然赋予我生命的一切。我与故乡的关系千丝万缕,这种感情实际上已经坚不可摧,牢不可破。

我这次离开故乡,已是故乡的腊月黄天。往年在这个时候,我在遥远的北方一定正在期盼着归途,或者在为求购一张回家过年的车票而忙乱与烦恼,而故乡这时也应该有一种浓浓的春节的氛围了。然而,现在静静地走在故乡的大街小巷里,我发觉我面前的故乡一切平静如常。生活的便利和信息量的迅捷与流畅,使故乡人对过农历新年的感觉似乎也在渐渐地淡化。诚如"故乡"这两字的内涵被"家乡"两字消解了许多一样,我发觉故乡的春节也在慢慢演变成一个平常的节日……这样的结果,似乎是一种提醒,它提醒我离开故乡的"转身"将变得越来越轻松和简单——它,只不过是我一个平常得不能再平常的人生举动,是我内心一种无人知晓的辽阔。

2017年农历腊月初一至初三,天柱山下梅城

《徐迅散文年编》有关篇目附注

《石牛古洞》入选《天柱山散文选》(黄山书社,1996年4月第1版)。

《寻找程长庚》入选《可爱的安徽》(中国文联出版社,2004年3月第1版)。

《故乡的屋檐》入选《十八岁的风采》(安徽文艺出版社,1989年6月第1版),获1989年全国青少年散文大奖赛征文"佳作奖"。

《天柱石》入选《天柱山散文选》(黄山书社,1996年4月第1版)。

《临窗梧桐》入选:1.《百年中国性灵散文》(花城出版社,2004年8月第1版);2.《新课堂语文·课外阅读(七年级下册)》(山东教育出版社,2006年2月第1版);3.《2009年值得小学生珍藏的100篇散文》(华东师范大学出版社,2009年12月第1

版);4.《最受小学生喜爱的散文全集》(天津教育出版社,2011年1月第1版);5.《值得小学生珍藏的100篇散文》(北方妇女儿童出版社,2010年8月第1版)。

《鸟声》由《散文选刊》月刊2000年第6期选载。

《落叶》由《小品文选刊》双月刊2004年第1期选载。

《染绿的声音》入选:1.《散文选刊》月刊1999年第7期;2.《'99中国最佳年度散文选》(漓江出版社,2000年1月第1版);3.《散文选刊·精短美文·在大漠的呼吸里醒着》(广西人民出版社,2000年9月第1版);4.《青年博览》2001年第8期;5.《语文学习》月刊2002年第9期;6.《学生课外阅读经典·精短散文》(人民日报出版社,2003年2月第1版);7.《语文新天地·初中卷》(浙江人民出版社,2003年7月第1版,2008年8月重印);8.《精美散文珍藏·美文小品》(新疆人民出版社,2003年12月第1版);9.《试题研究》2003年第20期;10.《中国现当代文学名家经典·精美散文珍藏》(新疆人民出版社,2004年1月第1版);11.《幸福是禅·卷首语精品》(中国电影出版社,2004年1月第1版);12.《中国新时期经典散文(1976—2003)》(长江文艺出版社,2004年4月第1版);13.《语文阅读能力强化训练·阅读新概念》(南京大学出版社,2004年7月第1版);14.《体验新阅读·语文·高一A卷》(延边教育出版社,2004年8月第1版);15.《精短散文》(延边人民出版社,2004年8月第1版,2008年10

月第 2 次印刷);16.《心湖的涟漪·校园文学》(学苑音像出版社,2004 年 8 月第 1 版);17.《对着一朵花微笑》(花山文艺出版社,2004 年 12 月第 1 版);18.《文苑·经典美文》月刊 2005 年第 1 期;19.《高中语文·现代文阅读》(河北教育出版社,2005 年 3 月第 1 版);20.《染绿的声音·中学生以读促写》(海天出版社,2005 年 4 月第 1 版);21.《阅读与鉴赏》月刊 2006 年第 1~2 期;22.《中学语文》月刊 2006 年第 6 期;23.《语文阅读能力强化训练·阅读新概念》(南京大学出版社,2006 年 7 月第 1 版);24.《文化心灵·新课标语文阅读》(外语教学与研究出版社,2006 年 8 月第 1 版);25.《高中现代文阅读训练 300 篇·基础卷》(上海交通大学出版社,2006 年 7 月第 1 版,2009 年 7 月第 4 次印刷);26.《高中现代文阅读训练 300 篇·提高卷》(上海交通大学出版社,2006 年 9 月第 1 版);27.《视野》半月刊 2006 年第 23 期;28.《都市文萃》月刊 2006 年第 12 期;29.《新读写》月刊 2007 年第 1 期;30.《语文教学与研究》月刊 2007 年第 2 期;31.《新课标·东方新阅读》(中国言实出版社,2007 年 2 月第 1 版);32.《新人文读本·珍藏版》(北京大学出版社,2007 年 2 月第 1 版);33.《今日文摘》半月刊 2007 年第 4 期;34.《读者》月刊彩版 2007 年第 5 期;35.《中学语文》月刊 2007 年第 6 期;36.《麻辣阅读·和谐》(广西教育出版社,2007 年 6 月第 1 版);37.《精短散文·珍藏版》(人民日报出版社,2007 年 7 月第 1 版);38.《学生推荐100篇》(上海远东出版社,2007年8月第1版);39.《意林故事》(未来出版社,2007年11月第1版);40.《中学语文园地》月刊2008年第1~2期;41.《我有一把青春的剑》(安徽少年儿童出版社,2008年5月第1版);42.《励志中国·最美的散文》(万卷出版公司,2008年6月第1版);43.《语言天使·修辞篇》(首都师范大学出版社,2008年6月第1版);44.《语文月刊》(有评)2008年第6期;45.《中学语文园地(高中版)》月刊2008年第6期;46.《青苹果》(有评)月刊2008年第8期;47.《读与写》(有评)月刊2008年第7、8期合刊;48.《考试阅读虫·精神世界卷》(辽宁教育出版社,2008年8月第1版);49.《中国孩子最喜爱的情感读本·假如没有战争》(北京大学出版社,2009年1月第1版);50.《初中语文·阅读与作文》(华语教学出版社,2009年3月第1版);51.《高效学习法·九年级语文》(北京教育出版社,2006年第1版,2009年4月第5版);52.《初中生标准新阅读·优化训练》(陕西师范大学出版社,2009年6月第2版);53.《青少年文摘》2009年第6期;54.《初中语文专项·现代文阅读题型大突破》(华语教学出版社,2009年8月第1版);55.《新课标·东方新阅读》(首都师范大学出版社,2009年8月第1版);56.《时文"热"读·第五辑》(广州出版社,2009年8月第1版);57.《中国记忆·美文》(百花洲文艺出版社,2009年8月第1版);58.《智慧背囊·中学生阅读提高升课外读本》(吉林出版集团有限责任公司,2009年9月第1版);59.《60年中国青春美文经典》(中国青年出版社,2009年10月第1版);60.《初中生之友》2009年第11期;61.《2009年值得小学生珍藏的100篇散文》(华东师范大学出版社,2009年12月第1版);62.《语文报·30年经典阅读集萃》(华夏出版社,2010年1月第1版);63.《优秀作文选评》2010年第4期;64.《中考必读经典美文精选》(中国华侨出版社,2010年4月第1版);65.《最飘逸的抒情散文》(吉林大学出版社,2010年6月第1版);66.《值得中学生珍藏的100篇散文》(北方妇女儿童出版社,2010年8月第1版);67.《最受小学生喜爱的散文全集》(天津教育出版社,2011年1月第1版);68.《阅读与作文(高中版)》2011年第4期;69.《初中生阅读世界》2011年第9期;70.《小品文选刊》月刊2012年第1期;71.《意林》半月刊2012年3月下;72.《读者(乡土人文版)·十年精华文丛B卷》(甘肃人民出版社,2012年6月第1版);73.《晚报文萃》上半月刊2012年第6期;74.《中华活页文选(高一年级)》月刊2013年第6期;75.《小学生之友·阅读写作版》2014年第6期;76.《初中生之友》2014年第13期;77.《核子知与行》2016年第1期;78.《经典美文》月刊2017年第5期;79.《时代青年》2017年第8期;80.《语数外学习(初中版)》2018年第1期。

《山心水目》入选《天柱山散文选》(黄山书社,1996年4月第1版)。

《风檐展读》中《英雄》入选《抵抗投降书系——无援的思想》(华艺出版社,1995年6月第1版)。

《雪原无边》由《散文·海外版》双月刊2004年第1期选载。

《好女人是一种好心境》入选:1.《当代散文精品2000》(广州出版社,2000年11月第1版);2.《精美散文·人生哲理卷》(延边大学出版社,2001年2月第1版);3.《学生课外阅读经典·精短散文》(人民日报出版社,2003年2月第1版);4.《精美散文珍藏·风雨人生》(新疆人民出版社,2003年12月第1版);5.《智慧林》月刊2004年第6期;6.《飘雪的冬季》(大众玩家出版社,2004年8月第1版);7.《名家散文·经典品读》(南方出版社,2006年12月第1版);8.《名家散文·精品集》(作家出版社,2007年10月第1版)。

《秧歌舞》入选《打不开的窗口》(德宏民族出版社,1996年12月第1版)。

《我刚读过的几本书》中《苇岸,大地的理念》入选《上帝之子》(湖北美术出版社,2001年4月第1版)。

《大地芬芳》(十三章)入选:1.《散文选刊》月刊1997年第6期;2.《安徽青年作家丛书·散文卷》(作家出版社,2002年7月第1版)。

《大足无声》入选:1.《今日重庆》双月刊2002年第1期;

2.《新游记》(作家出版社,2002年12月第1版)。

《庐山雾》入选《我思故我悟》(光明日报出版社,2012年5月第1版)。

《我与地坛》由《经典美文》2011年第9期选载。

《我说散文》载《散文选刊》月刊1998年第9期。

《作家与足球》入选《当代散文精品2000》(广州出版社,2000年11月第1版)。

《读书与读人》入选《自爱的真意》(中国致公出版社,2001年9月第1版)。

《看张》入选《张恨水研究论文集》(国际文化出版公司,1997年11月第1版)。

《人像一根麦秸》入选:1.《中国现当代散文三百篇》(中国社会科学出版社,2003年8月第1版);2.《当代永恒主题散文精品选》(济南出版社,2005年5月第1版);3.《感动中学生的精品美文·遗憾也美丽》(青岛出版社,2006年5月第1版);4.《感动中学生的精品美文·遗憾也美丽》(青岛出版社,2008年5月第1版);5.《文苑·经典美文》2009年第6期;6.《新中国散文典藏》(山东友谊出版社,2015年4月第1版)。

《皖河散记》中《一个人的河流》原载《人民文学》2001年第10期"新散文"专辑,2002年获首届老舍散文奖,2004年第二届冰心散文奖。有关篇章被中央电视台《子午书简》2004年3月9日至12日连续播出。入选:1.《散文·海外版》双月刊2002年第1期;2.《首届老舍散文奖作品》(台海出版社出版,2002年5月第1版);3.《散文选刊》月刊2002年第6期;4.《散文·海外版》双月刊2002年第5期;5.《语文天地》(有评)半月刊2002年第18期;6.《语文新圃》(有评)月刊2002年第11期;7.《当代散文精品2002》(广州出版社,2002年12月第1版);8.《2002年中国散文年选》(花城出版社,2003年1月第1版);9.《大地的眼睛》(百花文艺出版社,2003年1月第1版);10.《2002年文学精品·散文卷》(敦煌出版社,2003年4月第1版);11.《老舍文学奖·获奖散文》(华文出版社,2003年9月第1版);12.《散文选刊》月刊2003年第12期;13.《读者·乡村版》月刊2004年第5期;14.《语文新天地·七年级下》(浙江人民出版社,2004年2月第1版);15.《禅趣小品》(北京图书馆出版社,2005年12月第1版);16.《冰心散文奖获奖作品(单篇)选》(西藏人民出版社,2006年10月第1版);17.《小品文选刊》月刊2008年第6期;18.《安庆六十年文学精品集》(合肥工业大学出版社,2009年9月第1版);19.《安庆六十年文学艺术作品选》(安庆市文联编,2009年9月第1版);20.《新中国文学精品文库·散文卷》(海天出版社,2010年1月第1版);21.《新中国文学精品文库·散文卷》(海天出版社,2010年1月第1版);22.《小作家选刊》2010年第8期;23.《读者(乡土人文版)·十年精华文丛A卷》(甘肃人民出版社,2011年1月第1版);24.《中华活页文选(初一年级)》月刊2011年第5期;25.《21世纪中国最佳散文(2000—2011)》(贵州人民出版社,2012年3月第1版);26.《叫一声老乡好沉重·经典中国书系散文随笔精品文库·乡土卷》(中国言实出版社,2013年1月第1版);27.《中国企业职工文化大系创作文丛·荣光绽放(散文卷)》(中国工人出版社,2013年7月第1版);28.《老舍散文奖获奖作品集》(地震出版社,2014年4月第1版);29.《大家写安徽》(合肥工业大学出版社,2014年12月第1版);30.《树知道》(江苏凤凰出版社,2015年3月第1版)。

《大地的心》2001年获第四届全国煤矿文学作品"乌金奖"一等奖。

《散文散话》被香港教育专业人员协会列为香港《中国语文课程六百篇》,入选《当代散文精品2003》(广州出版社,2003年9月第1版)。

《塞罕坝之旅》(二题)入选《呼唤蓝天·碧水·绿地》(中国文联出版社,2000年12月第1版)。

《写给二〇〇〇年》(又名《世纪末随想》)入选《长城文萃》(群众出版社,2002年8月第1版)。

《这趟车上》载《散文选刊》月刊2000年第8期。

《余杰的疲惫》载《中华文学选刊》月刊2000年第7期。

《散文的事》载《散文选刊》半月刊2010年第1期。

《读碟记》入选《中国实力作家作品概览》(中国文联出版社,2002年6月第1版)。

《坛城根随笔》中《热爱茶》入选1.《幸福禅》(光明日报出版社,2012年第4版);2.入选《长城文萃》(群众出版社,2002年8月第1版)。

《异类五题》中《蝴蝶》入选:1.《文苑·经典美文》2009年第9期;2.《当代文萃》2010年第5期;3.《新世纪文学选刊》2010年第3期。《苦哇鸟》入选《文苑·经典美文》2009年第3期。

《作家还是梦吗》入选《散文2010年精选》(百花文艺出版社,2011年1月第1版)。

《在乡下怀想四季》中《春天的速度》入选:1.《南风如水·散文精品卷》(新华出版社,2001年8月第1版);2.《在乡村感受四季》入选《新世纪艺术散文选萃》(中国文联出版社,2003年1月第1版);3.《散文选刊》月刊2008年第3期;4.《阅读与鉴赏》(有评)月刊2008年第12期;5.《阅读与作文》(有评)月刊2008年第12期;6.《少年小说》月刊2009年第2期;7.《湖北招生考试·快速阅读》(有评)2009年第4期;8.《文苑·经典美文》2009年第4期;9.《新高考》(有评)2009年第4期;10.《中学语文园地》(有评)月刊2009年第5期;11.《2009年值得中学生珍藏的100篇散文》(华东师范大学出版社,2009年12月第1版);12.《中华文摘》月刊2010年第1期;13.《新读写》月刊2010年第

4 期;14.《最受中学生喜爱的 100 篇散文》(华东师范大学出版社,2010 年 4 月第 1 版);15.《优秀作文选评》2010 年第 5 期;16.《高考中学课程辅导》(有评)月刊 2011 年第 5、6 期;17.《最受中学生喜爱的散文全集》(天津教育出版社,2011 年 1 月第 1 版);18.《中文自修》月刊 2011 年第 7、8 期合刊;19.《小学生学习指导》2012 年第 3 期;20.《小星星:作文 100 分》2013 年第 1 期;21.《爱在爱中》(社会主义核心价值观优秀文学读本·散文卷,北京联合出版公司,2015 年 10 月第 1 版);22.《中华活页文选(小学版)》月刊 2016 年第 3 期。

《在乡下怀想四季》中《秋水》入选:1.《2001 年中国精短美文 100 篇》(长江文艺出版社,2002 年 2 月第 1 版);2.《当代散文精品》(延边大学出版社,2003 年 5 月第 1 版);3.《在风吹麦浪里轻舞飞扬》(花山文艺出版社,2004 年 12 月第 1 版,2009 年第 3 次印刷);4.《散文选刊》月刊 2008 年第 3 期;5.《中华活页文选(高一年级)》月刊 2008 年第 11 期;6.《少年小说》月刊(有评)2009 年第 3 期;7.《2009 年值得小学生珍藏的 100 篇散文》(华东师范大学出版社,2009 年 12 月第 1 版);8.《爱在爱中》(社会主义核心价值观优秀文学读本·散文卷,北京联合出版公司,2015 年 10 月第 1 版)。

《父亲不说话》2006 年获第五届全国煤矿文学作品"乌金奖"一等奖。入选:1.《散文选刊》月刊 2001 年第 12 期;2.《2001

年中国散文年选》(花城出版社,2002年4月第1版);3.《新时期中国散文精选(1978—2003)》(花城出版社,2003年12月第1版);4.《沐浴情感》(时代文艺出版社,2004年3月第1版);5.《当代百家人生读库·真爱无语》(金城出版社,2008年1月第1版);6.《新世纪优秀散文选》(花城出版社,2008年1月第1版);7.《朝圣者的姿态》(中国文联出版社,2010年9月第1版);8.《中国实力派美文金典·感恩卷》(北方儿童妇女出版社,2013年1月第1版);9.《浮世悲欢·散文选刊创刊30年散文精选集》(同心出版社,2013年7月第1版);10.《新中国散文典藏》(山东友谊出版社,2015年4月第1版)。

《天柱山冬云》(又名《冬云》)入选:1.《少林寺禅文精选》(少林书局出版社,2006年8月第1版);2.《2009年值得中学生珍藏的100篇散文》(华东师范大学出版社,2009年12月第1版);3.《最受中学生喜爱的散文全集》(天津教育出版社,2011年1月第1版)。

《又见桃花源》入选《长城文萃》(群众出版社,2002年8月第1版)。

《两三松树老疑仙》入选:1.《新华文摘》月刊2001年第11期;2.《2001年中国最佳传记文学选》(漓江出版社,2002年1月第1版)。

《五四两乡音》获《野草》首届"鲁迅风"征文一等奖。

《写在虫子的边上》入选:1.《青年文摘》2001年第10期;2.《小作家选刊》2005年第1期;3.《时文鲜读·小桃花源的咒语》(重庆出版社,2005年8月第1版);4.《阅读版语文·我们和心愿再一次约会》(朝华出版社,2006年1月第1版);5.《小作家选刊·作文考王》2011年第5期;6.《新时文·大地上的欢歌》(延边教育出版社,2011年12月第1版)。

《散文的碑石》入选《岁月如歌·副刊精品卷》(新华出版社,2001年8月第1版)。

《半堵墙》2011年以其为名的散文集获第六届全国煤矿文学作品"乌金奖"一等奖。入选:1.《当代散文精品2001》(广州出版社,2002年1月第1版);2.《散文选刊》月刊2011年第1期;3.《读者·乡土人文版》月刊2011年第4期;4.《中外文摘》半月刊2011年第22期;5.《中国实力派美文金典·感恩卷》(北方儿童妇女出版社,2013年1月第1版);6.《大爱无价——名人的父母亲情》(中国少年儿童出版社,2013第7月第1版);7.《一辈子有多少来不及》(读者乡土人文版·敦煌文艺出版社,2015年10月第1版)。

《飘忽的青布衫》入选:1.《张恨水研究论文集》(香港新闻出版社,2001年7月第1版);2.《当代散文精品2001》(广州出版社,2002年1月第1版);3.《山西文学作品精品·和钱锺书同学的日子》(陕西人民出版社,2007年7月第1版);4.《成功》月刊

2008年第11期;5.《读者》半月刊2009年第4期;6.《影响孩子一生的经典阅读(中学版)》2009年第5期,《高中生·青春励志》2013年第5期。

《一座山和一个人》入选《2002中国年度传记文学》(漓江出版社,2003年1月第1版)。

《阳光照得最多的地方》为"2003年当代中国文学最新作品排行榜"上榜作品,入选:1.《散文·海外版》双月刊2003年第4期;2.《散文选刊》月刊2003年第9期;3.《精品散文》(西安出版社,2003年10月第1版);4.《中国文学2003最新作品排行榜》(文化艺术出版社,2003年11月第1版);5.《当代文萃》月刊2004年第1期;6.《21世纪年度散文选2003散文》(人民文学出版社,2004年1月第1版);7.《2003年中国散文年选》(花城出版社,2004年1月第1版);8.《教育参考》月刊2004年第2期;9.《青年文摘》十年珍藏版(内蒙古文化出版社,2004年2月第1版);10.《2003年我最喜爱的中国散文100篇》(中国文联出版社,2004年7月第1版);11.《作文通讯》2005年第1期;12.《魔法阅读·时文精选》第七辑(长征出版社,2005年1月第1版);13.《时文精选100篇》(上海远东出版社,2005年8月第1版);14.《阅读版语文·烛影篱落月光明》(朝华出版社,2006年1月第1版);15.《震撼中学生的101篇散文》(内蒙古文化出版社,2006年1月第1版);16.《震撼中学生的101篇随笔》(内蒙古文化出版社,2006年1月第1版);17.《超越阅读·高考现代文分册》(上海教育出版社,2006年1月第1版);18.《文苑·经典美文》月刊2006年第10期;19.《新课标语文精品读物·语文阅读》(世界图书出版公司,2006年12月第1版);20.《当代精短散文选萃·露珠里的芬芳》(中国文联出版社,2007年1月第1版);21.《时文选粹》(南方出版社,2007年5月第1版,2009年6月第7版);22.入选《思维源自聪明屋·体悟创新》(南方出版社,2007年7月重印);23.《阳光照得最多的地方(二章)》入选《21世纪中国经典散文·情思掠影》(内蒙古文化出版社,2007年10月第1版);24.《感恩天下父母》(内蒙古文化出版社,2008年2月第1版);25.《中学语文园地》(有评)月刊2008年第3期;26.《感动心灵美文·快乐男孩卷》(安徽少年儿童出版社,2008年4月第1版);27.《中华活页文选(高一年级)》月刊2008年第6期;28.《中学语文》月刊2008年第11期;29.《阅读与鉴赏》(有评)2009年第2期;30.《当代文萃》月刊2009年第5期;31.《中外文摘》半月刊2009年第14期;32.《中华活页文选(初一年级)》月刊2009年第10期;33.《优秀作文选评》月刊2009年第11期;34.《最受欢迎的名家亲情美文排行榜》(石油工业出版社,2010年1月第1版);35.《初中生学习》月刊2010年第3期;36.《最受中学生喜爱的100篇散文》(华东师范大学出版社,2010年4月第1版);37.《初中语文早读晚练》(陕西师范大学出版社,2010年6月第1版);38.《感悟睿版》

月刊2010年第6期;39.《值得小学生珍藏的100篇散文》(北方妇女儿童出版社,2010年8月第1版);40.《格言·禅思馆》(凤凰出版社,2010年12月第1版);41.入选《中国儿童文学分级读本·初中卷·身体渴望歌唱》(浙江少年儿童出版社,2011年1月第1版);42.《高等语文》(合肥工业大学出版,2011年9月第1版);43.《最美儿童文学读本·夏天里的苹果梦》(万卷出版公司,2014年11月第1版);44.《中文自修》2014年第2期;45.《大学:上旬〈高中生阅读〉》2016年第7期。

《春天乘着马车来了》(外二章)中《春天乘着马车来了》以《徐迅散文三题》为名入选《2003年中国精短美文100篇》(长江文艺出版社,2004年3月第1版)。又名《扒乘"蚱蚂子"》入选《心香·中国安全生产报创刊10周年文萃》(人民日报出版社,2011年9月第1版)。

《大美无言——与作家刘庆邦一次关于美的访谈》入选:1.《短篇小说》2002年第2期;2.《中国作家档案书系——遍地白花》(新世界出版社,2002年5月第1版)。

《夜气》《散文·海外版》双月刊2004年第3期选载,以《徐迅散文三题》为题入选《2003年中国精短美文100篇》(长江文艺出版社,2004年3月第1版)。

《写作源于阅读》以《徐迅散文三题》为题入选《2003年中国精短美文100篇》(长江文艺出版社,2004年3月第1版)。

《当旅游被"文化"了以后》入选:1.《高考第二轮复习用书·语文》(吉林文史出版社,2010年10月第1版);2.《活着,走着想着》(春风文艺出版社,2015年2月第1版)。

《大地上我们只过一生》中《被拯救的人》入选《心香·中国安全生产报创刊10周年文萃》(人民日报出版社,2011年9月第1版)。

《回家过年》中《火车上艳遇的遐想》入选:1.《散文百家》选刊版2004年第3期;2.《散文选刊》月刊2004年第6期;3.《2004年中国精短美文100篇》(长江文艺出版社,2005年1月第1版);4.《2004年中国散文年选》(花城出版社,2005年1月第1版);5.《2004年中国散文排行榜》(北京工业大学出版社,2005年1月第1版)。

《我们都是木头人》(外二章)中《我们都是木头人》入选:1.《散文选刊》月刊2005年第6期;2.《杂文选刊》月刊2005年第7期;3.《文学教育》2005年第7期;4.《2005年中国散文年选》(花城出版社,2006年1月第1版);5.《2005年中国精短美文100篇》(长江文艺出版社,2006年1月第1版);6.《经典散文书系·中国最美的哲理散文》(湖南人民出版社,2013年7月第1版);7.《树知道》(江苏凤凰出版社,2015年3月)。

《我们都是木头人》(外二章)中《什么样的鸟儿最爱惜羽毛》入选:1.《文苑·经典美文》月刊2007年第11期;2.《精品悦

读》月刊 2010 年第 5 期。

《湮没》《散文选刊》月刊 2004 年第 12 期选载。

《流逝的岁月或者词语》(之二)入选:1.《视野》半月刊 2010 年第 23 期;2.《2010 年中国散文精选》(长江文艺出版社,2011 年 1 月第 1 版)。

《鲜亮的雨》入选《2004 年我最喜爱的中国散文 100 篇》(中国文联出版社,2005 年 6 月第 1 版)。

《在传说中生活和写作》入选:1.《中华文学选刊》月刊 2004 年第 6 期;2.《时代文学》双月刊 2004 年第 5 期;3.《中国文坛最佳人气榜》(文化艺术出版社,2005 年 6 月第 1 版)。

《散文年华》入选《山云散文百家谭》(中国文联出版社,2004 年 10 月第 1 版)。

《蒙古长调》(又名《在元上都怀古》)入选:1.《长调:胸腔里的苍穹》(新疆美术摄影出版社,2006 年 6 月第 1 版);2.《中国散文大系·旅游卷》(中国文联出版社,2012 年 11 月第 1 版)。

《还我一个春天》入选《恰同学芳华》(敦煌文艺出版社,2014 年 8 月第 1 版)。

《蚕豆开花是紫色》入选:1.《散文选刊》月刊 2005 年第 12 期;2.《2005 年我最喜爱的中国散文 100 篇》(中国文联出版社,2006 年 9 月第 1 版);3.《语文教学与研究》(有评)月刊 2006 年第 10 期;4.《语言天使·风格篇》(首都师范大学出版社,2008 年

6月第1版);5.《同步美文阅读·九年级》(华语教学出版社,2009年1月第1版);6.《2009年值得中学生珍藏的100篇散文》(华东师范大学出版社,2009年12月第1版);7.《值得中学生珍藏的100篇散文》(北方妇女儿童出版社,2010年8月第1版);8.《最受中学生喜爱的散文全集》(天津教育出版社,2011年1月第1版);9.《读写月报(初中版)》2011年第6期。

《泥土里的果实》《散文选刊》月刊2007年第6期选载,其中《谁家儿女落花生》入选《2007年中国散文年选》(花城出版社,2008年1月第1版)。

《家住翠堤》《散文选刊》月刊2006年第6期选载。

《一九九九年的"双抢"》中《母亲像一扇磨盘》入选:1.《书摘》月刊2008年第1期;2.《青年文摘》月刊2008年第3期;3.《阅读在线·现代文阅读》(吉林大学出版社,2009年6月第1版);4.《新语文学习》2010年第7、8期合刊;5.《中国当代名家情感散文集萃》(内蒙古文化出版社,2011年2月第1版);6.《美文精选》2013年108、109合刊;

《一九九九年的双抢》(选二)入选《乡村书系列·自家食粮》(新疆美术摄影出版社,2011年5月第1版)。

《夜车安静》入选:1.《小品文选刊》半月刊2007年第5期;2.《2007年中国散文精选》(长江文艺出版社,2008年1月第1版)。

《七月之歌》入选《2007年中国最佳散文》(辽宁人民出版

社,2008年1月第1版)。

《北京散章》入选《创新发展话东城》(中国文联出版社,2017年3月第1版)。

《奥运村,消失或正在生长的》入选:1.《文学教育》月刊2008年第2期;2.《2008北京奥运作家大型采风活动·奥林匹克的中国盛宴》(中国青年出版社,2008年11月第1版)。

《地球,一个蔚蓝色的梦》入选《地球与人类》(湖南地图出版社,2010年3月第1版)。

《从和平里出发》入选《名家笔下的东城》(北京市东城区文联编,2009年6月第1版)。

《碎屑,与捡拾碎屑》《文学人生》月刊2009年第10期选载。

《村庄所剩下的》"2010年中国散文排行榜"上榜作品,入选《2010我最喜爱的散文》(大众文艺出版社,2011年3月第1版)。

《平庄男人》入选《2010中国年度散文》(漓江出版社,2011年1月第1版)。

《走森林》入选:1.《经典美文》月刊2011年第6期;2.《2011年中国精短美文精选》(长江文艺出版社,2012年1月第1版)。

《在雨天怀想袁崇焕》《作家文摘》2013年4月23日选载。

《未完成的旅行》入选:1.《北京日报创刊60周年·文学作

品精选集》(同心出版社,2012年10月第1版);2.《中国报纸副刊选萃·我们便身在天堂》(上海文汇出版社,2013年7月第1版)。

《我的故乡雨雪初霁》 2017年以其为名的散文集获第七届全国煤矿文学作品"乌金奖"一等奖。入选:1.《文学东城(2010—2012)》(北京东城区文联编,2012年);2.《中国实力派美文金典·情怀卷》(北方儿童妇女出版社,2013年1月第1版);3.《2015年中国好散文》(山东人民出版社,2016年3月第1版)。

《在古井镇喝贡酒》《传记·传奇》月刊2013年第12期转载。

《说说徐坤》(又名《说说作家徐坤》)入选:1.《文学生长力量》(文艺报社主编)(安徽文艺出版社,2013年9月第1版);2.《后窗四人谈——北京文学评论集》(新华出版社,2016年10月第1版)。

《抱一壶长江水,我溯源北上》《海内与海外》月刊2012年第9、10期转载,入选《奇迹就这样诞生》(作家出版社,2013年4月第1版)。

《文成小品》 入选《文成之文》(中国文联出版社,2015年5月第1版)。

《北京的地铁》 入选:1.《皇城脚下的记忆》(北京东城区文联编,2013年10月第1版);2.《中学生阅读(高中版)》2013年第12期选载。

《冰封的烈焰》入选《嵌金印象——中国当代名家看阿城》（长江文艺出版社,2015年4月第1版）。

《把吴钩看了》入选《2016年中国散文精选》（长江文艺出版社,2017年1月第1版）。

《秋山响水》入选《人民日报2015年散文精选》（人民日报出版社,2016年5月第1版）。

《砖塔胡同九十五号》入选《创新发展话东城》（中国文联出版社,2017年3月第1版）。

《躲进一座山里》入选《情感读本》2016年第3期下。

《响水在溪》入选:1.《中学生学习报初中版》2016年第9期;2.《2016年中国精短美文精选》（长江文艺出版社,2017年1月第1版）。

《想起雪湖藕》入选:1.《散文·海外版》月刊2017年第2期;2.《人民日报2016年散文精选》（人民日报出版社,2017年7月第1版）;3.《2017年中国精短美文精选》（长江文艺出版社,2018年1月第1版）;4.《读写月报·初中版》中旬刊2017年第6期。

《镜泊湖之冬》入选:1.《中华活页文选（初一年级）》月刊2017年第12期;2.《小学生之友·阅读写作版》2018年第1期。

《炒板栗、烤红薯》（又名《街头乡思》）入选《人民周刊》2017年第24期。

《秋上枫林谷》入选《小学生之友·阅读写作版(下旬)》2018年第5期。

《染绿的声音》《阳光照得最多的地方》《秋水》《蚕豆开花是紫色》《谁家女儿落花生》《春天的速度》《温暖的花朵》《临窗梧桐》《天柱山冬云》《有一种树叶叫茶》《杭州的绿》《作家还是梦吗》《北京的地铁》《想起雪湖藕》等30多篇被多次列为中专及高考试卷和模拟试卷。

(据不完全统计,以创作时间为序)